프리덤
라이터스
다이어리

프리덤 라이터스 다이어리

The Freedom Writers Diary

에린 그루웰 지음 · 김태훈 옮김

절망을 이기는 용기를 가르쳐준
감동과 기적의 글쓰기

RHK
알에이치코리아

일러두기

- 이 책은《The Freedom Writers Diary》의 초판(1999년 출간)을 개정증보한 10주년 기념작(2009년 출간)을 우리말로 옮긴 것입니다.
- 이 책에 일기를 제공한 모든 학생은 아무런 간섭을 받지 않고 자유롭게 자신의 경험을 기록했습니다. 그리고 책의 출간 과정에서 읽고, 편집하고, 서로를 격려하면서 중요한 역할을 했습니다.
- 각 일기는 학생들의 신분을 보호하고 경험의 보편성을 강조하기 위해 이름을 밝히는 대신 번호를 달았습니다.

우리에게도 '자유의 작가들'이 필요하다

안광복 중동고등학교 철학교사, 《열일곱 살의 인생론》 저자

때때로 교실은 지옥과 같다. 아이들의 눈가에는 반항기가 가득하다. 그들이 학교에 온 목적은 오직 선생을 열받게 하는 데 있는 듯싶다. 수업은 들은 척 만 척, 시끄럽게 떠들거나 하루 종일 교실 뒤에서 엎어져 잔다.

왜 아이들은 인생을 스스로 꼬이게 만들까. 지금 공부 안 하면 나중에 후회할 텐데. 삐딱선을 타봤자 상황만 점점 나빠질 뿐이란 걸 정말 모르는 걸까.

이 땅의 교사라면 누구나 품어봤음직한 고민일 것이다. '학교 붕괴'라는 말이 나온 지는 이미 십 수 년을 헤아리고 있다. 그러면서 갈수록 권위적이고 카리스마 있는 교사, 아이들을 확실하게 통제하고 수업 분위기를 다잡는 교사가 인정받는 분위기다.

과연 규율과 억압이 진정한 해결책이 될 수 있을까? 무서운 선

생님 앞에서는 드센 아이들도 잠잠해진다. 하지만 이는 '풍선효과'에 불과하다. 풍선 한쪽을 누르면 다른 쪽이 튀어나오는 법, '만만한' 선생님 시간이 되면 그들은 더 날뛸 것이다. 학교폭력 문제가 불거질 때마다 교육 당국은 강한 처벌을 해법으로 들고 나온다. 그러나 그런 방식으로 문제가 사라진 적은 없다. 오히려 아이들의 삶만 한층 고단해졌을 뿐이다.

황량한 교육 현실에서 《프리덤 라이터스 다이어리》는 주목해야 할 책이다. 책 속의 인상적인 한 장면이다.

…… 샤로드의 튀는 행동에 짜증이 난 반 아이 하나가 입술을 과장되게 부풀린 인종차별적인 그림을 그린 것이다. 그런데 그림을 몰래 돌려보던 아이들 중 하나가 크게 웃음을 터뜨리고 말았다. 그 그림을 본 샤로드는 울 것 같았다. 거칠게만 굴던 샤로드의 허울이 벗겨지는 순간이었다. 그림을 뺏어든 나는 화를 참을 수 없어서 아이들에게 고함을 질렀다. "이건 나치들이 홀로코스트 때 썼던 선전하고 다를 게 없어!"

그러자 놀랍게도 한 아이가 머뭇거리며 "홀로코스트가 뭐예요?"라고 묻는 게 아닌가. 나는 뜻밖의 질문에 충격을 받고 아이들에게 되물었다. "홀로코스트에 대해 들어본 사람 있니?" 그러나 아무도 손을 들지 않았다. 이번엔 "그럼 총에 맞을 뻔한 사람은?" 하고 물었다. 그러자 거의 모든 아이가 손을 들었다.

이 작품의 무대인 윌슨고등학교 203호 교실의 아이들 대부분은 빈민가에 산다. 그중 상당수는 갱단의 폭력으로 가족과 친구를 잃었다. 가정폭력, 성폭행, 집단 따돌림이 부지기수로 일어난다. 과연 자신이 거리 폭력에 희생되지 않고 열여섯 살 때까지 살아있을지도 장담하기 어렵다.

그러니 아이들에게 학교가 무슨 소용이 있을까. 수업은 아픈 현실을 전혀 헤아리지 않은 채, "너는 진도도 못 따라가는 열등생이야!"라며 윽박지르는 또 다른 폭력일 뿐이다. 학생들이 고운 얼굴로 순순히 수업에 열중한다면 그게 더 이상할 듯싶다.

월슨고 203호의 모습은 우리의 교실 풍경과 묘하게 겹친다. IMF 즈음, '학교 붕괴', '교실 붕괴'라는 말이 나오기 시작했다. 부모는 일터에서 쫓겨나고 가정은 다툼이 끊이지 않는다. 아이들은 불행하다. 열심히 공부하면 미래가 밝을까. 그럴 것 같지 않다. 아이들 대부분은 '88만원 세대'의 삶을 맞게 될 것이다. 죽을 둥 살 둥 공부해봤자, 금 수저 물고 태어난 이들을 이기기 어렵다. 안정된 직장을 얻는 것, 가정을 꾸리는 것조차 아득한 꿈이 되어버렸다. 아마도 아이들은 부모 때와 별다를 것 없는 신산스런 삶을 살게 될 테다.

이런 처지에서 쉽게 수업에 집중할 수는 없을 것이다. 《프리덤 라이터스 다이어리》에 드러나는 미국 학생들의 속사정에 자꾸만 우리 아이들 모습이 겹쳐진다. 읽는 내내 눈시울이 뜨거워지는 이유다.

원망과 한탄은 세상을 바꾸지 못한다. 운명을 뒤집는 것은 이해심과 의지다. 203호 교실의 교사 에린 그루웰은 참된 교육이 어떻게 인생을 역전시키는지를 잘 보여준다. 그녀의 문학수업에는 치유하는 힘이 있다. 나아가 실용적이기까지 하다.

예를 들어보자. 《로미오와 줄리엣》을 가르칠 때 그루웰 선생님은 몬터규 가와 캐퓰렛 가의 싸움을 갱단끼리의 전투에 빗댄다. 그들은 왜 싸우는지 아무도 모른다. 예전부터 적이었기에 싸울 뿐이다. 빈민가 동네에서 끝없이 폭력을 이어가는 갱단들은 왜 싸우는가? 그 이유는 아무도 신경 쓰지 않는다. 서로 적이어서 싸울 뿐이다. 얼마나 바보 같은 짓인가!

나치는 단지 유태인이라는 이유로 사람들을 괴롭히고 죽였다. 203호 교실 아이들이 사는 동네의 흑인과 아시아계, 라틴계 아이들은 단지 피부색이 다르다는 이유로 서로를 멀리하며 원수처럼 여긴다. 얼마나 바보 같은 짓인가!

우리의 모습도 별다르지 않다. 사회 곳곳에 얼마나 많은 차별과 질투, 시기와 증오가 오가는가. 이 또한 얼마나 바보 같은 짓인가!

그루웰 선생님에게 《안네의 일기》는 단순한 문학작품이 아니다. 안네가 자신의 비극을 꼼꼼히 적은 기록은 세상을 바꾸었다. 그녀의 일기를 보고 자극받은 한 어린 소녀는 《즐라타의 일기》라는 책으로 보스니아 내전의 비극을 널리 알렸다. 그루웰은 자신의 학생들에게 그녀들처럼 자신의 처지를 세상에 알리는 일기를 쓰라고 권한다. 안네와 즐라타는 203호 아이들과 같은 또래다.

안네가 했다면 203호 아이들이 못할 이유가 없다.《프리덤 라이터스 다이어리》는 이렇게 해서 쓰인 일기를 모아서 만든 책이다.

203호 아이들은 스스로를 '자유의 작가들(The Freedom Writers)'이라 불렀다. 이 이름은 1960년대 버스로 미국을 누비며 인종차별에 맞섰던 '자유의 여행자들(The Freedom Riders)'에서 따왔다.

그들의 일기에는 진솔한 자기 고백이 오롯하게 담겨있다. 노숙자, 마약중독, 부모의 폭력, 갱단에 죽어간 친구와 가족에 대한 기억 등, 하나같이 가슴 아픈 이야기다. 그런데 아이들의 글은 신세한탄에 그치지 않는다. 그들은 일기를 통해 타는 듯한 아픔을 성장통으로 변화시킨다. 안네의 일기는 전 세계 사람들에게 세상을 바꿔야 한다는 인식을 일깨웠다. 마찬가지로 자유의 작가들의 글은 아이들이 경험한 슬픔과 고통을 두 번 다시 겪게 해서는 안 된다는 다짐을 독자들 가슴에 심어놓는다.

1997년 봄, 자유의 작가들 150명 전원은 무사히 고등학교를 졸업했다. 가난을 대물림하던, 열여섯 살까지 살아있을지도 자신할 수 없었던 아이들에게는 기적이었다. 그들 중 상당수는 대학에 진학했다. 물론 기적은 한순간에 이루어지지 않았다.《프리덤 라이터스 다이어리》에는 4년에 걸친 이들의 치열한 성장 기록이 담겨있다. 또한 이들을 이끈 그루웰 선생님의 헌신과 열정이 감동적으로 그려졌다.

《프리덤 라이터스 다이어리》는 출간 직후《뉴욕타임스》베스트셀러 1위를 기록했다. 한국에서는 2007년에 처음 출간되었으며, 그동안 우리나라의 교사들 사이에서 필독서처럼 널리 읽혀왔다. 이번에 출간된 개정증보판은 초판이 출간된 지 10년 만에 후일담을 추가한 것이다.

후일담은 자유의 작가들이 졸업한 지 10년 뒤의 삶을 담고 있다. 이야기는 '행복하게 오래오래 잘 살았다'는 식으로만 흘러가지 않는다. 일부는 성공적인 인생을, 일부는 평범한 소시민의 삶을, 어떤 이들은 여전히 고통받는 나날을 보내고 있다. 그러나 자유의 작가들이 겪는 고통은 더 이상 절망이 아니다. 그들은 성장통을 앓고 있을 뿐이다. 그들이 끊임없이 도전하며 자신의 운명을 개척해가는 모습은 또 다른 감동을 안긴다.

우리의 젊은 세대에게는 좀처럼 희망이 보이지 않는다. 빈부격차는 날로 심해지고 소외와 차별을 걱정하는 목소리도 높아만 간다. 1996년, 절망으로 가득했던 203호 교실은 우리의 현실과 닮았다. 우리에게도 그루웰 같은 선생님과 '자유의 작가들'이 경험한 문학수업이 필요하다. 이 땅의 선생님들과 학생들이《프리덤 라이터스 다이어리》를 꼭 읽어보았으면 좋겠다. 막막한 현실에 놓인 우리 모두에게 희망과 용기를 줄 것이다.

세상을 일깨운 아이들의 일기

즐라타 필리포빅 《즐라타의 일기》 저자

이 책의 서문을 써달라는 부탁을 받았을 때, 굉장히 영광스럽고 자랑스러웠다. 한편으로는 짧은 시간 안에 멋진 일이 무척이나 많이 일어났다는 사실에 놀라지 않을 수 없었다.

나는 1996년 3월에 윌슨고등학교 학생들을 처음 만났다. 그들의 헌신적인 노력과 의지 덕분이다. 그들은 나와 내 부모님 그리고 미르나(당시 같이 살던 보스니아 출신의 가장 가까웠던 친구)를 캘리포니아 롱비치로 초대했다. 학생들이 베풀어준 따뜻한 환대와 친절은 감동적이었다. 당시 그들은 나와 같은 십 대였고, 온 세상의 아이들처럼 진정 위대한 사람이자 리더로 성장하여 다른 사람의 모범이 될 커다란 잠재력을 가지고 있었다.

학생들과 그들의 선생님인 에린 그루웰 씨는《안네의 일기》와 나의 책《즐라타의 일기 - 어느 사라예보 아이의 삶》를 포함한 많은 책을 읽고 나서 자신들도 일기를 쓰기 시작했다. 그리고 모임을 만들어 새롭고, 기억할 만하며, 인간적인 일을 하기로 결정했다. 그들은 대충 생활하던 평소의 습관을 버리고, '자유의 작가'라는 이름에 걸맞도록 글을 쓰고, 창조하며, 잘못된 선입견과 싸우는 일에 앞장섰다. 나는 그들의 성장에 나름의 역할을 한 사람으로서, 그들을 직접 만날 수 있었다는 사실이 정말 행복하고 자랑스럽다.

나는 보스니아에서 전쟁이 일어나기 전부터, 나중에 돌이켜보면서 웃고, 울며, 추억할 수 있는 어린 시절을 기록하고자 일기를 썼다. 일기를 통해 내가 성장하는 모습을 지켜보고 싶었다. 나보다 나이 많은 친구들 중에도 일기를 쓰는 사람이 있는 데다가, 안네 프랑크와 에이드리언 몰(소설《비밀일기》의 주인공인 13세 영국 소년 - 옮긴이 주)의 일기를 읽고 나니 더욱 결심이 확고해졌다.

그때는 내 일기가 책으로 나오리라고 예상하지 못했고, 게다가 전쟁 얘기를 쓰게 될 줄은 상상도 하지 못했다. 또한 나의 어린 시절이 그렇게 금방 끝나버릴지도 몰랐다. '나쁜' 일은 항상 다른 사람에게만 생긴다고 믿는 것이 사람이기에, 나 역시 전쟁을 겪으리라고는 짐작조차 하지 못했다. 그러다 막상 불행이 닥치면 우리는 놀람과 혼란을 겪고, 공포와 분노를 거쳐 슬픔에 휩싸인다.

마냥 행복했던 어린 시절이 보스니아 전쟁을 겪으며 공포로 얼룩지기 시작하면서 내 일기장은 그날 있었던 사건을 기록하는 곳이 되었다. 내가 하고 싶은 얘기는 무엇이든 적을 수 있고, 어떤 고민도 한없이 듣기만 하는 일기장은 둘도 없는 친구였다. 일기장은 공포와 의문 그리고 슬픔까지 모두 받아주었다. 나는 일기를 통해 글쓰기의 아름다움을 발견했다. 하얀 종이 위에 자신을 쏟아부어 감정과 생각을 채우고, 영원한 기록으로 남기는 것은 아름다운 일이다. 그래서 전쟁이 지속된 2년 가까운 시간 동안 계속 일기를 썼다. 그것은 내게 모든 현실의 상처를 치유하는 과정이었다.

우리를 희생자로 만드는 환경에 둘러싸여 있다는 점에서 자유의 작가들과 나 사이에는 공통점이 있다. 삶은 좋은 면과 나쁜 면을 동시에 가지고 있어서 집과 가족, 학교 그리고 거리에서 우리에게 기쁨과 슬픔을 안겨준다. 때로는 피부색이나 가난, 종교, 가족 그리고 전쟁처럼 전혀 손쓸 수 없는 일들로 고통받기도 한다. 누구나 환경의 희생자가 되어 슬픔과 두려움 그리고 분노에 얽매이기 쉽지만, 반대로 강인한 태도로 불의에 맞서고 부정적인 생각의 사슬을 끊음으로써 잘못된 길에서 벗어날 수도 있다. 경험을 글로 쓰면 현실을 객관적으로 볼 수 있기 때문에 부정적인 일에서도 긍정적이고 쓸모 있는 생각을 얻을 수 있다. 많은 노력과 의지가 필요한 일이지만 자유의 작가들은 그것이 가능하다는 사실을 입증해 보였다. 그들은 어렵지만 의미 있는 길을 택했다.

내가 보스니아를 떠난 뒤에도 전쟁은 계속되었고, 비슷한 비극이 코소보에서도 반복되었다. 사람들이 전쟁에 대해 물을 때마다 나는 끔찍한 슬픔에 빠져든다. 유고슬라비아에서 살아남은 아이들은 대부분 폭탄이 터지는 소리와 집을 떠나 물과 전기가 없는 방공호 속에서 지내는 데 익숙하다. 그 아이들은 잘못이 없는 데도 그런 현실에 처했다. 나는 그저 그들이 겪은 분노와 증오 그리고 슬픔이 그들 안에 남아있지 않기를, 그리고 그것을 극복할 수 있기를 바랄 뿐이다. 만약 그들이 그렇게 끔찍한 감정을 품고 성장한다면, 언젠가 나라의 운명이 그들 손에 쥐어졌을 때 또 다른 전쟁이 일어날 수 있기 때문이다.

그래서 나는 자유의 작가들이 극복하고 성취한 모든 것이 매우 중요하며 존중받아야 한다고 생각한다. 만약 그들이 자신을 둘러싼 분노와 증오에 계속 갇혀있다면, 그 씨앗이 그들 안에 남아서 미래에 그들의 아이들이 같은 역사를 반복하게 만들 것이다. 그러나 자유의 작가들은 악순환의 고리를 끊었고, 자신의 긍정적 경험을 다음 세대에게 전하는 일에 나섰다.

나는 자유의 작가들의 친구이자 선생님이면서 동시에 내 친구이기도 한 에린 그루웰 씨를 존경한다. 그녀는 윌슨고 203호 교실에서 일어난 위대한 일들을 결코 자신의 공으로 내세우지 않았지만, 그녀의 업적은 칭찬받아 마땅하다. 에린 씨는 과거나 지금이나 자유의 작가들에게 선생님 이상의 존재다. 그녀는 부모가 없거나 부모와 제대로 대화를 나눌 수 없는 아이들의 부모였고, 함께 있으면 즐거운 친구였다. 뿐만 아니라 그녀는 자신의 아이들을 보살피고 보호하는 일에 아주 열성적이었다.

그녀가 나누어준 지성과 끈기, 사랑은 학생들의 삶을 크게 바꾸어놓았다. 학생들은 꼬리표처럼 따라다니던 '열등생'으로 계속 남을 수도 있었다. 그러나 에린 씨는 몇 년 만에 엄청난 변화를 일으켜서 그 학생들이 훌륭하게 성장할 수 있는 든든한 환경을 만들어냈다. 그녀는 학생들을 작가뿐 아니라, 감히 말하건대 역사적인 사람들로 변화시켰다. 많은 선생님이 방과 후 개인 시간을 소중하게 생각하지만, 에린 씨는 그 시간을 아이들을 위해 온전히 바쳤다. 그녀는 학생들이 배움을 통해 불의에 눈뜨고 그에 맞서 싸울 무기(펜과 지식, 믿음 그리고 강한 의지)를 갖도록 헌신적으로 이끌었다. 또한 세상에서 자신이 있어야 할 올바른 자리를 찾도록 가르쳤다.

나는 학생들이 그녀를 평생 기억할 것이며, 그래야 한다고 생각한다. 그리고 세상의 모든 선생님이 그녀 같기를 희망한다. 그러면 세상은 틀림없이 더 나은 곳이 될 것이다. 나는 늘 청소년들이 우리의 미래이며, 그들에게 관용의 정신을 가르치면 미래는 올바른 사람들 손에 맡겨질 것이라고 말해왔다.

나쁜 상황에서도 좋은 일들을 기대할 수 있을까? 물론이다. 내가 바로 그 완벽한 예다. 나는 전쟁이 일어나기 전만 해도 사라예보에서 행복하게 살던 여자아이였다. 그러다 어느 날 갑자기 세상을 향해 발언하고 영향을 줄 수 있는 위치에 놓였다. 나는 그러한 책임을 원하지 않았다. 내 일기가 책으로 출간되는 것도 원하지 않았다. 전쟁이 일어나지 않았다면 내 일기를 세상과 나눌 이유가 없었을 것이다. 그러나 전쟁이 벌어졌음에도 좋은 일들은 일어났다.

안네 프랑크의 일기는 세상을 일깨웠으며, 그녀의 비극은 세상에 훌륭한 교훈을 남겼다. 그녀는 자신이 할 수 있는 한 끝까지 일기를 썼고, 마침내 그녀의 일기는 수백만 명에게 알려졌다. 그녀는 더 이상 우리 곁에 없지만, 다행스럽게도 그녀 같은 사람들의 위대함은 뒤에 남은 우리를 계속 이끌고 가르친다. 내 일기는 자유의 작가들에게 그리고 어쩌면 다른 사람들에게도, 일기를 쓰고 세상을 바꾸는 일에 나서도록 영감을 주었다. 어떤 일이 일어나든지 중요한 것은 그 일의 성격이 아니라 거기에 대처하는 방식이라는 말이 있다. 자유의 작가들은 그 말이 맞는다는 것을 보여주는 훌륭한 예이다. 그들은 인종주의와 증오 그리고 고통에 대하여 그와 똑같이 맞설 수도 있었다. 그러나 그들은 그렇게 하지 않았다. 우리 모두가 자유의 작가들처럼 인간적인 방식으로 비인간적인 상황에 대응한다면, 우리 자신과 다른 사람들에게 긍정적인 교훈을 남길 뿐 아니라 세상까지도 바꿀 수 있을 것이다.

불행하게도 세상의 모든 불의를 깨끗하게 없애는 일은 불가능하다. 그러나 우리는 불의에 대처하는 방법을 바꿈으로써 불의를 극복하고, 진정한 용기와 참된 자아를 얻을 수 있으며, 무엇보다 다른 사람을 일깨울 수 있다. 그것이 우리를 진실한 인간으로, 또한 불멸의 존재로 만들어준다. 나는 이 책이 사람들로 하여금 불의와 싸우고, 긍정적으로 현실에 대응하며, 새로운 교훈을 얻어 다른 사람과 나눌 일기나 시 혹은 이야기를 쓰는 데 영감이 되길 바란다. 독자 여러분이 내 바람을 한번쯤 고려해주었으면 한다. 행운을 빈다.

1999년 7월, 더블린에서

'현대의 안네 프랑크'라 불리는 즐라타 필리포빅(Zlata Filipovic)은 민족과 종교 간 갈등으로 빚어진 보스니아 내전의 생존자다. 1980년생인 그녀는 열한 살이 되던 해 사라예보에 전쟁이 터지면서 삶의 극적 변화를 맞게 되었고 무자비한 전쟁의 폭력과 죽음, 은신처에서의 소소한 일상을 자신의 일기장에 기록했다. 매일같이 죽음의 공포와 마주하면서도 미래에 대한 희망과 인간의 존엄성을 잃지 않은 어린 소녀 즐라타의 일기는 전 세계 사람들에게 깊은 감동을 주었다. 후에 그녀는 옥스퍼드대학교에서 공부했으며, 현재 영상 프로듀서로 일하고 있다. – 편집자 주

자기 자신을 믿는 법을 가르쳐준,

우리의 훌륭한 선생님 그루웰 씨에게

글쓰기의 영감을 준 안네 프랑크에게

진실의 빛을 전해준 우리의 친구 즐라타에게

우리 안의 영웅을 발견해준 사랑하는 미프 씨에게

앞길을 닦아준 자유의 여행자들에게

그리고 무모한 폭력에 목숨을 잃었지만

그 영혼만은 영원히 살아있을

세상 모든 곳의 아이들에게

이 책을 바칩니다.

The Freedom Writers Diary

1학년

1994년 가을

그루웰 선생님의
첫 번째 일기

내일 아침부터 국어선생님으로서 공식적인 여정이 시작된다. 첫 인상이 참 중요할 텐데, 아이들이 나를 어떻게 생각할지 궁금하다. 내게 거리감을 느끼거나 미숙하다고 생각하지 않을까? 아니면 어리다고 아예 무시해버리는 건 아닐까? 우선 아이들한테 나와 학급에 바라는 점이 무엇인지 일기에 써보라고 해야겠다.

작년 한 해 윌슨고등학교에서 교생 실습을 했지만 아직 이곳 지리를 잘 모르겠다. 롱비치는 내가 자란 아담한 동네하고는 다른 점이 많다. MTV에서 롱비치를 총과 그라피티가 넘쳐나는 '갱스터 랩의 본거지'로 이름 붙이는 바람에, 내 친구들은 롱비치 혹은 래퍼들이 부르는 대로 LBC(Long Beach)에 대해 안 좋게 생각한다. 그래서 나더러 몸치장 말고 방탄조끼나 입고 다니라고 충고하기도 한다. 사실 내가 사는 뉴포트비치는 스눕 독의 뮤직비디오에 나오는 동네와 비교하면 천국 같은 곳이다. 여하튼 텔레비전은 사실을 과장하는 측면이 있다.

내가 근무할 학교는 해안에서 가까운 안전한 지역에 있다. 우리 학교는 입지와 명성 때문에 인기가 좋다. 많은 학생이 소위 자신의 '후드(빈민가를 가리키는 속어 – 옮긴이 주)'에서 두세 번씩이나 버스를 갈아타고 학교에 올 정도다. 그렇다 보니 학생들의 거주 지역 또한 아주 다양해서 해안가의 부잣집 아이와 도시 정비 구역의 가난한 집 아이가 짝이 되기도 한다. 한마디로 모든 인종과 종교, 문화가 한 학교에 모여있다. 인종 폭동 사태 이후로는 인종 간의 긴장이 학교에 안 좋은 영향을 미치기도 했다. 인종 통합 학군 정책과 다른 지역에서 증가하는 범죄로 인해 전통적으로 백인 상류층 학생들이 다니던 윌슨고의 학생 구성은 빠르게 변했다. 이제는 흑인과 라틴계 그리고 아시아계 학생들이 다수를 차지한다.

교생 시절의 나는 무척 순진했다. 피부색이나 문화에 상관없이 학생들을 가르치겠다던 포부는 첫 수업부터 도전에 부딪혔다. 수업 시작종이 울린 뒤에야 농구공을 튀기며 어슬렁어슬렁 교실로 들어서던 샤로드 때문이었다. 그는 윌슨고의 경쟁 학교에서 악명을 떨치다가 전학 처분을 당한 3학년 학생이었는데, 전임 국어선생님을 총으로 위협했다는 얘기도 있었다(나중에 알고 보니 장난감 총이었지만, 이미 진짜 총으로 소문이 퍼진 뒤였다). 샤로드는 나와 처음 마주친 그 짧은 시간 동안 공격적인 태도로 자신이 윌슨고와 국어 그리고 나를 싫어한다는 사실을 분명히 알렸다. 그의 유일한 목적은 풋내기 교생을 울게 만드는 것이었다. 머지않아 자신이 울게 될 줄은 꿈에도 모르고 말이다.

그로부터 한 달이 채 되지 않은 어느 날, 샤로드는 짓궂은 장난의 대상이 되었다. 샤로드의 튀는 행동에 짜증이 난 반 아이 하나가 입술을 과장되게 부풀린 인종차별적인 그림을 그린 것이다. 그런데 그림을 몰래 돌려보던 아이들 중 하나가 크게 웃음을 터뜨리고 말았다. 그 그림을 본 샤로드는 울 것 같았다. 거칠게만 굴던 샤로드의 허울이 벗겨지는 순간이었다. 그림을 뺏어든 나는 화를 참을 수 없어서 아이들에게 고함을 질렀다. "이건 나치들이 홀로코스트 때 썼던 선전하고 다를 게 없어!"

그러자 놀랍게도 한 아이가 머뭇거리며 "홀로코스트가 뭐예요?"라고 묻는 게 아닌가. 나는 뜻밖의 질문에 충격을 받고 아이들에게 되물었다. "홀로코스트에 대해 들어본 사람 있니?" 그러나 아무도 손을 들지 않았다. 이번엔 "그럼 총에 맞을 뻔한 사람은?" 하고 물어보았다. 그러자 거의 모든 아이가 손을 들었다.

그때 나는 공들여 준비한 수업 계획을 포기하고 '관용(tolerance)'을 교육의 핵심으로 삼아야겠다고 마음먹었다. 이후 새로운 책을 활용하고, 일일 교사를 초빙하거나 현장학습을 통해 아이들에게 역사를 가르치고자 애썼다. 하지만 교생에 불과했기 때문에 아무런 예산이 주어지지 않았다. 그래서 저녁이면 메리어트 호텔의 접수계 일을 하고, 노드스트롬 백화점에서 란제리도 팔았다. 내 모습이 안쓰러웠던지 아버지는 "그냥 보통 교사들처럼 하면 안 되니?"라고 묻기도 했다. 사실 처음 시도했던 일이 엉망이 되고 나니 아버지의 조언이 그렇게 나쁘게 들리지만은 않았다.

영화 〈쉰들러 리스트〉를 보려고 아이들을 거의 백인 상류층만 다니는 뉴포트비치의 한 극장에 데려간 것이 실수였다. 나는 극장에 온 여자들이 겁먹은 얼굴로 비싼 장신구와 지갑을 끌어안는 모습을 보고 큰 충격을 받았다. 지역 신문은 극장에서 아이들이 무시당하고 내가 살해 협박까지 받은 일을 1면 머리기사로 다루었다. 나에게 불만을 품은 한 이웃은 심지어 "그렇게 흑인들이 좋으면 아예 원숭이하고 결혼하지 그래?"라고 쏘아붙이기도 했다. 아직 교사자격증을 받지도 않은 나로서는 감당하기 힘든 일이었다. 그러나 다행히도 내가 다녔던 캘리포니아주립대학교 어바인캠퍼스의 은사 한 분이 그 기사를 읽고는 《쉰들러 리스트》를 쓴 토마스 커닐리 씨 세미나에 우리 반을 초청했다. 더욱 놀라운 사실은 아이들에게 깊은 인상을 받은 커닐리 씨가 며칠 뒤 유니버설 스튜디오로 우리 반을 초대하여 스티븐 스필버그 감독을 만나게 해주었다는 것이다. 정말 믿을 수 없는 일이었다! 그 유명한 감독이, 나의 표현대로라면 '크레파스 세트만큼 다양한 색깔을 지닌' 아이들과 그들의 '말썽꾸러기 신참 선생'을 만나고 싶어 하다니 말이다. 스필버그 감독은 '지도 불가능했던' 이 아이들이 3학년이 되어 얼마나 많이 변했는지, 그리고 얼마나 서로 가까워졌는지 알고 나서 감탄했다. 심지어 샤로드에게 내년에는 우리가 또 어떤 앙코르 공연을 할 예정이냐고 묻기도 했다. 그러나 영화가 잘되면 속편을 찍지만, 학급이 기대를 뛰어넘으면……, 깨어지고 만다. 그렇다. 그것이 실제로 일어난 결과였다.

유니버설 스튜디오에서 돌아온 뒤 국어과 부장선생님은 내가 우리 학교의 이미지를 흐리고 있다며 핀잔을 주었다. 한껏 부풀었던 가슴이 순식간에 꺼지는 기분이었다. 내가 학교 이미지를 어떻게 흐린다는 걸까? 모두가 한 달도 못 버틸 거라든가, 진학용 교재를 공부하기에는 너무 멍청하다고 말하던 아이들을 잘 이끌어왔는데 말이다. 뒤이어 부장선생님은 "여기선 경력이 우선이에요"라고 덧붙였다. 다시 말해 운이 좋아서 일을 계속하게 되었지만, 샤로드와 그 일당들을 한 해 더 맡기는 것은 나만 돋보이게 한다는 뜻이었다. 그래서 결국 나는 1학년을 맡았다. 그것도 '위험한' 1학년들이었다. 사실 내가 원하던 자리는 아니었다.

　여하튼 내일부터 나는 다시 칠판 앞에 선다. 불안하긴 하지만 샤로드가 변할 수 있다면 누구나 변할 수 있다는 확신이 있다. 그저 한 반 가득 샤로드가 앉아있다고 생각하면 되는 것이다. 샤로드를 내 편으로 만들기까지 한 달이 걸렸는데, 한 무리의 사나운 열네 살짜리들을 다 거두려면 시간이 얼마나 필요할까.

Diary 1

학교 첫날

'괴짜'는 두 글자인 줄 알았는데 오늘 보니 세 글자이고, '그.
루.웰'이라고 쓰는 것이었다. 새 국어선생은 정말 이상하다. 어떻
게 선생이 되었는지 신기할 정도다. 교무위원들이 어련히 알아서
이 반을 맡겼을까마는 그래도 그 여선생은 아무 생각 없이 온 것
같다. 도대체 우리 학교의 불량학생들이 죄다 모인 반을, 그것도
네 반이나 어떻게 감당하려는 걸까? 여기 사람들 대부분은 우리
가 읽거나 쓰지도 못할 거라고 생각하는데 말이다.

그녀는 아마 3층집에 살면서 새 차를 몰고, 구두가 500켤레 정
도는 될 거다. 내가 보기에 그녀는 맞은편 우등반으로 가야 할 것
같다. 그래, 아마 거기라면 잘 맞을 거다. 그녀나 거기 있는 똑똑

한 백인 아이들은 세상에서 자기가 제일 잘났다고 생각하는 인간들이다. 그녀는 "난 친절한 선생님이고 너희를 아낀단다"라고 말하는 듯한 얼굴로 교실에 들어왔다. 그래 봤자 소용없다. 그녀도 다른 사람처럼 우리를 다룰 게 뻔하니까. 최악은 그녀가 우리를 변화시킬 수 있다고 생각할 거라는 점이다. 우리를 맡기에는 아직 어리고 하얀 여선생 혼자서 퇴학당할 게 확실한, 답이 없는 아이들을 구제하겠다고 나선 것이다.

우리 반 아이들 모습은 텔레비전 경찰 다큐멘터리의 재방송을 보는 것 같긴 하다. 그녀는 아마 우리의 전과를 다 알고 있을 것이다. 어쩌면 우리가 싸우지 못하도록 이름의 알파벳 순서대로 앉힐지도 모른다. 아니면 벌써 반에서 쫓아낼 아이를 고르고 있을지도 모르겠다. 그녀 눈에 우리는 틀림없이 교사자격증을 받기 전에는 아무도 말해주지 않았던 '평균 이하'의 아이들일 것이다. 사실 우리 반 멍청이들 중 몇 명은 정말 태도를 고쳐야 할 필요가 있긴 하다. 흑인 놈들은 대개 못살고 툭하면 마약질이다. 또 나하고 친구 여섯 명이 들어갈 만큼 큰 바지를 입고 다니는데, 아마 거기에 바주카포(휴대용 대전차 로켓포 - 옮긴이 주)를 숨겨도 아무도 모를 것이다.

우리 반 아이들이 모두 상태가 안 좋은 건 아니다. 엉뚱한 교실에 들어왔길 바라면서 시간표를 확인하던, 구석 자리의 백인 녀석도 있긴 하다. 지금까지 그 녀석은 항상 다수의 편에서 살아왔겠지만, 우리 교실에 들어선 순간부터 소수에 속한다. 우리 반에서 백인이라는 사실은 사회에서 받는 만큼의 대우를 받을 일이 아니다. 우리 반 아이들은 대부분 그를 깔볼 것이고, 외부 사람들은 아마 녀석이 멍청하거나 시험 날 농땡이를 쳤다고 생각할 것이다. 또 나처럼 어중간한 아이들도 있다. 불량학생은 아니지만 그렇다고 모범생은 분명히 아닌 부류 말이다. 내가 어떻게 이 반에 들어왔는지 모르겠다. 나는 징계를 받은 일이 없다. 영어가 모국어가 아니긴 하지만, 내가 있어야 할 곳은 여기가 아니다.

앞으로 벌어질 일들이 훤히 보인다. 우리는 아마 두툼한 기초 교과서의 한 페이지도 넘기지 못하고 잠에 빠져들 것이다. 어쩌면 그 여선생은 우리 반을 가르칠 때 교과서보다 훨씬 두꺼운 참고서를 병행할지도 모르겠다. 그녀가 거친 아이들을 얼마나 감당할 수 있을지 궁금하다. 나조차 우리 반에는 있고 싶지 않다. 틀림없이 그녀는 조만간 교장에게 가서 반을 옮겨달라고 말할 것이다. 그럼, 다음에 올 새 선생은 누굴까? 내 친구는 우리 반 아이들이 그 여선생을 첫 주에 그만두게 할 거라고 말했다. 하루밖에 못 견딜 거라는 아이도 있다. 나는 그녀가 한 달 안에 떠난다는 데 걸겠다.

Diary 2

학교의 인종 분열

　도대체 내가 왜 이런 반에 있어야 하지? 이 반에서 백인은 나 혼자뿐이다! 교실(이 난장판을 그렇게 불러야 한다면) 구석에 앉아 시간표를 보면서 생각했다. '정말 내가 교실을 제대로 찾아온 건가?' 고등학교에서 여러 부류의 아이들을 겪어보는 건 좋다. 하지만 이건 내가 짐작했던 게 아니다.

　후진 동네에서 이 학군으로 편성된 문제아들과 운 나쁘게도 같은 반이 되고 말았다. 그들과 있는 건 정말 고역이다. 심지어 교실엔 의자조차 부족하다. 국어를 가르치는 그루웰 선생님은 젊고 열성적인 것 같긴 한데, 우리 반은 도무지 통제 불가능이라 얼마 버티지 못할 것 같다. 이 학교는 무슨 생각으로 문제아들을 죄다

한 교실에 몰아넣었는지 모르겠다. 분명히 큰 문제가 생기고 말 거다.

수업 전 학교 잔디밭에서 점심을 먹었는데, 다른 곳처럼 여기도 완전히 인종별로 나뉘어있었다. 각 인종별로 어울리는 장소가 따로 있어서 절대 같이 섞이지 않는다. 당연히 나를 포함해서 모두 같은 인종의 비슷한 아이들하고만 밥을 먹는다. '베벌리힐스'나 '디즈니랜드'는 부자 아이들이 노는 곳이다. '차이나타운'에는 아시아계들이 모인다. 남미계 구역은 '티후아나타운'이나 '국경지대'라고 부른다. 흑인 아이들의 구역은 '게토'다. 그리고 가운데 구역은 '약쟁이들'이라고 불리는 마약중독자들이나 고스 음악(주로 고통과 분노, 초현실적인 세계관을 다루는 음악 – 옮긴이 주)에 푹 빠져 맛이 간 아이들의 예약석이다. 이러한 구역 분할은 교실에서도 똑같다.

내 친구들은 전부 맞은편의 우등반에 있다. 그쪽 아이들은 거의 백인이다. 그 반에서 거슬리는 거라고는 자기가 잘났다고 생각하는, 멋있고 인기 많은 아이들이 있다는 점뿐이다. 그것만 뺀다면 나와 비슷한 아이들과 잘 지낼 수 있다. 그런데 여기는 완전히 적자생존의 세계다. 누가 언제 나한테 덤벼들지 모른다. 최대한 빨리 이곳을 벗어나 친구들이 있는 맞은편 교실로 가야 한다. 수업이 끝나면 바로 상담선생님을 찾아가서 반을 옮겨달라고 할 작정이다. 국어 시험을 망쳤고 학습장애가 있긴 하지만 나는 원래 우등반에 있어야 한다. 컴퓨터가 고장 났다고 거짓말을 해야겠다. 난 백인이니까 내 말을 믿어줄 거다.

  너무 시끄러워서 견딜 수가 없다. 그냥 확 나가버리고 싶다. 어서 종이 울렸으면 좋겠다. 여기서는 단 1분이라도 더 있기 싫다. 만약 계속 있다가는 돌아버리든지, 지겨워서 죽고 말 거다.

Diary 3

몰매를 맞다

오늘 수업이 끝난 뒤 내 쪽으로 오는 병신 새끼들을 보자마자 '제기랄!'이라는 말이 제일 먼저 떠올랐다. 그들 중에는 나와 앙숙인 남자아이 셋과 여자아이 둘이 있었기 때문에 박살 날 게 뻔했다. 그래도 무섭진 않았다. 처음 겪는 일도 아니고, 이번이 마지막이 될 것도 아니라는 걸 잘 아니까. 하지만 왜 하필 오늘이야, 등교 첫날부터 엿 같은 일을 당하고 싶지는 않다고!

사실 학교에 가고 싶지도 않았다. 나를 담당하는 보호관찰관은 자기가 엄청 유능하다고 생각한다. 자기 말로는 갱에 관한 한 전문가란다. 그 바보는 롱비치 쪽에서 일어나는 문제가 학교에는 아무 영향을 끼치지 않을 거라고 진심으로 믿고 있다. 내 맘대로 할 수 있다면 학교 따위는 가지도 않겠지만, 그러면 신병 훈련소에 집어넣겠다고 협박하는 바람에 어쩔 수 없다. 아무리 그래도 군대보다는 학교가 덜 피곤할 건 분명하다.

보호관찰관은 학교가 거리와 똑같고, 거리는 교도소와 똑같다는 사실을 아직 모르고 있다. 어디에서든 인종에 따라 철저히 구역이 나뉜다. 거리에서는 인종과 계층에 따라 패거리가 형성된다. 학교에서 역시 우리와 다른 애들하고는 어울리지 않는다. 그것이 법칙이고, 우리는 그 법칙을 존중한다. 그래서 우리 구역을 넘보려드는 아시아계들을 손볼 수밖에 없었다. 녀석들에게 진짜 갱스터가 누구인지 보여주어야 했다. 진정한 갱스터는 바로 우리고, 모두가 우리의 적이다. 그런데 학교에 가면 별 볼일 없는 것들이 머리를 숙이라고 덤벼든다. 그래서 저것들이 열받은 것이다. 내가 고분고분 머리를 숙이지 않았으니까. 나는 그들을 위아래로 훑어보고 한바탕 웃은 뒤 말했다.

"여긴 우리 구역이야!"

학교 마당 한복판에 서서 보니 놈들은 자기들의 적과 매우 닮아 있었다. 그들은 우리처럼 입고, 우리처럼 행동하면서, 이제는 우리 구역까지 차지하려 든다. 그래서 나는 놈들이나 놈들이 목숨같이 생각하는 이른바 놈들의 구역을 전혀 존중해줄 수 없다. 놈들이 감히 나한테 와서 시비를 거는 것조차 참기 힘들다. 이 바보들은 우리를 건드리면 어떻게 되는지 좀 알아야 한다. 우리는 한번 열받으면 물불 안 가리기 때문에 피를 볼 수도 있다는 걸 말

1학년 1994년 가을

37

이다. 남미계는 아시아계를 죽이고, 아시아계는 남미계를 죽인다. 놈들은 우릴 잘못 건드렸다. 이제는 아예 상대방의 눈에 띄면 안 된다. 만약 아시아계나 남미계가 남의 구역에서 보이면, 죽거나 최소한 두들겨 맞는다. 이미 전쟁은 선포되었고, 힘과 돈 그리고 영토를 차지하기 위한 싸움이 벌어지고 있다. 우리는 인종이 다르기 때문에, 또한 무시당하지 않으려고 서로를 죽인다. 놈들이 원래 우리 땅에서 전쟁을 일으켰으니 그 땅에 놈들을 묻을 수밖에 없다. 지금은 녀석들이 나를 때리면서 이겼다고 좋아할지 모르지만, 조만간 모조리 쓴맛을 보여주고 말 테다!

Diary 4

교내에서 일어난 인종 폭동

젠장! 개학한 지 두 주밖에 지나지 않았는데 근처에 있던 아이들 때문에 벌써 박살이 나버렸다. 오늘 싸움이 났다. 순식간에 벌어진 일이라 어떻게 시작된 건지도 모르겠다. 소문으로는 며칠 전 1학년 여자애 하나가 깨지고 나서 친구들과 복수를 계획했다고 한다. 그들은 학교에 야구방망이까지 가져온 모양이다. 싸움이 한창일 때 나는 친구 두어 명과 바로 옆에 있었다. 우리는 다른 아이들이 흔히 그렇듯 가까이서 구경하고 싶었다. 그런데 나도 모르게 조금씩 다가가다가 그들과 한데 뒤섞이고 말았다. 얼른 빠져나오려고 했지만 난데없이 주먹이 날아와 얼굴을 정통으로 맞았다. 누군가 내게 주먹을 휘두를 땐 어떻게 해야 한다고?

그렇다. 같이 휘둘러야 한다.

시간이 한참(하지만 실제로는 몇 분밖에 되지 않았을 것이다) 지나도 싸움은 진정되지 않고 더 커지기만 했다. 나는 코피가 나고 몇 군데 멍이 들었지만, 땅바닥에 쓰러져 몰매를 맞은 아이에 비하면 괜찮은 편이었다. 그때 갑자기 누군가 "조심해!"라고 소리쳤다. 순간 주위가 마치 무술영화의 한 장면처럼 슬로우 모션으로 움직였다. 그러다 미식축구 헬멧이 나를 강타했고, 순간적으로 정신을 잃었다. 정신을 차리고 나니 모두들 "도망쳐, 도망!" 하고 소리치고 있었다. 도망치라고? 왜? 그때 학교 직원들이 달려오는 모습이 보였다. 괜히 붙잡혀서 싸움을 일으켰다는 욕을 듣고 싶지 않았기 때문에 나는 가까스로 몸을 일으켜 그 자리를 피했다.

내 잘못도 아닌데 도망쳐야 하는 건 슬픈 일이다. 하지만 나는 멕시코인이고, 멕시코인들은 멍청한 인종 전쟁의 당사자라서 아무도 내 말을 믿으려 하지 않을 것이다. 나는 나쁜 애가 아니지만 가끔 친구들 때문에 억울하게 욕먹을 때가 있다. 하루 종일 어떻게 버텼는지 모르겠다. 심지어 다음 수업을 무슨 정신으로 들었는지도 기억나지 않는다. 똑바로 볼 수도, 걸을 수도 없었다. 다만 한 가지 확실한 건 오늘 싸움 이후로 롱비치 거리가 한층 살벌해질 거라는 점이다.

Diary 5

총을 사다

다른 아이들에겐 하루하루가 새로운 시작일지 몰라도 내겐 악몽의 연속일 뿐이다. 매일 아침, 집을 나오기 전 성호를 그으면서 무사히 집에 돌아올 수 있게 해달라고 기도한다.

등굣길은 별 문제가 아니다. 이른 시간이라 온 도시가 아직 잠들어있기 때문이다. 그러나 하굣길은 전혀 얘기가 다르다. 나는 열네 살이다. 사람들은 내가 폭력에 둘러싸여 있어서 무서울 거라고 생각한다. 그러나 우리 동네에서 폭력은 일상이다. 통학버스에서 내리면 가장 먼저 눈에 띄는 것이 벽을 가득 채운 낙서와 쓰레기통에 넘쳐나는 맥주병, 빈 담뱃갑 그리고 주사기이다. 집으로 올 때는 거의 야구방망이와 칼을 든, 나이 많은 멍청이들한테 쫓긴다. 다른 길로 가봐도 귀신같이 알고 쫓아온다. 처음엔 왜 나를 못살게 구는지 몰랐다. 나중에 알고 보니 단지 내가 다른 인종이라는 사실 때문이었다. 그래서 멍청이들로부터 나를 지킬 무언가가 필요했고, 그 유일한 수단이 총이었다. 학교에서 총이 있다는 아이한테 물었더니 파는 사람을 안다고 했다. 예전에 친구가 총에 맞은 적이 있고, 하굣길도 위험하고 해서 총을 사기로 결심했다. 일단 마음먹고 나니 구하는 건 식은 죽 먹기였다. 가게에서 풍선껌 사는 것과 다를 게 없었다. 필요한 건 25달러뿐이었다. 나는 부모님께 학용품을 사야 한다고 말하고 돈을 받았다. 우리 동네에서는 가방 하나 살 가격으로 총과 총알 몇 발을 장만하고도 돈이 남았다. 다음 날, 화장실에서 친구를 만나 22구경 총 한 정을 샀다. 그러고는 총을 얼른 가방 안에 감추고 화장실을 빠져나왔다.

그날 학교에 있는 동안, 총 생각이 머릿속을 떠나지 않았다. 새 장난감을 산 아이의 기분이랄까. 마침내 수업이 끝나고 집으로 향했다. 내릴 정류장이 가까워질 즈음 차창 밖을 내다보니 녀석들이 나를 기다리고 있었다. 나는 '젠장, 또 시작인가'라고 생각했다. 긴장한 탓에 손바닥에 땀이 다 났다. 나는 가방을 열고 총을 꺼내 허리춤에 숨기고는 천천히 버스 뒤로 가서 문이 열리기를 기다렸다. 버스에서 내리자마자 그들은 내게 욕을 해댔다.

"어이, 멕시코 놈. 거기 서, 병신아."

망할 깜둥이 새끼들⋯⋯. 나는 계속 걸었다. 골목 어귀에 접어들 무렵, 한 명이 나를 따라잡으려고 했다. 보통 때였으면 달렸겠지만 내겐 총이 있었다. 나는 녀석이 다가오기를 기다렸다가 뒤돌아서서 총을 뽑아들고는 녀석의 머리를 겨누었다. 녀석은 몸을 웅크린 채 달아났다. 사실 쏘고 싶은 마음은 없었기 때문에 잘된 일이었다. 다른 녀석들도 총을 보고는 모두 달아났다. 나는 총을 다시 허리춤에 집어넣고 집으로 갔다. 별것 아니었다. 빈민가 생활의 또 다른 하루일 뿐.

다음 날 오후, 버스에서 내렸을 때 그들은 없었다. 그다음 며칠도 보이지 않았다. 겁을 먹고 도망간 건지는 모르지만, 그랬기를 바랐다. 그러나 내 희망은 오래가지 못했다. 어느 날 집으로 돌아가는 길에 한 녀석이 나를 향해 미친 듯이 달려왔다. 우리는 눈이 마주치자마자 동시에 총을 뽑아들고 서로를 향해 쏘아댔다. 우리 사이에는 도로와 주차된 차들뿐이었다. 마치 영화의 한 장면 같았다. 다른 점이라면 내가 찍은 영화에서는 피가 진짜 피라는 것이었다. 어떻게 방아쇠를 당겼는지는 기억나지 않는다. 확실한 건 상대방의 총알이 다 떨어지기를 기다리면서 서로에게 총을 겨누었다는 사실뿐이다. 녀석은 마지막 총알을 쏘고 난 뒤 사라졌다. 우리는 동시에 달아났고, 다시는 마주치지 않았다.

이제는 누구도 두렵지 않다. 나는 스스로 갱스터가 되었다. 난 혼자의 힘으로 나 자신을 지킨다. 요즘도 문제가 생길 경우를 대비해 총을 갖고 다닌다. 총을 쏘는 일이 아무렇지도 않다. 총을 차고 다니면 갱단과 부딪힐 뿐만 아니라 여러 문제가 생길 수도 있지만, 어차피 다른 인종이라는 이유로 나를 가만히 놔두지 않으니까 스스로 대비하는 편이 낫다. 최근 죽는 아이들이 많이 늘었다. 하지만 나는 절대 다음 희생자가 되지 않겠다.

Diary 6

친구의 죽음

　며칠 전 친구 하나가 죽었다. 장례식은 평범했다. 친구의 가족은 통곡했고, 어떤 사람은 "더 이상 아이들이 죽어선 안 돼"라고 한탄했다. 하지만 친구들은 "눈에는 눈…… 꼭 갚아주겠어"라며 복수를 다짐했다. 많은 인원은 아니지만 참석한 사람들은 죽은 친구를 자랑스러워했다. 우리 모두 그를 그리워하겠지만, 그의 죽음을 막을 방법은 아무것도 없었다. 친구가 죽은 뒤에도 우리의 삶은 계속된다. 시간이 지나면서 아이들은 더 이상 죽은 친구에 대해 얘기하지 않는다. 마치 처음부터 존재하지 않았던 것처럼 말이다. 생일이 되어도 선물을 준비하는 아이가 없다. 선물은 추모 꽃으로 바뀌어 무덤 앞에 놓인다. 그것이 죽음이라는 것이다.

아직도 친구가 죽던 날 밤이 생생하다. 나는 가게에서 사탕을 사며 어떤 걸 고를지 망설이던 중이었다. 그때 갑자기 총성이 들렸다. 깜짝 놀라 출입문 쪽으로 돌아서니, 친구 둘이 가게로 뛰어 들어오는 모습이 보였다. 앞선 친구는 바닥으로 몸을 던졌고, 뒤이어 들어선 친구는 그대로 풀썩 쓰러졌다. 그의 등과 입에서 피가 흘러나오고 있었다. 잠시 뒤 친구의 누나와 엄마가 들어왔다. 나는 사탕 진열장 앞에 서서 그 친구의 누나가 무릎을 꿇고 그를 안는 걸 보았다. 그녀는 울면서 동생의 이름을 불렀다. 친구의 엄마는 딸 뒤에 서서 놀란 눈을 크게 뜨고 그 모습을 그저 바라볼 뿐이었다. 눈물이 뺨을 타고 흘러내렸지만 닦을 생각도 하지 않았다. 아무 소리도 내지 않고 멍하니 서있기만 했다. 마치 엄청난 고통에 마비되어 버린 것 같았다. 친구를 돕지도 못하고, 그의 엄마가 그렇게 서있는 모습을 보니 가슴이 무척 아팠다.

마지막 경찰차가 떠난 뒤에도 이웃들은 노란 출입금지 선 근처에 모여 분필로 표시된 시신의 흔적을 바라보았다. 자리를 뜨는 사람은 아무도 없었다. 모두들 구급차에 실려간 어린 학생에 대해 얘기했지만, 그들은 모르는 것이 많았다. 그들은 죽은 학생이 바로 내 친구라는 걸 몰랐고, 그의 앞에 채 살지 못한 인생이 온전히 남아있다는 사실을 몰랐다. 그는 단지 잘못된 시간에, 잘못된 장소에 있었다는 이유로 총에 맞아 죽었다. 나는 사람들 말은 신경 쓰지 않았다. 그저 그 자리에 서서 바닥에 남은 친구의 피를 바라보기만 했다. 친구는 지금까지 누구에게도 해를 끼친 적이 없다. 그의 부모님은 이제 어떻게 해야 할까? 그리고 나는 어떻게 해야 할까? 늦은 밤이었고, 다음 날 학교에 가야 했다. 모두가 보는 앞에서 어린 학생이 죽은 사건을 이웃들이 어떻게 받아들일지 알 수 없다. 그날 밤, 나를 비롯한 많은 이웃은 '또 한 명이 죽었군'이라고 생각하며 잠자리에 들었을 것이다. 그들은 같은 일이 반복되리라는 걸 알고 있다. 또다시 누군가 지나가는 차에서 쏜 총에 맞겠지. 하지만 그게 언제일까? 문제는 그런 일이 언제든 일어날 수 있고, 그 대상이 나이거나 다른 모든 사람 중 한 명일 수 있다는 것이다.

다음 날, 나는 셔츠를 들추고 뒷골목에서 구한 총을 찼다. 맨살에 닿는 금속의 차가운 느낌이 싫었다. 소름이 끼쳤다. 소름은 총이 앗아간 모든 생명을 기억나게 했지만, 가끔은 그것이 유일한 방법일 때가 있다. 나는 총이 허리에서 떨어지지 않기를 바라면서 급히 뛰어가 통학버스에 올랐다. 총을 들키는 문제는 걱정하지 않았다. 학교 직원들은 인종 간 충돌이 벌어진 다음 날에만 소지품 검사를 하기 때문이다. 요즘엔 매일 하긴 하지만, 열다섯 명마다 한 명씩만 검사했다. 조심해서 때만 잘 맞추면 전혀 문제없었다. 학교에서는 아무에게도 총이 있다고 말하지 않았다. 아이들은 지난밤의 총격 사건에 대해 얘기했지만, 누가 총에 맞았는지는 몰랐다. 그들은 사건의 진상에 대해 전혀 몰랐다. 나는 수업이 시작하기 직전 교실에 들어가 곧장 자리에 앉았다. 친구의 죽음이 악몽처럼 계속 떠올랐다. 그날은 하루 종일 한마디도 하지 않고 가만히 앉아있기만 했다. 선생님이 내준 과제물을 적지도 않았다. 눈을 감으면 친구 얼굴이 아른거렸다. 어디인지 모르지만 친구는 자신이 있는 곳에서 나를 보고 있었다. 내가 가야 할 차례가 되면 그곳에서 친구를 만날 것이다. 내가 할 일은 기다리는 것뿐이다.

친구는 지난밤에 죽어야 할 이유가 하나도 없었다. 그는 우리와 함께 신나게 놀며 인생을 즐길 권리가 있었다. 그는 내가 잃은 최초의 친구도 아니었고, 최후의 친구도 아닐 것이다. 지금까지 선전포고도 없는 전쟁 때문에 많은 친구를 잃었다. 전쟁은 오랫동안 벌어졌지만 세상은 결코 알지 못했다. 이는 서로 다른 피부색 사이에 벌어지는 인종 전쟁이다. 이 전쟁은 절대 끝나지 않을 것이다. 남겨진 가족과 친구들은 전쟁에 희생된 아이의 죽음에 눈물을 흘린다. 하지만 사회가 보기에는 그저 뒷골목에서 일어난 또하나의 사망 사건일 뿐이다. 달라지는 건 통계치밖에 없다. 그러나 그 통계치에 포함된 모든 아이의 엄마들에게 사망 사건은 단순한 숫자가 아니다. 그 숫자 속에는 꺾인 꽃처럼 미처 다하지 못한 삶들이 담겼다. 마치 그들의 무덤 앞에 놓인 꽃처럼 말이다.

갱단의 규칙

　다시 또 다른 친구의 무덤 앞에 꽃과 담배가 놓였다. 요즘 전사들이 너무 많이 죽거나 교도소에 가고 있어서 조만간 재모집해야 할 것 같다. 그러나 정말 까다롭게 뽑아야 한다. 전사는 유능하고, 기꺼이 총을 쏘거나 죽을 각오가 되어있어야 한다. 거기에는 그만한 가치가 있다.

　전사의 목숨은 친구들과 구역을 지키고 존중하기 위하여 바쳐진다. 우리 구역은 우리가 태어나서 자라고 묻혀야 할 곳이다. 조직의 상징인 세 개의 점이 손목에 새겨지는 순간, 죽고 죽이는 적자생존 게임이 시작된다. 그러니 스스로 '미친 인생'이라고 부를 만도 하다. 실제로 이것은 또라이들의 삶이다. 한번 발을 들여놓으면 빠져나갈 수 없다. 가끔은 신참들이 도대체 어떤 세계인지 나 알고 들어오는 걸까 궁금하다. 매번 나는 한 녀석씩 끌어들여서 우리 갱단의 일원으로 만든다. 이는 일종의 침례의식이다. 그들은 우리에게 목숨을 바치고, 우리는 그들에게 새로운 삶을 준다. 그들이 할 일은 능력을 입증하는 것뿐이다. 남자든 여자든 상관없다. 박살이 나도 약한 모습을 보여서는 안 된다. 누구라도 예외 없이 시험을 통과해야 한다. 우리는 그들이 병원에 가도 전혀 신경 쓰지 않는다. 퇴원하는 순간 진정한 전사로 인정받을 수 있어서이다.

내가 막 조직의 일원이 되었을 때가 기억난다. 당시 나는 3주 이상 입원해야 했다. 팔과 다리밖에 부러지지 않았지만, 온몸이 부서진 것 같은 느낌이었다. 온통 멍과 상처로 어디 한군데 성한 곳이 없었다. 눈은 얼마나 부었는지 제대로 뜰 수도 없는 지경이었다. 하지만 이런 고통에는 그만한 가치가 있었다. 나와 같은 전사들에게는 충분한 가치가 있었다. 목숨을 걸고, 총알을 피하거나 맞으며, 방아쇠를 당기는 것 모두 그만한 가치가 있는 일이다.

여학생 모임 가입하기

재미있을 것 같아 여학생 모임에 가입하겠다고 친구들에게 말했다. 엄마한테는 봉사단체라고 했지만, 아마 믿지는 않을 것이다. 나 또한 친구들을 따라 가입하는 거지 그 멍청한 모임 따위엔 아무 관심 없다고 스스로를 합리화했다. 하지만 나는 곧 명백한 사실을 부인하고 있음을 깨달았다. 사실은 나도 다른 1학년들처럼 그 모임에 속하고 싶었다. 누가 '카파 제타'처럼 멋진 모임에 가입하고 싶지 않겠는가? 카파 제타는 거의 백인 여학생들로 이루어졌고, 대부분 치어리더에 부잣집 아이들이며, 간혹 우등생도 끼어있는 모임이다. 카파 제타의 회원들은 하나같이 방금 갭 광고에서 나온 것처럼 옷을 입고, 깔끔하게 손질한 손톱에 완벽하게 다듬은 머리를 하고 다닌다. 게다가 선배들은 모두 잘나가는 사람들이라서 그들 말이라면 다들 군말 없이 따른다. 설령 자기 체면을 심하게 깎는 일이라도 말이다. 그래서 카파 제타 가입 행사에 참석하라는 홍보물을 받았을 때, 나는 주저 없이 나갔다.

처음에는 정말 재미있었다. 선배들은 모두 친절했고, 마치 우리의 가입을 권유하듯 모임 마크가 새겨진 선물과 셔츠를 주었다. 그러나 낯선 일에 신기해하는 시간이 지나자 사정이 달라졌다. 선배들은 '심문'이라고 하는 전통적인 면접을 봤다. 그들은 두 사람씩 방 안으로 들인 다음, 정말 창피하기 짝이 없는 질문들을 던졌다. 나의 짝인 사라와 내 차례가 되었을 때, 우리 앞에 들어간 아이들이 울면서 나왔다. 우리는 곧 그 이유를 알 수 있었다. 다행히 나는 순진한 편이었다. 모두들 내가 부끄럼을 많이 타고 남자에 대해 소극적이라는 사실을 잘 알고 있었다. 그래서 선배들이 성 경험에 대해 물었을 때, 나는 당황하지 않고 대답할 수 있었다.

그러나 사라에게는 고학년 남자친구가 있었고, 고학년 남학생이 1학년 여학생과 어떤 일을 하는지 모르는 사람은 없었다. 선배들이 '조쉬'라는 이름을 말하는 순간, 사라는 소리 내 울기 시작했다. 그들이 어떤 질문을 할지 이미 알았던 것이다. 사람들은 아마 선배들이 그녀를 달래거나 최소한 질문을 멈추었으리라 생각할 것이다. 그러나 그들은 사라의 눈물을 무시했다. 심문의 목적 자체가 복종심을 확인하기 위한 것인 듯했다. 그들은 계속 사적인 질문과 거친 말을 퍼부었다. 사라가 마음에 상처를 받고 있다는 사실은 아랑곳하지 않았다. 심지어 그들은 '걸레'라고 새긴 야구 모자를 만들어서, 남자친구가 있는 아이들이 학교에서 쓰고 다니도록 했다. 심문이 끝난 뒤 사라를 포함한 많은 아이가 탈락했다. 떨어진 아이들은 부모 탓을 하거나 거지같은 모임이라고 욕했다. 사라가 떨어지고 난 다음, 우정에도 변화가 생겼다. 우리는 더 이상 그녀와 친구가 될 수 없었다. 일부러 그런 것은 아니었다. 아마도 우리는 모두 카파 제타의 회원인데 사라만 예외였기 때문일 것이다.

나를 포함해 남은 아이들은 힘든 고비는 넘겼다고 생각했다. 그러나 정작 최악의 상황이 남았다는 사실을 까맣게 모르고 있었다. 그것은 바로 남자아이들이 끼어드는, 밤에 열리는 신입 회원 신고식이었다. 원래 남자들은 우리에게 명령하지 못하게 되어있지만 그들은 개의치 않았다. 우리는 그들의 말에 따라야 했다. 거역하면 바로 탈락이었다. 특히 한 행사에는 정말 가기 싫었다. 더럽혀도 되는 옷을 입고 오라는 지시가 있었기 때문이다.

저녁 여덟 시, 신입 회원들이 공원 분수대에 집합했다. 모두 모이자 선배들은 곧바로 우리한테 땅바닥을 뒹굴라고 말했다. 나는 '할 수 있어. 재미로 받아들이지 뭐'라고 생각했다. 그래서 거리낌 없이 그들이 요구한 대로 프라이팬 위의 베이컨처럼 몸을 뒤틀었다. 그러다 문득 고개를 돌리니 내 친구 섀넌이 보였다. 선배들이 그녀에게 따로 명령을 내린 모양이었다. 우리가 베이컨 흉내를 내는 동안 그녀는 인기 많은 3학년 남학생 데이비드 오닐 앞에서 무릎을 꿇고 있었다. 무슨 일이 벌어지고 있는지 정확하게 알 수는 없었지만 그는 병을 앞으로 내밀고 있었고, 새년은 울고 있는 듯했다. 그러고 나서 새년의 머리가 앞뒤로 움직이자 시끄러운 남자애들 한 무리가 주위에 몰려들었다. 결국 새년은 와락 울음을 터뜨렸고, 남자애들이 소리치기 시작했다. 도와주려고 몸을 일으키는데 한 선배가 나를 밀어 쓰러뜨렸다. 그 선배는 "어딜 가려는 거야, 이년아! 누가 일어나라고 했어!"라고 고함쳤다. 그제야 나는 그날 밤이 끔찍하게 길 거라는 사실을 깨달았다. 그저 새년처럼 괴로운 흉내를 내지 않아도 되기만을 빌 따름이었다.

집에 돌아왔을 때, 엄마는 내 모습을 보고 거의 울 듯한 표정을 지었다. 내 몸에서는 선배들이 마구 부어댄 맥주 냄새가 진동했다. 그들은 맥주와 날계란을 섞어서 내 머리 위에 부었다. 선배들이 자기들 이름을 기억하게 하려고 쓴 식용 색소의 맛이 입에 남아서 구역질이 났다. 옷과 얼굴은 온통 초록색 범벅이었다. 선배들은 공원에서 해변까지 1마일이나 되는 거리를 달리게 했다. 나는 모래투성이가 되어 숨을 헐떡였다. 그러다 어느 순간부터 울기 시작했다. 냄새나 더럽혀진 옷 때문이 아니라 빠져나갈 방법이 없어서였다. 이미 너무 많은 일을 겪은 뒤였기에 거기서 그만둘 수도 없었다. 그러면 그때까지 참고 견딘 일들이 모조리 헛수고가 되고 말 것이다. 게다가 나는 사라처럼 친구들을 잃고 싶지 않았다. 그래서 곧 모든 일이 끝날 것이고, 아직 다른 아이들처럼 심한 일을 겪지도 않았다고 나 자신을 추슬렀다. 어떤 아이는 심지어 땅바닥에 누운 채 내가 잘생겼다고 생각했던 4학년 선배 맷 톰슨의 오줌 세례를 받아야 했다.

　이제 신고식을 치렀으니 어쨌거나 나도 공식적인 카파 제타 회원이 되었다. 앞으로 있을 파티들이 걱정된다. 선배들은 술도 잘 마시고 정말 요란하게 논다. 하지만 나는 아직 한 번도 심하게 논 적이 없다. 고등학생들은 거의 다 술을 마시니까 그건 큰 문제가 아니다. 나도 마시다 보면 적응될 것이고, 그렇게 되기를 바란다. 돌이켜보면 신고식에서 당했던 그 모든 낭패와 창피 그리고 수치가 나름대로 의미 있었다. 이제는 선배들도 다 잘해주고 카파 제타의 파티에도 마음대로 갈 수 있다. 회원들은 모두 카파 제타의 티셔츠를 입고 학교에 가고 회의에도 참석한다. 만약 정말 나쁜 짓을 해야 한다면 탈퇴하겠지만, 그럴 일은 없을 것이다. 그것은 단지 모임에서 인정받기 위해 어떤 짓까지 할 수 있느냐의 문제일 뿐이다.

Diary 9

그래피티

그루웰 선생님이 자신이 사는 동네에 대해 글로 쓰거나 그림을 그려보라고 했다. 그림으로 표현해도 된다고 한 말은 정말 뜻밖이었다. 내가 얼마나 글쓰기를 싫어하는지 아는 것 같았다.

나는 우리 동네가 싫다. 주위엔 온통 갱스터와 마약장수들뿐이다. '기회'라는 것은 내 손이 닿는 거리 밖에 있다. 내가 바라는 게 뭐냐고? 난 아무것도 바라지 않는다. 내겐 아무런 목표가 없기 때문이다. 난 그저 현실을 그대로 받아들일 뿐이다. 후진 동네의 아이들은 주어진 현실에 맞춰 살지 않으면 안 된다. 인종갈등이 거리를 휩쓸고 난 다음부터 밤이면 지나가는 차에서 쏘아대는 총성이 울리고, 갱들과 마약장수들이 자기들 구역을 장악하려고 24시간 내내 동네를 배회한다. 나는 이런 현실을 거부할 수 없다. 만약 이를 받아들이지 않으면 그들에게 문제아로 낙인찍히고, 우리가 사는 거리에서 일어나는 소리 없는 전쟁의 다음 희생자가 될지도 모른다.

나는 마약이나 폭력은 멀리하는 대신 그라피티에 빠져들었다. 빈 벽에 스프레이 페인트로 그림을 그린다. 그리고 친구들과 노닥거리거나 대마초를 피우며, 가끔 말썽도 부린다. 학교에 가도 책은 절대 보지 않는다. 선생들은 항상 나더러 도움이 필요하면 말하라고 하지만, 정작 내게 어려움이 닥쳤을 때 그들은 의지할 만한 사람이 못 된다. 그래서 나는 거리에서 했던 일을 학교에서도 한다. 매일 나는 스프레이 페인트를 가지고 등교한다. 수업을 빼먹고, 화장실에 가서 학교 직원들 몰래 벽에다 온통 그림을 그린다. 그러다 잡혀도 누구 하나 신경 써주는 사람 없다. 엄마는 가만히 있을 거고, 아버지는 늘 지쳐있다.

그라피티는 나를 흥분시킨다. 그것은 내 재능을 표현할 수 있는 유일한 기회다. 사람들이 내 작품을 보고 하는 말을 들으면 계속할 힘이 생긴다. 나는 공부를 아예 안 하기 때문에 노트나 유인물, 가방 등 뭐든지 눈에 띄는 물건에다 그림을 그린다. 나는 예술가고, 내가 하는 일을 사랑한다. 사람들의 재산에 피해를 준다는 건 알지만, 재빨리 그림을 그리고 도망치는 일은 스릴 넘친다. 친구들과 대마초를 피운 뒤 거리로 나가 벽에 스프레이 페인트를 뿌리는 것이 나의 하루다.

Diary 10

반이민법

오늘은 만나는 사람마다 반이민법과 파업 얘기만 했다. 많은 사람이 "반이민법 반대!"라고 소리쳤다. 학교 마당에는 쓰레기통이 날아다녔고, 쉬는 시간마다 싸움이 일어났다. 모두 파업을 앞둔 긴장감 때문이었다.

먼저 남미계와 흑인들이 몰려나갔다. 곳곳에 경찰들이 깔렸다. 그들은 우리가 무슨 범죄라도 저지르는 것처럼 학교 주위를 지켰다. 체포되는 학생들도 있었지만, 대부분은 학교를 빠져나가 가까운 공원에서 다른 학교 학생들과 합류했다.

나는 파업에 참가하지 않기로 결정했다. 대신 내 의견에 귀 기울이고 존중해주는 곳에서 내 생각을 표현했다. 그루웰 선생님

반에서는 반이민법에 대한 의견을 자유롭게 밝힐 수 있었다. 그 문제를 같이 토론한 것은 내게 큰 도움이 되었다. 그루웰 선생님은 '반이민법'이라고 칠판에 쓴 다음, 이 법안이 특정 사람들에게 어떤 영향을 미치는지 토론에 부쳤다.

만약 이 법안이 통과되면 정부는 불법 이민자들에게서 의료보험뿐 아니라 학비 보조와 같은 공공 서비스 혜택을 모두 박탈할 수 있었다. 엄마가 불법체류자라서 우리 가족에게는 반이민법이 현실적인 문제다. 엄마는 아메리칸드림을 좇아 미국에 왔다. 우리 엄마와 같은 불법체류자들은 무한한 기회를 찾아 이 땅에 왔지만, 이제 그 기회를 더 이상 기대할 수 없을 것 같다. 반 아이들 중 하나가 법안의 번호 '187'이 '살인'을 뜻하는, 경찰들의 코드 번호라고 말했다. 말 그대로 이 법안은 나와 같은 불법체류자들이 성공할 기회를 모조리 없애버릴지도 모른다.

Diary 11

난독증

'내 이름은 아론입니다.' 보통 열세 살짜리 아이들에게는 정확한 문장이겠지만, 내 눈에는 '내 은름이 다니입론아'로 보인다. 나는 항상 문장을 거꾸로 읽었고, 다른 사람들도 그렇게 하는 줄 알았다. '고양이'도 내 머릿속에서는 바로 '이양고'로 바뀌고, 내게 둘은 같은 단어이다. 문제는 시험지가 전부 붉은 줄로 가득하다는 것이다. 내가 멍청하거나 둔한 걸까? 시험 때마다 나 자신이 바보 같고 외톨이가 된 기분이다.

5학년 때, 한 선생은 반 아이들 앞에서 내가 둔하다며 늘 핀잔을 주었다. 책 읽기를 시킬 때는 꼭 나를 빼놓지 않았다. 그녀는 내가 읽기나 쓰기를 잘 못하기 때문에 아주 느리게 읽는다는 걸 알고 있었다. 그러면 반 아이들은 모두 웃음을 터뜨리며 나를 바보라고 놀렸다. 그래서 나는 학교가 싫었다. 5학년 이후 나는 큰 소리로 책을 읽을 수 없게 되어버렸다. 사람들이 비웃으며 바보라고 놀릴까 봐 두려웠기 때문이다. 나중에야 나의 문제가 뭔지 알았다. 나는 '난독증', 다시 말해 학습장애를 갖고 있었다. 나의 뇌는 사물을 다르게 인식하며, 글자도 다른 사람들과 같은 방식으로 읽지 않는다. 엄마는 내가 학교를 얼마나 싫어하는지 알기 때문에 학습장애를 가진 아이들이 다니는 학교로 데려갔다. 거기서 나는 나와 같은 아이들을 만났고, 내가 그렇게 유별나지 않다는 사실을 깨달았다. 나는 새 학교에서 읽기와 받아쓰기 방법을 배웠다. 강세를 올바로 주는 법과 수학 문제를 푸는 법도 배웠다. 마침내 교과서를 이해하고, 공부를 제대로 할 수 있어서 정말 좋았다. 하지만 읽을 수는 있어도 불완전한 건 마찬가지였다.

특수학교 과정은 1년뿐이었다. 일반 고등학교에 가면 어떻게 될지 전혀 알 수 없었다. 내가 멍청하지 않다는 건 알지만, 아이들은 여전히 비웃을지도 몰랐다. 다시는 그런 일을 겪고 싶지 않았다.

그나마 운동을 잘하면 아이들이 나를 놀리지 않았다. 야구를 하면 기분이 좋다. 셰익스피어 원작을 읽지는 못해도 시속 120킬로나 130킬로의 공은 칠 수 있다. 어린이 월드시리즈 결승전에서 1루수로 뛴 적도 있다. 내가 만루 홈런을 치자 나를 바보라고 놀리던 애들도 모두 환호를 보냈다. 믿기지 않았다. 게다가 나의 영웅 놀런 라이언(강속구로 유명한 미국의 전 메이저리그 투수-옮긴이 주) 역시 학습장애가 있었다는 사실을 알았을 때 얼마나 놀랐는 지 모른다.

고등학교에 들어간 첫날, 그루웰 선생님을 만났다. 내게 국어 와 읽기를 가르쳐줄 분이었다. 지금까지 그녀에게 많은 것을 배 웠다. 선생님은 나보고 멍청하다거나 굼뜨다고 말하지 않는다. 그루웰 선생님 덕분에 책 읽기의 재미를 알았다. 물론 여전히 막 힐 때가 있지만 이제는 크게 읽어도 예전처럼 불안하지 않다.

또한 그루웰 선생님은 내가 유일하게 좋아하는 운동을 열심히 하라고 용기를 북돋아준다. 선생님 말로는 학습장애를 가진 사람 이 교실에서 웃음거리가 되는 일을 보상하고도 남을 정도로 운동 실력이 뛰어난 경우가 많다고 한다. 이제 나는 공부와 운동을 열 심히 하면 두 가지 모두 잘 해낼 수 있다고 믿는다.

Diary 12

소년원

지난 며칠간 그루웰 선생님의 수업시간에 《두랑고 거리》라는 책을 읽었다. 이 책은 소년원에서 막 나온 루퍼스라는 십 대 흑인 소년에 관한 이야기이다. 루퍼스는 소년원을 나오면서 보호관찰 관에게 다시는 말썽을 일으키지 않겠다고 약속한다.

우리 반 아이들은 대부분 루퍼스와 비슷한 면이 있다. 그들이 아니라고 해도 그들의 사촌이나 형제 혹은 친구 중에는 교도소에 갔다 온 사람이 틀림없이 있다. 나 역시 교도소에 갔다 왔고, 그 사실이 부끄러웠다. 그루웰 선생님이 나를 안 좋게 볼까 봐 불안 했다. 루퍼스는 개서스라는 갱들과 매우 껄끄러운 사이였다. 그 들은 항상 루퍼스를 괴롭혔다. 나도 중학교 때 그와 비슷한 경험으로 괴로웠던 적이 있다.

　방과 후 버스를 기다리고 있는데 갱단 흉내나 내고 다니는 녀석 셋이 다가왔다. 그들은 욕하면서 나를 약 올렸다. 욕은 참을 수 있었다. 정말 화나게 만드는 것은 나를 만만하게 봤다는 사실이다. 다 나보다 덩치가 컸지만 상관없었다. 작다고 깔봐서는 안 된다는 점을 확실하게 보여주어야 했다. 녀석들 중 하나가 내게 주먹을 휘둘렀지만 빗나갔다. 그것은 녀석의 큰 실수였다. 주먹이 내 얼굴을 스쳐 지나가자, 나는 이성을 잃고 말았다. 나는 넘어진 녀석의 머리를 발로 차기 시작했다. 죽은 듯 녀석의 흰자위가 드러난 걸 보고 나서야 나는 발길질을 멈추었다. 경광등을 번쩍이는 경찰차와 응급 요원들이 나타나기 전까지는 내가 엄청난 짓을 저질렀다는 걸 깨닫지 못했다. 경찰은 나를 교감에게 데려가 내가 한 일을 알렸다. 교감은 부모님에게 전화해 나를 데려가라고 말하려 했지만, 집에는 아무도 없었다. 경찰은 내게 데리러 올 다른 사람이 있느냐고 물었다. 그럴 사람은 아무도 없었다. 그러자 경찰은 교감에게 "소년원으로 데리고 갈까요?"라고 물었다. 교감은 대답했다.

　"부모님이 집에 없으니, 그게 최선의 방법 같군요."

　처음 소년원에 갔을 때는 무서웠다. 그들은 나를 범죄자 취급했다. 심지어 머그샷(연행된 사람이 이름표를 들고 찍는 상반신 사진—옮긴이 주)까지 찍었다. 철창 안에 갇히기는 그때가 처음이었다. 나는 같이 갇혀있던 사람들하고는 달랐다. 그들은 살인자, 강간범, 갱스터, 강도 등 짐승 같은 이들이다. 첫날 밤이 제일 무서웠다. 전에는 한 번도 듣지 못한 소리들이 들렸다. 죄수들은 벽을 마구 두드리면서 이상한 수신호를 교환했고, 자신이 어떤 조직의 누구인지 크게 외쳐댔다. 나는 그날 밤 내내 울었다.

갇힌 지 사흘째 되던 날, 부모님과 겨우 연락이 닿았다. 그때까지 나는 언제 풀려날지 몰라 매일 초조하게 지내야 했다. 소년원에서 닷새라는 길고 끔찍한 시간을 보냈다. 교도소는 사람 살 곳이 못 된다는 사람들의 말이 옳았다. 소년원을 나온 뒤에도 나는 불안감에 시달렸다. 밖에 나가서 친구들과 어울리고 싶은 마음이 들지 않았다. 여전히 교도소에 갇혀있는 것 같았다. 2주 뒤 법정에 출두해야 했다. 판사는 3년간의 보호감호 처분과 함께 한 달 반의 사회봉사 명령을 내렸다. 내가 때린 아이에게 1,500달러의 보상금도 지불해야 했다. 그날 이후 나는 아무런 문제도 일으키지 않았다. 루퍼스처럼 나는 내 삶을 바꾸었다.

Diary 13

빈민가

    그루웰 선생님은 아이들을 가르치는 놀라운 비법을 알고 있다. 우리 반은 막 《두랑고 거리》를 다 읽었고, 지금은 그것을 영화로 만들고 있다. 그 책을 영화를 만든다고 했을 때, 내 친구와 나는 둘 다 루퍼스 역에 욕심이 났다. 나는 루퍼스처럼 빈민가에 살며 아버지를 모르기 때문에 그 역할을 맡고 싶었다. 그런데 내 친구는 아무 문제도 없어 보이고 멀끔한데 왜 루퍼스가 하고 싶은지 도무지 이해할 수 없었다. 처음엔 그가 연기를 할 줄 아니까 그런 거라고 생각했다. 그래도 진짜 이유가 궁금해서 결국 직접 친구네 집으로 찾아가 왜 그렇게 루퍼스를 하고 싶어 하는지 물었다. 그는 특별한 이유가 없다고 말했다. 하지만 그런 뻔한 대답은 믿지 않았다. 뭔가 숨기고 있는 게 분명했다.

　결론을 말하자면 그루웰 선생님이 나와 루퍼스 사이에 공통점이 많다고 생각해준 덕분에 내가 루퍼스를 맡았다. 친구는 아무렇지 않은 듯 굴었지만, 그의 속마음은 그렇지 않다는 걸 알았다. 다음 날, 나는 친구한테 가서 정말 그 역할을 맡고 싶은 이유를 물었다. 그는 쉽게 대답하려 하지 않았다. 잠시 둘이서 아무 말 없이 걸었는데, 그는 그제야 자신이 아버지를 처음 만났을 때를 이야기해 주었다. 친구가 네 살 때, 그의 아버지는 가슴에 번호가 새겨진 노란색 죄수복을 입고 그를 향해 걸어왔다고 한다. 아버지 뒤에는 무거운 족쇄가 질질 끌려오고 있었고, 친구는 아버지와 제대로 얘기도 나누지 못했다. 경찰이 아버지를 금방 끌고 가버렸기 때문이다. 친구한테 미안한 마음이 들었다. 아버지 없이 크는 게 얼마나 힘든지 나도 잘 안다. 비로소 친구가 루퍼스를 연기하고 싶어 했던 마음을 충분히 이해했다. 친구는 그 역할을 통해 자신의 아픔을 표현하고 싶었던 것이다. 그런데 아이러니하게도 그루웰 선생님은 친구에게 루퍼스의 보호관찰관 역을 맡겼다.

　우리는 영화를 찍으면서 책을 더 깊이 이해하게 되었을 뿐 아니라, 서로에 대해서도 속속들이 알게 되었다. 겉모습만 보고 사람을 판단하면 안 된다는 말의 의미가 무엇인지 제대로 알 것 같았다. 우리가 만든 영화를 다른 국어반에 보여주자, 열등반에 있다고 놀려대던 아이들이 어떻게 하면 우리 반에 들어올 수 있는지 물었다. 영화를 만들고 나서 그루웰 선생님은 우리에게 〈후프 드림스〉를 보여주었다. 농구를 사랑하는 두 명의 시카고 빈민가 출신 아이들을 다룬 다큐멘터리였다. 두 아이는 원작에 나오는 등장인물들, 그리고 무엇보다 우리의 모습과 많이 닮아있었다. 루퍼스에게 그랬던 것처럼 사람들은 대부분 그 아이들에게 큰 기대를 걸지 않았다. 하지만 그들은 모두가 틀렸다는 사실을 스스로 증명해 보였다. 이 영화는 뜨거운 열정이 있다면 어떤 일이든 할 수 있음을 말해준다.

Diary 14

러시안룰렛

국어 시간에 〈최후의 회전〉이라는 단편을 읽기 시작했다. 정말 끝내주는 소설이다. 학교에서 나의 실생활과 관련 있는 이야기를 읽은 것은 이번이 처음이다.

이 소설의 두 주인공인 티고와 데이브는 경쟁관계의 갱단에 속해있다. 어느 날 한쪽 갱단 멤버가 다른 갱단의 구역에 있는 가게에서 총에 맞아 죽는다. 그러자 양쪽 갱단의 우두머리들은 온 도시에 전쟁을 선언하는 대신, 티고와 데이브의 일대일 대결로 문제를 해결하기로 합의한다. 티고와 데이브는 러시안룰렛을 하기로 결정한다. 그들은 한 번씩 번갈아가며 자신의 머리에 총을 대고 방아쇠를 당기면서 대화를 시작한다. 그러다가 마침내 서로 비슷한 면이 많다는 것을 발견하면서, 조직의 문제로 러시안룰렛을 하는 게 멍청하다는 사실을 깨닫는다. 그들은 마지막으로 한 번씩만 더 하고 게임을 끝내기로 한다. 둘 다 죽고 싶지 않았으니까. 먼저 데이브가 방아쇠를 당기고 티고에게 총을 건넨다. 그러나 게임을 끝맺어야 할 마지막 탄창의 회전은 티고의 목숨을 끝장내고 만다. 무분별한 행동으로 죽은 티고의 모습은 우리 동네의 어떤 녀석을 떠올리게 한다.

네 명의 동네 녀석이 한 아파트 거실에 모여 노닥거리고 있었다. 그중 한 명이 막 거리에서 총을 사왔다. 나이가 어린 다른 두 명은 아직 총을 만져본 적이 없어서 보여달라고 했다. 총 주인은 탄창을 뺀 총을 그들에게 건넸다. 그러나 불행하게도 한 발을 장전해두었다는 사실을 깜박했다. 두 녀석 중 한 명이 먼저 총을 집어 들었다. 곧이어 다른 녀석이 자기도 보여달라고 덤볐다. 둘은 총을 놓고 다투기 시작했다. 그러다 실수로 총알이 발사되어 한 명의 이마에 맞고 말았다. 총에 맞은 녀석은 그 자리에서 죽었다. 모두들 당황해서 날뛰기 시작했다. 그때 한 녀석이 총을 들어 지문을 말끔하게 지운 다음, 죽은 아이의 지문을 잔뜩 묻혔다. 그러고는 아무것도 건드리지 않고 방을 떠났다.

현장에 도착한 경찰들은 피투성이 시체와 총을 발견했다. 목격자가 없었기 때문에 그들은 자살이라고 단정했다. 하지만 죽은 아이의 부모는 그 말을 믿지 않았다. 그들은 경찰의 설명을 받아들이지 않았다. 그들은 자신의 아이가 자살 같은 극단적인 짓을 할 리 없다고 확신했다. 총을 쥐고 있던 녀석은 그날 이후 동네에서 사라졌다.

나는 그곳에 있던 네 녀석을 모두 알고 있다. 죽은 녀석은 나보다 몇 살 위였다. 나를 괴롭혔기 때문에 별로 친한 사이는 아니었다. 그는 동네의 나이 어린 아이들과 자주 싸우곤 했다. 나도 한번 싸울 뻔한 적이 있지만 다행히 그가 먼저 물러났다. 그가 날 괴롭히긴 했어도 죽어야 할 사람은 아니었다. 그것도 그냥 놀다가 어이없이 맞이한 죽음이라면 더욱 그렇다.

The Freedom Writers Diary

1학년

1995년 봄

그루웰 선생님의
두 번째 일기

아, 정말 화가 난다! 이번 학기는 인종 싸움부터 파업까지 문제가 끊이질 않는다. 그런데 내가 화나는 이유가 학생 때문인지 시스템 때문인지 잘 모르겠다. 학생들도 골치 아프긴 하지만 어쨌든 아이들일 뿐이다. 반면에 어른들은 시스템을 만들어낸다. 시스템은 아이들을 갈라놓고, '열등반'이라는 이름표를 붙인다. 그렇지만 실제로 열등한 아이는 없다. 아이들은 다양한 분야에서 저마다 뛰어난 능력을 가지고 있다. 아이들에게 붙여진 이름표는 시간이 지남에 따라 '멍청이'에서 '보충반' 혹은 '열등반'으로 바뀌었지만 뜻하는 바는 똑같다. 이는 처음부터 아이들을 낙인찍는 짓이다. 아이들한테 직접적이든 간접적이든 멍청하다고 말하면, 정말로 스스로를 그렇게 믿어버린다는 것은 교육 전문가가 아니라도 쉽게 알 수 있다.

아이들은 우스울 정도로 고집이 세다. 하지만 내 고집도 만만치 않다. 결국 준 만큼 돌려받게 되어있는 것 같다. 내가 과거에 했던 일이 늘 나를 따라다닌다. 지금은 쾌활한 4학년이 된 샤로드도 처음에는 "선생님이 맡은 1학년 수업은 나빠요"라고 말했다. 아이들은 매번 나를 시험한다. 그들은 읽기를 싫어하고, 무언가 쓰게 하는 것은 아예 불가능하다. 숙제? 꿈도 꾸지 말아야 한다. 아이들 사이에서 '착실한 학생'이 되는 것은 도저히 용납할 수 없는 일이다. 심지어 어떤 아이는 다른 아이들한테 수모당하지 않으려고 숙제를 공처럼 뭉쳐서 낸 적도 있다. 폴더를 갖고 다니다간 친구들한테 두들겨 맞기 때문이다.

처음 교사가 되었을 무렵을 돌이켜보면 지금 내가 얼마나 달라졌는지 놀라울 지경이다. 그때는 아마 아이들한테 잘 보이려고 무진장

애쓰는 선생으로 비쳐졌을 것 같다. 하지만 그런다고 고분고분해질 아이들이 아니다. 지금까지 아이들은 내 책상에 사과 한 개 가져다 놓은 적 없고, 설령 가져다놓았다 해도 안에 면도날이 들었을지도 모른다.

많은 사람이 포기했지만 나는 절대로 아이들에게 아무 가망이 없다고 생각하지 않는다. 사실 학부모 행사의 참석률을 보면 부모들조차 자기 자식에게 손을 든 건 아닐까 싶기도 하다. 물론 아이들의 읽기 성적은 객관적인 기준으로 볼 때 대단한 수준은 아니다. 하지만 실제로 아이들이 얼마나 영리한지 모른다. 적어도 대중문화에 관한 한 아이들은 걸어 다니는 백과사전 못지않다. 좋아하는 영화의 대사나 최신 랩의 가사를 줄줄 외울 정도다. 그런데 문법 얘기만 꺼내면 다들 고개를 돌려버린다. 사실 나도 문법이 싫다.

우선 아이들이 이미 알고 있는 것에서 출발하는 게 중요한 듯하다. 그래서 그들의 현실과 관계있는 소설을 소개하여, 이야기를 생생하게 느끼도록 유도하고 있다. 얼마 전에는 갱단과 친구들 때문에 고민하는 빈민가 소년의 이야기를 읽게 했다. 어떤 아이들은 책을 끝까지 다 읽은 게 이번이 처음이라고 말하기도 했다. 아이들이 그 책을 무척 좋아해서 간단한 영화로 만들자고 제안했다. 〈보이즈 앤 후드(빈민가 흑인 청소년들의 현실을 다룬 영화―옮긴이 주)〉처럼 아이들이 영화를 통해 자신의 현실을 실감나게 표현할 기회를 주고 싶었다. 창의력을 발휘할 기회를 얻은 아이들은 내 기대를 뛰어넘는 일들을 해냈다. 그들은 직접 각본을 쓰고, 무대를 꾸미고, 소도구를 챙겼으며, 카메라까지 돌렸다. 아이들은 정말 신나게 영화를 만들었다. 나는 열심히 한 아이들에게 그에 대한 상으로 〈후프 드림스〉라는 다큐멘터리를 보여주었다. 이 역시 도시에서 성장하는 아이들의 현실을 그린 작품이다.

〈보이즈 앤 후드〉를 만든 존 싱글턴 감독이 인종 문제를 다룬 새 영화를 완성했다고 한다. 만약 6월까지 버틸 수 있다면, 우리 반 모두를 데리고 영화를 관람하러 가야겠다. 교실에서도 통제가 안 되는데 영화관에서는 어떨지 안 봐도 훤하다. 혼자서 감당할 수 있을지 모르겠다. 어쩌면 혼자 할 필요가 없을지도 모른다. 아이들의 현장학습을 도와주겠다고 제의한 사람이 있기 때문이다. 존 투라는 분인데, 자수성가한 백만장자다. 그는 작년에 내가 〈쉰들러 리스트〉를 보러 아이들을 극장에 데려갔다가 인종차별을 당한 기사를 읽고는 도와 줘야겠다고 결심한 모양이다.

아이들을 바로잡으려면 나 자신이 몸을 낮추고 그들과 함께 뒹굴지 않으면 안 된다. 아이들의 현실에 동참해야만 그들이 나에 대해 가진 '베벌리힐스' 이미지를 깰 수 있다. 곧 셰익스피어를 공부할 텐데, 타이츠를 입고 우스꽝스런 말을 하는 이 남자가 실은 '끝내준다'는 사실을 믿게 만들어야 한다. 그의 작품 속에 모든 사람이 빠질 만한 이야기가 들어있다는 사실을 보여주어야 한다. 그래서 《로미오와 줄리엣》에 나오는 몬터규가와 캐풀렛가를 고전판 갱단으로 설명하려고 한다. 그들이야말로 진정한 갱스터이며, 400년 동안 말투와 인종, 구역은 엄청나게 변했지만 주제는 똑같다고 말이다.

Diary 15

로미오와 줄리엣

그루웰 선생은 뭐든지 갖다 붙이는 데는 선수다. 오늘만 해도 그렇다. 우리는 《로미오와 줄리엣》이라는 희곡을 읽을 예정이었다. '그대'가 어쩌고 '당신'이 저쩌고 하는 이상한 말투를 쓰는 사람들이 나오는 따분한 이야기다. 그런데 선생이 난데없이 "캐풀렛가는 남미계 갱단과 같고, 몬터규가는 아시아계 갱단과 같아요"라고 말하는 것이 아닌가. 뭐라고? 머큐시오라는 남자가 살해당하는 대목에서 그녀는 질문을 던졌다.

"여러분은 이런 가문 간의 대립이 바보짓 같지 않아요?"

멍청하게도 나는 미끼를 덥석 물며, "맞아요!"라고 대답했다. 여하튼 두 가문이 서로를 욕하고 칼부림하는 건 바보짓 같았다.

이걸 놓칠 그녀가 아니다. 그녀는 분명 두 가문을 우리 도시의 라이벌 갱단에 비유할 것이다. 처음에는 '제까짓 게 갱단에 대해 알긴 뭘 알아?'라고 생각했다. 하지만 놀랍게도 그녀는 그들의 이름을 구체적으로 알고 있었다. 설마 그녀가 롱비치에서 일어나는 모든 문제에 관심을 갖고 있으리라고는 예상하지 못했다. 그냥 학교와 부잣집 사이를 차나 몰고 왔다 갔다 하는 줄 알았다. 도대체 갱들의 전쟁이 그녀와 무슨 상관이란 말인가? 갑자기 그녀는 우리가 한 번도 생각해보지 않았던 질문들을 던졌다. 남미계 갱단과 아시아계 갱단이 서로를 죽이는 게 바보짓 같지 않느냐고? 나는 즉시 "안 그래요!"라고 대답했다.

"몬터규가와 캐풀렛가의 싸움은 바보짓 같다고 하면서 왜 이건 아니라고 생각해?"

"둘은 다르니까요?"

"어떻게?"

젠장, 이 여자는 도무지 포기할 줄을 모른다!

"그냥 달라요!"

친구들 앞에서 바보처럼 보이긴 싫었지만, 생각하면 할수록 둘 다 멍청한 짓이다. 사실은 우리가 왜 적이 됐는지도 모르겠다. 그냥 현실이 그럴 뿐이다. 그건 그렇고 그루웰 선생은 왜 만날 엿 같은 질문만 하는 거지? 그녀는 항상 우리를 궁지로 몰아넣은 다음 현실과 다른 사실을 받아들이게 하려고 한다. 어떻게 이 전쟁이 시작되었는지 모르지만, 어느 한쪽에 소속되었다면 거기에 충성하고 복수해야 한다는 것은 분명한 일이다. 남미계 갱단에 속했다면 아시아계 갱단 근처에 가지 말아야 하고, 아시아계 갱단이라면 남미계 갱단 근처에 가지 말아야 한다. 이 적대 관계에 이유는 중요하지 않다. 지난 일에 신경 쓰는 사람은 아무도 없다. 사실 역사 따위에 누가 관심을 갖겠어? 그냥 예전에 싸웠던 두 갱단이 지금까지 문제를 해결하지 못해서 계속 사람들에게 고통을 주고 있을 뿐이다. 그러고 보니 그녀의 말이 옳은 것 같기도 하다. 두 갱단은 그 멍청한 이야기 속의 두 집안과 똑같다. 그럼 우리가 멍청한 이유로 싸운다고 치자. 어쨌든 여전히 전쟁은 계속되고 있고, 나 따위가 바꿀 수 있는 일도 아니잖아?

십 대의 사랑과 도피 행각

　지금 막 《로미오와 줄리엣》을 다 읽었다. 줄리엣이 겨우 며칠 밖에 사귀지 않은 남자 때문에 자살했다는 점을 이해할 수 없다. 나는 남자친구를 위해 그렇게 미친 짓을 한 적 없으니, 어쩌면 내가 생각한 만큼 깊이 사랑에 빠지지 않은 건지도 모르겠다. 처음 이 이야기를 읽으며 줄리엣과 내 처지가 비슷하다고 여겼다. 우리는 둘 다 어리고, 하루라도 안 보면 못 견딜 정도로 사랑하는 남자친구가 있다. 다만 줄리엣은 첫눈에 사랑에 빠졌지만, 나는 두 달 정도 걸렸다는 점이 다르다. 우리는 교제를 허락하지 않는 부모에게 맞서려면 연인과 도망치는 편이 제일 쉬운 방법이라고 생각했다. 하지만 그 계획은 생각대로 이루어지지 않았다. 줄리엣은 남자친구 옆에서 죽은 채로 부모에게 발견되었지만, 불행하게도 나는 살아있는 상태로 들키고 말았다. 또한 줄리엣은 이미 죽은 뒤였기에 부모의 반응을 보지 않아도 되고, 벌을 받지도 않았다. 하지만 나는 살아있으며, 줄리엣의 부모와 달리 나의 부모는 내 앞에서 눈물을 흘리지 않았다.

아빠와 엄마는 남자친구의 집에 도착하자마자 나를 찾았다. 먼저 차에서 내린 쪽은 엄마였다. 엄마의 얼굴에는 나를 창피해하는 표정이 역력했다. 엄마는 남자친구에게 다가가 고함을 치며 꾸짖었다. 아빠도 욕을 하며 내게 다가왔다. 그러고는 갑자기 내 얼굴을 정면으로 때렸다. 곧 두 사람은 자리를 바꾸었다. 엄마는 내 머리카락을 움켜쥔 뒤 차로 끌고 갔고, 아빠는 남자친구에게 고함을 질렀다. 하이힐을 신은 채로 난폭하게 끌려가던 나는 중간에 넘어지고 말았다. 엄마는 "당장 일어나!"라고 소리쳤다. 나는 울면서 "내 구두, 내 구두가 벗겨졌어"라고 말했다. 엄마가 구두를 대신 집어 들었고, 나는 몸을 일으켰다. 엄마는 나를 차 안으로 밀어 넣더니 이번에는 구두로 얼굴을 마구 때리기 시작했다. 나는 손으로 얼굴을 가린 채 쏟아지는 구두 세례를 고스란히 받아야 했다. 매질은 아빠가 차에 타고 나서야 겨우 멈췄다. 집에 도착하고 나서도 엄마의 화는 사그라지지 않았다. 엄마는 "얼마나 멍청하기에 잘 알지도 못하는 놈하고 도망을 가니?"라고 소리쳤다. 만약 줄리엣도 나처럼 살아있었다면 그녀와 그녀의 부모는 어떻게 했을지 궁금하다. 나는 한마디도 하지 않고 내 방으로 들어갔다. 아빠와 엄마는 내 뒤를 따라오면서 다시는 남자친구를 볼 생각하지 말라고 엄포를 놓았다. 벌은 그것으로 끝나지 않았다. 나는 전화를 걸 수도, 친구를 부를 수도, 외출할 수도 없었다. 그리고 그 일로 인해 그루웰 선생님 반에 들어가게 되었다.

엄마는 집에서 적어도 한 시간은 떨어진 다른 학군에 있으며 엄마의 직장과 가까운 학교에 나를 보내기로 했다. 매일 엄마가 직접 차로 통학시키면 내가 남자친구를 볼 일이 없을 것이고, 그러면 곧 잊을 거라고 생각한 모양이다. 하지만 일은 엄마 뜻대로 되지 않았다. 줄리엣처럼 나는 남자친구를 몰래 만날 방법을 찾아냈다. 수업을 땡땡이치고 교내 공중전화로 그를 불러낸 것이다. 이모 눈에 띄기 전까지 엄마는 우리가 만나는 걸 전혀 몰랐다. 그런데 하필이면 버스 안에서 우리 둘이 있는 모습을 이모에게 들키고 말았다. 엄마는 내가 버스에서 남자친구와 키스하고 있었다는 이모의 말을 듣고 너무나 창피해했다. 하지만 엄마에게는 도무지 뾰족한 방법이 없었다. 결국 아빠와 엄마는 한 가지 조건을 걸고 우리 둘이 만나는 걸 허락해주었다. 그 조건은 내가 열다섯 살이 될 때까지 기다려야 한다는 것이었다. 우리네 문화에서는 전통적으로 여자가 열다섯 살이 되면 자신을 책임질 수 있을 만큼 성숙해진다고 믿었다. 나는 남자친구를 매우 사랑했고, 부모님의 눈을 속일 필요 없이 만날 수 있다면 무슨 짓이라도 하겠다고 생각했기에 그 조건에 응했다. 그 뒤 우리는 만나지 않고 있다.《로미오와 줄리엣》을 다 읽기 바로 직전의 일이다.

인정하기 싫지만 아빠와 엄마가 옳았던 것 같다. 사실 서로 잘 알 만큼의 시간을 가지지도 못했는데 어떻게 둘이 진심으로 사랑한다고 믿을 수 있을까? 나는 줄리엣처럼 어렸고 바보 같은 사랑을 했다. 다행히 나는 자살하지 않았고, 《로미오와 줄리엣》처럼 슬픈 결말을 맞지도 않았다. 어쩌면 두 사람처럼 절박하지 않았던 건지도 모르겠지만 말이다.

몸무게의 고통

오늘 그루웰 선생님의 수업시간에 '땅콩 게임'을 했다. 이 게임은 종이 위에 자기가 생각하는 땅콩의 겉과 속을 묘사하는 것이다. 나는 작고, 둥글며, 못생긴 땅콩에 대해 썼다. 그리고 뒷면에다가는 '못생겼지만 정말 맛있어!'라고 덧붙였다. 우리는 각자 묘사한 모양에 따라 땅콩을 나누었다. 그러다가 '땅콩 게임'이 체중 때문에 내가 겪는 문제와 깊은 관련이 있음을 깨달았다.

중학교 때의 일이다. 버스 뒷자리에 앉아있다가 내리려고 하던 참이었다. 그 자리는 아무도 앉고 싶어 하지 않아서 항상 비어있었다. 갑자기 아이들이 외치는 소리가 들렸다.

"어이, 뚱보!"

"돼지야!"

한 무리의 시끄러운 여자애들이 내가 평생 뚱뚱한 열두 살짜리 여자애로 애처롭게 기억될 거라는 끔찍한 말을 내뱉었다. 나는 속으로 "안 돼, 그만! 제발 그만해!"라고 외치며 자리에서 일어섰다. 그러고는 정류장에 닿을 때까지 아이들의 놀림을 무시하려고 애썼다. 마침내 정류장에 버스가 섰다. 하지만 버스에서 내리려면 긴 통로를 따라 여자애들을 지나쳐야만 했다. 내가 걸음을 옮기자 아이들이 모두 일어섰다. 그들은 우르르 뭉쳐서 나를 때릴 듯이 다가왔다. 왜 나한테 화풀이를 하는 걸까? 난 아무 짓도 하지 않았잖아? 갑자기 한 여자애가 나를 발로 마구 차고 때리기 시작했다. 온몸이 아팠지만 아무 반항도 할 수 없었다. 그냥 때리는 대로 맞았다. 그 아이들은 내가 고통받는 모습을 보는 게 세상에서 제일 중요한 일인 양 폭력을 멈추지 않았다. 마지막으로 당한 몇 번의 발길질이 제일 아팠다. 난 그저 살아서 버스에서 내릴 수 있기를 빌었다. 다른 아이들은 내가 반항이라도 하기를 바라면서 지켜볼 뿐이었다. 어째서 친구들은 나를 도와주지 않는 걸까? 마침내 영원과 같은 시간이 흐른 뒤에야 고문에서 빠져나올 수 있었다. 나는 죽지 않고 버스에서 내렸다. 그래도 최악의 상황은 면했다고 생각하면서 집으로 향했다. 그때 여자애들은 창문 밖으로 머리를 내밀고 내게 침을 뱉었다. 세상에! 얼굴에 침까지 뱉다니! 내 얼굴에 떨어져 목까지 흘러내린 침의 느낌과, 내 얼굴에 남았을 세균 생각 때문에 구역질이 났다. 뒤이어 종이를 뭉치는 소리가 들리는가 싶더니 이번에는 종이가 날아들었다. 나는 버스가 출발하고 나서 최대한 빨리 걸었다. 휴지로 얼굴을 닦는 동안에도 여자애들의 웃음소리가 들려왔다. 결국 그들이 손을 흔들며 사라지고 나서야 악몽은 끝이 났다.

오늘 그루웰 선생님의 수업을 통해 나는 껍질이 아무리 달라도 땅콩은 땅콩이라는 사실을 깨달았다. 더 맛있는 것도 있고 더 신선한 것도 있지만 결국 다 같은 땅콩일 뿐이다. 땅콩은 껍질이 아니라 알맹이를 가지고 판단해야 한다는 그루웰 선생님의 비유는 정말 옳은 말이다. 적어도 나 역시 한 명의 인간임을 아는 이상, 다른 사람이 뭐라고 하든 상관없다. 결국 우린 다 같은 인간이니까!

Diary 18

다양성을 배우다

　이 게임은 거지 같다. 난 땅콩이 아니라고! 땅콩과 세계평화가 대체 무슨 상관이냐고! 사람과 땅콩의 비유가 뜻하는 것이 무엇인지 알아내려고 고민하는 동안 이런 생각들이 떠올랐다. 선생님이 말하려는 게 뭐지? 오늘 그루웰 선생님의 말은 이해가 안 될 뿐 아니라 무슨 의도인지조차 모르겠다. 처음엔 가만히 앉아서 전혀 어울리지 않는 두 단어를 억지로 연결시켜봤지만, 아무런 의미도 찾을 수 없었다. 나중에는 미칠 만큼 답답해 눈물이 날 지경이었다. 그래서 교실을 나가버리려고 하는데 갑자기 뭔가가 떠올랐다. '중요한 것은 전달하는 사람이 아니라 메시지 그 자체이다.' 그러자 땅콩들이 천천히 모양을 갖추기 시작했다. 광고처럼 모자를 쓰고 탭 댄스를 추며 촌스런 소리를 내는 땅콩이 아니어서 무섭지는 않았다. 가만히 보니 땅콩들은 저마다 목표를 갖고, 꿈과 열정을 품고 있었다. 바로 내 눈앞에서 땅콩들은 인간으로 변해갔다. 긴 것, 짧은 것, 통통한 것, 홀쭉한 것, 독특한 것 등 저마다 모양은 다르지만 모두 같은 땅콩이다. 다시 말해 갈색, 검은색, 흰색, 노란색, 중간색 등 피부색은 제각각이지만 모두 같은 인간이다. 그런데 땅콩은 모양이 아니라 속이 중요하다는 걸 알면서, 사람들은 왜 피부색이 다르다고 서로 죽이는 걸까?

이 문제를 더 깊이 생각할수록 비유의 의미는 나를 압도했다. 나는 지난 시간을 되돌아보며 숱하게 부딪혔던 불의와 차별을 떠올렸다. 땅콩은 겉이 어떻든 전혀 신경 쓰지 않으면서, 정작 같은 인간에게는 겉모습만 보고 딱지를 붙여서 편견을 갖는 것은 아이러니도 부조리도 아닌 이상하기 짝이 없는 짓이다. 이는 내가 지금까지 얻은 깨달음 중 가장 중요한 것이라고 생각한다. 자신과 주위 사람들이 모두 같은 땅콩이라는 점을 인정하지 않기 때문에 세계평화는 꿈에 불과한 것이다. 우리는 피부색이 심장의 색은 아니며, 그 사람의 신념이나 가치와는 아무 상관없다는 사실을 받아들이려 하지 않는다. 또한 상대방이 자신과 같은 땅콩이 되는 것을 용납하지 않기 때문에, 우리 자신에게도 평화로운 세상을 허락하지 않는다.

Diary 19

오클라호마 폭탄테러

오클라호마에서 일어난 일을 도무지 믿을 수 없다. 정부에 화가 난 한 명의 남자 때문에 168명의 무고한 남자와 여자 그리고 아이들이 목숨을 잃었다. 티모시 맥베이는 온 나라에 경고를 주려고 자신의 분노를 다른 사람들에게 퍼부었다. 불행하게도 그의 분풀이는 수많은 사람을 죽이고 말았다.

그루웰 선생님은 오클라호마에서 일어난 일을 글로 써보라고 말했다. 그러면서 우리가 얼마나 쉽게 폭력에 빠져드는지 깨달았다. 하지만 윌슨고의 모든 학생이 이 점을 알고 있지는 않다. 여전히 점심시간이나 쉬는 시간이면 다른 인종이 모여있는 곳을 지나갔다는 바보 같은 이유로 싸움이 벌어진다. 인종이나 스타일이

다르다고 해서 다투는 건 정말 무식한 짓이다. 싸움은 문제를 악화시킬 뿐, 결코 해결해주지 못한다.

우리 주위에는 수많은 티모시 맥베이가 있다. 놀랍게도 그들은 우리가 전혀 예상하지 못한 사람들 가운데 있다. 그들은 걸어 다니는 시한폭탄과 같아서 폭발하면 엄청난 비극을 부른다. 그들의 분노를 악화시키고 도화선에 불을 붙이는 것은 바로 그들을 경멸하는 말이다.

인종이나 성별 혹은 가치관에 상관없이 우리는 모두 같은 인간이다. 하지만 모든 사람이 그렇게 생각하지는 않는다.

《만자나르여, 안녕》

오늘 〈캠퍼스 정글〉이라는 영화를 보기 위해 '관용의 박물관'에 갔다. 우리 사회의 위선과 편견을 다룬 작품이었다. 그루웰 선생님은 지금까지 수업시간에 배운 내용과 관련이 있다고 생각해서 우리에게 그 영화를 보여주었다. 영화가 끝난 뒤에는 사회적 편견을 극복한 분들을 초청해 강연을 들었다.

그중 가장 인상 깊었던 분은 마스 오쿠이라는 일본계 할아버지다. 그의 가족은 아메리칸드림을 좇아 미국에 왔지만, 일본이 진주만을 폭격하는 바람에 수용소로 끌려가야 했다. 그의 가족과 당시 십 대였던 그는 졸지에 미국의 '적'이 되어버렸다. 그러고는 곧 《만자나르여, 안녕》이라는 책에 나오는 바로 그 만자나르 수용소에 갇혔다. 마스 씨는 그 책의 작가인 잔 와카츠키와 가까운 막사에 있었던 터라 우리 질문에 모두 대답할 수 있었다. 갇힌 신세였지만 일본인들은 수용소 안에서 공동체를 이루어 친밀하게 지냈다. 마스 씨는 잔 씨가 글로 썼던 모든 일을 생생하게 얘기해 주었다. 무척 흥미로운 시간이었다. 왜냐하면 나 역시 아시아계로서 캄보디아 전쟁 때 수용소에 갇힌 적이 있어서다. 잔 씨가 쓴 책은 그동안 읽은 것들 중에서 나의 삶과 직접적으로 관계된 첫 번째 책이었다.

잔 와카츠키와 마찬가지로 우리 가족도 모든 것을 빼앗기고 수용소로 끌려갔다. 그녀가 갇혔던 곳과는 완전히 다른 종류의 수용소였지만, 비슷한 점도 많았다. 예를 들어 잔 씨의 수용소는 사막 한가운데 세워진 오두막이었지만, 내가 지낸 수용소는 짚과 소나무 잎으로 만든 초가집이었다. 하지만 두 곳 모두 환경이 너무나 열악한 탓에 건강이 큰 문제였다. 나 역시 잔 씨처럼 식중독에 걸린 적이 있다. 그는 수용소의 모든 사람이 '만자나르 설사병'을 앓았다고 책에 썼다. 그러나 나와 달리 잔 씨는 음식 걱정을 할 필요는 없었다. 맛없기는 해도 배식이 이루어졌기 때문이다. 불행하게도 우리 가족은 늘 먹을 것이 부족해서 생존 문제를 고민해야 했다. 하루 종일 아무것도 먹지 못하는 날이 허다했다. 생각해보면 늘 먹을 것을 찾아다녔던 것 같다.

잔 씨와 내 경우 모두, 전쟁은 가족과 함께 아버지를 무너뜨렸다. 수용소는 아버지의 권위를 빼앗아버렸고, 인자하던 아버지는 갑자기 사소한 일에도 불같이 화를 내셨다. 두 경우 모두 아버지가 가족과 떨어지게 되었고, 다시 돌아왔을 때 아버지의 몸과 마음은 이미 전과 달라져있었다. 두 아버지 모두 공격적인 성격으로 변해버렸고, 다른 식구들의 상처는 신경 쓰지 않았다.

전쟁은 우리에게 너무나 많은 피해를 주었다. 전쟁은 우리의 영혼을 죽였고, 우리의 목숨마저 앗아가려고 했다. 그것이 바로 편견과 전쟁이 불러온 결과였다. 편견은 적을 만든다. 마스 씨는 말했다.

"나는 겨우 열 살이었는데 어떻게 적이 될 수 있었을까요?"

고난을 이겨낸 사람들

    아직도 다양성 문제에 대해 강연하신 분들의 얘기를 곰곰이 생각하는 중이다. 저마다 배경은 다양하지만 모두 인종과 계층, 종교 그리고 성별 때문에 차별을 겪었던 분들이다. 하지만 그분들은 불리한 성장 환경과 과거를 극복하고 큰 성공을 거두었다.

    이스트 LA 출신의 대니 하로 씨는 갱단을 떠나 변호사가 되었다. 현재 그는 유명한 영화배우 겸 제작자인 에드워드 제임스 올모스 씨의 친구이며, 우리가 본 〈위험한 삶〉이라는 다큐멘터리에도 나왔다. 리사 라미레스 씨는 텔레비전 제작자 및 연출자로서, 남미계 여성 최초로 에미상을 탔다. 두 사람은 모두 가난한 집안에서 태어났지만 가족 중 처음으로 대학에 진학해 꿈을 이루었다.

밥 겐트리 씨는 동성애자라는 이유로 괴롭힘을 당했지만 동성애자 최초로 캘리포니아 시장이 되었고, 그루웰 선생님이 다녔던 대학교의 학장을 지내기도 했다. 일본인 수용소에 갇혔던 마스오쿠이 씨는 선생님이 되었다. 그리고 마지막으로 연설한 르네 파이어스톤 씨는 홀로코스트에서 가족을 포함한 모든 것을 잃었지만, 혼자 미국으로 건너와 유명한 의상 디자이너가 되었다.

오늘 들었던 강연 중 르네 씨 얘기가 가장 가슴에 와 닿았다. 그녀는 자신의 삶과 수용소에서 배운 교훈을 들려주었다. 전쟁이 체코슬로바키아를 휩쓸기 전까지 그녀의 부모님은 그저 열심히 일하며 평범하게 살아가는 사람들이었다. 그러나 그들은 헝가리의 강제거주지구를 거쳐 아우슈비츠로 끌려가야 했다. 죽음의 수용소에 도착한 뒤 그녀와 그녀의 여동생은 부모와 떨어졌다. 르네 씨가 게슈타포 요원에게 부모님을 다시 만날 수 있느냐고 묻자, 그 요원은 연기가 솟아나는 지붕을 가리키며 저기서 모두 만나게 될 거라고 말했다.

수용소에서 풀려났을 때 그녀는 갈 곳이 없었다. 그녀는 영어를 한마디도 못했지만 새 출발을 하고자 미국으로 왔다. 유럽을 떠날 때 그녀에게는 20달러 정도밖에 없었다. 게다가 클라라라는 이름의 아기까지 있었다. 아우슈비츠에서 죽은 여동생을 따라 지은 이름이었다. 그녀가 당시 이민자들의 관문인 엘리스 섬에 도착하자 관리들이 세금 명목으로 16달러를 떼어갔다. 그녀는 4달러를 가지고 새로운 삶을 개척해야 했다. 그녀의 딸인 클라라도 강연장에 와서 수용소 출신 부모님을 둔 딸로서 자신의 경험을 들려주었다. 놀랍게도 클라라의 부모는 자신들이 겪은 그 모든 아픔에도 불구하고 딸이 어떠한 편견도 갖지 않도록 키웠다. 르네 씨는 딸의 얘기에 덧붙여, 절대 사람을 집단으로 판단해서는 안 된다고 말했다. 사람을 집단으로 묶어서 이름표를 붙이는 일은 무척 쉽지만, 그것이 바로 홀로코스트의 시작이라고 말이다.

강연이 끝난 뒤 우리는 강연자 분들과 센추리시티 메리어트 호텔에서 식사를 했다. 그루웰 선생님이 주말마다 그곳에서 일하기 때문에 호텔 측에서 성대한 식사 자리를 마련해주었다. 거기서 우리는 강연자 분들과 악수를 할 수 있었다. 저녁식사 동안 르네 씨가 우리 테이블로 오셔서 얘기를 나누었다. 그녀는 아우슈비츠에서 팔에 새긴 문신을 보여주었다. 마치 바코드 숫자 같았다. 그녀의 말에 따르면, 감염된 바늘로 문신을 새기는 바람에 피부병에 걸린 사람들도 있었다고 한다. 그녀는 문신을 새긴 의사가 조용히 일러준 대로 다른 사람에게 가서 문신의 잉크를 빨아내게 했다. 그렇게 하지 않으면 다음 날 그녀의 번호가 호명될 때 가스실로 끌려갔기 때문이다.

오늘 들은 모든 내용이 수업시간에 읽고 본 것들과 관련있다. 그루웰 선생님이 그 많은 강연자 분을 모신 걸 보면 참으로 놀랍다. 그분들을 만나고 나니 우리가 읽었던 책이 더 의미 있게 느껴지는 한편, 세상에서 이루지 못할 일은 없다는 사실을 깨달았다.

Diary 22

존 투 씨

 자정이 거의 다 되었다. 마치 마차가 호박으로 변할까 봐 급히 무도회장에서 빠져나온 신데렐라가 된 기분이다. 실제로 내가 방금 다녀온 곳은 '무도회장'이라고 부를 만하다. 모두들 한껏 차려입고, 우리 집의 전체 은식기보다 더 많은 은식기에 담긴 저녁을 먹었으며, 멋진 왕자님까지 만났으니 말이다. 하지만 이 왕자님은 나를 백마에 태우고 떠나지는 않을 것이다. 그래도 좋다. 예전에 한번 걷어차인 뒤로는 어차피 말을 싫어하니까. 여하튼 그는 나만의 동화에 나오는 왕자님이다. 그 왕자님의 이름은 '존 투'이고, 무도회가 열린 성은 LA에 있는 센추리시티 메리어트라는 대형 호텔이다. 그루웰 선생님이 일하는 그 호텔은 정말 성 같았다.

곳곳에 크리스털이 반짝였고, 화장실에는 진짜 수건이 걸려있었다. 화장실 바닥에는 종이 부스러기나 담뱃재 하나 없었고, 물론 학교처럼 떨어져 나간 문도 없었다. 심지어 휴지조차도 학교에서 학생 여럿을 보건실로 보내게 한, 사포처럼 거친 종이가 아니라 부드러운 고급 화장지였다. 화장실이 그렇게 상쾌한 곳인 줄 예전엔 미처 몰랐다. 저녁식사에 비하면 화장실도 별것 아니었다. O. J. 심슨(살인사건에 연루되어 9개월에 걸쳐 재판받은 전직 미식축구선수-옮긴이 주)의 알리바이보다 더 많은 코스 요리가 나왔다. 냅킨은 예술품 같았고, 요리는 완벽해서 차마 손대기가 조심스러울 지경이었다. 무엇보다 좋았던 점은 존 투 씨가 같은 테이블에 앉았다는 사실이다. 그는 우리에게 들려줄 말이 많았지만 우리가 자유롭게 얘기하도록 배려했다.

존 투 씨에게 나를 소개할 때는 무척 긴장되었다. 그는 왜 내 말을 들어주는 걸까? 아빠를 비롯해서 어느 누구도 내게 주의를 기울이는 사람은 없었다. 아빠가 떠난 뒤로 내내 외톨이가 된 기분이었고, 그것이 나 때문이라고 여겼다. 사람들이 모인 자리에 가면 늘 내 말은 전혀 중요하지 않다는 생각이 들었다. 하지만 존 투 씨는 진심으로 내게 관심을 보였다. 그는 나에게 방금 본 영화를 어떻게 생각하는지, 가장 마음에 드는 강연자가 누구인지 그리고 《만자나르여, 안녕》에서 최고로 꼽는 장면을 물었다. 어떻게 전혀 모르는 사람이 내게 그런 관심을 가져줄 수 있을까? 엄청난 부자인 그가 나를 마치 무도회의 여왕처럼 대해주었다. 우리 아빠조차 나를 아예 없는 사람처럼 취급했는데 말이다. 같이 얘기를 나눈 7분 동안, 존 투 씨는 7년 동안 아빠가 내게 준 것보다 더 많은 관심을 베풀었다.

모든 것이 멋졌던 저녁이 지나고 집에 돌아오니 내가 헤아릴 수 없이 많은 것을 잃고 있다는 생각이 들었다. 그것은 멋진 샹들리에나 풀코스 요리처럼 물질적인 것이 아니라 아빠와의 유대감이다. 나는 존 투 씨의 아이들이 부러웠다. 존 투 씨를 아빠로 부를 수만 있다면 돈은 그들이 다 가져도 좋다. 다만 존 투 씨의 아이들이 그들의 아빠에게서 아침저녁으로 듣는 인사나, 하루가 어땠는지 묻는 말들이 얼마나 소중한 것인지 알아주었으면 좋겠다. 유리 구두가 아니라 따뜻한 말 한마디만 들을 수 있다면, 그것이 내게는 완벽한 신데렐라 이야기일 것이다.

Diary 23

1학년의 변화

　1학년 동안 매우 많은 것을 배웠다. 그중 가장 중요한 한 가지는 사람이 변할 수 있다는 사실이다. 바로 나 자신이 그 예다. 모든 일은 올해 초 시작되었다. 3주 동안 혼자만의 방학을 보내고 학교로 돌아오니, 그루웰 선생님이 "왜 이렇게 오랫동안 수업에 안 들어왔니?"라고 물었다. 할 말이 없었다. 뭐라고 하지? 아팠다고 거짓말을 해야 하나, 아니면 솔직하게 학교가 싫어서 땡땡이를 쳤다고 해야 하나? 학교를 빠지면 자유가 생긴다. 학교에 가지 않으면 내 마음대로 할 수 있다. 하고 싶은 일을 얼마든지 할 수 있고, 아무한테도 대답할 필요가 없다. 게다가 어차피 학교에 있어도 신경 써주는 사람 하나 없다.

"내가 뭘 하든 아무도 신경 안 쓰는데 뭐하러 학교에 와요? 학교에 가지 않으면 더 나은 일을 할 수 있는데 뭐하러 여기서 시간을 낭비하느냐고요?"

선생님은 내 말에 마음이 아픈 듯한 표정을 지으며 다시 물었다.

"네가 말하는 '더 나은 일'이란 뭐니?"

처음 것보다 더 대답하기 곤란한 질문이었다. 사실 친구 방에서 대마초를 피우는 것 말고는 별로 한 일도 없었다. 땡땡이치는 날은 거의 죽치고 앉아서 대마초나 피워대곤 했다. 나는 엉겁결에 "집에 문제가 있어서 도와야 해요"라고 둘러댔다. 겁을 먹은 것이다. 아무래도 사실대로 말할 수가 없었다. 그루웰 선생님은 "내가 도와줄 일이 있니? 집에 전화해서 부모님하고 얘기를 해볼까?"라고 말했다. 나는 얼른 "안 돼요! 그러면 나한테 화낼 거예요"라고 대답했다. 엄마는 내가 학교에 잘 다니는 줄 알고 있다. 내가 첫날부터 학교를 빼먹었다는 사실은 꿈에도 모른단 말이다. 우리 집은 엄마 말고는 모조리 고교 중퇴자들이다. 그래서 엄마는 무슨 일이 있어도 학교를 마쳐야 한다고 귀에 못이 박히도록 말해왔다. 그나마 엄마가 학교를 무사히 졸업할 수 있었던 것도 극성스런 할머니 덕이다. 이제는 엄마가 예전의 할머니처럼 나를 닦달하고 있다. 만약 그루웰 선생님이 집에 전화해서 엄마에게 이 사실을 알린다면, 엄마는 놀라 나자빠질 것이다. 그리고 나를 낙오자로 생각할 게 뻔하다. 하지만 낙오자 소리를 듣는 건 문제가 아니다. 진짜 문제는 경찰한테 잡히는 것이다.

한번은 친구들하고 대마초를 피우고 있는데 경찰들이 들이닥쳤다. 망할, 나는 도망쳤다. 얼마나 빨리 달렸는지 친구들을 확인하지도 못했다. 우선 몸을 피하고 볼 일이었다. 다른 골목으로 돌아 들어가고 나서야 나 혼자뿐이라는 걸 깨달았다. 그래서 다시 돌아가려고 하는데 경찰에게 잡히고 말았다. 경찰은 나를 소년원에 집어넣었다. 그날 나는 내 인생에서 최악의 밤을 보냈다. 같이 수감된 다른 여자애들은 나를 못 잡아먹어서 안달이었다. 교도관에게 물어보니 전화를 할 수 있다고 말했다. 나는 엄마한테 전화해서 거짓말을 했다. 엄마한테도 거짓말을 했는데 그루웰 선생님한테 못 할 건 없다.

어느 날 선생님은 내 GPA(미국의 내신성적, 4.0점 만점 – 옮긴이 주)가 0.5점밖에 안 된다고 하면서 노력하면 더 잘할 수 있다고 격려했다. 죄책감이 들었다. 잠시 뒤 수업이 끝나 교실을 나서려는데 그루웰 선생님은 내 삶을 영원히 바꾸어놓을 얘기를 했다. 선생님은 "너를 믿는다"고 했다. 지금까지 내게 아무도 그런 말을 해준 적이 없었다. 특히 선생님들은 그런 말을 전혀 하지 않았다.

그루웰 선생님이 우리 반을 1년 더 맡게 되어서 정말 좋다. 선생님이 나에게 신경을 써준 뒤로 나도 나 자신을 돌보기 시작했다. 이제는 더 이상 학교를 빼먹지 않는다. 인정하기는 싫지만 학교가 조금씩 좋아지고 있다. 얼른 2학년이 되어서 그루웰 선생님을 만났으면 좋겠다. 2학년 때는 또 얼마나 재미있는 일들이 벌어질지 벌써부터 기대가 된다.

2학년

1995년 가을

그루웰 선생님의
세 번째 일기

월슨고등학교에서 아이들을 가르치기 시작한 뒤 일부 선생들은 나에게 반감을 품고 있는 것 같다. 그들은 내가 지나치게 열성적이고, 미숙하며, 가르치는 방식도 비정통적이라고 생각한다. 그러나 교사 휴게실에서 욕하던 학생들이 지역 신문에 소개되고, 스티븐 스필버그 감독에게 초청까지 받자, 그들은 나를 음해하기 시작했다.

아이들을 가르치면서 온갖 소문에 시달리고 나니 지난가을에 다시 학교로 돌아가기가 굉장히 망설여졌다. 국어부의 부장선생님은 내게 읽기 능력이 뒤떨어지는 1학년 아이들을 가르치는 업무를 맡기며, "잘난 그루웰 선생, 이런 아이들을 데리고 얼마나 잘하나 한번 봅시다!"라고 시비조로 말했다.

잘났다고? 1년차 교사로서 내가 얼마나 긴장하고 힘들어했는지 그녀는 모른다. 그녀는 나에 대해 알려고 노력조차 하지 않고, 나를 잘난 체하는 사람으로 낙인찍었다. 내가 보호하고자 했던 아이들처럼 나 역시 편견의 피해자였다. 선생들은 주로 정장을 입고 다니는 나를 프리마돈나라 부른다. 그들은 자신이 상대적으로 불성실하게 보인다는 이유에서 내가 아이들을 현장학습에 데려가는 일을 언짢아한다. 심지어 어떤 선생은 나를 적극적으로 도와준 존 투 씨가 나에게 흑심을 품고 있는 것 아니냐고 말하기도 했다. 이제야 신입 교사의 거의 절반이 초반 몇 년을 못 버티고 학교를 떠나는 이유를 알 것 같다.

한 선생이 내가 스필버그 씨의 비서에게 보낸 감사 편지를 출력해 다른 선생들에게 돌렸다는 걸 알았을 때, 나는 월슨고를 떠나는 문

2학년 1995년 가을

제를 심각하게 고민했다. 그 편지에는 봄 학기 현장학습으로 아이들을 '관용의 박물관'에 데려가는 일을 도와주어서 고맙다는 내용이 담겨있었다. 다른 선생이 특정 부분에 밑줄까지 그어진 편지의 복사본을 가져온 다음에야 그 사실을 알았다. 정말 참을 수 없었다. 왜 같은 동료의 컴퓨터를 함부로 열어보고 개인적인 편지를 출력한 걸까? 게다가 왜 복사까지 한 거지? 명백한 사생활 침해였고, 도저히 그냥 넘어갈 수 없는 일이었다. 그동안 꾹 참아왔지만 더 이상 화를 억누를 수 없었다. 결국 나는 윌슨고를 떠나기로 결심했다. 얼마 뒤 다른 고등학교에서 면접을 봤고, 일자리를 제의받았다. 먼저 교장선생님한테 이직 계획을 알리는 실수만 하지 않았더라면 깔끔하게 떠날 수 있는 기회였다. 교장선생님은 내가 학교를 옮기겠다고 하자 깜짝 놀라며 이유를 물었다. 나는 무심결에 이렇게 대답했다.

"선생님들이 전부 저를 못 잡아먹어서 안달이에요!"

그는 다시 물었다.

"설령 그렇다 해도 선생님의 학생들은 어떻게 해요? 모두 선생님의 2학년 국어수업을 듣겠다고 신청하지 않았나요? 만약 학기가 시작되고 선생님이 가버린 걸 알면 아이들이 실망하지 않을까요?"

그제야 나는 나의 위선을 깨달았다. 1년 내내 나는 아이들에게 사람을 쉽게 나쁜 쪽으로 일반화해서는 안 된다고 말했다. 그리고 사회적 편견에 희생당했던 분들을 초청해 집단적 낙인의 위험성에 대한 강연까지 듣게 했다. 홀로코스트의 생존자인 르네 파이어스톤 씨는 "일부 사람의 행동만 보고 전체 집단을 판단해서는 안 됩니다. 기억하세요. 독일인들이 전부 나치였던 것은 아닙니다"라는 말로 내 생각을 아이들에게 재차 전달했다. 그런데 정작 내가 '전부'라는 말로 동료 선생들을 매도하고 말았다. 나를 싫어하는 사람은 일부에 지나지 않았는데 말이다. 실제로는 나를 지지하는 선생들도 있었다. 만약 소수의 선생들 때문에 내가 윌슨고를 떠나버린다면 그 피해는 결국 아이들에게 돌아간다. 아이들은 많은 사람이 그랬던 것처럼 나도 그들을 포기했다고 생각할 것이다. 나는 내 손으로 시작한 일을 마무리 지어야 한다는 사실을 깨달았다. 어차피 인기투표에서 표를 얻으려고 교사가 된 건 아니다. 그래서 나는 윌슨고에 남아, 하찮은 갈등에 휘말리지 않고 문학을 가르치는 데 온 힘을 쏟기로 결심했다.

윌슨고에 남는다면 작년에 가르쳤던 아이들을 대부분 다시 맡을 것이다. 거기에 새로운 아이들도 들어올 것이다. 아무도 원하지 않는 아이들 말이다! 우리 반은 보호관찰 대상이나 마약중독 치료 중인 아이, 전학 조치를 당한 아이들을 몰아넣는 처리장이 되어버렸다. 하지만 샤로드가 삶의 태도를 바꾸어 올 6월에 무사히 졸업했듯이, 새로운 학생들에게도 희망은 있다. 모순되게도 아이들은 욕은 엄청나게 많이 하면서, 그들에게 가장 필요한 '희망'이라는 말은 거의 쓰지 않는다.

어느 1학년 학생에게 졸업할 때까지 학교를 다닐 생각이냐고 물은 적이 있다. 그 학생은 "졸업요? 젠장, 열여섯 살 생일까지 안 죽고 살 수 있을지나 모르겠어요"라고 대답했다. 그들에겐 졸업장보다 죽음이 더 가까운 현실인 것 같다. 나는 아이들의 숙명론적인 태도를 바꾸어보려고 운명을 개척한 이야기 위주로 올해의 독서 목록을 골랐다. 인종차별적인 낙서 사건 때문에 관용을 가르치기로 한 이후로, 나는 아이들에게 그 주제를 계속 상기시키며 확장해나가고 있다. 내가 고른 것은 위기에 처한 십 대들을 다룬 네 권의 책이다. 그것은 토드 스트라서의 《파도》, 엘리 비젤의 《밤》 그리고 《안네의 일기》와 《즐라타의 일기》이다. 특히 뒤의 두 권을 주요 교재로 활용할 생각이다.

우리 반 학생들은 안네, 즐라타와 놀라울 정도로 공통점이 많다. 아마 모두 같은 열다섯 살 동갑내기로서 비슷한 소외감과 불안을 느끼는 것인지도 모르겠다. 안네의 책은 매우 유명해서 쉽게 골랐지만, 비평가들이 '현대의 안네 프랑크'라고 칭송한 어린 보스니아 작가의 책을 발견했을 때는 정말 기뻤다. 작년 봄 잡지 《스코프》에서 커버스토리로 다룬 즐라타 필리포빅의 이야기를 읽고, 전쟁에 휩싸인 보스니아에서 쓴 그녀의 일기가 흥미롭게 다가왔다. 즐라타는 열 살 때부터 일기를 쓰기 시작했다. 안네가 자신의 일기에 '키티'라는 이름을 붙인 것처럼, 즐라타는 일기를 '미미'라고 불렀다. 그리고 나치의 점령하에 안네의 삶이 극적으로 변했듯이, 즐라타의 삶도 사라예보에 전쟁이 터지면서 엄청난 변화를 맞았다. 공부와 MTV에 관심을 기울이던 즐라타는 갑자기 학교가 폐쇄되고 국립도서관이 파괴되는 상황에 놓였다. 전쟁이 진행되는 동안 그녀는 자신이 체험한 식량 부족과 연일 이어지던 포격 그리고 아이들의 죽음을 기록했다.

즐라타가 열한 살이 되던 1991년, 평화로웠던 도시가 전쟁에 휩싸이는 모습을 목격했듯이, 우리 반 아이들은 로드니 킹 사건 판결 이후 LA 시내가 말 그대로 불길에 휩싸이는 장면을 목격했다. 즐라타가 과거에 뛰어놀던 거리에서 저격수의 총알을 피해야 했듯이, 우리 반 아이들은 총격전의 유탄을 피해야 했다. 즐라타가 무자비한 전쟁의 폭력에 친구들이 죽어가는 모습을 보아야 했듯이, 우리 반 아이들은 무자비한 갱단의 폭력에 친구들이 죽어가는 모습을 보아야 했다.《즐라타의 일기》에는 사라예보 군인들이 검은색 크레파스로 세르비아계의 집에는 'S(Serbs)', 크로아티아계의 집에는 'C(Croats)', 이슬람계의 집에는 'M(Muslims)'이라고 표시했다는 내용이 있다. 우리 반 아이들 역시 비슷한 편견의 검은색 크레파스를 보았을 것이다. 그 크레파스는 백인에게는 'W(Whites)', 흑인에게는 'B(Blacks)', 남미계에는 'L(Latinos)', 아시아계에는 'A(Asians)'라는 낙인을 찍는다.

나는 우리 반 아이들이 이 책들 속에서 자신과 같은 십 대가 모범적으로 살아가는 모습을 발견할 수 있으리라고 기대한다. 하지만 책이 도착하려면 아직 멀었으니까 그때까지 그들의 현실과 관련 있는 단편소설과 연극을 접하게 할 계획이다. 아마 예술과 자신의 삶이 닮았다는 사실에 모두 놀랄 것이다.

노숙자

새벽 다섯 시. 자명종 소리에 깜깜한 방에서 눈을 떴다. 아직 동이 트기 전이라 더 자려고 했지만 자명종이 계속 울어댔다.

나는 자명종을 방바닥에 집어던졌다. 겨우 울림이 멈추었다. 그런데 자명종이 떨어진 곳을 보다가 나도 바닥에 누워있다는 걸 깨달았다. 왜냐고? 침대가 없으니까. 나는 불을 켜고 하루를 시작했다. 옷을 입으려고 거울 앞을 지나가는데 거울 속으로 내가 잔 자리가 보였다. 두꺼운 이불과 베개 하나가 다였다.

거울에 비친 풍경은 그곳이 내 방이 아니라는 사실을 다시 한 번 알려주었다. 슬펐다. 눈물이 나올 것 같았다. 나는 옷장에서 꺼 낸 옷을 움켜쥐고 긴 복도를 지나 욕실로 갔다. 결국 샤워하는 동안 울고 말았다. 눈물이 물과 뒤섞여 얼굴을 타고 흘러내렸다. 나는 눈물과 함께 찾아온 아픔을 순순히 받아들였다. 그것이 현실에 대처하는 유일한 방법이었다. 방도, 복도도, 욕실도 내 것이 아니었다. 엄마가 복도 저편 방에서 자고 있지만 이곳은 우리 집이 아니다. 우리 가족에게는 더 이상 집이 없다.

다섯 시 반. 샤워를 끝내고 학교에 갈 준비를 모두 마쳤다. 오늘은 윌슨고등학교 2학년으로 시작하는 첫날이다. 여름 내내 못 만났던 친구들을 볼 수 있으니 기분이 좋아야 당연했다. 하지만 나보다 최악의 여름을 보낸 친구는 없을 것이다. 지난여름은 14년 동안의 내 인생에서 가장 힘겨운 시간이었다. 그 모든 일은 결코 잊을 수 없는 한 통의 전화로부터 시작되었다. 엄마는 울면서 마치 숨이 넘어갈 것처럼 조금만 더 시간을 달라고 애걸복걸했다. '어른들의 일'은 전혀 신경 쓰지 않았지만 이번만큼은 온 신경을 곤두세워 통화에 귀 기울였다. 엄마가 우는 모습은 다시 보고 싶지 않았다.

엄마는 전화기를 내려놓고 돌아서면서, 두려움과 혼란에 빠진 표정으로 서있는 나를 보았다. 나는 대체 무슨 일이 생긴 건지 어리둥절했다. 엄마는 내 손을 꽉 쥐더니 나를 끌어안으며 미안하다고 했다. 그러고는 아까보다 더 격렬하게 울기 시작했다. 내 어깨에 떨어지는 엄마의 눈물이 무척 아프게 느껴졌다. 엄마는 우리가 집에서 쫓겨나게 되었다고 말했다. 그러면서 엄마 노릇을 제대로 못해서 미안하다는 말을 되풀이했다. 한 달 치 월세가 밀린 상태였다. 하필 집주인도 돈이 궁했던 터라 상황이 더 안 좋았다. 나는 겨우 열네 살이라 일자리를 구할 수 없었다. 우리 동네에서 내가 돈을 벌 수 있는 방법은 마약을 파는 것뿐이지만, 차마 그런 일은 할 수 없었다. 아이들이 여름방학을 즐기는 동안, 나는 옷과 짐을 상자에 집어넣으며 어디로 가야 할지 막막해하고 있었다. 엄마에겐 앞으로 어떻게 해야 할지, 어디로 가야 할지 아무 대책이 없었다. 기댈 만한 다른 가족 또한 없었다. 들어올 돈도 없었다. 직업이 없는 엄마는 새로 집을 구할 만한 돈을 갖고 있지 않았다. 어떻게 하지? 도와줄 아버지도 없이, 엄마와 나는 세상에 단 둘뿐인데……. 집행관의 반갑지 않은 방문을 앞둔 전날 저녁, 나는 하나님께 이 힘든 상황에서 벗어나게 해달라고 기도했다. 그러고는 슬픔과 절망에 휩싸인 채, 기적이라도 일어나길 기대하며 억지로 잠을 청했다.

강제 퇴거일 아침, 나는 시끄럽게 문을 두드리는 소리에 잠에서 깼다. 집행관이 자기 일을 하러 찾아온 것이었다. 우리는 정신없이 짐을 밖으로 뺐다. 나는 여전히 기적을 바라며 하늘을 올려다보았고, 엄마는 묵묵히 짐만 옮겼다. 나는 걱정스런 마음으로 엄마를 바라보았다. 다행히 우리 교회 목사님이 크고 좋은 집에서 혼자 사는 분을 소개해주셨다. 그분은 목사님에게서 우리 사정을 전해 듣고는 기꺼이 방을 내주었다. 평소 알고 지내던 집행관보다 낯선 사람이 훨씬 더 따뜻하게 우리를 대해주었다.

여섯 시. 버스를 기다리는 중이다. 지난여름의 일들이 끊임없이 반복되는 노래처럼 내 마음속을 지나간다. 나는 나 자신에게 최악의 상황은 아니지 않느냐고 말했다. 그래도 이런 일을 겪은 것은 처음이다. 생일이나 크리스마스 때마다 인기 있는 게임을 사달라고 졸랐던 일 때문에 죄책감이 들었다. 우리 형편에 맞게 덜 비싼 걸로 만족했어야 했는데 말이다.

여섯 시 45분. 통학버스 정류장까지 가는 버스를 탔다. 그런데 학교는 왜 가는 거지? 집도 없는데 학교가 무슨 소용이야? 친구들이 여름방학 때 무엇을 했는지 물어보면 뭐라고 대답하지? 살던 집에서 쫓겨났다고? 그렇게 말할 수는 없다. 그건 누구한테도 말하지 않을 거다. 친구들은 모두 새 옷에, 새 신발 그리고 새로운 스타일의 머리를 하고 오겠지. 나는 어떠냐고? 작년에 입던 옷에, 낡은 신발 그리고 여전히 똑같은 머리 모양을 하고 있다. 마음을 고쳐먹고 좋은 성적을 얻고자 노력해봤자 아무 소용없을 것 같다. 모조리 쓸데없는 짓이다.

일곱 시 10분. 학교 앞에 버스가 섰다. 갑자기 위장이 쪼그라드는 것 같다. 토할 것처럼 속이 울렁거린다. 버스에서 내리자마자 아이들이 나를 보고 비웃을 것 같은 기분이 든다. 하지만 작년에 국어수업을 같이 들었던 두어 명의 아이들이 반갑게 나를 맞아주었다. 순간 떠오른 사람이 있다. 괴짜 그루웰 선생님이다. 그녀는 내가 미래에 대한 희망을 갖게 해준 유일한 사람이다. 친구들과 작년에 국어반에서 겪었던 모험들을 얘기하다 보니 기분이 나아지기 시작했다.

일곱 시 45분. 시간표를 보니 첫 수업이 203호 교실에서 받는 그루웰 선생님의 국어다. 교실에 들어서자 모든 문제가 내 인생에서 그리 심각하게 느껴지지 않았다. 이제야 나는 내 집에 도착한 것이다.

Diary 25

낭포성 섬유증

젠장! 새 학기가 막 시작되었는데 난 다시 병원에 가야 한다. 이번엔 수술까지 받는다. 의사들은 한 주나 두 주 정도 학교를 빠져야 할 거라고 말한다. 정말 그들의 말이 맞았으면 좋겠다.

나는 낭포성 섬유증(주로 백인에게서 나타나는 유전 질환 - 옮긴이 주)이라는 폐질환 때문에 자주 병원 신세를 졌다. 이 병은 지금까지 끊임없이 나를 괴롭힌다. 숨 쉬는 것조차 힘들 지경이다. 한번 발작이 시작되면 5분에서 15분 주기로 쉴 새 없이 기침이 터져 나온다. 그러면 공부에 집중할 수 없고 호흡마저 힘들어진다. 게다가 산소 부족으로 늘 편두통에 시달린다. 체중도 문제다. 제대로 소화를 못 시키니 체중이 늘질 않는다. 그래서 소화제를 달고 살며, 호흡 요법을 병행해야 한다. 안 그러면 심한 복통을 앓는다. 어쨌거나 체중은 계속 줄어들기만 한다.

나는 여섯 달 이상 폐 이식 대상에 올라있었다. 폐 이식 수술을 받지 않으면 아마 몇 년 살지 못할 것이다. 이번 수술을 무사히 넘길 수 있을지도 모르겠다. 물론 아무 일 없겠지만 앞으로도 힘들고 무서운 날들이 나를 기다리고 있다. 어떤 일이 생길지 모르니까 마음의 준비를 단단히 해두어야 한다. 학교와 친구들이 그리울 것이다. 특히 그루웰 선생님과 국어반이 제일 보고 싶을 것 같다. 작년에 입원해 있을 때, 선생님의 카드에 반 아이들이 모두 사인을 해서 보내주었다. 선생님이 직접 병문안을 온 적도 있다. 입원하는 바람에 놓치는 일이 많지 않았으면 좋겠다. 두 주 이상 입원하지 않아도 되도록 수술이 잘되기만을 빌 뿐이다. 그보다 오래 학교에 가지 못하는 건 싫다. 학교는 내가 좋아하는 유일한 곳이기 때문이다.

Diary 26

부끄러움

오늘 국어수업에 들어갔더니 책상이 전부 벽을 따라 빙 둘러 놓여있었다. 칠판에는 '열두 명의 성난 사람들(어느 소년범의 유죄 여부를 놓고 대립하는 열두 명의 배심원 이야기 – 옮긴이 주)'이라는 연극 제목과 등장인물들의 이름이 적혀있었다. 선생님이 연극을 시킬 모양이었다. 어쩌면 재수 없게 내가 제일 먼저 뽑힐지도 모른다. 왜 하필 이 반으로 오게 되었을까?

이 반 아이들은 모두 친해 보인다. 〈치어스〉라는 텔레비전 쇼 프로그램의 등장인물들처럼 서로 잘 아는 사이 같다. 뭐, 나는 원체 말이 없어서 내 이름을 아는 아이는 없겠지만 말이다. 그래도 그냥 그렇게 지내는 게 편하다. '세상에…… 선생님이 나를 본다.

정말로 나한테 역할을 맡기려는 건가?' 그러면 모두 내 이름을 알게 될 거다. 나는 짐짓 신경 쓰지 않는 것처럼 보이려고 가방을 뒤진다. 뭐라도 들여다봐야 하니까. 난 하기 싫다. 이런 스트레스는 받고 싶지 않다. 휴, 선생님이 나를 그냥 지나쳤다. 이번엔 운이 좋았던 것 같다. 나는 사람들 앞에 서는 게 영 불편하다. 그런데 이 선생님은 늘 말을 건다. 갑자기 불러서는 질문하기 일쑤다. 마치 묻기만 하면 누구나 즉석에서 멋진 대답을 할 수 있다고 여기는 것 같다. 왜 혼자서 강의만 하지 않는 걸까? 왜 다른 선생님들처럼 지겨운 수업을 해주지 않는 걸까?

열두 명의 성난 사람들

살인, 사람의 목숨을 뺏는 것. 그 영혼을 훔치는 것. 이는 결코 보상하거나 사과할 수 없는 범죄이다. 최근 살인이라는 단어가 내 주위를 둘러싸고 있다. 고개를 돌리는 곳마다. O. J. 심슨의 재판이 텔레비전에서 흘러나온다. 그루웰 선생님은 수업시간에《열두 명의 성난 사람들》을 읽게 했다. 그리고 오늘 오후 두 시 형이 살인죄에 대한 판결을 받는다. 삭막한 배심원실에 모여서 형의 운명을 좌우할 '열두 명의 성난 사람들'이 자꾸 생각난다. 형은 왜 거액의 수임료를 주어야 하는 훌륭한 변호사에게 변호받을 수 없는 걸까? 형의 변호를 맡은 사람은 아마 그 자신도 형이 유죄라고 믿고 있을 국선 변호사이다.

텔레비전에서 O. J. 심슨의 재판을 지켜보았다. 검사가 강력한 증거를 들고 나오면, 이어 변호인단이 다른 증거로 맞받아쳐서 배심원들의 마음을 바꾸어놓는 것 같았다. 반면 형의 유일한 희망은 현장에 같이 있던 진범의 자백뿐이다. 그러나 판사는 이렇게 말했다.

"해당 피고는 법적 효력을 가지지 않은 사람에게 자백하였습니다. 따라서 그의 자백은 무효이며, 유효한 증거로 채택될 수 없습니다."

변호사는 형에게 무죄를 주장하지 말고 차라리 묵비권을 행사하라고 조언했다. 결국 정의는 나쁜 사람을 교도소에 보내는 것이 아니라, 단지 누군가에게 죗값을 치르게 하는 것이라는 사실이 다시 한 번 드러났다. 《열두 명의 성난 사람들》에서는 소년의 무죄를 확신한 한 명의 배심원이 다른 열한 명의 마음을 돌렸다. 하지만 내가 일말의 희망을 품자마자 그것은 단지 이야기에 지나지 않는다는 것을 깨달아야 했다. 오늘 두 시에 형은 유능한 변호사도, 수호천사가 되어줄 배심원도 없이 법정에 섰다. 그리고 15년형을 선고받았다.

Diary 28

우등생

나는 초등학교 이후 쭉 우등반에 있었다. 일류 선생님들에게 최상의 교육을 받을 수 있으니 운이 좋다고 생각했다. 나의 미래는 더없이 밝아 보였다. 중학교에 들어갔을 때, 내가 아는 아이들은 모두 같은 우등반에 속한 친구들뿐이라는 걸 깨달았다. 우리는 다른 학생들과 어울리지 않았다. 그것은 무언의 규칙이었다. 우리는 우등반에 속하지 않은 아이들과 얘기를 나눌 수 없었고, 혹은 그들이 우리와 얘기를 나눌 수 없었다. 올바르지 않다는 걸 알았지만, 내가 아는 규칙은 그것밖에 없었다.

고등학교에 입학해서도 우리 학군에서 최고의 학생들이 모인 우등반에 들어갔다. 첫 학기의 중반까지는 그것이 잘된 일인 줄로만 알았다. 그러나 시간이 지날수록 공부할 내용이 많아서 제대로 생각할 수조차 없었다. 숙제에 치여 다른 일은 할 엄두도 내지 못했다. 게다가 로봇처럼 혼자서 진도만 나가는 선생님들 때문에 수업에 집중할 수 없었다. 중요한 내용을 가르치고 있다는 건 분명했지만 집에 오면 하나도 기억나지 않았다. 하룻밤에 읽어야 할 분량이 어마어마했고, 한 주 내내 시험의 연속이었다. 도저히 공부가 되지 않았다. 결국 나는 우등반을 나와서 윌슨고등학교로 전학했다. 이 학교에서는 나아지기를 빌면서 말이다.

윌슨고에서도 우등생 과정이 따로 있었다. 우등반에 들어가려면 몇 가지 자격을 갖추어야 했다. 당연히 평균 성적이 좋아야 하고, 출석률이 높아야 하며, 다른 학생들보다 많은 과목을 수강해야 했다. 쉽지 않은 일이었지만 이전보다는 현실적인 목표로 느껴졌다. 나는 새로운 각오로 우등반에 들어갔지만, 거기도 내게 맞지 않았다. 우등반 선생님들은 마치 자신이 우리의 상전인 것처럼 도도하게 굴었다. 같은 반 아이들을 둘러봐도 도무지 불편하기만 했다. 모두 다음 날 어떤 옷을 입어야 할지가 유일한 고민거리인 부잣집 백인 아이들뿐이었다. 그들은 자신의 인종과 집안 배경 그리고 자신이 우등반이라는 사실에 우월감을 갖고 있었다. 나 역시 백인이고, 같은 부자 동네에 살며, 우등생이었지만 그 무리에서 벗어나고 싶었다. 그때 친구가 자신의 국어반에 대해 얘기했다. 그녀는 끝도 없이 자랑을 늘어놓았다. 캐멀롯(아서왕 전설에 나오는 왕국-옮긴이 주) 이야기를 읽을 때, 그녀의 선생님은 재미를 더하려고 여왕처럼 차려입고 교실에 나타났다고 한다. 게다가 그 반 아이들은 수업시간에 읽은 책의 내용을 연극으로 옮기도 했다. 한 번도 들어본 적 없는 수업 방식이었다. 우등반에서는 책이라도 크게 읽을 수 있으면 그나마 운이 좋은 편이었다. 친구의 말을 듣고 나니 그루웰 선생님의 반에 꼭 들어가고 싶었다.

하지만 정작 들어가고 나니 굉장히 불안했다. 첫 주 동안 선생님은 내가 반에 적응하도록 도와주었다. 그녀는 게임 등을 활용해 아이들이 책의 내용이나 단어를 쉽게 배우도록 이끌었고, 아이들의 질문에 귀 기울였다. 진심으로 학생들을 아끼는 마음이 느껴졌다. 그녀는 우리가 이해할 수 있는 수준으로 설명한다. 일방적으로 가르쳐야 할 대상이 아니라, 같이 대화를 나누는 어엿한 한 사람으로 대우받는 기분은 정말 최고다.

매력적인 중세 이야기

요즘 그루웰 선생님의 수업시간에 아서왕과 캐멀롯의 전설을 배우고 있다. 처음엔 반 아이들 대부분이 중세의 전설에 별 흥미가 없었다. 그루웰 선생님은 우리의 심드렁한 반응을 보고는 수업 참여도를 높이려고 약간의 상을 걸었다. 그녀는 시험에 통과한 학생들을 모두 중세 풍 레스토랑에 데려가겠다고 약속했다. 거기서 현장학습으로 레스토랑이 재현한 중세의 분위기를 체험하고, 기사들이 벌이는 일대일 대결을 즐기면서 멋진 저녁식사를 한다는 얘기였다. 사실 우리에게 재미를 곁들인 직접적인 체험보다 더 나은 교육 방법은 없다. 두말할 것도 없이 선생님의 발표이후 우리의 관심도는 급상승했다. 모두 아서왕의 모험을 열심히 파고들기 시작했다. 나 역시 마찬가지였다. 우리는 점차 수업에 빠져들면서 상이 아니라 이야기 자체에 매력을 느꼈다. 물론 잘하면 함께 저녁을 먹으며 재미있는 시간을 보낼 수 있다는 사실도 전혀 나쁘지 않았다.

시간이 지나면서 나는 수업 내용을 꽤 깊이 이해하게 되었다. 뿌듯했다. 이제 나는 위대한 문학작품을 이해할 뿐 아니라 그에 대해 토론할 수도 있다. 그것도 영화를 통해서가 아니라 직접 책을 읽어서 깨달은 것이다.

드디어 시험 날이 되었다. 교실로 가는 동안 무척 긴장했다. 하지만 나는 시험을 잘 치렀고, 다른 아이들도 그랬다. 스스로 원했고 열심히 노력해서 얻은 보상이기에 더 기분이 좋았다. 그러나 이런 승리 분위기에 초를 치는 일이 일어나고 말았다. 오랫동안 기다렸던 현장학습 전날, 다른 선생이 나와 또 한 명의 아이에게 깡패 같은 옷을 벗고 단정한 복장을 하지 않으면 현장학습에 가지 못한다고 말하는 것이 아닌가? 깡패 같다고? 언제부터 깡패들이 게스 셔츠에다가 허리에 꼭 맞는 리바이스 바지를 입었지? 깡패들은 항상 하얀 티셔츠에다가 실제 허리 사이즈보다 세 배는 더 큰 바지만 입고 다니는 줄 알았는데! 어쩌면 그 선생은 내 인종 때문에 그렇게 본 건지도 모르겠다. 아무튼 알 수 없고 혼란스러웠다. 선생이 혼자서 멋대로 규칙을 정하다니 웃기는 일이다. 그는 단지 인솔 교사로 따라가는 것뿐인데 말이다. 아무리 선생이라도 아무 때나 규칙을 들이대는 건 곤란하다. 나는 신경 쓸 것 없다고 생각했다. 그 선생이 요구한 넥타이는 없었지만 최대한 말끔하게 차려입으면 되지 싶었다. 다음 날, 나와 내 친구가 버스를 타려고 줄을 서있는데 인솔 교사가 와서 우리를 줄 밖으로 내보내고 다른 아이들을 먼저 태웠다. 그는 자신이 전날 말한 대로 우리가 넥타이를 매지 않아서 현장학습에 참가할 수 없다고 했다. 어처구니가 없었다. 정말 열심히 노력해서 얻은 기회인데 겨우 복장 때문에 참여할 수 없다니!

우리 둘은 당혹감과 실망감에 사로잡혀 집으로 갔다. 다음 날, 만나는 아이들마다 왜 현장학습에 오지 않았는지 묻는 통에 짜증이 났다. 사실 진짜 화가 나는 건 현장학습이 아주 재미있었다는 친구들의 자랑을 듣는 일이었다. 얼마 뒤 나는 그루웰 선생님과 함께 그 인솔 교사를 찾아갔다. 그루웰 선생님은 불같이 화를 내며 그 선생과 싸웠다. 그루웰 선생님 역시 내가 현장학습에 갈 권리가 있었음에도 불구하고 복장 때문에 부당한 차별을 받았다고 생각했다. 결국은 그 인솔 교사가 차별 행위에 대해 사과했지만, 용서는 하되 결코 잊지는 않을 것이다. 복장 규정을 최대한 따랐는데도 겨우 넥타이를 매지 않았다고 해서 정당한 권리를 거부당하는 것은 용납할 수 없다. 사람들이 겉모습만으로 남을 판단하지 않는 날이 오기를 꿈꾸며……

관용의 교훈

　어린 시절 내내 나는 '안경쟁이', '장님', 심지어 '잠자리 눈깔'이라는 놀림을 받으며 자랐다. 중학교 때까지 반 아이들이나 모르는 아이들한테 시달려서 매일 울다시피 집에 오곤 했다. 아이들이 하도 짓궂게 굴어 엄마에게 전학을 시켜달라고 조른 적도 있다. 그래서 나는 부끄럼 많고 불안정하며 말 없는 여자아이가 되었다. 혹시라도 내 뒤에서 나를 놀릴까 봐 두려워 친구를 사귈 수 없었다. 나는 늘 외톨이였다.

　며칠 전 내 옆에서 과학수업을 같이 듣던 여자애가 나의 시력을 가지고 무례한 말을 했다. 내가 시력 문제에 굉장히 예민하다는 걸 알아차렸던 것이다. 무시하려고 했지만 그 아이는 내 옷 위에 낙서까지 하려고 했다. 나는 벌떡 일어나서 "야! 이런 거 열나 짜증나거든?"이라고 말해버렸다. 평소 같으면 그냥 못 들은 척했을 내가 그런 말을 하다니 믿을 수 없었다. 그 아이는 "닥쳐, 이년아"라고 맞받아쳤다. 욕을 듣고 나자 화를 참을 수 없었다. 그래서 나는 그 아이의 뺨을 갈겨버렸다. 지난 몇 년 동안 나를 놀렸던 아이들의 모습이 그 아이의 얼굴에 겹쳐졌다. 순간 어린 시절 내내 쌓였던 분노가 걷잡을 수 없이 터져 나왔다. 얼마나 화가 났는지 나는 그만 이성을 잃었다. 정말로 아무것도 눈에 보이지 않았다. 과학선생님이 우리 둘을 떼어놓았을 때, 내 몸은 주체할 수 없이 부들부들 떨렸다. 그다음엔 어떻게 됐는지 기억나지 않는다.

내가 싸웠던 일을 털어놓자, 그루웰 선생님은 입술이 두껍다고 놀림받은 샤로드라는 학생의 이야기를 들려주었다. 그의 외모를 못되게 그린 낙서를 보고 선생님도 이성을 잃어버린 적이 있었던 모양이다. 그러나 그루웰 선생님은 아이들을 마구 꾸짖고 난 뒤에야 비로소 자신이 몰랐던 사실을 깨달았고, 더 나은 선생님이 되었다고 한다. 나도 이번 일을 통해 더 나은 사람이 될 수 있을지 모르겠다.

Diary 31

변화를 위한 건배

수업 시작종이 울리고, 아이들이 교실로 들어왔다. 책상은 전부 벽에 밀어져있었다. 교실 곳곳에 음료수와 플라스틱 잔이 놓인 테이블이 있었다. 나는 '무슨 일이야? 파티라도 하나?'라고 생각했다. 그루웰 선생님이 제정신이 아닌 것처럼 손을 흔들어댔지만, 아무도 그녀의 이상한 행동에 별 반응을 보이지 않았다. 우리는 모두 그루웰 선생님의 유별난 구석에 익숙했다.

학기 내내 놀라운 일이 많이 일어났다. 그루웰 선생님이 책상 위에 올라가 '변화'에 대해 얘기한 적이 있다. 나는 '도대체 뭘 하려고 저러는 거지?'라고 의아해했다. 선생님이 말하는 변화는 뭐지? 그런데 아이들이 울기 시작하는 것이다. 나는 '왜 다들 우는 거야?'라고 생각했다. 도무지 이해할 수 없는 일이었다. 그루웰 선생님은 또한 반스앤노블(미국의 유명 서점-옮긴이 주)에서 산 책들을 우리에게 나누어주기도 했다. 나는 책을 보고 엄청 좋아서 펄쩍펄쩍 뛰고 싶었다. 바로 그 자리에서 읽고 싶을 정도였다. 새로 받은 책에 완전히 정신이 팔려서 그걸로 수업할 거라는 사실도 까맣게 잊어버렸다. 누구도 손댄 적 없는 책의 페이지마다 기분 좋은 새 차 냄새가 났다. 나는 엘리 비젤의 《밤》을 읽기 시작했다. 토드 스트라서의 《파도》와 《안네의 일기》 그리고 《즐라타의 일기》도 얼른 읽고 싶었다.

처음에는 앞으로 독후감 숙제를 많이 해야 할 것 같다는 생각이 들었다. 그러나 선생님은 우리에게 '관용을 위한 책 읽기 운동' 얘기를 했다. 도대체 무슨 소리를 하는 거지? 선생님은 우리와 비슷한 상황의 주인공이 나오는 책들이기 때문에 아주 재미있을 거라고 말했다. 우리는 모두 어려운 시기를 지나고 있는 십 대들이었다. 이 시기를 꿋꿋하게 헤쳐나가는 친구들도 있고, 안 그런 친구들도 있다. 세상은 원래 그런 것이다. 나는 그저 성공하는 사람 중 한 명이었으면 좋겠다. 하지만 나는 항상 변해야 하는 학생 중 한 명이었다. 나는 그 사실을 부정할 수 없다. 엄마는 나의 변화에 별로 도움이 안 된다. 엄마의 눈에 나는 아무 문제도 없는 아이이기 때문이다. 내가 학교에서 어떤 나쁜 짓을 하건 심지어 마약을 할지라도 여전히 나는 '엄마의 귀여운 딸'이다. 아빠는 정반대다. 아빠는 내가 뭘 하건 잘하는지 못하는지 전혀 관심이 없다.

모두 나이가 들면서 좋은 쪽으로든, 나쁜 쪽으로든 변한다. 그래서 나는 많은 사람이 가지지 못한 기회를 갖고 있다고 생각한다. 내게는 아직 더 나은 쪽으로 변할 기회가 남아있다. 나는 그런 기회를 준 천사를 내게 보내주신 하나님께 감사드린다. 사람들은 내가 마약중독자나 미혼모 혹은 퇴학생이 될 거라고 생각한다. 하지만 내게는 아직 그들이 틀렸다는 걸 증명할 기회가 남아 있다.

더 나은 변화

　두 명의 동네 형이 죽은 지 1년이 지났다. 진짜 모두가 최고라고 인정하는 형들이었다. 두 사람은 우리 구역에서 제일 인기가 많았다. 나도 크면 그들처럼 되고 싶었다. 그래서 두 형한테 잘 보이려고 엄청 노력했다. 그런데 어느 날 내가 학교에 있는 동안, 둘이 강도짓을 하다가 죽고 말았다. 어쩌면 나도 거기에 같이 낄 뻔했다.

　그 사건 이후 나는 인생을 완전히 다른 관점에서 바라보기 시작했다. 지금까지 내가 잘못된 길을 걸어왔다는 생각이 들었다. 지금은 나와 또 한 명의 제일 친한 친구가 우리 구역에서 가장 나이가 많다. 다른 나이 든 갱스터들은 죄다 땅 밑이나 쇠창살 안에 있는 걸 생각하면 정말 불쌍하다. 시간이 지나면서 나는 조금씩 생활방식을 바꿔나갔다. 나보다 어린 동생들에게 패배자의 모습을 보이기 싫었다. 지금까지 우리 동네에 해만 끼쳤으니까, 이제는 뭔가 도움이 되는 일을 하지 않으면 안 된다. 동네 동생들은 모두 나를 본받는다. 그래서 옳은 일이 무엇인지, 잘못된 일은 어떻게 가려내는지 보여주려고 최선을 다하고 있다. 지금은 이웃 사람들도 나를 좋아한다. 마치 내가 우리 구역의 '구세주'인 양 뿌듯하고 보람차다. 하지만 내 인생을 바꾸는 데 두 사람의 목숨이 필요했다는 사실을 떠올리면 가슴 아프다.

인생을 바꾸는 일은 언제 해도 늦지 않다. 내가 해냈으니 다른 사람들도 할 수 있을 것이다. 모든 것은 자신의 의지에 달렸다. 새 출발을 한 나는 운이 좋은 사람이다. 먼저 간 두 형이 나와 같은 기회를 얻지 못했다는 것이 진심으로 안타까울 뿐이다.

진실한 증언

'같은 핏줄, 같은 인종을 배신해서는 안 돼!'

법정 복도를 걸어서 판사 옆에 놓인 차가운 의자를 향해 가는 동안 이 말이 머릿속을 맴돌았다. 나는 나 자신에게 계속 '정신 바짝 차려. 친구의 미래가 나한테 달렸으니까 증인석에서 딴소리 하지 마'라고 스스로를 세뇌시켰다. 나는 교육받은 대로, 친구를 지키기 위해서는 거짓말도 할 수 있다는 확신이 들었다. 나는 걸어가면서 다른 사람과 눈을 마주치지 않으려고 앞만 바라보았다. 어찌나 조용한지 들리는 소리라고는 대리석 바닥 위를 걷는 내 발소리와 심장 소리뿐이었다. 증인석 앞에서 뒤돌아서니 낯선 눈길들이 나를 향하고 있었다. 그 눈길들은 왠지 모르게 내 가슴 깊은 곳을 건드렸다. 모두들 나의 증언을 기다리고 있었다.

의자에 앉으면서 방청석이 나뉘어있다는 사실을 깨달았다. 한쪽에는 내 가족과 친구들이 모여 앉아있었다. 친구들은 대부분 캘리포니아에서 가장 악명 높은 갱단 소속이다. 그들은 내가 증언하고 나면 혹시라도 상대편 사람들이 나를 해코지할까 봐 걱정스런 마음에 온 것이다. 나를 지켜줄 친구들이 있지만 나는 여전히 불안했다. 아무리 친구라 하더라도 내가 정말로 두려워하는 한 가지는 막을 수 없기 때문일 것이다. 그것은 바로 죄책감이다. 하지만 내가 해야 할 일은, 친구들 눈을 바라보면서 같은 인종을 변호하는 것이 유일한 선택이라는 것을 다시 한 번 확신했다. 나는 파코가 무슨 짓을 했건 간에 그를 옹호해야 했다. 친구들은 내가 파코를 절대 배신하지 않을 거라고 믿었다. 그는 나를 위해 주저 없이 자신의 목숨을 바칠 것이고, 나 역시 그럴 것이다. 그러니 내가 여기서 해야 할 일은 그날 밤 일어난 사고에 대해 거짓말하는 것밖에 없다. 그날 밤 여자친구에게 헌신적인 파코는 다른 여자의 유혹을 뿌리쳤다. 그리고 다른 패거리에게 시달리는 나를 보호하려고 했으며, 나에게 덤빈 녀석들에게 다시는 괴롭히지 말라고 경고했을 뿐이다.

법정 맞은편에는 살인 누명을 쓴 사람의 가족이 앉아있었다. 그의 가족과 친구들은 분노에 찬 눈길로 나를 바라보았다. 나는 그 이유를 알고 있었지만 신경 쓰지 않았다. 그들이 두렵지는 않았다. 그들은 우리의 라이벌 갱단이고 사건은 자기들이 자초한 일이었다. 그들은 이미 내 친구를 죽였고 몇 주 전에는 나를 공격했다. 그런데 그 사람들 중 유독 한 명이 눈에 띄었다. 그녀의 얼굴은 분노가 아니라 슬픔과 그 슬픔을 억누르려는 의지로 가득했다. 갑자기 고통스런 기억이 떠올랐다. 나를 바라보는 그녀의 눈에서 눈물이 흘러내렸다. 그녀는 자신의 무릎에 앉은 어린 여자아이를 끌어안았다.

그녀의 눈물을 보자 내 안의 목소리가 나지막이 속삭였다. '저 여자를 보면 세상에서 제일 사랑하는 사람의 얼굴이 떠오르지 않니?' 애써 무시하려 했지만, 그 목소리는 점점 커지면서 저 여자가 과거의 내 엄마였고, 꼬마가 과거의 나였다고 말했다. 나는 결국 그들을 다시 바라보며 아버지 없이 자라게 될 저 꼬마의 미래가 어떨지 상상해보았다. 못 온다는 걸 알면서도 아버지가 돌아오기만을 기다리는 꼬마의 모습이 그려졌다. 그리고 남편을 눈앞에 두고도 견고한 유리벽에 막혀 손조차 잡을 수 없고, 불가능하다는 걸 알면서도 교도소 문을 열어주고 싶어 하는 그녀의 모습이 눈에 선했다. 그것은 교도소에 갇힌 아버지를 둔 나의 과거이기도 했다. 여자가 다시 나를 바라보았다. 아버지와 형이 교도소에 갈 때 엄마가 당했던 고통을 그녀가 똑같이 겪고 있다는 걸 알 수 있었다. 두 사람의 외모는 완전히 달랐다. 엄마는 멕시코인이고, 그녀는 흑인이다. 하지만 그들의 가슴을 갈가리 찢는 슬픔은 똑같은 것이었다.

지금까지 '같은 핏줄, 같은 인종을 배신하지 말라'는 말을 귀에

못이 박히도록 들었다. 그 말은 내 마음속 깊이 새겨졌다. 나는 증인석에 앉아서 속으로 계속 같은 말을 되풀이했다. '같은 핏줄, 같은 인종…….' 하지만 지금은 소위 나의 '한 가족'들, 나의 동족들이 나를 인생 최악의 상황에 밀어 넣고 있었다. 조금씩 마음이 움직였다. 나는 생각을 고쳐먹기 시작했다. 저 여자를 보기 전에는, 저 꼬마아이를 보기 전에는 거짓말하는 것이 옳은 선택이라고 확신했다. 하지만 지금은 과연 그런지 잘 모르겠다. 갑자기 변호사가 질문을 던지면서 나의 상념에 끼어들었다.

"누가 총을 쏘았습니까?"

나는 실제로 총을 쏜 친구를 바라보았다. 그는 태연한 표정으로 나를 보고 있었다. 자신이 진범이고 내가 모든 것을 목격했어도 아무 걱정 없다는 태도였다. 그는 총을 쏘고 난 뒤 내게 "널 위해서 한 거야"라고 말했다. 그는 자신이 항상 나를 도와줬기 때문에 내가 당연히 거짓말할 것이고, 배신할 이유가 없다고 생각할 것이다. 그를 바라보는 내 눈이 젖어들기 시작했다. 그는 큰일도 아닌데 우는 나를 보고 놀랐다. 하지만 내게는 엄청난 일이었다. 이번에는 엄마를 바라보았다. 엄마는 내가 진실을 말하려고 한다는 걸 아는 듯이 고개를 끄덕였다. 그날 밤 무슨 일이 있었는지 말하지 않았지만, 엄마는 내 친구가 저지른 짓이란 걸 이미 알고 있었다. 증인석에서 무슨 말을 할 거냐고 묻는 엄마에게 "우리 편을 보호해야죠. 아시잖아요. 엄마나 다른 사람들이 나한테 동족이 뭔지 가르쳐줬잖아요"라고 대답했다. 엄마는 "그건 나도 알아. 하지만 모든 경우에 꼭 그래야 하는 건 아니잖니?"라고 반문했다.
이전에는 한 번도 그런 식으로 말한 적이 없다. 어쨌든 우리 집은
아버지가 교도소에 있고, 가족 대부분이 갱단에 속했다. 엄마는
언제나 현실적인 사람이었다. 갱단에 몸을 담으면 무슨 일이든
있는 그대로 받아들이게 된다. 엄마는 다시 물었다.

"죄 없는 사람을 교도소에 보내는 걸 어떻게 생각하니? 아마
아버지가 무죄인 걸 알면서 거짓말을 했던 사람과 같은 심정이겠
지? 너도 알겠지만 그 사람도 자기 동족을 보호하려고 했던 것뿐
이란다."

그 말을 떠올리며 엄마의 얼굴을 살피니, 처음으로 내가 현실
을 바꿀 수 있다는 생각이 들었다. 나는 파코를 바라보며 말했다.

"파코가 그랬어요. 파코가 그 사람을 쐈어요!"

알코올중독

　아마 사람들은 나한테 엄청 실망할 거다. 나 역시 진짜가 아닌 내 모습을 사람들이 믿도록 속인 나 자신이 너무 실망스럽다. 그루웰 선생님의 반에 들어간 뒤 모두들 나를 '귀엽고 착한 아이'라고 생각한다. 한 번도 나의 거짓이 드러난 적 없다. 선생님은 항상 모범적인 사례로 나를 말씀하신다. 나는 조용하고, 공부도 잘하며, 선생님의 사랑을 듬뿍 받는 학생으로 알려졌다. 이상한 일은 다른 아이들이 모두 좋은 쪽으로 변하고 있는데, 정작 나만 제자리에 머물러있는 것 같다는 점이다. 친구들로부터 똑똑하고 모든 걸 갖춘 아이로 인정받으며, 나처럼 되고 싶다는 말을 듣는 나로서는 무척 받아들이기 힘든 사실이다. 아마 내가 간신히 나 자신을 추스르고 있다는 걸 아이들이 안다면 절대로 그런 말은 하지 않을 것이다.

나는 거짓된 삶을 살고 있다. 내게는 나를 괴롭히는 은밀한 비밀이 있다. 그것은 바로 내가 알코올중독자라는 사실이다. 나는 진실을 숨기려고 물병에 술을 담아 가지고 다닌다. 아무에게도 내 문제를 털어놓을 수 없다는 사실이 고통스러울 뿐이다. 현실을 바꾸고 싶지만 어렵기만 하다. 막상 술을 끊으면 친구들이 변한 내 모습을 좋아해주지 않을까 봐 두렵다. 술을 마신 지 무척이나 오래되었다. 아침에 일어나 화장실에 가고 양치질하는 것처럼, 음주는 일상이 되어버렸다.

알코올중독자라는 사실을 계속 감출 수는 없다. 나는 지금까지 엄마와 그루웰 선생님 그리고 모든 친구에게 이 사실을 숨겨왔다. 도움이 필요하다는 건 알겠는데 어떻게 말해야 할지 모르겠다. 나의 알코올중독은 유전인 것 같다. 할아버지, 할머니 그리고 아빠까지 모두 같은 문제를 갖고 있었기 때문이다. 처음에는 혼자 해결할 수 있다고 생각했다. 그런데 점점 자신이 없어진다.

나의 하루 일과는 이렇다. 우선 일어나자마자 간절한 술 생각에 시달린다. 그래서 어떻게 하느냐고? 매일같이 나의 비밀 창고로 가서 내가 제일 좋아하는 보드카를 오렌지 주스에 타서 마신다. 요즘은 아침부터 술을 마시지 않으면 하루를 견디지 못하는 내가 과연 인생에서 뭔가를 이룰 수 있을지 회의적이다. 물론 엄마는 이미 일을 나간 뒤라서 나는 태연하게 칵테일을 담은 물병을 들고 학교에 간다. 놀라운 점은 학교에서 누구 하나, 심지어 그루웰 선생님이나 친구들조차도 내가 술에 취해있다는 걸 눈치 채지 못한다는 것이다. 내가 말을 걸어도 그들은 모른다. 왜냐고? 나만의 비법이 있다. 나는 학교에 가기 전에 도넛 가게에서 산 껌을 하루 종일 씹는다. 영리하지 않은가? 한번은 수영 시간에 다리가 풀리는 바람에 물에 빠져 죽을 뻔했다. 모두들 내가 지쳐서 그런 거라고 생각했지만 실은 술에 취한 탓이었다. 점심시간에는 제대로 서있지도 못할 정도가 된다. 그러면 화장실로 가서 엉망으로 토해낸다. 그래도 나는 여전히 독감 때문이라고 나 자신을 속이려 든다. 저녁 무렵이면 다시 사람들이 알던 착하고, 똑똑하며, 순진한 아이의 모습으로 돌아온다.

삶과 세상을 바꾼 사람들의 이야기를 읽기 전에는 내 문제를 그다지 심각하게 받아들이지 않았다. 그런데 책을 읽고 나니 내가 엄청난 위선자라는 생각이 들었다. 가장 기억에 남는 이야기는 나치가 안네 프랑크와 같은 죄 없는 사람들을 고의로 괴롭히는 내용이었다. 내 경우 나를 괴롭히는 것은 바로 나 자신이었다. 내 문제를 숨기는 것도 나 자신이었다. 불행하게도 안네 프랑크는 끝내 자유를 얻지 못했다. 나도 그렇게 될까 봐 두렵다.

Diary 35

도둑질

오늘 밤 책 읽기 운동의 선정 도서 중 하나인 《파도》를 다 읽었다. 친구의 영향이 어떤 파장을 불러올 수 있는지 보여주는 이야기이다. 책의 주요 등장인물 중 로버트 빌링이라는 학생이 있는데, 그는 다른 십 대들을 협박하고 괴롭혀서 현대의 나치처럼 행동하게 만들었다. 아이들은 양 떼처럼 아무 생각 없이 그들의 리더를 따랐다. 이 책을 읽고 나서 십 대들이 얼마나 나쁜 꾐에 쉽게 넘어가는지 알았다. 그들은 무리에 섞이거나 인기를 얻으려고 자신의 뜻에 어긋나는 일도 서슴지 않는다. 아마 그래서 히틀러가 아이들을 이용했을 것이다. 그가 '갈색 셔츠 단원'이라는 조직을 만들어서 수천 명의 십 대를 조종했다는 사실이 놀랍기만 하다.

친구들의 압력이 한 사람의 성격을 바꾸고, 심하게는 목숨까지도 좌우한다는 건 믿기 힘든 일이다. 하지만 나 자신이 비슷한 경험을 했기 때문에 이 책에 나오는 이야기가 진실이라는 걸 잘 안다. 나는 소위 '멋진' 아이들하고 어울리고 싶은 나머지 뻔히 잘못된 일인 줄 알면서도 나쁜 일을 저지른 적이 있다.

하루는 학교에서 내 친구와 또 한 명의 아이가 다른 아이들한테 도둑질에 성공했다고 떠벌리는 모습을 봤다. 어떻게 그들이 잡히지 않았는지 궁금했다. 나는 호기심에 그들 얘기에 귀를 기울였다. 친구들은 항상 나를 '범생이'라며 놀렸는데, 친구들이 틀렸다는 걸 증명하고 싶었다. 그날 밤 나는 가족과 쇼핑을 갔다. 그리고 악몽이 시작되었다. 나는 계산하지 않은 화장품을 숨긴 뒤 천천히 출구를 향해 걸어갔다. '저 문만 걸어 나가면 돼. 그럼 모든 게 끝나. 제발, 아무한테도 들키지 말아야 하는데……' 그러고는 자동문을 지나면서 생각했다. '됐다. 밖으로 나왔어. 해낸 거야. 잡히지 않았어……' 그때 뒤에서 누군가 나를 불러 세웠다. "실례합니다, 아가씨. 저는 보안 담당입니다. 저하고 안으로 가주시겠습니까? 아가씨가 화장품을 훔쳤다는 증거를 갖고 있습니다." 부모님은 그 자리에 얼어붙었다. '젠장! 들켜버리다니, 큰일 났다.' 내 얼굴은 창백해졌다. 부모님은 큰 충격을 받았는지 믿을 수 없다는 표정으로 나를 쳐다보기만 했다. 아빠는 당장이라도 내 빰을 갈길 것 같았고, 엄마는 나를 죽일 것 같았다. 부모님은 "정말 창피하구나. 어떻게 이런 짓을 할 수가 있니? 이게 얼마나 부끄러운 행동인 줄 알기나 해?"라고 말했다. 온몸이 떨렸다. 난생처음 해본 나쁜 짓이었다. 부모님은 틀림없이 나를 죽이려고 들 것이다.

나는 그를 따라 들어가면서 계속 되뇌었다. '이건 현실이 아냐. 꿈일 뿐이야. 그냥 꿈이라고. 깨어나, 얼른!' 보안 담당은 구석에 있는 조그맣고 이상한 방으로 나를 데려갔다. 그 안은 환했지만 내게는 차갑고 어둡게만 느껴졌다. 부모님이 문가에 서서 나를 노려보는 동안, 보안 요원들이 나에게 앉으라고 말했다. 그러고 는 주머니에서 화장품을 꺼내게 했다. 가격을 계산해보니 겨우 15달러 정도였다. 그들은 내가 다른 물건 속에 숨긴 포장지까지 찾아내고는 내 얼굴을 찍었다. 무슨 엄청난 범죄자라도 된 기분 이었다.

그들은 사진을 찍으면서 긴장을 풀라고 말했다. 방금 바보 같은 짓을 저질렀는데 대체 어떤 표정을 지으라는 말인가? 나는 계속 속으로 나 자신을 탓했다. '고작 친구들한테 자랑하려고 이런 수치를 당하다니 정말 멍청해. 걔들이 지금 여기서 나를 구해줄 것도 아니잖아. 부모님은 아마 나를 절대 용서하지도, 믿지도 않을 거야. 왜 부모님한테 이런 창피를 주었을까? 그동안 내가 원하는 건 뭐든지 다 들어주었는데 말이야.' 나는 몇 가지 서류에 서명한 뒤에야 겨우 풀려났다. 차마 부모님 얼굴을 쳐다볼 수 없었다. 차에 탈 때까지 나는 최대한 천천히 부모님 뒤를 따라갔다.

집에 도착하자마자 부모님은 엄청 오랫동안 나를 꾸짖었다. 나는 내내 울면서 부모님의 말씀을 들었다. 그날 밤 잠들기 전, 나는 다시는 물건을 훔치거나 어리석은 짓을 하지 않겠다고 맹세했다. 그것은 부모님의 마음을 아프게 할 뿐 아니라 내 자존심과 판단력을 내팽개치는, 나답지 않은 행동이다.

Diary 36

안네 프랑크의 일기

그루웰 선생에게 "왜 나하고 상관없는 사람들이 나오는 책을 읽어야 하죠? 나는 그들을 모르고, 그들이나 나나 서로 이해할 수 없는 사람들이라고요!"라고 말했다. 처음에는 영리한 질문이라고 여겼다. '이번엔 내 말이 맞으니까 아무 대답도 못하겠지'라고 생각했다. 그녀는 고개를 들고 나를 보며 침착하게 말했다.

"그걸 어떻게 장담하지? 넌 책을 펼쳐보지도 않았잖아. 직접 읽어보기 전에는 절대 몰라. 아마 읽다 보면 생생하게 살아있는 이야기라는 걸 알게 될 거야."

그래서 나는 《안네의 일기》를 읽기 시작했다. 그루웰 선생이 틀렸다는 걸 증명하고 싶었기 때문이다. 나는 그녀의 말이 헛소리고, 그녀의 얕은꾀가 나한테는 통하지 않는다는 걸 보여주고 싶었다. 사실 나는 책 읽기가 싫고, 그루웰 선생이 싫다. 그런데 책을 읽다 보니 놀랍게도 틀린 건 나였다. 정말로 책에 담긴 이야기가 생생하게 마음에 와 닿았다. 다 읽고 나서는 안네가 죽었다는 사실에 화까지 났다. 그녀가 죽음을 맞는 동안, 내 마음의 일부도 같이 죽어가는 기분이었다. 결국 그녀가 죽었을 때, 나는 울고 말았다. 왜 독일인들이 그녀의 동족을 죽이는지 알고 싶었다. 나 역시 그녀처럼 외모 때문에 무시당하고 차별당하는 기분이 어떤지잘 알고 있다. 또한 그녀가 말했듯이, 가끔은 새장 속에 갇힌 새가 된 것 같은 기분이 들어서 그냥 멀리 날아가버리고 싶었다.

책을 다 읽고 나서 처음으로 든 생각은 그루웰 선생이 옳았다는 것이다. 그녀의 말대로 나는 책 속에서 나 자신의 모습을 발견했다.

Diary 37

십대 작가들

최근 안네 프랑크, 즐라타 필리포빅 그리고 나 사이에 공통점이 많다는 걸 알았다. 우리 모두는 일종의 새장에 갇혀있다. 안네의 새장은 그녀하고 그녀의 가족이 숨었던 비밀 별채와 그녀가 대부분의 시간을 보낸 다락방이다. 즐라타의 새장은 폭격을 피해 숨어있던 지하실이다. 그리고 나의 새장은 우리 집이다.

안네와 즐라타처럼 내게도 독재자같이 군림하는 적이 존재한다. 바로 우리 아버지다. 내가 생각하기에 그는 아버지 자격이 없다. 그래서 나는 그를 '정자 기증자'라고 부른다. 그는 우리가 아빠나 아버지처럼 살갑고 정겹게 자신을 부르는 것을 허락하지 않는다. 자신의 이름은 그게 아니라는 것이다. 그래서 우리는 그를 아빠나 아버지 대신 제임스 씨라고 부른다.

　아버지에 관한 한 안네와 즐라타는 나하고 별로 공통점이 없다. 책을 보면 그들의 아버지는 진심으로 아이들을 사랑했다. 하지만 그들이 내몰렸던 상황은 나와 비슷하다. 예를 들어 나는 제임스 씨를 히틀러에, 우리 가족을 유태인에 쉽게 대입할 수 있다. 히틀러가 일으킨 전쟁과는 많이 다르지만, 우리 집에서 일어나는 전쟁 역시 무지와 어리석음이 그 원인이다. 모든 전쟁이 그렇듯 우리 집의 전쟁에도 적이 있고 무고한 희생자가 있으며, 파괴와 비정한 폭력 그리고 승자와 패자가 있다.

　2차 대전 중 수용소에서 자행된 끔찍한 일들에 대해 읽었다. 나치는 사람을 고문하고 굶겼으며, 형상을 알아볼 수 없을 정도로 몸을 절단했다. 나는 제임스 씨가 엄마를 죽도록 때리는 광경과, 알아볼 수 없게 일그러진 엄마의 얼굴 위로 흐르던 피와 눈물을 보았다. 하지만 그런 엄마를 도와줄 길이 없다는 사실에 무력감과 두려움, 분노를 느낄 뿐이었다. 나는 또한 제임스 씨가 마약을 사기 위해 엄마의 지갑에서 돈을 훔치고, 우리의 물건을 파는 모습을 보았다. 든든한 조언자가 아니라 그런 형편없는 사람을 아버지로 둔 현실이 너무 슬프다. 제임스 씨가 술에 취해서 마구 휘두른 허리띠에 맞은 등과 다리가 아직도 쑤신다. 아마도 당분간 그에게 좋은 아버지의 모습을 기대하기는 그른 것 같다.

　이것 말고도 우리는 비슷한 점이 많다. 그들처럼 나도 아무 이유 없이 쏟아지는 혐오와 증오를 감당해야 하는 기분을 일기에 적는다. 내가 할 수 있는 일은 엄마가 제임스 씨를 내보낼 때까지 기다리는 것뿐이다. 지금까지 참은 것만 해도 놀랍다. 엄마는 마음만 먹으면 정말 강한 모습을 보인다. 나는 무슨 일이 있어도 남편이 나를 때리지 못하게 할 것이다. 상대가 누구든 그런 학대는 절대 참을 수 없다. 나 역시 안네와 즐라타처럼 이 지긋지긋한 전쟁이 끝나기를 기다려야 할 것 같다. 그저 그 안에 죽거나 강간당하지 않기만을 바란다. 나는 강해지지 않으면 안 된다.

Diary 38

즐라타의 일기

수업시간에 보스니아 전쟁 중 일어난 사건들이 홀로코스트와 매우 비슷하다는 얘기를 나누었다. 즐라타라는 어린 소녀가 쓴 일기를 읽고 난 다음 반응이었다. 많은 사람이 그녀를 '현대의 안네 프랑크'라고 부른다.

즐라타와 나 사이에는 공통점이 많은 것 같다. 왜냐하면 사라예보에서 전쟁을 겪은 즐라타처럼 나도 'LA 폭동'이라는 일종의 전쟁을 겪었기 때문이다. 전쟁이 일어났을 때 즐라타와 나는 모두 열한 살이었다. 당시 도시가 불길에 휩싸이는 광경을 직접 본 나는 사라예보가 불길에 뒤덮였을 때 즐라타가 얼마나 무섭고 두려웠을지 충분히 공감할 수 있다.

사라예보의 갈등은 한 저격수가 평화 시위를 벌이던 군중을 향해 총을 발사하면서 격해졌다. 사람들은 흥분했고, 결국 전쟁이 터졌다. LA에서는 예닐곱 명의 백인 경찰관이 로드니 킹이라는 흑인 남자를 때려서 법정에 가게 되었는데, 백인 경찰관들에게 무죄 판결이 내려지자 사람들이 미쳐 날뛰면서 전쟁이 시작되었다. 그들은 약탈을 저지르고 서로 싸웠으며, 차로 상대방의 차를 들이받았다.

즐라타와 나는 둘 다 안전한 곳을 찾아 숨어야 했다. 우리는 두려움에 떨며 지냈다. 즐라타는 지하실에 숨어서 폭탄이 터지는 소리와 사람들의 비명을 들었다. 나는 교회에 숨은 채 사람들이 총을 쏘고 유리창을 깨는 소리와 살려달라는 외침을 들었다. 즐라타와 나는 학교에 가고 친구들과 전화 통화를 하거나 밖에서 뛰어놀면서 평범한 아이들처럼 지낼 권리를 빼앗겼기 때문에 아이다운 순진함도 함께 잃어버렸다. 주위의 건물은 불타올랐고, 사람들은 종교 혹은 인종이 다르다는 이유로 두들겨 맞았다. 불행하게도 우리 둘은 다른 사람의 무지와 파괴 때문에 고통받아야 했다.

전쟁이 한참 진행되고 나서야 UN군이 평화를 지키기 위해 보스니아에 들어갔다. LA에서는 며칠간의 혼란이 지난 뒤 주방위군이 평화유지군 역할을 했다. 두 지역에서 UN군과 주방위군이 성공적으로 폭력을 중단시켰지만, 증오는 여전히 사람들의 마음속에 남아있다. 얼굴도 모르고 수천 마일이나 떨어진 곳에 사는 아이와 내가 이렇게 많은 공통점을 갖고 있다는 게 놀랍다.

Diary 39

보스니아 취재

'이해할 수 없어! 분명 잘못된 일들이 지금 이 순간에도 일어나고 있다니. 정말 믿을 수 없어. 대체 세상이 얼마나 잘못된 걸까? 왜 그 여자들은 강간당해야 했을까? 왜 그 사람들은 고통받아야 했을까?'

오늘 수업시간, 피터 마스 씨가 잡지 《배니티 페어》에 보스니아 전을 다룬 기사를 읽었다. 그 기사는 내 마음속의 잊혔던 기억을 되살렸다. 보스니아 여인들은 여성성과 긍지 그리고 자존심을 짓밟음으로써 힘을 과시하려는 군인들에게 성희롱과 성추행 그리고 강간에 시달리고 심지어 임신까지 했다.

'도대체 왜?'

보스니아의 잔혹상을 다룬 기사를 읽고 나자, 옛 기억이 되살아나 마치 모든 일이 어제 일어난 것처럼 느껴졌다. 여섯 살 때, 아버지의 친구 중 한 명이 그의 집에서 나를 성추행했다. 지금까지 나는 그 사실을 부모님께 알리지 않았다. 어두운 비밀을 혼자 간직하는 것은 무척 힘든 일이다. 가끔 다른 사람에게 털어놓아야 한다는 생각이 들었지만 누구에게 말해야 할지 알 수 없었다. 기사를 읽고 나니 나 혼자만 힘든 고통을 감당하고 있는 게 아니라는 걸 깨달았다. 나는 보스니아로부터 아주 멀리 떨어진 곳에 있지만, 그곳 사람들에게 뭔가 도움을 주고 싶었다.

먼 나라의 이야기가 잊힌 줄 알았던 내 기억을 되살렸다는 사실이 소름 끼치도록 두렵다. 집으로 돌아가는 길에 누구든 나와 비슷한 일을 겪은 사람을 만나고 싶었다. 심지어 버스 정류장에 서있는 동안에도 내 옆에 있는 아줌마와 여자아이들이 한때 성추행이나 성폭행을 당했거나, 원치 않는 임신을 했을지도 모른다는 생각이 들었다. 버스를 타서도 마음속 의문은 꼬리를 물고 이어졌다. '저쪽에 앉은 할머니는 혹시 어렸을 때 삼촌에게 성폭행을 당하지 않았을까?' '저 뒤에 서있는 남자는 어떨까? 어린 여자아이를 추행한 적이 있는 건 아닐까?' 보스니아 여인들이 겪어야 했던 엄청난 비극과 그들의 이야기를 생각할 때마다 이런 의문들이 떠올랐다.

우리 모두가 알아야 할 진상을 밝히고, 같은 고통을 나눌 사람들이 있다는 사실을 알려준 피터 마스 씨가 고마웠다. 피터 마스 씨는 보스니아 전쟁과 홀로코스트가 다르지 않다는 것을 알리기 위해 그 기사를 썼다. 사람들이 살해당하고 수천 명의 여자가 강간당하는 현실은 충격적이었다. 어두운 역사가 계속 반복된다는 사실이 슬프면서도 화가 난다.

Diary 40

즐라타 초대하기

며칠 전부터 그루웰 선생님의 반에 들어갔다. 학기 중에 반을 바꾼 것이 잘한 일인지 모르겠다. 우선은 아이들이 하는 대로 따라할 작정이다. 지금까지 내가 들은 건 즐라타라는 소녀에 대한 이야기뿐이다. 처음 수업을 들을 때는 전혀 모르는 이름이라 친구인 아나한테 즐라타가 누구냐고 물었다. 그녀는 잠깐 기다리라고 말하더니 그루웰 선생님의 책상 뒤에 놓인 상자를 뒤져 《즐라타의 일기》를 갖고 오더니 읽어보라며 건넸다.

나는 즐라타의 이야기를 중심으로 벌어지는 토론을 따라잡으려고 노력했다. 반 아이들은 마치 그녀가 전쟁 중에 어떤 일을 겪었는지 자세하게 알고 있는 것처럼 얘기했다. 하지만 전쟁을 한 번도 겪어보지 않은 아이들이 어떻게 전쟁에 대해 알 수 있을까, 하는 의문이 들었다. 그러다가 몇 번 수업을 같이 들으면서 반 아이들에 대해 많이 파악할 수 있었다. 그들 중에는 실제로 전쟁을 겪고 있는 아이도 있었다. 그것은 한창 꿈을 키워야 할 아이들에게 찾아온 알려지지 않은 전쟁이었다.

우리 사회는 우리의 미래인 청소년들에게 더 이상 신경을 쓰지 않는 것 같다. 책을 다 읽은 지금에야 반에서 이루어지는 토론을 이해하기 시작했다. 우리는 숙제로 즐라타를 롱비치에 초대하는 편지를 썼다. 나를 포함한 많은 아이가 그냥 숙제일 뿐이라고 여겼다. 하지만 어떤 아이가 정말로 즐라타가 오느냐고 물었을 때, 그루웰 선생님의 눈은 아이디어로 반짝였다. 나는 선생님이 처음부터 즐라타에게 편지를 보낼 의도가 있었다고는 생각하지 않는다. 그런데 막상 선생님의 얼굴을 보니 보내지 못할 것도 없다는 표정이었다.

나는 처음으로 학생의 질문을 진지하게 받아들이는 선생님을 만났다. 그루웰 선생님은 정말로 즐라타를 미국에 초대해 우리 반과 만나도록 해보겠다고 했다. 하지만 문제가 한두 가지가 아니었다. '돈을 어디서 구하지? 잠은 어디서 재우고? 도무지 방법이 없잖아!'라고 고민하는 우리에게 그루웰 선생님은 말했다.

"내가 언제 너희들을 실망시킨 적 있니?"

그래서 나는 초대장에 마음을 담은 글과 함께 그림까지 정성껏 그려 넣었다. 아직도 그루웰 선생님의 말이 진담인지는 모르겠다.

2학년 1995년 가을

그러나 우리를 실망시키지 않겠다는 선생님의 말을 거듭 떠올리며, 즐라타가 정말 우리를 만나러 오기를 빌었다. 어쨌든 현재 나와 우리 반 아이들이 할 수 있는 유일한 일은 희망을 갖고 편지를 쓰는 것이다.

2학년

1996년 봄

즐라타에게

　사람들은 미국이 '자유의 땅이자, 용감한 자들의 집'이라고 하지. 하지만 사람들이 죽어가는데 뭐가 그렇게 자유롭다는 걸까?

　내 이름은 토마스(토미)고, 열다섯 살 난 남자애야. 캘리포니아 롱비치에 있는 윌슨고등학교에 다녀. 난 내 삶이 너와 비슷하다고 생각해. 일기에 너는 저격수들의 총알을 피해 다녔다고 썼어. 나 역시 갱단이 쏘는 총알을 피해 다녀. 그리고 총에 맞아 죽은 너의 친구들처럼, 동갑내기인 내 친구 리처드와 열아홉 살이었던 내 사촌 매튜도 총에 맞아 죽었어. 이상한 일은 우리나라는 전쟁 중이 아니라는 거야(아니 전쟁 중인가?).

　가까운 친구였던 리처드는 엄마 차를 훔치려던 강도의 총에 심장을 맞았어. 엄마 품에 안겨 눈을 감았지. 리처드가 남긴 마지막 말은 "사랑해요"였어. 그가 죽은 날은 크리스마스를 몇 주 앞둔 1995년 12월 8일이야. 나는 리처드의 엄마에게 아무 말도 해줄 수 없었어. 방금 아들을 잃은 엄마에게 무슨 말을 할 수 있겠니?

　사촌 매튜는 1996년 2월 8일 멕시코 갱단이 쏜 총에 머리를 다섯 발이나 맞았어. 매튜는 집에 가는 길이었는데, 갱단이 강제로 밴에 태워서 철길로 끌고 간 뒤 집단 구타하고 머리에 총을 몇 방이나 쐈어. 마음이 아파서 죽을 것 같아. 아직도 사촌의 죽음을 생각할 때마다 괴로워.

내가 아끼는 두 사람이 두 달 간격으로 무자비한 폭력에 목숨을 잃었어. 두 사건 다 신문에는 실리지 않았지. 왜 아무도 신경 쓰지 않는 걸까? 내겐 엄청 중요한 일인데 말이야. 두 사람의 가족에게도 그래. 이제 그들의 엄마는 두 번 다시 아들을 볼 수도, 목소리를 들을 수도 없기 때문에 평생 상처를 안고 살아야 해. 가끔 총을 들고 나가서 복수하고 싶은 마음이 들지만, 그런다고 해서 내가 뭘 증명할 수 있겠어? 내가 두 사람을 그만큼 아꼈고, 아직도 잊지 않는다는 걸 증명할 수 있을까? 아냐! 그저 내가 얼마나 미련한가를 드러낼 뿐이야. 난 바보가 아니야…….

즐라타, 내가 너에게 이 편지를 쓰는 이유는 너도 나와 같은 상황에 처했었다는 걸 알기 때문이야. 너의 얘기는 감동적이고, 덩치 큰 축구선수인 나를 울렸어(원래 난 잘 울지 않아). 그러니 즐라타, 제발 말해줘. 내가 이 비극을 어떻게 감당해야 할까?

너의 책을 읽은 덕분에 이제는 보스니아에서 무슨 일이 벌어지고 있는지 알게 되었어. 나도 너처럼 내 나라인 미국의 현실을 사람들한테 알리고 싶어. 이 소리 없는 전쟁이 끝나지 않는 한, 나는 결코 자유로울 수 없으니까!

너의 친구,
토미 제퍼슨

2학년 1996년 봄

163

그루웰 선생님의
네 번째 일기

일전에 음료수를 사다 놓고 '변화를 위한 건배'를 든 이후 아이들은 엄청나게 바뀌고 있다. 한때는 냉담했던 아이들이 지금은 착한 모범생으로 변한 것 같다. 아이들의 열정은 존경스러울 정도다. 토미가 독서 운동의 책들을 다 읽었다고 말했을 때, 하마터면 마시던 모닝커피를 내뿜을 뻔했다. 내가 "토미, 벌써 다 읽었니?"라고 묻자 토미는 별일 아니라는 듯 심드렁하게 대답했다.

"네. 지난 2주 동안 외출 금지를 당해서 할 일이 책 읽는 것밖에 없었거든요."

할 일이 책 읽는 것밖에 없었다고? 가만, 이 아이는 책 읽기를 죽기보다 싫어하던 토미가 아닌가? 토미는 샤로드처럼 강제 전학 조치를 당한 아이였다. 학기 중간에 토미를 받아달라고 부탁받은 교감선생님은 그 아이를 우리 반으로 배정했다. 학기 중에 보낸 걸 보니 저번 국어선생님이 그를 무서워했던 게 틀림없다. 사실 처음에는 나도 마찬가지였다. 하지만 이젠 책을 더 주면 안 되냐고 말하는 토미를 안아주지 않을 수 없다. 얼마 뒤 나는 토미의 아버지에게 전화를 걸었다. 좋은 소식을 전하려고 아이의 부모에게 전화를 걸기는 처음이다. 토미의 아버지도 기쁜 일로 선생님의 전화를 받은 적이 없는 게 분명했다. 왜냐하면 전화를 받자마자 "좋아요, 이번엔 토미가 무슨 짓을 저질렀죠?"라고 물었기 때문이다. 그는 토미가 기특한 일을 했다는 말을 듣고 크게 놀라는 눈치였다.

토미뿐이 아니다. 외출 금지를 당했건 그렇지 않건, 아이들은 모두 왕성한 독서열을 보인다. 심지어 새 책을 자랑하려고 반스앤노블 봉지를 들고 돌아다닐 정도다. 아이들은 '뻐기기'라고 말하지만 내가 보기에 그것은 기적이다.

아이들의 열성은 내게 더 많은 의욕을 불어넣었다. 나는 보스니아에서 일어난 학살을 아이들한테 생생하게 전해주고 싶었다. 그래서 미련하게 비용 문제는 생각지도 않고 즐라타에게 편지를 써서 우리 반에 초대하면 어떻겠느냐는 제의를 해버렸다. 아이들한테 편지를 쓰게 하려는 내 나름의 꾀였는데, 아이들이 진지하게 받아들일 줄은 미처 몰랐다. 제안의 힘을 과소평가했던 것이다. 어떤 아이들은 마치 저절로 이루어지는 예언처럼 편지를 쓰면 정말 즐라타가 올 거라고 믿었다.

아이들의 편지는 호소력이 매우 컸다. 나는 모든 편지를 학교 컴퓨터실에서 워드로 입력한 다음 킨코스(인쇄, 제본 전문업체-옮긴이 주)에 가서 책으로 묶었다. 그중에서도 토미의 편지를 맨 앞에 두었다. 토미가 보스니아 내전과 무자비한 갱단의 폭력을 잘 비교했기 때문이다. 그의 편지는 이렇게 시작한다.

"사람들은 미국이 '자유의 땅이자, 용감한 자들의 집'이라고 하지. 하지만 사람들이 죽어가는데 뭐가 그렇게 자유롭다는 걸까?"

지구 반대편에 서로 떨어져 살지만 토미는 자신과 즐라타의 삶에서 공통점을 찾아냈다. 사라예보에서는 무고한 아이들이 저격수의 총에 맞아 죽는다. 롱비치에서도 갱단이 차를 타고 지나가면서 쏘는 총에 아이들이 죽어간다. 즐라타는 폭탄에 친구인 니나를 잃었다. 토미 역시 갱단의 폭력에 단짝을 잃었다. 그의 편지는 이렇게 끝난다.

"네 책을 읽은 덕분에 이제는 보스니아에서 무슨 일이 벌어지고 있는지 알게 되었어. 나도 너처럼 내 나라인 '미국'의 현실을 사람들한테 알리고 싶어. 이 소리 없는 전쟁이 끝나지 않는 한, 나는 결코 자유로울 수 없으니까!"

전쟁? 미국에서? 토미를 비롯한 여러 아이들이 스스로 전쟁터 한복판에서 살아간다고 생각하는 것은 슬픈 일이다. 전쟁은 내가 생각한 것처럼 먼 나라 얘기가 아니었다. 신문에서 전쟁 관련 기사를 읽고, 텔레비전 저녁 뉴스에서 전황을 알리는 보도를 보면서 나는 순진하게도 전쟁이 발음하기조차 힘든 먼 나라의 일인 줄만 알았다.

선전포고가 있건 없건 간에 롱비치의 뒷골목에서는 전쟁이 벌어지고 있다. 거리를 지나는 탱크는 없지만, 이 전쟁에는 기관단총과 수많은 무기가 동원된다. 어떤 학생은 내게 "갱단은 없어지지 않아요. 죽는 수보다 더 많이 늘어나니까요"라고 말했다. 마치 아무런 해결책이 없는 것처럼 말이다. 나치나 사라예보의 저격수에 의한 것이든 혹은 미국 거리의 갱단에 의한 것이든 전쟁이 낳는 희생은 다 같은 비극이다. "즐라타는 보스니아 전쟁에서 살아남았지만, 나는 이 전쟁에서 살아남지 못할까 봐 무서워요"라는 한 학생의 절망적인 말을 듣고 나서, 나는 즐라타에게 아이들의 편지를 꼭 전달해야겠다고 마음먹었다. 하지만 막상 결심하고 나니 막막했다. 우선 어디로 편지를 보내야 할지 알 길이 없었다. 사실 나는 즐라타가 어디 사는지, 영어를 하는지 혹은 미국으로 초청하는 데 비용이 얼마나 드는지 하나도 알지 못했다. 모르는 것투성이였다. 즐라타의 부모나 통역자 혹은 친구들을 함께 초대해야 하는지도 고민이었다. 나는 즐라타를 초대한다는 아이디어를 무산시켜 보려고 아이들이 초청 비용을 직접 마련해야 한다는 전제 조건을 달았다. 나름대로 좋은 시도였지만 아이들의 의지를 막는 데는 역부족이었다.

다음 날, 어떤 아이가 빈 생수통을 들고 와서 교실 중앙에 놓으며 "오늘부터 즐라타를 초청할 비용을 모금하자"라고 말했다. 그러고는 자신이 먼저 생수통에 동전 몇 개를 넣었다. 그의 태도가 얼마나 진지한지 비행기 값만 해도 생수통 서너 개가 필요할 거라는 말은 차마 할 수 없었다. 며칠 뒤 생수통이 동전과 몇 장의 지폐로 채워지자 그 아이는 "그루웰 선생님, 만약 우리가 돈을 다 마련했는데 즐라타가 오지 않겠다고 하면 어쩌죠?"라고 물었다. 아이들의 난데없는 질문에 익숙한 나지만, 이 질문에는 뭐라 대답할 말이 없었다. 나는 나름대로 재빨리 머리를 굴려서 "그땐 책을 더 사거나 현장학습을 가면 돼. 하지만 그녀가 오면 너희들의 인생이 확 달라질 거야"라고 대답했다. 하루빨리 그녀가 있는 곳을 알아내 편지를 보내야겠다는 생각이 들었다. 답장을 받지 못하더라도 할 수 있는 노력은 다 기울여야 했다. 크리스마스 휴가 내내 즐라타의 소재지를 알아내기 위해 애썼다. 어디서부터 시작해야 할지 막막했다. 내가 아는 거라곤 그녀가 유럽 어딘가로 망명했다는 사실뿐이었다.

먼저 관용의 박물관에 연락을 했다. 그들은 즐라타가 프랑스에 있을 거라고 말했다. 하지만 르네 파이어스톤 씨는 그녀가 아일랜드로 옮겼다고 했다. 나는 두 나라에 모두 소포를 보냈다. 그다음 호텔 접수계에서 익힌 기술을 활용하기 시작했다. 먼저 항공 요금을 확인하고, 지역 레스토랑에 후원을 요청했다. 내가 일하는 호텔은 만약 그녀가 초청을 받아들이면 객실 두 개를 제공하겠다고 약속했다. 모든 사전 준비를 끝내고 나니 남은 일은 기다리는 것뿐이었다.

초조하게 즐라타의 답신을 기다리는 동안, 폴란드 출신의 홀로코스트 생존자인 제르다 사이퍼라는 멋진 여성이 전화를 걸어왔다. 그녀는 미프 히스 씨가 《안네의 일기》 출간 50주년을 기념해 캘리포니아에 온다는 소식을 전해주었다. 미프 씨는 안네 프랑크의 아버지인 오토 프랑크 씨의 비서였으며, 안네 프랑크의 일기를 찾아낸 사람이다. 현재 여든일곱 살인 그녀는 암스테르담에서 비행기를 타고 올 예정이었다. 다행히 행사 책임자가 우리 집 근처에 살고 있었다. 우리는 만난 자리에서 바로 합의를 보았다. 그는 미프 씨의 일정을 조정하여 아이들과 만나는 자리를 마련하겠다고 했다. 세상에! 미프 씨처럼 전설적인 인물을 보리라고는 꿈도 꾸지 못했다.

미프 씨의 방문을 앞두고 아이들에게 사전 교육을 시키기 위하여 제르다 씨에게 2차 대전 당시의 경험을 들려달라고 부탁했다. 비밀 별채에 숨어서 사춘기를 보낸 안네처럼 제르다 씨 역시 창문도 없는 지하실의 나무 상자 안에서 웅크려 지내며 나치를 피해야 했다. 아이들이 이러한 증언을 통해서 제르다 씨가 감내해야 했던 박해와 상처를 공감하고, 안네 프랑크의 심정을 좀 더 깊이 이해할 수 있기를 바란다.

홀로코스트 생존자들과의 만남

인종 간의 관용에 대한 수업을 처음 시작할 때만 해도 그것이 내 삶을 바꾸는 계기가 될 줄은 몰랐다. 《밤》과 《안네의 일기》를 읽고 나서 홀로코스트에 대해 어느 정도 알았지만, 오늘 그것이 얕은 지식에 불과하다는 걸 깨달았다.

그루웰 선생님은 오래전부터 홀로코스트 생존자인 제르다 사이퍼 씨를 초청할 거라고 얘기했다. 드디어 오늘 제르다 씨를 만났다. 안네처럼 그녀도 유태인이고, 폴란드에서 태어났으며, 히틀러가 정한 순수 혈통의 기준을 만족시키지 못했다. 2차 대전 동안 제르다 씨의 부모는 그녀를 어느 가톨릭 가정에 숨겼다. 제르다 씨는 허리도 제대로 펼 수 없는 지하실에서 지내야 했다. 그곳에서 그녀는 다음 희생자를 찾아 거리를 행진하는 나치 친위대의 발소리를 들었다. 그녀를 제외한 가족은 모두 목숨을 잃었으며, 불행 중 다행으로 그녀 혼자 수용소에서 살아남았다. 안네처럼 제르다 씨도 갇혀 지내야 했다. 두 사람은 정상적인 청소년기를 보내지 못했다. 어쩔 수 없는 환경 탓에 생기발랄한 십 대의 마음을 잃어버린 것이었다. 문밖을 벗어나도 언제 게슈타포에게 붙잡힐지 알 수 없었다. 유태인은 다른 사람들과 구별되도록 노란 다윗의 별을 달고 다녀야 했다. 아이들은 유태계들만 다니는 별도의 학교로 보내졌다. 전쟁 내내 유태인들은 비웃음과 박해에 시달렸다.

불행하게도 나는 밖에 나가지 못하는 답답한 심정이 어떤지 잘 안다. 나의 경우는 게슈타포가 아니라 갱단 때문이다. 나는 거리에 나갈 때마다 쉴 새 없이 주위를 살핀다. 종종 불안한 마음에 갱스터처럼 꾸미고 외출하기도 한다. 한 패거리처럼 보이면 공격하지 않을 테니까.

갱스터들은 다른 사람이 자신들과 눈을 맞추면 무시당했다고 생각한다. 하지만 수용소의 죄수가 게슈타포를 무시하면 어떤 일이 생길지 상상해보라. 그 자리에서 죽고 말 것이다. 제르다 씨의 얘기를 듣고 나서 나는 다른 사람들이 갱단에게 했던 실수를 절대 하지 않기로 맘먹었다.

놀랍게도 안네 프랑크뿐 아니라 홀로코스트 생존자인 제르다 씨의 경험담도 무척 공감이 간다. 제르다 씨를 통해 과거의 얘기를 직접 들을 수 있어서 기쁘다. 그녀는 역사의 산증인이다. 이번 경험은 안네가 목숨을 바쳤고 제르다 씨가 헌신했던 '관용'의 메시지를 주위 사람들에게 널리 전달하는 데 매우 큰 도움이 될 것이다.

Diary 42

안네의 가족을 숨겨준 사람

열다섯 살인 지금까지 나의 영웅은 착 달라붙는 화려한 속옷을 입고 다니며 재미로 빌딩을 던지고 받는 초인들뿐이었다. 하지만 오늘 나의 영웅이 바뀌었다. 그 영웅은 책 속에서 뛰쳐나와 우리 학교를 몸소 방문했다. 그가 바로 미프 히스 씨다. 그녀는 안네 프랑크의 일기에 나오는 사람이다. 안네 프랑크를 다락방에 숨겨 주었던 당사자가 직접 우리에게 얘기를 들려주다니 정말 믿을 수 없었다.

그녀가 브루인 덴 청소년 센터에 들어서자 무척 흥분되었다. 우리 반 아이들은 어제 수업이 끝난 뒤 벽에 환영 현수막을 붙이는 한편, 새벽같이 학교에 나와 뷔페 차리는 일을 돕기도 했다.

미프 씨의 방문을 완벽하게 준비하고 싶어서였다. 그루웰 선생님의 소개가 끝나자 미프 씨가 들어섰다. 그녀가 강단으로 가는 동안 모두 일어서서 환호를 보냈다. 영화와 책에 나왔던 유명한 사람을 직접 보니 감격스러웠다. 화려한 망토를 두르지는 않았지만, 그녀는 나의 진정한 영웅이었다. 미프 씨는 자리에 앉은 뒤 우리를 만나서 정말 기쁘다고 말했다. 뒤이어 나치로부터 안네 프랑크 가족을 숨겨준 일과 《안네의 일기》를 찾은 사연을 들려주었다. 게슈타포가 안네를 체포하여 작별인사를 나눌 틈도 없이 끌고 가는 부분에서는 아이들 모두 슬픔에 잠겼다. 그녀는 장교들에게 뇌물을 주면서 친구들을 풀어달라고 애원했지만, 돌아오는 것은 죽이겠다는 협박뿐이었다.

내 옆에 앉은 아이는 눈물을 흘렸다. 무고하게 죽어간 희생자들에게서 자신이 알던 사람의 죽음을 떠올렸던 것이다. 그는 제일 친한 친구를 오발 사고로 잃었다. 요즘도 그는 죽은 친구가 나오는 악몽에 시달리곤 한다. 미프 씨 역시 지금까지 단 하루도 안네를 생각하지 않은 날이 없다고 말했다. 내 친구는 이 말을 듣고 일어나더니 미프 씨가 자신의 영웅이라고 고백했다. 그는 미프 씨에게 스스로 영웅이라고 생각하시는지 물었다. 그녀가 그렇다고 대답할 줄 알았다. 하지만 그녀는 뜻밖의 대답으로 모두를 놀라게 했다. 그녀는 "아니에요. 진정한 영웅은 바로 여러분, 나의 젊은 친구 분들이에요"라고 하는 게 아닌가. 영웅이라고? 우리가? 그녀의 말을 듣고 나서야 비로소 나는 우리 반 아이들이 얼마나 특별한지 깨달았다. 그녀가 말한 대로 우리는 영웅이고, 그렇기에 후배들에게 현실을 제대로 알려줄 책임이 있다. 친구들과 함께 처음으로 올바른 일을 하고 있다는 느낌이 들어 정말 뿌듯했다.

미프 씨가 이야기를 마친 뒤 우리는 그녀에게 가서 포옹하거나 책에 사인을 받았다. 그때 우리가 참 운이 좋다는 걸 깨달았다. 우리처럼 그녀의 얘기를 직접 들을 기회를 얻기란 쉽지 않기 때문이다. 한 소녀가 일기로 남긴 유산이 한 여인의 손에 의해 전해지고, 그것이 세상을 바꿀 기회를 가진 새로운 세대로 이어지고 있다. 미프 씨를 만나고 난 지금, 나의 영웅은 더 이상 가상의 캐릭터가 아니다. 나의 영웅은 나와 함께 이 세상을 살아가고 있다.

Diary 43

순간

"영원히 살면서 아무것도 바꾸지 못하는 삶과, 눈 깜박할 순간 밖에 살지 못하지만 모든 것을 바꾸는 삶 중에서 어떤 것을 선택하고 싶어요?"

그루웰 선생님이 아래의 시를 우리에게 소개한 뒤 던진 질문이었다.

순간

그에게 원하는 삶을 말하게 하라.
바위의 슬픔을 원하는가,

결코 그 첫 광맥에 대해 알지 못하면서,
결코 얼음의 아픔을 알지 못하면서,
결정체가 심장을 찌르는 바늘처럼
조금씩 자라나는 그 아픔을

영원히 살면서
아무것도 느끼지 못하고,
수백만 번의 생을 기다리고도
오직 깎여나가 모래가 될 뿐.
바위가 되기를 원하지 말라.
차라리 불이 되기를 원하라.
순간밖에 지속되지 않지만
모든 것을 바꾸는 불.

오, 벼락이 되기를 원하라.
찰나보다 짧게 존재하지만
그 한순간
모든 눈뜬 이에게 세상을 드러내는 벼락.
오, 천둥이 되기를 원하라.
소리치고 울부짖으며
기억과 마음을,
온몸을 뒤흔드는 천둥.

2학년 1996년 봄

영혼을 떨게 하고, 지축을 울리는 천둥.

모래조차 더 잘게 부수고,

산마저 두들기는 천둥.

온 세상을 뒤덮다가 일순 사라지는,

그러나 단 한 번의 운명적 순간을 위해 모여드는 천둥.

세상의 꼭대기를 깨끗하게 날려버리는 그 힘.

오, 눈 깜박할 순간만 존재하되 아무것도 남기지 않는,

그러나 모든 것을 바꾸어버리는 천둥.

1991년 1월 9일

빈센트 쥘리아노

이 시를 쓴 사람은 그루웰 선생님의 대학 동창이다. 아이러니하게도 그는 이 시를 쓰고 얼마 뒤 샌프란시스코 만에 빠져 죽고 말았다. 그루웰 선생님은 우리에게 이 시를 읽게 한 다음, 한 구절씩 자세히 설명해주었다. 시의 모든 부분을 이해시켜서 우리 반의 모토이자 삶의 원칙으로 삼게 하고 싶었던 것이다. 선생님은 우리에게 세상을 바꿀 만한 열정을 가지라고 말했다. 우리가 불이 되고, 벼락이 되고, 천둥이 되면 모든 것을 변화시킬 수 있다고 강조했다.

그루웰 선생님의 말은 정말 힘 있게 다가오지만, 과연 우리가 그렇게 될 수 있을까? 벼락과 천둥 같은 존재가 될 수 있을까? 아

마도 힘들 것이다. 우리는 평균 이하의 퇴학 후보생들 아닌가? 지금까지 내내 무시당하고 핍박받아 왔는데, 이제 와서 갑자기 세상을 바꿀 잠재력을 가졌다고? 그런 말도 안 되는 생각은 그루웰 선생님 혼자 하는 걸로 충분하다.

선생님은 우리 자신이 무슨 일이든 이룰 수 있는 능력을 가졌음을 믿게 만들려고 애썼다. 어쩌면 선생님 말이 맞을지도 모른다는 생각이 든 것은 미프 씨가 방문한 이후였다. 나는 미프 씨에게 위험을 무릅쓰고 안네와 그녀의 가족을 지켜준 데 대해 우리모두 존경스럽게 생각한다고 말했다. 그녀는 단지 '옳은 일'을 했을 뿐이라고 대답했다. 미프 씨는 강연을 끝맺으면서 "안네의 죽음을 헛되게 하지 마세요"라고 당부했다. 그녀의 메시지를 간직하고 기억하는 일은 우리의 몫이라는 걸 알리고 싶었던 것이다. 미프 씨와 그루웰 선생님은 모두 같은 목표를 가지고 있다. 그들은 우리가 매 순간 최선을 다해 살기 원한다. 그루웰 선생님은 우리가 세상을 바꿀 수 있다고 믿기 원했고, 미프 씨는 우리가 안네의 메시지를 세상과 나누기 원했다.

미프 씨의 이야기를 듣고서야 안네가 전한 관용의 메시지가 바로 우리를 위한 메시지라는 사실을 분명히 깨달았다. 그러한 깨달음을 얻은 순간 나 자신이 마치 불이 된 듯, 벼락이 된 듯, 천둥이 된 듯 느껴졌다.

Diary 44

우리의 초청에 응한 즐라타

즐라타 필리포빅이 온다! 우리의 편지가 마침내 결실을 맺었다. 그녀의 책을 읽고 나서 우리의 삶이 비슷하다는 생각을 많이 했다. 나하고 나이가 같은 한 소녀가 전쟁으로 인해 너무나 끔찍한 경험을 했다는 사실이 무척 인상 깊었다. 내 경우는 온 가족이 전쟁 직전에 겨우 니카라과(중앙아메리카 중앙에 위치한 국가 - 옮긴이 주)를 빠져나왔지만, 우리나라도 즐라타의 나라처럼 총성에 뒤덮인 적이 있다.

솔직히 마음 한구석에 즐라타가 우리의 초대에 응하지는 않을 거라는 생각이 자리하고 있었다. 마치 인기 스타한테 편지를 보내면 항상 에이전트가 대신 쓴 감사 편지와 스타의 사인이 든 사진이 되돌아오는 것처럼 말이다. 하지만 즐라타의 답장에는 진실한 감사의 마음이 담겨있었다. 그녀는 우리에게 손수 답장을 썼을 뿐 아니라, 꼭 만나고 싶다고 했다. 아무래도 나와 비슷한 삶을 산 사람을 직접 마주하게 될 것 같다.

즐라타와의 저녁식사

1996년 3월 24일은 지금까지 보냈던 날들 중에서 가장 인상 깊은 날이다. 나는 가족과 함께 뉴포트비치 메리어트 호텔로 가서 즐라타 필리포빅과 그녀의 부모님인 말릭 씨와 알리샤 씨 그리고 그녀의 친구인 미르나를 만나는 기쁨을 누렸다. 모임을 위해 부모님은 가장 좋은 옷을 차려입었고, 나도 정장을 입었다.

우리는 어떤 일이 벌어질지 모른 채 차를 타고 호텔로 향했다. 메리어트 호텔에 들어서자마자 귀빈 대접을 받았다. 매우 흥분되었다. 사진사가 우리를 찍었고, 턱시도에 흰 장갑을 낀 웨이터들이 애피타이저가 담긴 은쟁반을 날랐다. 심지어 음료수까지 샴페인 잔에 따라주었다. 그루웰 선생님이 일하는 호텔이라 모든 종업원이 최선을 다해 접대하도록 배려해준 모양이다.

즐라타가 우리를 만나기 위해 내려왔을 때, 우리는 마치 유명 인사를 본 듯 그녀를 둘러쌌다. 모두 그녀와 사진을 찍고 이것저 것 묻고 싶었다. 같은 나이면서도 훌륭한 본보기가 된 소녀와의 만남은 무척 흥미로웠다. 그녀가 그곳에 왔다는 사실만 해도 믿 을 수 없는 일이다.

우리는 많은 공통점을 갖고 있었다. 우리는 둘 다 음악과 친구 를 좋아한다. 즐라타는 잊을 수 없을 만큼 첫인상이 좋았다. 우리 는 환영 행사의 일환으로 그녀를 위한 만찬을 가졌다. 맛있는 음 식들이 연달아 나왔다. 최소한 다섯 가지 코스는 되는 것 같았다. 테이블 위에 놓인 나이프와 포크도 엄청 많았다. 그루웰 선생님 이 사용 순서와 방법을 미리 알려줘서 다행이었다. 행사가 끝나 기 전 그루웰 선생님은 이것이 시작에 불과하며, 더 많은 일이 있 을 거라고 말했다. 나는 앞으로 일어날 일을 기대하며 기분 좋게 메리어트 호텔을 떠났다.

색다른 우정

나와 마리의 우정은 즐라타와 미르나의 관계를 닮았다. 그들은 인종과 종교 때문에 벌어진 전쟁을 함께 겪었고, 지금도 가장 친하게 지낸다. 다만 차이점이 있다면, 그들에게는 둘 사이를 반대하는 부모님이 없다는 것이다. 우리나라는 전쟁 중이 아닌데도 나는 친구와 영화를 보러 갈 수 없다. 왜냐하면 친구가 백인이기 때문이다. 왜 그게 아직도 문제가 되는 걸까? 나는 우리가 새로운 시대를 살고 있고, 인종 문제를 극복했다고 생각했다. 참 바보 같은 생각이었다. 나는 완전히 환상의 세계에 살고 있었다. 사람들은 여전히 인종과 같은 사소한 차이에서 생기는 증오를 극복하지 못했다.

마리는 정말 최고의 친구다. 재미있고, 똑똑하며, 내 말을 잘 들어준다. 우리는 닮은 점도 많다. 단 하나, 그녀가 백인이라는 점만 제외하면 말이다. 어쨌든 그 점이 잘못된 건 하나도 없으며, 내게는 전혀 문제될 게 없다. 하지만 다른 사람들에게, 특히 우리 가족에게는 그 부분이 큰 걸림돌이다. 그중에서도 아버지가 제일 극성이다. 아버지는 내가 마리와 어울리면 화를 낸다. 그때마다 "왜 흑인 친구를 사귀지 않는 거냐?"라거나, "또 그 흰둥이네 집에 갈 거냐?"라고 다그치신다. 세상에, 요즘 누가 그런 말을 쓴단 말인가! 게다가 백인들은 뒤통수를 잘 때리니까 항상 조심하라는 말까지 덧붙인다. 마리가 어떤 아이인지 알고나 하는 충고인지 모르겠다. 아버지는 엄청나게 시대에 뒤떨어졌다. 아마 인종차별주의 시대에 성장했기 때문인 것 같다. 특히 남부에서 살았던 아버지는 심한 인종차별을 당했을 것이다. 그렇다고 해서 나와 마리에게 화풀이를 해도 괜찮단 말인가? 나는 절대 그렇게 생각하지 않는다!

아버지는 마리가 나의 가장 가까운 친구이고 늘 같이 어울려 다니니까 그녀가 나를 백인처럼 만들까 봐 걱정한다. 하지만 마리는 나한테 한 번도 나쁜 짓을 한 적이 없고, 설령 그랬다고 해도 나는 백인 전체를 싸잡아 욕하지는 않을 것이다. 우리는 함께 있을 때 서로가 다른 인종이라는 사실을 전혀 신경 쓰지 않는다. 그보다 중요한 일이 훨씬 더 많아서다.

"저는 그냥 한 사람의 인간입니다"

배움은 이상한 방식으로 이루어진다. 1만 마일 이상 떨어진 곳에 있는 사람이 나에게 영향을 끼칠 거라고는 전혀 생각하지 못했지만, 오늘 밤 그런 일이 일어났다. 즐라타가 우리와 함께 보낸지 사흘이 지나면서 우리는 그녀에 대해 많은 것을 알았다. 그녀는 우리와 다를 바가 없다. 처음 만났을 때 우리는 같은 신발을 신고 있었다. 그녀가 닥터 마틴을 신고 있을 줄이야! 서로를 알아가면서 우리는 같은 화제를 놓고 대화했다. 펄 잼(얼터너티브 록 밴드-옮긴이 주)과 잘생긴 에디 베더(펄 잼의 리더-옮긴이 주)가 주된 이야깃거리였다. 그녀가 전쟁이 휩쓴 보스니아에서 살아남은 유명한 십 대 작가라는 걸 몰랐다면, 아마도 나는 그녀를 쇼핑과 친구 사귀기를 좋아하는 평범한 열다섯 살 소녀로 생각했을 것이다. 가장 멋졌던 건 그녀가 실제로 평범한 열다섯 살 소녀라는 사실이다.

즐라타가 왔을 때 우리는 강연장인 크로아티아 회관에 초대받았다. 빈손으로 가고 싶지 않아서 의료품과 옷, 하다못해 낡은 장난감까지 모아서 갔다. 모두 보스니아로 보낼 물건이었다. 그 행사는 보스니아에서 학대받은 사람들과의 첫 만남을 의미했다. 우리는 크로아티아인들이 인종 문제에 대해 좀 더 관대하고 관용적일 거라고 기대했다. 그러나 불행히 그렇지 않은 사람들도 있었다.

크로아티아 출신 사람들은 즐라타의 얘기에 모두 "맞아, 맞아"라며 고개를 끄덕였다. 즐라타는 단지 인종이나 종교 차이로 보스니아 사람들이 감당해야 했던 모든 불의에 대해 얘기했다. 그리고 전쟁 통의 보스니아에서 열네 살 소녀로 살았던 경험을 털어놓았다. 인종이나 종교가 다르다는 이유로 죽임을 당하여 친구들을 잃었을 때 얼마나 힘들었는지 말하는 대목에서는 우리도 고개를 끄덕였다.

그날 밤 행사에서 가장 기억에 남는 것은 무엇보다 질의응답 시간이었다. 두어 명의 어른이 즐라타에게 크로아티아인인지, 무슬림인지, 아니면 세르비아인인지 물었다. 그녀가 지금까지 전달하려 했던 메시지를 받아들이기는커녕, 또다시 인종 문제에 집착하는 모습에 나는 화가 났다. 그들은 방금 전까지 인종주의와 차별이 잘못되었다는 그녀의 말을 듣지 않았던가? 그리고 편견을

버려야 한다는 그녀의 소견에 고개를 끄덕이지 않았던가? 질문
을 받은 즐라타는 주위를 둘러본 뒤, 우리를 바라보며 짧게 대답
했다.

"저는 그냥 한 사람의 인간입니다."

그 말이 옳았다. 우리는 다른 사람을 또 한 명의 개인으로 받아
들이면 될 것을, 인종을 가리느라 불필요한 시간을 허비한다. 나
는 그 질문을 한 사람에게 되묻고 싶었다. "그게 그렇게 중요한가
요? 어디에 속하든 그녀가 달라지는 게 있나요?"라고 말이다.

그녀는 누구도 가르쳐주지 않은 교훈을 내게 주었다. 그녀가
이제 겨우 열다섯 살이라는 걸 생각하면 참 놀라운 일이다. 그날
이후 나는 우리 사회의 인종 편견을 거부하고 맞서 싸우기 위해
노력하고 있다. 이전에는 항상 남미계이자 멕시코인인 것에 자부
심을 느끼도록 교육받았고, 실제로 그렇게 생각했다. 아마도 한
사람의 인간이 되는 것보다 '사회적 꼬리표'를 다는 것을 더 자랑
스럽게 받아들였던 것 같다. 다른 친구들도 대부분 마찬가지였
다. 우리는 기꺼이 사회적 꼬리표나 숫자 혹은 통계치의 일부가
되었고, 그것이 당연한 현실이라고 생각했다. 하지만 앞으로 누
군가 나의 인종을 묻는다면 즐라타처럼 "전 그냥 사람입니다"라
고 대답할 것이다.

Diary 48

테러리즘

　오늘 즐라타와 크로아티아 회관에 가서 토니라는 꼬마를 만났다. 토니는 크로아티아인이라는 이유로 엄청난 시련을 겪어야 했다. 어느 날, 토니가 자고 있는 사이 세르비아 군인들이 집에 처들어와 그의 얼굴에 총을 쏘아버린 것이다. LA에 사는 보스니아 여성이 토니를 미국으로 초청해 부서진 그의 턱뼈를 고쳐주었다. 현재 토니의 아래턱은 금속판으로 고정되어 있다.

　토니를 만나고 보니 우리 가족이 해를 입거나 죽지 않고 페루를 빠져나온 일이 무척 다행이라는 생각이 들었다. 문득 세 살짜리 동생이 토니의 자리에서 끔찍한 이야기를 하는 광경을 상상해보았다. 우리 가족의 삶처럼 토니의 삶 역시 전쟁으로 인해 완전히 바뀌고 말았다. 토니는 인종 청소의 희생자였고, 우리 가족은 폭력으로 변질된 혁명의 희생자였다. 보스니아 내전은 인종과 종교 때문에 일어났지만, 무자비한 폭력이라는 점에서 우리나라를 파괴시킨 혁명과 같았다. 바로 이 무자비한 폭력 혁명으로 많은 사람이 고향에서 쫓겨나거나 목숨을 잃어야 했다.

페루의 혁명 투쟁은 좋은 의도로 출발했으나 많은 사람의 삶을 악몽 속으로 몰아넣었다. 사람들은 주차된 차 옆을 지나가면서도 혹시 차가 폭발하지 않을까 불안에 떨어야 했다. 언제 어디서 폭탄이 터질지 알 수 없었기 때문이다. 아빠는 "미국에 가면 모든 게 잘될 거다. 거긴 테러도 없고 더 다양한 기회와 좋은 일자리가 있어"라고 말했다. 그때 나는 고작 열 살이었기에 아빠의 말이 무슨 뜻인지 이해할 수 없었다. 내 관심사는 오로지 숙제와 음식, 텔레비전 그리고 친구들과 밖에서 뛰노는 것뿐이었다. 전에도 친척들을 만나러 미국에 온 적이 있지만 여기서 살게 될 줄은 몰랐다. 아빠가 이민을 갈 거라고 말한 지 4주 뒤 할머니에게 전화가 왔다. 아빠는 미국 대사관에 가서 영주권을 얻기 위해 필요한 서류를 챙겼다. 그러고는 미국에 도착한 지 석 달 만에 사회보장번호와 영주권을 받아내는 데 성공했다.

미국으로 떠나기 3주 전 테러리스트들이 옆집을 폭탄으로 날려버렸다. 동네 사람들이 다 잠에서 깰 정도로 엄청난 폭발이었다. 나는 얼굴에 와 닿는 뜨거운 바람에 눈을 번쩍 떴다. 정신없이 침대에서 일어나 보니 창문에 연기가 자욱했다. 엄마가 비명을 지르며 달려오는 모습이 보였지만 내 귀에는 아무 소리도 들리지 않았다. 그저 머릿속에서 '우웅-' 하는 울림뿐이었다. 엄마는 나를 붙잡고 흔들어댔다. 그제야 바깥의 소란이 귀에 들어왔다. 엄마는 나를 밖으로 데리고 나갔다. 부서진 유리에 베인 발에서 피가 흘렀다. 소방수는 아빠에게 스무 개의 다이너마이트 중 열 개가 터졌다고 말했다. 만약 모두 폭발했다면 우리 집도 날아가고 말았을 것이다. 무서운 현실을 직접 겪고 나니 미국으로 이민을 간다는 사실이 기뻤다.

미국 학교에서의 첫날은 무척 힘들었다. 영어를 한마디도 못했기 때문이다. 모든 것이 고향과 전혀 달랐다. 페루에서 영어를 배우긴 했지만 하나도 도움이 안 됐다. 얼마나 빨리 말하는지 도무지 쫓아갈 수가 없었다. 모든 말이 그저 혀를 굴리는 소리로만 들렸다. 나는 말할 수도, 읽을 수도, 쓸 수도 없었다. 사흘째가 되어서야 어떤 멕시코 아이가 말을 걸어왔다. 우리는 같이 얘기하고 놀면서 친구가 되었고, 그 아이에게 영어를 배웠다.

내가 미국에서 보낸 첫해처럼, 토니는 영어를 알아듣지 못했다. 토니와 의사소통할 수 있는 방법은 같이 노는 것뿐이었다. 큰일을 당했어도 여전히 밝은 토니의 모습에 마음이 한결 가벼웠다. 토니는 웃을 때마다 통증을 느끼면서도 웃음을 잃지 않았다. 우리가 하는 말을 하나도 이해하지 못했지만, 자신의 아픔을 공감하는 우리 마음을 아는 것 같았다. 우리 역시 전쟁 속에서 살아가는 일이 어떤 것인지 잘 알고 있었다. 처음에는 "보스니아의 아이들이 '군인'처럼 되어가고 있으며, 군인들은 '아이'처럼 되어가고 있다"는 즐라타의 글을 잘 이해할 수 없었다. 하지만 토니의 이야기를 듣고 나니 비로소 그 의미를 알 것 같았다. 전쟁 속에서 아이들은 순진함을 잃어가고, 군인들은 자신이 올바른 명분을 갖고 있다고 생각하지만 실은 목적을 이루려고 무분별한 행동을 일삼는 철없는 아이 같다는 의미였다. 어른들이 한 아이의 침실에 쳐들어가 그의 동심을 짓밟아버린 일은 슬프다. 그들은 그 아이의 웃음을 훔쳐갔다. 토니는 내 영혼에 남은 상처처럼 영원히 사라지지 않을 전쟁의 상처를 안고 살아가야 한다.

Diary 49

관용의 날

어제 매우 바빴던 터라 지금도 힘들어 죽겠다. 하루 종일 즐라 타와 함께했다. 우리의 긴 하루는 아침 일곱 시에 시작해서 밤 열 시가 넘어서야 끝났다. 아니 열한 시였던가? 피곤하긴 해도 또다 시 그런 하루를 보낼 수 있길 기대한다.

어제의 첫 일과는 자원봉사 아줌마들과의 아침식사였다. 무척 친절한 분들이었다. 식사를 마친 뒤 우리는 몇 대의 버스에 나눠 타고 LA를 벗어났다. 따로 버스를 빌려 여행을 떠나기는 이번이 처음이었다. 버스에는 에어컨과 텔레비전, 비디오가 설치되어 있 었고, 각 자리마다 조명을 켜고 끌 수 있었다. 게다가 화장실까지 붙어있었다. 통학버스보다 훨씬 좋았다.

첫 목적지는 관용의 박물관이었다. 아이들은 대부분 처음 와보지만, 나는 이번이 두 번째다. 1학년 때 박물관 부속 극장에서 영화 〈캠퍼스 정글〉을 본 적이 있다. 그때는 박물관을 둘러보지 못했지만 이번에는 단체로 견학했다. 관용의 박물관은 사회적 편견과 선입견, 학살 그리고 인종차별의 역사를 정리해놓은 곳이다. 오해와 부정적인 생각이 어떻게 폭력으로 이어질 수 있는가를 보여주는 만화나, 홀로코스트의 희생자들을 상징하는 물품이 전시되어 있었다. 박물관에 입장할 때 한 아이의 얼굴과 이름이 인쇄된 입장권을 받았다. 견학하면서 그 아이에게 어떤 일이 생겼는지 알 수 있도록 프로그램이 마련되어 있었다. 해당 전시실의 컴퓨터에 입장권을 넣으면 그 아이의 운명을 설명해주었다. 몇몇 친구들의 입장권에 적힌 아이들은 인종차별 때문에 죽음을 맞았다고 한다. 견학하는 동안 많은 친구가 울었다.

박물관을 나오니 그사이 비가 와서 땅이 젖어있었다. 어쩌면 이 비가 죽은 사람들의 눈물이 아닐까, 하는 생각이 들었다. 마치 그들이 슬픔의 눈물을 흘리며 우리에게 자신의 이야기를 전해주려는 것 같았다. 박물관 견학을 마친 다음에는 바비큐 레스토랑에서 점심을 먹었다. 베벌리힐스에 있는 고급 레스토랑이었다. 혹시 비싼 물건이라도 깨뜨릴까 봐 행동이 절로 조심스러워졌다. 테이블에는 초와 생화가 놓였고, 냅킨도 예쁘게 접혀있었다. 의자도 진짜 가죽으로 싸여져 평소 다니는 식당의 의자처럼 몸에 달라붙거나 나쁜 냄새가 나지 않았다. 종업원들은 우리를 마치

왕족처럼 대했다. 요리사가 직접 왜건으로 요리를 날랐다. 심지어 화장실도 신선한 꽃들로 장식되어 있었다. 담배 냄새에 찌들고 거울과 세면대가 화장품 자국으로 얼룩진 학교 화장실과는 차원이 달랐다. 학교 화장실은 종이 휴지 때문에 세면대가 막힐 때도 있고, 천장에는 껌이 덕지덕지 붙어있었다.

우리는 배불리 먹은 뒤 다시 박물관으로 돌아가 영화 〈쉰들러 리스트〉를 보았다. 주인공인 오스카 쉰들러는 원래 황금색 나치 핀을 자랑스럽게 달고 다니던 사람이었다. 집단으로 체포되어 가축 운반용 차량에 빽빽이 실려 끌려가는 유태인들에게 당연히 아무 관심이 없었다. 그러던 어느 날, 집단 검거에 내몰린 한 소녀를 보았다. 흑백영화였기에 빨간 코트 차림의 소녀가 유난히 도드라졌다. 소녀는 혼란스런 상황을 피해 숨을 곳을 애타게 찾고 있었다. 며칠 뒤 그는 빨간 코트 차림의 그 소녀가 시체 더미에 파묻혀 불길 속으로 던져지는 광경을 보았다. 그때부터 쉰들러는 자신이 가진 돈으로 최대한 많은 유태인을 구하는 일에 앞장섰다. 그가 살린 유태인은 1,000명도 넘었다.

〈쉰들러 리스트〉는《밤》과《파도》그리고《안네의 일기》에서 받은 느낌을 더욱 생생하게 만들어주었다. 어떤 친구는 영화를 보고 나서 친구의 죽음을 떠올렸다고 말했다. 소녀의 빨간 코트가 죽은 친구의 피처럼 느껴졌다는 것이다. 나는 그 말을 듣고 부조리한 폭력이 역사책이나 영화에서만 등장하는 것이 아니라는 사실을 깨달았다.

영화를 보고 나서는 센추리시티 메리어트 호텔로 가서 홀로코스트 생존자들을 만났다. 우리 테이블에 앉은 생존자는 수용소에서 강제로 새긴 문신을 보여주었다. 그는 무척 담담했다. 문득 궁금증이 생겼다. '매일 수용소에서 무슨 생각을 했을까?', '가장 두려운 건 무엇이었을까?', '한 번이라도 자살을 생각해본 적이 있을까?' 등을 물어보고 싶었지만 무척 긴장되었고, 바보 같은 질문이라는 생각이 들어 그만두었다. 저녁식사가 끝날 무렵에는 테이블마다 한 명씩 일어나 자기 테이블에 앉은 생존자를 소개하고, 그들에게 들은 이야기 중 가장 인상적인 내용을 발표했다. 그것을 듣고 궁금증을 조금이나마 풀 수 있었다. 그래도 아직 더 알고 싶은 것이 많았다.

몇 권의 책을 읽고 나서 기초 지식을 얻었지만, 어제 있었던 박물관 견학과 영화 관람 그리고 생존자들과의 만남을 통해 홀로코스트를 훨씬 깊이 이해할 수 있었다. 그들이 살아남아서 우리에게 이야기를 들려주고, 결코 잊혀서는 안 될 역사적 사실을 알려주어서 기쁘다. 아직도 어제 받은 강렬한 인상이 지워지질 않는다.

Diary 50

마약중독

오늘 밤에는 안 하려고 했는데, 하얀 가루가 나를 부른다. 유리 위에 놓인 하얀 덩어리를 잘게 부수는 동안 지난주에 있었던 즐라타와의 만남과 그 유명한 '변화를 위한 건배'를 생각했다.

오늘 즐라타가 돌아갔다. 최근 내가 하고 있는 짓 때문에 자꾸만 죄책감이 든다. 다른 아이들은 모두 좋은 쪽으로 변하고 있는데 나는 정반대다. 이번 주 내내 사람들은 우리를 모범적인 십 대로 추켜세웠다. 지역 신문에는 즐라타를 초청한 일과 더불어, 우리가 어떻게 커다란 변화를 일으켰는지 소개하는 기사가 실렸다. 맞는 말이지만 나에게는 해당하지 않는다. 사람들, 특히 즐라타에게 정직하지 못했다는 생각에 마음이 편치 않다. 하지만 비밀을 말하지 않는 것이 남을 속이는 일은 아니지 않은가?

아마 진실을 알면 그루웰 선생님은 크게 실망할 것이다. 지금은 도저히 사실대로 말할 수가 없다. 그러면 상황이 더 악화될 게 뻔하기 때문이다. 그루웰 선생님이 어떻게 반응할지 모르겠다. 즐라타까지 왔다 간 이 마당에 말이다. 일단은 그냥 비밀로 해두는 편이 나을 것 같다. 그루웰 선생님이 나를 완벽하게 믿지는 않았으면 좋겠다. 나도 나 자신을 믿을 수 없는데 어떻게 선생님이 나를 믿을 수 있지? 마약을 사기 위해 가족의 돈을 훔치고 친구들에게 돈을 구걸하며, 혹시라도 동전이 있나 싶어서 소파 밑바닥을 뒤지는 나 같은 아이는 애초에 믿을 만한 사람이 못 된다. 차라리 이 모든 거짓이 탄로 났으면 좋겠다. 하지만 눈앞의 마약을 보면 금세 마음이 달라진다. 끊어야 한다는 건 알지만 다른 사람 때문에 끊는 건 말이 안 된다. 흔해 빠진 마약 퇴치 구호를 보면 오히려 마약 생각이 간절해진다. 만날 듣는 얘기들. '젠장, 이젠 지겨워!' 솔직히 아직은 끊을 마음이 없다.

나는 소위 말하는 '뒷구멍 약쟁이'인데, 혼자 몰래 각성제를 흡입한다. 이 사실을 아는 사람은 아무도 없다. 물론 즐라타도 모른다. 앞으로도 계속 이 비밀을 지키고 싶다. 자랑할 만한 일은 아니니까. 지금은 약을 하고도 태연하게 숨길 수 있는 정도가 되었다. 즐라타가 왔을 때 그녀와 그루웰 선생님은 내가 약에 취했다는 사실을 몰랐다. 이전에 유니버설 스튜디오에 갔을 때도 취한 상태였지만 최대한 아무렇지 않은 듯이 행동했다. 그녀는 나와 버스 안에서 좋아하는 음악 밴드에 대해 얘기하면서도 전혀 이상한 낌새를 채지 못했다.

처음 약을 시작할 때는 완전히 취해서 가만히 앉아있을 수조차 없었다. 하지만 지금은 스스로 통제가 가능하고 겉으로 드러나지 않게 행동할 수 있다. 항상 약에 절어있다 보니 저절로 그렇게 된 것 같다. 사람들은 자기 바로 뒤에서 벌어지는 일을 모른다. 나로서는 참 다행스런 일이다. 일주일에 이틀씩 치료 센터에 들르지만 오히려 마약을 하는 횟수와 약의 양이 계속 는다. 어떻게 마약을 하게 되었는지를 생각하면 정말 아이러니하다. 처음엔 대마초를 갖고 있다가 들키는 바람에 마약중독 치료 센터로 보내졌다. 그러나 정작 거기서 각성제에 중독되고 말았다. 나는 아무것도 바꾸지 못했다. '변화를 위한 건배' 이후 모두 오랜 악습을 고쳐나가고 있는데, 나는 오히려 새로운 악습을 얻었다. 이대로 가다가 구제불능의 중독자가 될까 봐 두렵다. 나 같은 사람도 마약중독자가 될까? 내가 생각하는 마약중독자는 노숙자에, 약값을 구하려고 구걸하거나 몸을 팔고, 아직 살아있는 아기를 쓰레기통에 버리는 부류들이다. 하지만 다시 생각해보면 나라고 해서 그들보다 크게 나을 건 없다. 사람들은 내가 모범생이라고 생각한다. 착한 딸에, 그루웰 선생님이 가장 아끼는 제자이고, 즐라타라는 멋진 친구까지 사귀었다. 그런 내가 모두들 깜짝 놀랄 짓을 몰래 하고 있다. 나는 엄마, 그루웰 선생님, 즐라타를 속였다. 알고 보면 나는 전혀 모범생이 아닌 것이다.

지금은 정말 마약중독자가 되어버린 것 같다. 성적은 계속 떨어지고, 전처럼 선생님들한테 사과를 주는 일도 하지 않을 것이다. 대신 약을 구하기 위해 구걸하고 돈을 훔치고, 남을 속일 것이다. 사람들은 한순간의 호기심이 나를 망쳤다고 말할 것이다. 하지만 나는 스스로 좋아서 한 것이지 호기심에 그런 게 아니다. 대마초에서 각성제로 옮겨가는 데는 오랜 시간이 걸리지 않았다. 센 약일수록 더 큰 쾌감을 얻을 수 있다. 이전에는 파티에 가면 대마초를 즐겨 피웠다. 지금 같은 꼴이 될 거라고는 결코 생각하지 못했기 때문에 돌이켜보면 안타까울 뿐이다. 난 과연 과거로 돌아갈 수 있을까? 아니면 빛도 출구도 없는 어두운 터널 속으로 더 깊이 들어가게 될까?

모든 이목이 집중되었던 즐라타와의 한 주가 끝나서 마음이 편하다. 지겨웠기 때문이 아니다. 정말 재미있었지만 내게는 그런 즐거움을 누릴 자격이 없다. 행사장에서도 나는 화장실에 앉아서 문이 잘 잠겼는지 확인한 뒤 약을 흡입했다. 약이 끓어오르는 것은 곧 짜릿한 쾌감을 느낄 수 있다는 신호였다. 그래, 바로 이거야. 죽여줄 거야. 약 기운이 남아있는 동안은 두통도, 복통도, 다른 통증도 다 사라질 거야. '암페타민(중추신경과 교감신경을 흥분시키는 각성제-옮긴이 주)'이라는 최고의 친구가 함께하는 동안만큼은 말이야.

Diary 51

보스니아를 위한 농구

보스니아 후원을 위한 농구는 기억에 남는 행사였다. 그루웰 선생님과 학생들은 보스니아의 아이들에게 의료품과 음식을 보내기 위해 한 대학에서 자선 농구 경기를 열었다. 500명 이상의 관중이 왔고, 중간 휴식 시간에는 귀여운 꼬마들의 응원대회와 장기자랑도 열렸다. 그루웰 선생님 반은 아니지만 나도 경기에 뛰었다. 우리 팀 이름은 안네 프랑크의 이름을 딴 '안네의 천사들'이다. 덕분에 따로 맞춘 유니폼까지 한 벌 얻었다. 승부를 따지는 사람은 아무도 없었다. 모두 어려운 사람들을 돕는 행사 자체를 즐겼다.

오늘 행사를 치르고 나니 그루웰 선생님의 수업을 꼭 들어보고 싶다. 그 반 아이들은 마치 한 가족 같았다. 그루웰 선생님은 쉬우면서도 매우 현명한 일들을 한다. 아무도 나의 인종이나 겉모습을 신경 쓰지 않아서 벌써 한 반이 된 것 같은 기분이다. 그 반 아이들은 단지 좋은 일을 함께한다는 것에만 관심을 가졌다. 비웃음을 당하지 않고, 있는 모습 그대로 받아들여지는 건 정말 기분 좋은 일이다. 나로서는 드문 경험이다. 오늘 일은 많은 기억을 떠올리게 만들었다. 내가 속한 우등반에서는 한 번도 그렇게 편안한 기분을 느껴본 적이 없다. 난 항상 따돌림만 당했다. 그래서 어떻게든 아이들한테 인정받으려고 노력했다. 옛날에도 마찬가지였다.

나는 뚱뚱한 사람들에 둘러싸여 자랐다. 엄마도, 오빠도, 언니도, 이모도 모두 비만이다. 어릴 때는 정말 속상했다. 왜 난 뚱뚱한 걸까? 왜 난 몸무게 때문에 운동을 못하는 아이가 되었을까? 나는 줄 오르기를 할 수 없었고, 공중그네에 매달릴 수도 없었으며, 턱걸이도 못했다. 그러면서도 몸무게를 줄일 방법은 없어 보였다. 뚱보로 사는 것이 내 운명 같았다. 줄에서 뛰어내릴 때 아이들이 "지진이다! 모두 피해!"라고 외치는 소리는 내 가슴을 멍들게 했다. 가끔 "왜 비웃음을 당하고만 있니? 당당하게 맞서"라고 말하는 사람들도 있었다. 하지만 내겐 그럴 용기가 없다. 대들었다가 도리어 "살찐 주둥아리나 닥쳐!"라는 핀잔을 들을까 봐 두렵다. 그렇게 창피를 당하는 것보다 차라리 혼자 속으로 삭이는 편이 낫다.

초등학교 6학년 때는 완전 지옥이었다! 친구는 하나도 없고, 아이들의 얼굴을 똑바로 보지도 못했다. 생각나는 건 먹을거리뿐이었다. 초등학교를 졸업할 무렵 내 체중은 90킬로그램이 넘었다. 초등학교 6학년치고는 엄청난 몸무게였다. 당연히 어른들 옷밖에 맞는 게 없었다. 도무지 나 자신에 대한 믿음이 없었다. 스스로 추하다고 생각할 정도였다. 남자친구도 없고, 파티에 갈 수도 없어서 사회생활을 전혀 하지 못했다. 거의 외톨이로만 지냈다. 못된 아이들은 점심시간에 나를 보면서 "그만 좀 처먹어!"라고 소리쳤다. 애써 무시했지만 그 말은 계속 가슴속에 남아 나를 괴롭혔다. 그저 우쭐대고 싶어서 내 자존심을 짓밟는 아이들의 태도를 이해할 수 없었다. 내가 그 말라빠진 아이들을 가만히 놔둔 건 뚱보에다가 성질까지 더럽다는 얘기를 듣고 싶지 않아서다. 내 기분대로 했다가는 정말 아무도 내게 말을 걸지 않을 것이다.

외롭고, 창피하고, 모든 것을 잃은 기분이었다. 학교를 마치고 집에 가면 내게 욕을 한 아이들한테 하고 싶었던 말이 떠올랐지만, 실제로 밖으로 꺼낼 용기는 없었다. 그 아이들보다 나 자신이 더 미웠다. 마치 단단한 껍질 속에 갇혀서 도저히 빠져나가지 못할 것 같은 기분이 들었다. 나는 자기 연민에 빠지지 않으려고 공부에 열중했다. 그러자 갑자기 성적이 치솟았다. 나는 공부를 통해 천천히, 그러나 확실히 나의 껍질에서 벗어날 수 있었다.

보스니아 후원을 위한 농구 행사는 내게 재탄생의 기회와도 같았다. 나는 위축된 태도를 떨쳐버렸다. 경기가 끝난 뒤 우리는 열을 지어 코트 위에서 춤을 추었다. 내게 500명이나 되는 사람들 앞에서 춤출 용기가 있을 거라고는 상상도 하지 못했다. 이런 내 모습에 경기장은 난리가 났다. 모두들 내게 환호하며 손을 흔들어주었다. 마치 한 가족처럼 진심으로 환영받는 기분이었다. 나는 더 이상 이름 없는 아이가 아니라, 나만의 개성을 맘껏 표현할 줄 아는 스타였다.

Diary 52

이혼

내 삶이 감당할 수 없이 빨리 무너지고 있다. 더 이상 버틸 수 있을지 모르겠다. 왜 이렇게 되었는지 처음으로 다시 돌아가 보자. 일전에 동생과 나는 부모님 방에서 어떤 사진을 발견했다. 엄마와 낯선 사람이 호텔에 같이 있는 장면이었다. 두 사람은 수영복 차림으로 서로의 허리에 팔을 두르고 있었다. 부모님이 여전히 결혼 상태였기에 환장할 노릇이었다. 도저히 이해할 수 없었다. 동생보다 내가 받은 충격이 더 컸다. 하지만 울어야 할지 고함을 질러야 할지 알 수 없었다. 엄마가 우리 가족을 망치고 있었다. 나는 그 사진을 엄마에게 내밀며 사진 속 남자가 누구냐고 따졌다. 엄마는 잔뜩 방어적인 자세를 취하며 자신의 방에 함부로 들어가지 말라고 소리쳤다. 그런 뒤 그 남자는 그냥 친구라고 했다. 친구 좋아하시네. 뻔한 거짓말이다. 정말 친구라면 엄마가 그렇게 흥분할 이유가 없다. 지난주에 직장 동료하고 출장을 간다더니, 그 직장 동료가 실은 남자라니! 그럼…… 엄마가 바람을 피우고 있다는 얘기잖아? 우리 자매는 차마 아빠한테 이 사실을 말할 수 없어서 둘만의 비밀로 간직하기로 했다. 어쨌든 곧 아빠도 눈치챌 게 틀림없다. 우리 집은 조금씩 금이 가고 있다. 아직 무너지진 않았지만 머지않아 그렇게 될 것이다.

그루웰 선생님의 반 아이들을 또 다른 가족으로 삼으려 했지만 그것도 좋은 생각이 아닌 듯하다. 내년에 다시 못 볼지도 모르기 때문이다. 그루웰 선생님은 3학년이 되어도 우리를 다시 맡고 싶어 하지만, 다른 국어선생님들이 그렇게 못하도록 방해하고 있다. 그들은 경력도 얼마 안 되는 교사가 마음대로 학생들을 고를 수 없으며, 같은 학생들을 4년 동안 가르쳐서는 안 된다고 말한다. 우리 반을 놓고 불평하는 교사들이 많아서 내년에 같은 반이 되지 못할 위기에 처했다. 정말 너무하다. 이제 나의 두 가족 모두가 뿔뿔이 흩어지게 생겼다.

반이 깨지면 제각각 다른 반에 배정되니 지금 우리 반 친구는 한 명도 만나지 못할 것이다. 그런 일은 도저히 감당할 수 없다. 나는 두 가족 모두 잃고 싶지 않다. 그렇게 되면 내 곁에 남는 사람은 아무도 없다. 이게 다 다른 선생들의 질투 때문이다. 우리 반은 여러 사람의 이목을 독차지해왔다. 신문에는 우리에 대한 기사가 몇 번이나 실렸다. 어떤 선생들은 자기가 한 번도 시도하지 않았던 일을 하니까 그루웰 선생님을 질투하기 시작했다. 그래서 우리 반을 견제하고 갈라놓아서 더 이상 다른 일을 못 하게 하려는 것이다. 하지만 그렇게는 안 된다!

그루웰 선생님은 자신이 가장 잘하는 일을 했다. 우리가 지금까지 했던 자랑스러운 행동들을 관심 있는 사람들에게 전하는 일 말이다. 이제는 그 사람들이 우리 반을 계속 유지시켜야 한다고 말하고 있다. 그래도 반 아이들은 모두 걱정이다. 반이 해체될까 봐 우는 아이들도 있다. 사실 나도 운 적이 있다. 내 머릿속은 온통 우리 반 생각뿐이다. 어떻게 해야 하지? 누구한테 도움을 청해야 할까? 안 그래도 고등학교 생활이 힘든데, 우리 반이 해체되면 아마 열 배는 더 고될 것이다. 우리 반은 정말 편안한 곳이다. 우리 반에서는 모두 나를 받아들이고, 나도 반 아이들 모두를 받아들인다. 우리 반이 아니면 남은 2년을 견딜 자신이 없다.

지금까지 반 아이들은 힘든 시간을 함께 보냈다. 내년에 같이 모일 수 있을지 모르지만, 어쨌든 계속 노력하지 않으면 안 된다. 다른 선생들이 우리를 떼어놓을 수는 없다. 우리는 손이 아니라 마음으로 연결되어 있기 때문이다. 우리는 영원히 함께할 것이다. 그래도 두렵다. 무척 두렵다. 그저 모든 일이 잘되기만을 빌 뿐이다.

그리운 친구들에게

너희와 짧지만 아주 요란하고 특별했던 일주일을 보낸 지도 벌써 꽤 많은 시간이 흘렀구나. 지금도 그때를 떠올리면서 마음속의 영화를 돌려본단다. 편지를 읽을 때마다 너희 얼굴이 생생하게 기억나. 물론 너희가 준 테이프도 듣고, 선물도 들여다보고, 날아든 음료수 때문에 재킷에 남은 얼룩도 소중하게 간직하고 있단다(농담!). 너희가 내게 준 그 모든 소중한 추억은 영원히 나와 함께할 거야. 모든 이에게 절실히 필요한 우정과 이해심을 내게 베풀어줘서 고마워. 너희는 자기 자신과 주변부터 시작해서 세상을 더 나은 곳으로 만들려는 강한 열정을 갖고 있어. 그래서 너희는 진정한 영웅들이야!

그리고 넓고 따뜻한 마음으로 보스니아의 어린이들과 청소년들을 도와주어서 고맙다는 말을 하고 싶어. 그들을 잊지 않고, 그들이 세상으로부터 버림받았다는 생각을 지울 수 있도록 도와줘서 고마워. 그들은 틀림없이 너희가 베푼 일에 진심으로 감사할 거야. 물질적인 크기보다 마음이 더 중요하다고 생각해. 그들에게 도움의 손길을 내밀어주는 것만큼 큰 위로는 없어.

편지가 너무 길어지기 전에 이만 줄여야겠어. 모두에게 행운과 즐거움이 함께하길 바랄게. 맘껏 자신을 즐겨. 너희 덕분에 다른 친구들도 보스니아에 대해 좀 더 알게 되면 좋겠구나. 보스니아 여인들이 얼마나 예쁜가(하하!) 하는 것들 말이야.

너희 안의 힘을 잊지 마. 너희에겐 힘이 있어. 그 힘을 어디에 쏟을 것인가는 너희의 선택에 달렸어. 그걸 기억해주었으면 해. 다시 한 번 나 자신과 너희 도움이 필요한 보스니아의 모든 사람을 대신해서 고맙다는 말을 전한다. 특히 너희의 멋지고도 놀라운 선생님에게 감사드리고 싶어.

너희 모두를 사랑하고 많이 보고 싶을 거야.

너희는 모두 내 친구야.

곧 다시 만나자.

1996년 6월 4일
더블린에서 사랑을 담아, 졸라타

추신 : 햇빛 찬란한 LA의 모든 이에게도 안부 전해줘.
"우리는 형제로 같이 사는 법을 배우지 않으면,
바보로 같이 죽게 될 것이다." - 마틴 루터 킹

새로운 친구들

2학년이 거의 끝났다. 방금 3학년에도 그루웰 선생님 반이 되었다는 소식을 들었다! 우리 모두에게 정말 기쁜 소식이다. 선생님은 우리 반을 지키려고 엄청나게 노력했다. 지난 2년 동안 그루웰 선생님의 수업을 들을 수 있었던 것은 큰 행운이다. 엄마는 "복덩이 선생님을 만났어"라고 말하기도 했다. 그루웰 선생님은 내가 만난 최고의 선생님이다. 그녀는 진심으로 우리를 아끼며, 절대 겉모습으로 평가하지 않는다. 이제 그런 좋은 선생님과 함께 3학년을 보내게 된다.

나는 우등반에도 친구가 많다. 그들 모두가 우리 반이 하는 일에 엄청난 관심을 가지고 있다. 나만 보면 현장학습과 만찬이 어땠는지 묻기 바쁘다. 우등반이라고 잘난 척하던 아이들이 지금은 우리 반에 들어오고 싶어 한다. 옛날에는 소수계 아이들이 죄다 모인다고 해서 '빈민가 교실'이라고 빈정대던 아이들이 말이다. 처음에 그들은 내가 우등반에 들어가지 못했다고 멍청한 백인 취급을 했다. 하지만 지금은 우리 반이 얼마나 대단한지, 거기서 얼마나 좋은 친구들을 사귀게 되었는지 몰랐던 그들이 바보가 되었다. 우리는 그동안 수많은 초청 강연을 들었고, 박물관을 견학했으며, 활발한 사회 활동을 펼쳤다. 거기서 다양한 경험을 쌓은 덕분에 나는 우등반 친구들과 아주 다른 시각을 갖게 되었다. 물론 그래도 친구는 친구다. 우리 반에 두어 명 정도 더 받을 수 있을 거라고 우등반 친구들에게 말한 적이 있다. 내 말을 들은 아이들 모두 우리 반에 들어오려고 바로 다음 날 대기자 명단에 이름을 올렸다. 만약 우리 반에 새로 들어오는 친구가 있다면 그루웰 선생님과 반 아이들을 존중해주었으면 좋겠다. 만약 그러지 않으면 내가 태도를 고쳐놓고 말겠다. 그들은 우리 '빈민가 교실'의 새내기이기 때문이다.

월슨 고등학교 교직원과 학생 여러분에게

1996년 4월 6일

안네 프랑크 하우스

안네 프랑크 재단

암스테르담에서 애정을 보내며, 미프 히스

학생 여러분, 여러분의 학교에서 멋진 시간을 보내게 해주어서 진심으로 고맙습니다.

여러 학생과 선생님들이 보여준 관심과 지혜는 제게 깊은 인상을 남겼습니다. 여러분의 학교를 방문한 일은 정말 특별한 경험이었습니다.

몇몇 학생의 얼굴은 지금도 제 가슴 깊은 곳에 새겨져있습니다.

3학년

1996년 가을

그루웰 선생님의
다섯 번째 일기

내일 새 학기가 시작하는데 내가 탄 비행기는 아직도 프랑스 공항 활주로에 있다. 시차 때문에 고생할 게 뻔하지만 그래도 그만한 가치가 있는 여행이었다. 2주간의 여행에 아이들을 데려가지 못한 대신, 유럽의 일부를 가져가 보여주고 싶었다. 그래서 그동안 책, 박물관 안내 책자, 런던탑과 안네의 다락방처럼 우리가 공부했던 장소가 담긴 엽서들을 부지런히 모았다. 네덜란드에서 산 나무 신발과 아일랜드의 유명한 돌 그리고 사진들을 아이들한테 빨리 보여주고 싶다.

열두 시간의 비행은 지난여름을 돌아보기에 충분했다. 즐라타가 말했듯이 여름의 시작부터 '내 마음속의 영화를 되돌려보면서' 중요한 순간이 오면 잠시 멈추고 천천히 감상해야겠다.

여름방학 첫날이 아주 오래전처럼 느껴진다. 대학교에서 강의를 새로 시작해서 진정한 여름방학을 보내지는 못했다. 우리 반 학부모 중 내셔널대학교 교수로 있는 분이 나를 초빙해 십 대들의 독서 교육에 대한 세미나를 열었다. 아주 감동적인 두 시간이었다. 세미나가 절반쯤 진행되었을 때 수강생들이 울음을 터뜨리기 시작했다. 세미나가 끝나자 학장이 내게 일자리를 제의했다. 그래서 나는 일주일에 두 번 강의를 했고, 주말에는 메리어트 호텔에서 일하며 즐라타와 미프 씨를 만나러 유럽에 갈 돈을 모았다.

첫 목적지는 네덜란드였다. 호텔의 접수계로 일하면서 얻는 혜택 중 하나는 직원 할인요금으로 묵을 수 있다는 것이다. 덕분에 암스테르담 중심가에 있는 암스테르담 메리어트 호텔에서 머물렀다. 암스테르담은 두 번째 방문이었지만, 미프 씨를 만나고 〈안네 프랑크의 추억〉이라는 다큐멘터리를 보아서인지 훨씬 의미 있게 다가왔다. 나는 호텔에서 미프 씨와 그녀의 친구인 코르 씨를 만났다. 그녀에게 보스니아 후원 농구 경기에서 '미프 마니아' 팀이 입었던 유니폼과 방문 시 찍었던 사진들을 넣은 예쁜 액자 그리고 그녀와 학생들이 함께 실린 잡지 《피플》을 선물했다. 그녀는 매우 좋아하면서 "몇몇 학생들의 얼굴은 지금도 잊히지 않아요"라고 말했다.

우리는 안네에 대한 얘기를 주고받았다. 미프 씨는 안네가 죽은 지 50여 년이 지났지만 하루도 그녀를 생각하지 않고 지나는 날이 없다고 말했다. 미프 씨가 안네와 나눈 특별한 우정과, 안네의 가족을 숨겨준 2년간 자신이 겪었던 일들을 들려주는 동안 나는 경외심에 젖어들었다. 그녀는 순무를 캐기 위해 자전거를 타고 몇 킬로미터나 되는 길을 달렸던 일, 외로웠던 안네가 다락방에서 같이 밤을 지내자고 부탁했던 일을 얘기했다.

미프 씨는 관대하면서도 용기 있는 여성이었다. 안네의 가족이 체포되자 그들을 풀어달라고 간청하려고 나치 본부를 찾아가 게슈타포 요원들에게 뇌물을 주려고까지 했다. 유태인을 숨겨주는 일은 사형감이기 때문에 그녀가 죽지 않은 것만 해도 천만다행이었다. 그녀는 비록 친구들을 구하지는 못했지만, 대신 안네의 소중한 일기를 구했다. 그녀 덕분에 수많은 사람이 홀로코스트를 생각할 때 안네의 이름을 떠올리게 되었다.

무엇보다 인상 깊었던 것은 그녀의 겸손한 태도였다. 그동안 수많은 칭송을 받았음에도 불구하고 그녀는 자신의 행동이 영웅적이지 않으며, 당연히 해야 할 일이었다고 생각했다. 그녀는 사람들이 평범한 주부이자 비서였던 자신의 삶을 보면서 '누구나 의미 있는 일을 할 수 있다'는 교훈을 얻기 바란다고 말했다. 그 얘기를 듣고 나니 그녀의 단순하면서도 명확한 철학을 아이들과 빨리 나누고 싶었다. 아이들에게 너희도 안네와 즐라타처럼 의미 있는 일을 할 수 있다고 말해주고 싶었다. 미프 씨는 내가 즐라타와 그녀의 부모를 만나기 위해 더블린으로 갈 예정이라는 얘기를 듣고 무척 흥분했다. 몇 년 전 도서 홍보 여행 중 즐라타를 만난 적이 있는 미프 씨는 즐라타의 눈이 안네와 쏙 빼닮았다고 말했다.

안네의 시각으로 암스테르담을 보려고 노력하며 며칠을 보낸 뒤, 즐라타와 그녀의 부모를 만나기 위해 아일랜드로 갔다. 그들은 크로아티아 해안으로 떠났던 여름휴가에서 막 돌아온 참이었다. 그들로서는 1993년 겨울에 피난을 떠난 이후 처음으로 발칸 지역에 돌아간 것이다. 아일랜드에서 같이 지내던 친구 미르나는 그녀의 부모 때문에 올해부터 사라예보에서 학교를 다닐 계획이란다. 즐라타와 미르나는 보스니아를 떠난 이후 한 번도 떨어진 적이 없어 혼자 지내는 생활에 적응하려면 힘든 시간을 보내야 할 것 같았다.

즐라타는 사라예보가 전쟁 전에 비해 엄청 많이 변했다고 말했다. 그녀의 말에 따르면, 1984년 올림픽이 열렸던 축구장은 현재 공동묘지가 되었다. 나는 즐라타와 함께 전쟁이 터지기 전 즐라타의 가족이 찍었던 사진들을 보며 오랜 시간을 보냈다. 즐라타의 부모는 보스니아에서 한창 진행 중인 재건 작업과 상관없이, 끊어진 사람들의 관계를 다시 잇는 데는 긴 시간이 걸릴 거라고 말했다. 아직도 인종 간의 증오와 긴장이 남아있기 때문이다. 즐라타는 일기를 통해 보스니아 문제에 대한 관심을 불러일으켰지만, 전쟁의 복잡한 이면을 제대로 파악하지는 못했다. 그래서 우리는 몇 시간 동안 사진을 보면서 정치 얘기를 하고, 미군이 떠나면 어떤 일이 생길지 예상해 보았다. 즐라타는 우리 반 아이들과 나이가 같지만 훨씬 현명한 것 같다. 때로 그녀는 아주 철학적인 말을 하다가도 금세 영락없는 십 대 소녀로 돌아온다.

정치부터 보스니아 전통음식까지 다양한 주제를 놓고 한참 대화를 나눈 뒤, 즐라타는 제2의 고향인 더블린을 구경시켜주고 싶다고 말했다. 가는 길에 쇼핑도 할 참이었다. 우리는 더블린 시내에서 펑크 록 밴드의 공연을 보았고, 닥터 마틴 신발을 샀다. 그러는 동안 그녀와 친구인 다라가 우리 반 아이들에게 보여줄 비디오를 찍었다. 이번 방문을 통해 우리는 아주 가까운 사이가 되었다. 내가 떠나던 날, 섭섭한 마음에 다들 울었다.

더블린을 떠나 잠깐 런던에 들렀지만, 빨리 파리로 가서 즐라타의 사촌 멜리카를 만나고 싶었다. 아일랜드로 거처를 옮기기 전 즐라타와 미르나는 파리에서 멜리카와 같이 학교에 다녔다. 멜리카를 만난 곳은 에펠탑이었다. 그녀를 보는 순간 마치 가족을 만난 듯했다. 미프 씨와 즐라타의 경우처럼 우리는 관광보다는 서로의 사진을 보며 이야기를 나누고 관계를 돈독히 하는 데 많은 시간을 보냈다.

이번 여행은 세계문학을 아이들한테 생생하게 전하는 데 큰 도움이 될 것이다. 앞으로는 미국문학을 실감나게 가르칠 현명한 방법을 찾아야 한다. 올해도 문학적 우상들과 친분을 나누고, 역사적인 장소로 여행할 기회가 있을지 모르겠다. 아마 작년만큼 알찬 한 해를 다시 보내기는 힘들 것이다.

Diary 54

인종차별주의자 선생님

태어날 때 의사가 내 이마에 '흑인 문제에 관한 전국 대변인'이 라는 낙인을 찍은 게 틀림없다. 그것도 선생들한테만 보이는 특 수 낙인 말이다. 선생들은 마치 내가 흑인이라는 알 수 없는 존재 들에 대한 해답을 갖고 있는 것처럼 대한다. 내가 무슨 흑인의 비 밀을 알려주는 로제타석(이집트 상형문자 해독에 실마리를 제공한 고대 비석—옮긴이 주)도 아닌데 말이다. 그루웰 선생님 반으로 옮기기 전까지는 항상 그랬다. 선생들이 신랄한 표정으로 "조이스, 흑인 들은 소수계 우대 정책에 대해 어떻게 생각하지?"라거나, "조이 스, 흑인들은 〈컬러 퍼플(인종차별 문제를 다룬 스티븐 스필버그의 영 화—옮긴이 주)〉을 어떻게 봤는지 말해줄래?"라고 묻는 통에 짜증이 났다.

이런 불평이 잘못된 건지도 모른다. 어떻게 보면 선생들이 그만큼 나를 인정하는 것일 수도 있다. 그러나 과연 나한테 수백만 명의 의견을 대신 전할 권리가 있는 걸까? 그렇지 않다! 그건 나를 인정하는 것하고는 아무 관계가 없다. 내가 무슨 수로 소수계 우대 정책이나 〈컬러 퍼플〉에 대한 흑인 전체의 입장을 알 수 있단 말인가? 그런 마법이라도 있다는 건가? 흑인들은 어떤 일을 접하면 순식간에 마법처럼 같은 결론에 도달하는 줄 아는 걸까? 내가 확실하게 말할 수 있는 건 나 자신의 의견뿐이다. 어떤 사람은 아마 "그렇지만 조이스, 너처럼 우등반에 있는 흑인 학생이 흔한 건 아니잖아"라고 할 것이다. 그들은 내가 우등반에 있으니까 다른 사람들보다 더 잘 알 것이라고 단정한다. 마치 내가 반에서 유일한 흑인이라는 사실을 모르거나 잊어버릴까 봐 계속 상기시켜주려는 것 같다. '젠장, 내가 어떻게 그걸 잊을 수 있겠어……'

그루웰 선생님 이전에 만났던 사람이 생각난다. 그냥 선생치고는 그다지 신중하지 못했다고 해두자. 그 여선생에게서 온갖 무례하고 편견에 가득 찬 말을 들었지만, 한번은 정도가 지나쳤던 적이 있다. 어느 날, 그해에 읽을 도서 목록과 작문 과제들을 살펴보는데 슬플 정도로 백인 중심의 내용들뿐이었다. 그래서 그녀에게 이유를 물었다. 그녀는 "이 반에서는 흑인문학을 읽지 않아. 전부 섹스 아니면 간음, 마약에 욕설투성이잖니"라고 대답했다. 세상에! 그냥 '부적절하다'고 하면 충분할 텐데, 그녀는 극단적인 말을 해댔다. 애초부터 그녀의 뻔뻔한 무지를 알고도 질문한 게 잘못이긴 하지만, 그렇다고 반 아이들 앞에서 꼭 그렇게 표현해야 했을까? 정말 짜증난다! 나는 점심시간까지 입을 꾹 다물고 있다가 이 사실을 다른 사람들한테 알려야겠다고 친구에게 말했다. 우선 집에 돌아가서 엄마에게 별일 아니라는 듯 태연하게 얘기했다. 저녁식사 자리에서 닭 요리와 브로콜리를 먹으면서 말이다.

"오늘 어땠니, 조이스?"

"몇 가지 일이 있긴 했는데, 항상 똑같죠, 뭐."

"무슨 일들인데?"

"알리사하고 점심을 먹었고, 화학 시험을 봤어요. 참, 그건 그렇고 국어선생님이 인종차별주의자인 것 같아요."

잠시 침묵이 흐른 뒤, 엄마의 손에서 포크가 떨어졌다. 엄마는 놀란 나머지 입을 다물지 못하며 나를 바라보다가 무슨 짓을 했느냐고 물었다. "젠장, 제가 잘못한 건 없어요!"라고 외치고 싶었다. 하지만 엄마 앞에서 차마 나쁜 말을 할 수는 없어서 "아무 짓도 안 했어요"라고 대답하고는 자초지종을 설명했다. 다음 날 나는 교장실로 불려갔다. 엄마가 흑인문학 목록을 갖고 먼저 와 있었다. 교장선생님은 이미 국어선생님에게 주의를 주었다고 하면서 그녀의 말에 대신 사과했다. 엄마는 내게 도서 목록을 주면서 키스와 포옹을 한 뒤 교실로 가보라고 했다.

자, 이제 어떻게 하지? 웃음 띤 얼굴로 교실에 들어가서, 쑥스러워하며 새 도서 목록을 선생에게 주어야 할까? "꼴통 선생님, 이 멋진 책들을 소개해드리고 싶군요. 아마 섹스나 간음, 마약 그리고 욕설 같은 건 안 나올 거예요. 또 하나, 선생님한텐 아무 감정이 없다는 걸 말씀드리고 싶어요. 앞으로 2년 동안 훌륭한 수업을 해주시기를 진심으로 기대하겠습니다!"라고 말하면서? 잘도 그렇게 되겠다. 그 여자랑은 한 학기도 더 같이 있고 싶지 않았다. 게다가 우등반에 계속 남아있다가는 고등학교 시절 내내 흑인의 대변인 노릇을 해야 할 게 뻔했다.

이런 고민을 털어놓자 알리사는 자신의 국어반에 대해 들려주었다. 그 반 선생님은 수업에 최선을 다할 뿐 아니라 학생들을 아끼고 존중하며, 무엇보다 차별 대우를 하지 않는 진정한 교육자라는 것이다. 나로서는 온 나라의 흑인을 대변하는 노릇만 벗어날 수 있다면 다른 것들은 상관없었다.

그렇게 해서 그루웰 선생님의 반에서 3학년 국어수업을 듣게 되었다. 이전의 내 삶은 온통 의문과 불만, 미움과 용기, 충돌과 희생으로 얽혀있었다. 그러나 그루웰 선생님은 아무 편견 없이 나를 대해주었고, 내 이마에 새겨진 '흑인 문제에 관한 전국 대변인'이라는 낙인을 지우고 '조이스 로버츠의 대변인'으로 바꾸어주었다.

할머니의 죽음

지난달 랠프 월도 에머슨과 헨리 데이비드 소로라는 미국 작가들에 대해 배웠다. 에머슨은 주체적인 삶에 관한 글을 썼는데, 거기서 "인간은 관행을 거스를 줄 알아야 한다"고 말했다. 그루웰 선생님에게서 항상 뚜렷한 소신을 갖고 기존의 권위에 의문을 제기하도록 교육받은 우리는 에머슨의 글을 읽고 깊은 감화를 받았다. 그의 철학은 내게 큰 의미로 다가왔다. 지난 4년 동안 나는 스스로 통제할 수 없는 비극 때문에 나 자신을 탓해왔다. 전혀 예상치 못했던 비극이 갑자기 나를 덮친 적이 있다. 그것은 바로 할머니의 죽음이다.

할머니는 내가 열두 살 때 아버지가 고의로 지른 불에 심각한

화상을 입어 돌아가시고 말았다. 온몸이 어디 하나 성한 곳 없을 정도로 심한 화상이었다. 아버지는 할머니에게 휘발유를 끼얹은 뒤 가스레인지를 켰다. 그 순간, 할머니의 몸은 불길에 휩싸였다. 황급히 불을 껐지만 온몸이 물집투성이인 데다가, 머리카락은 모두 타버린 뒤였다. 까맣게 탄 피부는 저절로 일어났다. 할머니의 뺨 위로 눈물이 흘렀다. 몸에서는 살이 탄 냄새가 났다. 할머니가 돌아가실지도 모른다는 불안감에 심장이 터질 것 같았고, 금방이라도 토할 것 같았다. 이 세상에서 제일 사랑하는 사람을 잃는다고 생각하니 마음이 무너져 내리는 느낌이었다.

헬리콥터가 날아와서 할머니를 병원으로 이송했다. 숙모와 나는 헬리콥터가 보이지 않을 때까지 서있었다. 기운이 하나도 없어서 서있기조차 힘들었다. 숙모도 온몸을 떨고 있었다. 아빠의 얼굴을 보고 싶지 않아서 집에 가기 싫었다. 집 앞에 도착하니 성난 동네 사람들이 당장 쳐들어갈 기세로 모여있었다. 긴 칼을 들고 창가에 선 아빠의 모습이 보였다. 아빠가 미웠다. 할머니를 죽이려 한 아빠가 무서웠다. 동네 사람들과 아빠는 서로 고함을 질러댔다. 결국 경찰이 나를 데리고 가서 문을 두드렸다. 아빠가 보지 못하도록 몸을 숨기려고 했지만 다리가 말을 듣지 않았다. 눈물이 마구 흘러내렸다. 경찰은 아빠에게 수갑을 채우고 그의 권리를 말해준 뒤 경찰차 뒷좌석에 태웠다. 나는 경찰차가 멀어지는 모습을 지켜보았다. 그리고 내 삶이 영원히 바뀔 것이라는 사실을 깨달았다.

나는 창피함을 애써 감추며 동네 사람들을 바라보았다. '아빠는 왜 그랬을까? 무엇 때문에 그렇게 화가 난 걸까?' 아무리 생각해도 알 수 없었다. 묻고 싶은 게 정말 많았지만 누구도 속 시원히 말해주지 못할 것 같았다. 아빠 역시 대답하지 못할 것 같았다. 그는 나를 죽이겠다고 위협하더니 대신 할머니를 죽이고 말았다.

할머니가 돌아가신 뒤로는 도저히 고개를 들고 다닐 수 없었다. 밖에 나가면 항상 땅만 보고 걸었다. 친척들을 볼 때마다 계속 할머니의 죽음이 떠올랐다. 나는 마음속 상처를 아물게 할 방법을 찾으려 애썼다. 하지만 '어떻게 아빠가 그런 짓을 할 수 있지? 왜 나만 혼자 두고 떠나버렸을까? 지금 무슨 생각을 하고 있을까? 내 걱정을 하기나 할까?' 같은 풀리지 않는 의문들이 계속 나를 괴롭혔다. 아빠는 겨우 석 달 만에 교도소에서 풀려났다. 가끔은 정말 아빠가 할머니를 죽였는지 헷갈릴 때가 있다. 아마 아빠가 그런 짓을 했다는 사실을 차마 받아들이기 어려워서 그런 것 같다.

에머슨이 쓴 글의 마지막에 "위대한 사람은 이해받기 힘들다"라는 말은, 내가 얼마나 사람들에게 이해받지 못하고 살았는지 깨닫게 한다. 내 심정을 제대로 헤아려주는 사람은 아무도 없었다. 사람들은 멋대로 나를 판단하기만 하고, 진심으로 알려는 노력은 하지 않았다. 이해하려고 애쓰는 사람조차 없어서 무척 속상하다. 마음속 깊은 곳의 나는 사람들의 무관심 속에 살아가는,

겁 많고 어린 소녀일 뿐이다.

어쩌면 사람들에게 이해받지 못하는 것이 그렇게 나쁜 일은 아닌지도 모른다. 이제는 스스로 일어서서 주체적으로 사는 법을 배워야겠다.

Diary 56

인종 폭동

누군가 우유팩을 집어던지며 "엿 같은 깜둥이 새끼!"라고 소리 쳤다. 곧 아이들이 우르르 몰려들더니 싸움이 벌어졌다. 아이들 은 서로 주먹질하고 아무 물건이나 잡히는 대로 집어던졌다. 그 안에 갇힌 3분이 세 시간처럼 느껴졌다. 그래도 싸움에 휩쓸리지 않고 무사히 난장판을 빠져나왔다. 바보 같은 싸움에 낄 필요는 없었다. 나는 약간 떨어진 곳에서 직원과 경찰이 싸움을 말리는 광경을 바라보았다. 잠시 뒤 점심시간이 끝났음을 알리는 종이 울렸다. 그래도 학생들은 싸우는 아이들이 어떻게 되나 보려고 좀처럼 교실로 돌아가지 않았다.

두 명이 교장실로 불려갔다. 한 명은 흑인이고, 다른 한 명은 남미계였다. 교장선생님은 최대한 빨리 문제를 해결하고자 그들에게 곧바로 정학 처분을 내렸다. 하지만 징계는 문제를 악화시켰다. 양쪽 아이들이 상대방에게 더욱 나쁜 감정을 품게 된 것이다. 학교를 마친 뒤 혼자서 버스를 타고 집으로 가던 중이었다. 몇 명의 남미계 아이들이 다음 정류장에 모여있는 모습이 보였다. 흑인 아이들도 그 옆에서 버스를 기다리고 있었다. 버스가 도착하자 양쪽 아이들은 버스에 오르기 무섭게 싸움을 벌였다. 2라운드가 시작된 것이다. 어떤 아이는 학교 미술실에서 구한 방망이를 휘둘러댔다. 적어도 마흔 명은 되는 아이들이 뒤엉켰다. 나는 버스에서 내려 정류장의 의자 뒤에 섰다. 한꺼번에 너무 많은 아이가 몰리는 바람에 버스가 앞뒤로 심하게 흔들렸다. 여자 운전사가 경찰을 부르겠다고 소리치자, 그제야 흑인 아이들만 버스에서 내렸다.

그들이 다음 버스를 기다리는데 마침 한 남미계 아이가 거리를 가로질러 정류장 쪽으로 왔다. 그는 방금 싸움이 벌어졌다는 사실을 몰랐지만, 심상치 않은 분위기를 느끼고는 얼른 그 앞을 지나치려 했다. 그러나 흑인 아이 중 하나가 그를 가로막으며 "방금 뭐라고 했냐?"라고 물었다. 아무 말도 하지 않았는데 괜히 시비를 걸려는 것이었다. 그 아이는 대답 않고 빨리 지나가려고 했다. 그러자 한 흑인 아이가 그의 앞을 가로막으며 난데없이 그의 얼굴을 주먹으로 때렸다. 아이가 의식을 잃고 풀밭에 쓰러지자 흑인 아이들이 일제히 달려들었다. 열두 명의 화난 아이들이 한 명에게 분풀이를 하려고 했다. 누군가 그 아이의 멱살을 잡고 거리로 끌어냈다. 흑인 아이들이 남미계 아이 주변을 빙 둘러서서는 갈비뼈고 얼굴이고 가릴 것 없이 닥치는 대로 발길질을 퍼붓기 시작했다. 어떤 아이는 쇠로 된 쓰레기통을 얼굴에 집어 던지기까지 했다. 도로 한복판에서 벌어진 일이라 차들이 멈췄다. 맞은편 차선에서 버스가 한 대 서더니 운전사가 맞고 있는 아이를 돕기 위해 달려왔다. 운전사는 "그만둬, 깡패 놈들아"라고 소리쳤다. 그러자 흑인 아이가 갑자기 뒤돌아서더니 그 운전사의 얼굴에 주먹을 휘둘렀다. 운전사는 근처 가게로 도망가서 경찰을 불렀다. 어떤 아줌마도 도우려고 하다가 주먹질을 당했다. 그 아줌마가 다시 차로 돌아간 직후 경찰이 도착했고, 마침내 구타가 그쳤다. 맞은 아이는 팔과 다리 그리고 등이 부러진 채 의식을 잃고 쓰러져 있었다. 나는 그 아이가 병원으로 실려가는 모습과 때린 아이들이 경찰서에 잡혀가는 모습을 지켜보았다.

나는 '왜 도와주지 않았니?'라고 스스로에게 물었다. 아마 어떤 일을 당할지 몰라서 무서웠을 것이다. 도와주려고 나섰다면 나 역시 몰매를 맞았을 것이다. 설령 다치더라도 뭔가 했어야 했다는 후회가 밀려왔다. 만약 내가 가만히 지켜보고만 있었다는 걸 그루웰 선생님이 안다면 크게 화낼 것이다. 어쨌든 나는 당당하지 못했다. 그루웰 선생님이 몰라야 할 텐데 걱정이다.

Diary 57

자기평가

마침내 주체성의 진정한 의미를 알았다. 오늘 그루웰 선생님이 수업시간에 자기평가표를 나눠주었다. 선생님은 자신에게 스스로 평점을 매기고, 그 이유를 간단히 적으라고 말했다. 나는 주저 없이 'F학점'을 주었다.

요즘 집안 문제로 학교에 자주 빠졌다. 엄마가 피부 결핵에 걸렸다는 걸 얼마 전 알았기 때문이다. 그 병에 대해 아는 거라곤 신장을 상하게 하고 몸을 허약하게 한다는 것뿐이었다. 엄마가 동생들을 돌보거나 집안일을 하는 건 무리였다. 그래서 나는 학교에 가지 못하고 엄마를 도와야 했다. 이유야 어쨌든 그루웰 선생님이 나를 좋게 보지 않을 거라고 생각했다. 슬프면서도 창피

했다. 한편으론 솔직하게 나 자신을 평가했다는 일말의 자부심도 있었다.

나는 어떤 일이 벌어질지 모른 채, 나 자신을 낙제시켜야 하는 상황에 실망하며 자리에 앉아있었다. 잠시 뒤 그루웰 선생님이 내 자리로 오더니 복도에서 잠시 얘기하자고 말했다. 처음엔 선생님이 나를 반에서 쫓아내려고 하는 줄 알았다. 하지만 이미 다른 선생들이 '바보들의 국어반'이라고 부르는 곳에 있는데 더 이상 어디로 간단 말인가? 그래서 아마 보통 선생들처럼 "넌 머리는 좋은데 이대로 가면 실패하고 말 거야. 우리 한번 열심히 해보자, 알았지?" 같은 뻔한 얘기나 할 거라고 짐작했다. 가끔 그런 얘기를 들으면 "젠장! 무슨 소리에요? 어차피 실패할 걸. 내가 어떻게 바뀌죠?"라고 따지고 싶다. 하지만 그때마다 꾸중을 듣거나 무시당했기 때문에 지금은 그냥 속에 담아두고 만다. 내가 복도로 나가자 그루웰 선생님은 바로 돌아서며 "이게 뭐니?"라고 말했다. 그녀는 평가표를 내밀며 "너, 이게 무슨 의미인지 알고나 있니?"라고 물었다. 나는 아무 대답도 하지 않았다. 뭐라고 대답해야 할지 알 수 없었다. 그루웰 선생님은 가만히 있는 나를 보고 인내심이 한계에 달했는지 평가표를 치켜들며 소리쳤다.

"이건 스스로를 엿 먹이는 거야! 알겠니? 이건 널 엿 먹이는 거고, 날 엿 먹이는 거고, 널 아끼는 모든 사람을 엿 먹이는 거야!"

곧이어 선생님의 불같은 질책이 쏟아졌다. 얼마나 혼이 났는지 정신이 얼떨떨할 지경이었다. 누구도 그토록 뜨겁게 나를 혼낸 사람은 없었다. 그런 식의 격려는 처음이었다. 놀라서 벌어진 입을 겨우 다물었을 때, 비로소 선생님의 이야기가 머릿속에서 정리되기 시작했다. 그루웰 선생님은 내가 선생님의 얼굴에 대고 꺼지라고 말하기 전에는 절대 날 포기하지 않을 거라고 했다. 나는 아무 말도 못하고 눈물을 흘리며 서있기만 했다.

오늘 나는 그루웰 선생님에게서 진정 주체적인 사람은 모든 것을 운에 맡기지 않고 적극적으로 실천하며, 변명만 해서는 성공할 수 없고, 역경은 탓할 것이 아니라 극복해야 할 대상이라는 사실을 배웠다. 선생님 말대로 장애물은 자신이 굴복할 때만 장애가 된다. 쇠사슬의 강도는 가장 약한 고리에서 결정되듯이, 진정으로 주체적인 사람은 자신의 약한 부분을 찾아 단련한다. 앞으로 나도 주체적인 사람이 되고 싶다.

자살

요즘 우리 반은 《호밀밭의 파수꾼》(J. D. 샐린저의 소설 – 옮긴이 주) 에서 주인공 홀든 코울필드가 자살한 친구에 대해 얘기하는 부분을 읽고 있다. 주변에는 완전히 신경을 끄고 사는 홀든도 친구의 죽음에는 크게 상심한 것 같다. 전에는 자살이 다른 사람들한테 어떤 영향을 미칠지 한 번도 생각해본 적이 없다. 그저 자살은 나혼자 감당해야 하는, 패배할 수밖에 없는 싸움인 줄 알았다.

내겐 문제가 하나 있다. 나는 지난 2년 동안 우리 집안의 유전병에 시달려왔다. 내가 네 살 때, 엄마는 화학적 불균형으로 인한 '병적 우울증'이라는 진단을 받았다. 다행히 엄마는 늦기 전에 도움을 받아 아미트립틸린이라는 약물 치료를 통해 병을 고쳤다.

하지만 그 유전병은 또 다른 희생자를 낳았다. 이번에는 내가 의지와는 무관하게 병마에 걸려든 것이다. 가장 우려했던 악몽이 현실이 되어버렸다. 마치 내가 저지르지도 않은 죄에 대한 벌을 받는 기분이다. 그 뒤로 나는 항상 자살을 생각하며 산다. 단 하루도 내 안의 적이 부추기는 죽음의 유혹을 느끼지 않은 날이 없다. 나는 지금 상처를 입고 혼란에 빠져있다. 나의 적은 아무런 예고 없이 내 몸과 마음을 빼앗아 나를 꼭두각시로 만든다. 나의 모든 생각과 감정이 온통 죽음으로 쏠려있다. 때로 나는 아무 이유 없이 울고, 고함을 지르며, 마음 깊숙한 곳에 감추었던 알 수 없는 분노를 터뜨린다. 한바탕 난리를 치고 나면 삶의 모든 희망이 사라지고, 내가 쓸모없는 존재라는 생각만 남는다.

도저히 방법이 없다는 절망감에 빠져 실제로 죽으려고 한 적도 있다. 엄마와 대판 말싸움을 벌이고 난 다음이었다. 지금 와서 돌이켜보면 무턱대고 화만 냈던 것 같다. 흔해 빠진 청소년 드라마의 주인공처럼 말이다. 엄마와 한바탕 싸우고 난 뒤, 나는 어찌할 바를 몰라 부엌으로 갔다. 어디선가 시원한 산들바람이 불어왔다. 나는 어둠 속에서 부엌칼을 꺼내 들었다. 가슴이 점점 빠르게 방망이질했다. 소매를 걷고 손목을 내밀었다. 일순간 머릿속이 멍해졌다. 내려다보니 살은 거의 베이지 않은 상태였다. 칼날이 너무 무뎠다.

Diary 59

도망

 며칠 전 저지른 미친 짓에 대해 얘기하려고 한다. 한 달 전쯤 《호밀밭의 파수꾼》 읽기 숙제가 있었다. 나는 소박한 하얀색 표지를 힐끗 쳐다본 뒤 먼지나 쌓이게 그냥 책상 위에 내버려두었다. '이따위 책에서 배울 게 뭐가 있어?' 하는 생각이 들었다. 정말 읽고 싶은 마음이 없었는데 숙제 때문에 억지로 집었다. 나는 보통 책의 마지막 부분을 먼저 읽는다. 그러다 J. D. 샐린저가 쓴 말들을 보고는 곧바로 책에 빠져들었다. 이번엔 '이야, 딱 나한테 맞는 책이잖아!' 하는 생각이 들었다. 읽다 보니 문장이 독특했고, 바보 같은 설교(청소년을 선도하려는 뻔한 메시지들 말이다)를 하려고 들지 않아서 정말 좋았다. 게다가 오만 가지 감정이 들게 하는 마지막 장면은 현기증이 날 정도였다.

뭐, 결국 책을 다 읽었다는 얘기다. 읽는 동안 주인공인 홀든이 나하고 매우 비슷해서 놀랐다. 그루웰 선생님이 우리에게 열심히 책을 소개하면서 우리 반에는 수많은 홀든이 있다고 말했다. 이 제야 그 말이 무슨 뜻인지 알 것 같다.

홀든처럼 나는 주위 사람들이 모두 위선자라고 생각한다. 나는 매일 범생이들과 학교에 간다. 눈을 돌리는 곳마다 이른바 정답을 그대로 따라하는 일들뿐이다. 선생들은 우리 생각을 통제하는 공장을 돌리는 운영자 같다. 부모님은 내 행동이 그네들을 골탕 먹이려고 일부러 하는 수작이라고 생각한다. 그들은 내가 인생을 제대로 알기에는 아직 어리다는 투로 얘기한다. 이런 답답한 곳에서 탈출하고 싶다. 세상이 나에게 강요하는 모든 규칙이 지겹다. 나는 그들의 낡고 하찮은 게임에 뛰어들고 싶지 않다. '시스템'으로부터 벗어나려는 나의 여정은 그렇게 시작했다. 뭐, 시도에 그치긴 했지만 말이다.

어느 날 밤, 나는 두어 명의 친구들과 모여 텔레비전을 보며 수다를 떨고 있었다. 여자애들이 흔히 하는 뻔한 얘기들이었다. 그때 내 휴대폰이 울렸다. 엄마였다. 내가 언제 집에 올 건지 확인하는 전화였다. 엄마는 자신이 무슨 형사도 아니면서 내가 어디 있는지 항상 감시한다. 한 시간 있다가 가겠다고 둘러댔지만 그것은 빈말이었다. 약속한 시간이 지났어도 전혀 집에 가고 싶지 않았다.

나는 집에 가는 대신 친구와 함께 해변으로 차를 몰았다. 그런데 어쩌된 일인지 계속 가다 보니 라스베이거스가 나왔다. 어딘가에서 길을 잘못 들었나? 당연히 농담이다. 엄마에게 댄 핑계가 그렇다는 얘기다. 물론 엄마는 내 말을 믿지 않았다. 실은 친구가 한 번도 라스베이거스에 가보지 않았다고 해서 충동적으로 저지른 일이다.

우리는 그곳에서 카지노 건물 뒤로 떠오르는 해를 보았다. 그러고는 이리저리 돌아다니며 계속 카메라 셔터를 눌렀다. 열여섯 살이라서 도박은 할 수 없었다. 실컷 사진을 찍은 다음에야 집에 전화를 걸었다. 슬슬 지겹기도 했지만, 밤새도록 연락을 하지 않았기 때문이다.

엄마가 조금 화났을 거라고 생각했다. 역시 엄마는 노발대발하며 당장 라스베이거스 경찰에 전화해 친구 차를 수배하겠다는 협박까지 했다. 그 말을 들으니 여행으로 들떴던 기분이 순식간에 가라앉았다. 우리는 전날 저녁에 하지 않았던 일을 하기로 했다. 그것은 바로 라스베이거스의 최고급 버거킹에서 우아한 식사를 하는 일이다. 맛있게 먹은 뒤 우리는 집으로 향했다.

홀든과 달리 나는 '시설'에 끌려가지는 않았다. 엄마한테 "날 좀 아무 데나 보내줘요. 어디 재활센터 같은 곳에요. 여기만 아니면 다 좋아요"라고 애원해도 소용없었다.

"넌 잘못된 점이 없잖아."

엄마가 말하자, 나는 화가 나서 소리쳤다.

"그냥 벗어나고 싶어요. 모든 게, 모든 사람이 다 지겹단 말이에요!"

그러나 내가 갈 수 있도록 엄마가 허용한 가장 먼 곳은, 빌어먹을 내 방이었다.

Diary 60

일자리 구하기

오늘 밤에 대단한 일이 일어났다. 존 투 씨가 내게 일자리를 준 것이다! 백만장자 밑에서 일하게 되다니 믿기지 않는다. 일자리를 얻게 된 이유도 유별나다.

우리 반은 부모님들을 모시고 브루인 덴에서 큰 파티를 열었다. 그루웰 선생님은 가족을 중시해서 자주 가족 초청 파티를 열어 정을 나누었다. 이제는 선생님의 아빠와 새엄마 그리고 남동생까지 우리와 한 가족 같은 사이가 되었다. 우리는 파티에서 만난 존 투 씨에게 지금까지 도움을 베풀어주어 고맙다고 했다. 파티가 끝나고 나는 그에게 차가 있는 곳까지 태워주겠다고 말했다. 주차장까지 다섯 블록 정도밖에 되지 않았지만, 존 투 씨가 아내와 두 아이를 데리고 밤늦게 우리 동네를 걷게 하고 싶지 않았다. 돈이 많은 사람이라 봉변을 당할 수도 있기 때문이다. 그렇다 하더라도 존 투 씨가 선뜻 좋다고 말할 줄은 몰랐다. 그 말을 듣고 나는 '젠장!' 하고 생각했다. 내 차는 존 투 씨의 최고급 벤츠에 비하면 초라하기 짝이 없는 78년식 올즈모빌이다. 그가 내차에 탔을 때, 앞자리에 의자가 하나밖에 없어서 무지 창피했다. 어떤 놈인지 조수석을 훔친 놈이 미웠다. 사람이 앉아야 할 곳에는 차 바닥만 덩그러니 드러나 있었다. 게다가 라디오와 사이드 미러도 없었다. 앞 유리창은 길게 금까지 가 있었다. 그래도 굴러가기만 하면 나한테는 아무 문제가 없었다.

존 투 씨는 차에 타면서 "이야, 정말 편한데? 리무진 같네!"라고 말했다. 그는 내 자리 쪽으로 발을 뻗었다. 뒷좌석은 가죽시트하고는 거리가 멀었지만, 그는 내 고물차가 자기 차인 양 편하게 다리를 꼬고 앉았다. 그러고는 자신도 내 나이였을 때 이런 차를 몰고 싶었는데 자전거밖에 가질 수 없었다고 말했다.

와, 그는 내가 생각했던 것처럼 처음부터 백만장자가 아니었던 모양이다! 알고 보니 그는 부지런히 일해서 그 많은 돈을 번 것이었다. 정말 놀라운 얘기였다. 지금은 200달러짜리 고물차를 몰지만, 열심히 노력하면 나도 얼마든지 벤츠를 가질 수 있다는 희망이 생겼다.

그의 차가 주차된 곳에 도착했을 때, 존 투 씨는 고맙다고 인사하면서 자신의 컴퓨터 회사에서 일할 생각이 없느냐고 물었다.

일? 그전에는 한 번도 직업을 가진 적이 없다. 그는 일하면서 새로운 것들을 많이 배울 수 있을 거라고 말했다. 지금 나는 본격적으로 일을 시작하고 내 삶을 다른 방향으로 돌릴 그날을 손꼽아 기다린다.

성적 불평등

오늘 수업시간에 남자와 여자에게 각각 달리 적용되는 이중 잣대에 대해 토론했다. 주로 남자는 원하는 것을 쉽게 얻을 수 있지만, 여자는 같은 일을 하고도 무시당하거나 심지어 욕까지 먹는다는 얘기였다. 그루웰 선생님은 '성차별'이라는 말을 소개했다. 모두 '그게 무슨 말이죠?' 하는 표정이었다. 구석에 있던 한 남자아이는 "성차별? 족보 얘긴가요?"라고 말하면서 웃어댔다.

그루웰 선생님은 '성차별인가 폭력인가?'라는 주제를 정하고 토론을 이끌었다. 먼저 그녀는 우리에게 수캐와 암캐가 그려진 스눕 독의 앨범 재킷을 분석하게 했다. 재킷에서 수캐는 개집 위에 있었고, 암캐는 엉덩이를 내민 채 그 밑에 있었다. 만화에서 암캐는 '걸레'나 '갈보'라고 불렸고, 마지막에는 발에 차여 개집에서 쫓겨나기도 했다. 여자아이들은 그 만화가 모든 면에서 남자가 여자보다 월등하다는 남자들의 심리를 보여준다고 말했다. 나는 이제부터라도 남자가 여자를 무시하지 말고 존중해야 한다고 생각한다. 여자가 왜 자신을 세뇌하려는 남자의 시도를 그냥 놔두는지, 그리고 자신의 몸을 소중히 하지 않고 성적 대상으로 전락시키는지 이해할 수 없다. 이런 일들은 여자가 먼저 자신을 존중하는 법을 배우기 전에는 바뀌기 어려울 것이다.

성차별의 사례를 찾는다면 우리 집안이 가장 분명한 예가 될 것이다. 우리 집안의 친척 어른들은 남자 사촌에게는 꼭 콘돔을 쓰라거나 최대한 많은 여자와 자는 것이 좋다는 따위의 말을 스스럼없이 한다. 우리 집안에서 여자아이는 나 혼자인데, 내가 듣는 말은 조신하게 행동하라는 편잔뿐이다. 마치 처녀성을 잃으면 세상이 끝나기라도 하는 것처럼 말이다.

나는 남자친구와 2년을 사귄 뒤에야 섹스를 하기로 결심했다. 아주 특별한 시간이 될 첫 잠자리를 가지면서, 감미로운 키스와 애정이 담긴 손길을 기대했다. 하지만 남자친구는 5분 동안 혼자서 헐떡대기만 했다. 얼마나 허무했던지 남자친구에게 "겨우 이런 거였어?"라고 물을 정도였다. 전에는 처녀성을 잃는 게 뭔가 의미 있는 일이라고 생각했지만 지금은 후회스러울 뿐이다. 이제 내가 처녀가 아니라는 걸 아는 사람은 나를 헤픈 아이로 본다. 물론 내가 남자였다면 축하받았을 것이다. 그것이 현실이다.

Diary 62

성폭행

　오늘은 내 인생의 전환점이다. 교실에 들어가자마자 앨리스 워커가 쓴 《컬러 퍼플》을 찾아 읽었다. 읽다 보니 푹 빠져들어서 책을 내려놓을 수 없었다. 매우 강렬하고 착잡한 내용이었다. 나는 여자 주인공 셀리가 어떤 사람이고, 무슨 일을 겪었는지 궁금해하며 천천히 책장을 넘겼다. 나는 그녀를 한 번도 본 적이 없고, 같은 곳에서 살지도 않았다. 그러나 그 모든 차이에도 불구하고 이상할 정도로 셀리가 익숙하게 느껴졌다. 셀리는 고달픈 삶을 견디는 방법을 알고 있었다. 그녀는 어떻게든 삶을 이어갔다. 그런 면을 보면 셀리가 누구인지 알 것 같기도 하다.

　조 삼촌은 다른 삼촌들하고 달랐다. 친절하고, 살갑고, 이해심

많고, 내 얘기에 귀 기울여주고, 잘생겼으며, 무엇보다도 내가 힘들어할 때 어떤 말을 해주어야 할지 잘 알고 있었다. 내게 진심과 애정 어린 따뜻한 포옹이 필요할 때, 항상 조 삼촌이 곁에 있었다. 그는 나의 영웅이었다. 나는 조 삼촌을 정말 좋아했다.

우리 가족은 아주 작은 아파트에 살아서 조 삼촌과 남동생들 그리고 나까지 모두 거실에서 자야 했다. 크리스마스 무렵의 어느 날, 달빛이 거실을 채우고 갓 자른 크리스마스트리 냄새가 풍겼다. 나름대로 아주 만족스런 생활이었다. 적어도 그 일이 생기기 전까지는…….

'어? 이게 뭐지? 누가 날 만지는 거지?' 그게 누구든 불쾌했다. 그는 바로 조 삼촌이었다. 삼촌이 나한테 무슨 짓을 하는 거지? 삼촌이 당장 멈추기를 바랐다. 그만두라고 말하려고 입을 열었지만 아무 소리도 나오지 않았다. 엄청난 무게감에 짓눌려 숨이 막혔고, 말을 할 수 없었다. 내게 바짝 붙은 삼촌의 몸과 점점 거칠어지는 그의 숨소리가 느껴졌다. 삼촌은 음란한 손길로 내 몸을 더듬었다. 나는 꼼짝도 할 수 없었다. 삼촌이 천천히 등과 옆구리를 만지는 동안, 나는 몸에 잔뜩 힘을 주었다. 그는 나를 바로 눕히려고 했지만 성공하지 못했다. 삼촌은 자꾸만 내게 몸을 밀착시켰다. 내 몸에 닿는 그의 살갗이 느껴졌다. 축축한 땀과 입술에 울음을 터뜨리고 싶었다. 그날 밤 내 가슴속에 생긴 커다란 응어리는 지금도 사라지지 않았다. 누구보다 다정하던 조 삼촌이었기에 그가 하는 짓이 잘못된 것인지 얼른 판단하기 힘들었다. 삼촌이 내게 나쁜 짓을 하려 했다는 생각만 해도 가슴이 찢어질 것 같았다. 어린 나이였지만 삼촌의 행동이 잘못되었다는 건 알 수 있었다.

하지만 왜 그랬을까? 조 삼촌은 내가 아는 가장 좋은 사람이었는데…… 조 삼촌은 나를 괴롭히다가 물을 마시려고 일어났다. 부엌에서 들리는 물소리에 내 증오심은 커져갔다. 내게 끔찍한 수치심을 주고는, 나쁜 짓에 열중하느라 목이 말랐는지 물을 찾는 삼촌이 미웠다.

빨리 판단해야 했다. '어떡하지? 어떡해?' 나는 삼촌이 돌아오기 전에 소파로 갔다. 더 이상 삼촌이 같은 짓을 계속하도록 내버려둘 수 없었다. 조 삼촌은 거실로 돌아와 웃옷을 벗었다. 그러고는 소파에 있는 나를 보더니 무슨 일이 있느냐고 물었다. 나는 그를 잠시 바라보다가 "아무것도 아녜요…… 그냥 잠이 안 와요"라고 대답했다. 울고 싶었다. 온 세상에 내가 얼마나 무서운지, 누군가의 도움이 얼마나 간절한지, 얼마나 죽고 싶은지 알리고 싶었다. 하지만 누구에게 달려가야 하지? 속마음을 털어놓을 수 있었던 유일한 사람이 내게 상처를 주고 있는데…….

나는 조 삼촌이 잠드는 동안 소파에 한참 앉아있었다. 무서워서 삼촌 쪽으로는 고개를 돌릴 수 없었다. 다음 날 아침, 부모님이 출근 준비하는 소리가 들렸다. 엄마가 집을 나서면서 키스할 때 내가 느꼈던 절망감은 결코 잊지 못할 것이다. 당시 조 삼촌은 매일 나와 남동생을 돌보고 있었다. 그는 모든 것이 달라졌는데도 아무 일 없었던 것처럼 행동했다. 어느새 예전의 '사람 좋은' 모습으로 돌아가 있었다. 너무 화가 나서 아무 생각도 할 수 없었다. 나는 삼촌의 말을 모조리 무시했다. 나중에는 삼촌이 나를 때리려고 들었다. 나는 분노로 달아오른 얼굴을 한 채 울면서 거실로 달려가 삼촌이 싫다고 소리 질렀다. 내게 수치심을 주어서 미운 것이 아니었다. 내 유일한 믿음을 부수어버렸기 때문이었다. 삼촌은 그에 대한 내 믿음을 산산조각 냈다. 결국 삼촌은 내게 사과했다. 그러자 마음이 흔들렸다. 미안하다고 하는 그의 눈빛이 무척 진실해 보였다. 그러나 그는 자신의 행동이 잘못되었다는 걸 정말로 모르고 있었다. 한없이 길게 느껴진 하루가 지나갔다. 엄마가 집에 온 뒤에야 마음이 놓였다. 나는 마음을 굳게 먹고 샤워하며 영원히 지워지지 않을 불결한 느낌을 문질러 없애려고 애썼다. 그러고는 엄마를 욕실로 불러 모든 사실을 털어놓았다. 그 이후 조 삼촌과 내 관계는 결코 예전으로 돌아가지 못했다.

셀리는 성폭행과 학대, 모욕과 무시에 시달렸지만 순수한 영혼을 잃지 않았다. 그 모든 끔찍한 일들도 그녀의 용기를 꺾지는 못했다. 삶에서 더 많은 것을 추구하고, 웃고, 사랑하며, 끝까지 살아가는 용기……. 이제 나는 셀리가 누구인지 잘 안다. 셀리는 과거부터 지금까지 쭉 나 자신의 모습이다. 이러한 깨달음을 가슴에 품고 나도 셀리처럼 꿋꿋하게 살아갈 것이다.

Diary 63

남자친구의 학대

내 눈을 들여다보면, 사랑스러운 소녀의 눈빛이 보일 것입니다.
내 웃음을 보면, 아무런 문제도 없어 보일 것입니다.
내 마음을 들여다보면, 고통이 보일 것입니다.
소매를 걷고 내 팔을 보면, 멍든 자국이 보일 것입니다.

국어반에서 《컬러 퍼플》을 읽기 시작했다. 그루웰 선생님이 큰
소리로 책을 읽는 동안 나는 울고 싶어졌다. 셀리가 처한 상황은
폭력적인 남자친구 때문에 바뀌어버린 내 삶을 상기시켰다. 나는
남자친구에게 실컷 맞고 난 뒤 집에 돌아가서, 엄마가 "좋은 시간
보냈니?"라고 물으면 그저 "응" 하고 대답하곤 했다. 그러고는 방

에 들어와 '좋은 시간'이 남긴 온몸의 멍을 바라보았다. 침대에 힘 겹게 몸을 눕히고 가끔 지나간 일들을 되돌아본다. 그럴 때면 온 갖 상념이 떠오른다. 내가 뭘 잘못한 걸까? 어떤 점이 남자친구를 그토록 화나게 했을까? 내가 어떻게 해야 했을까? 나를 때리는 짓을 언제 그만둘까? 그의 난폭한 행동을 언제 막았어야 했을까? 처음 날 밀었을 때? 처음 때렸을 때? 나에게 욕하기 시작했을 때? 아니면 손자국이 선명하게 남을 정도로 내 팔을 세게 비틀었을 때?

그의 폭력은 처음엔 가볍게 밀치거나 팔을 비트는 정도였다. 그러다 점점 강도가 심해졌다. 그는 갈수록 더 강하게 나를 밀쳤 고, 더 아프게 팔을 비틀었다. 장난이 좀 심하다고 생각했다. 급기 야 그는 나에게 소리를 지르고 욕까지 했다. 사납게 내뱉는 그의 말들은 내 가슴을 찢었다. 그의 고함만 들어도 온몸이 떨리고 꼼 짝할 수 없었다.

그는 언제 터질지 모르는 시한폭탄 같았다. 조금만 마음에 안 드는 일이 있으면 어김없이 그의 도화선엔 불이 붙었고, 폭발해 버렸다. 그때마다 그는 나를 때리고, 흔들고, 밀고, 팔을 비틀었으 며, "멍청한 년, 제대로 할 줄 아는 게 하나도 없어" 같은 말을 퍼 부었다. 말다툼을 하면 그는 "진짜 패 죽여버리고 싶어!"라고 소 리쳤다. 항상 그런 식이었다. 내가 어떤 일로 그를 화나게 할 때 마다 그는 끔찍한 목소리에 미친 듯한 표정으로 나를 때렸다. 가 끔은 주먹을 휘두르다 말고 자기 주먹과 나를 번갈아 보며 "세상 에, 진짜 미안해"라고 사과하기도 했다. 갑자기 태도가 돌변해 나를 안고 정말 미안하다고 고백했다. 나는 떨리는 몸을 주체하지 못하고 그대로 서있을 수밖에 없었다. 주먹질로는 더 이상 성이 차질 않자, 그는 나를 철저히 통제하려 들었다. 그때부터 내가 집에 가지 못하도록 자기 집 차고나 욕실에 가두기 시작했다. 나를 문밖으로 밀어내며 꺼지라고 하다가도, 정작 내가 뒤돌아가면 급히 뒤쫓아 왔다. 그러고는 다시 돌아가면 아무 일도 없었던 것처럼 행동했다. 나는 언제나 되돌아갔다. 그의 집으로, 그의 폭력으로, 그리고 그에게로……. 격렬한 키스를 하고 나면 그는 흥분을 참지 못하고 섹스를 하고 싶어 했다. 나는 항상 아직 준비가 안 됐다고 말했다. 그는 "그래도 해야 돼!"라고 윽박지르며 내 옷을 벗기다가, 문득 멈추고는 나를 밀치며 옷을 입으라고 명령조로 쏘아붙였다.

남자친구하고 있으면 긴장이 돼서 정말로 몸이 아팠다. 전화기로 그의 목소리만 들어도 온몸이 저린 것 같았다. 그의 집으로 갈 때면 증상은 더 심해졌다. 토할 것 같아서 꼭 차를 세우고 심호흡을 해야 했다. 실제로 우리 집을 나서기 전이나 그의 집에서 몇 번 토한 적도 있다. 그는 내 위가 약해서 그런 거라고 생각했다. 사실은 자기 때문이라는 걸 전혀 모르고 말이다. 우리 사이가 왜 이렇게 엉망이 되었는지 모르겠다. 나는 어떻게 해야 할지 알 수 없는 상황에 처해있다. 누구에게도 이런 문제를 말할 수 없었다. 상황은 점점 악화되기만 했다. 그가 "죽여버릴 거야!"라고 소리치며 칼을 들고 나를 쫓아왔을 때, 우리 관계는 최악의 지경에 이르렀다. 그런 일들을 겪을 때면 마치 악몽을 꾸는 것 같았다. 그와 함께하는 모든 시간이 깨어날 수 없는 악몽 같았다. 불행하게도 우리는 서로가 서로에게 필요한 존재였다. 그는 속에 쌓인 분노를 퍼부을 대상이 필요했고, 나는 무작정 나를 사랑해줄 대상이 필요했다. 그는 내가 원했던, 나에 대한 집착을 갖고 있다.

우리는 불과 기름 같은 관계였다. 만날 때마다 문제가 더 커질 뿐이었지만, 계속 서로를 요구했다. 그러다가 누가 찬물을 끼얹은 것처럼 우리의 관계는 한순간에 끝나버렸다. 아무런 예고도 없는 갑작스런 이별이었다. 그것은 급히 불타올랐던 만큼 빨리 꺼져버린 사랑이었다.

Diary 64

가정폭력

《컬러 퍼플》을 읽으면 마음이 불편하다. 셀리가 주인에게 늘 두들겨 맞기 때문이다. 그때마다 알코올중독자인 새아빠에게 맞는 엄마가 떠오른다.

새아빠가 심각한 알코올중독자기 때문에 항상 조심하고 엄마를 보호해야 한다고 생각했다. 그는 작은 편이지만 일단 술에 취하면 덩치는 문제되지 않았다. 아무 거나 닥치는 대로 부술 때면 정말 무섭다. 아무리 진정시키려고 해도 도저히 막을 수 없을 때가 있다. 얼마 전부터 두 사람 사이가 점점 격해져, 학교가 끝나면 최대한 빨리 집으로 돌아간다. 하루는 집에 도착했는데 새아빠가 또 엉망으로 취해서 계속 고함만 지른다고 엄마가 말했다.

우리는 그에게 진정할 시간을 주려고 이모네 가서 저녁을 먹고 돌아왔다.

그날 밤 나는 침대에 누워 그루웰 선생님의 수업시간에 읽은 책과 엄마에 대해 생각했다. 엄마는 셸리처럼 술에 취한 새아빠로부터 자신을 지킬 수 없었다. 아무래도 잠을 자지 말고 두 사람이 다투지 않는지 확인해야겠다고 결심했다. 그런데 갑자기 엄마가 내 이름을 불렀다. 책 속의 일들이 현실로 나타났다. 곧이어 '퍽! 철썩!' 하는 소리와 함께 엄마가 "저리 가!"라고 외치며 나를 불렀다. 방문을 열었을 때, 새아빠는 엄마의 팔을 누른 채 뺨을 때리고 주먹질하고 있었다. 나는 반사적으로 달려 들어가 그를 엄마 위에서 밀쳐냈다. 엄마는 눈물을 흘리며 두려움이 가득한 얼굴로 뛰어나갔다. 갑자기 참을 수 없는 분노가 치밀었다. 속이 뒤틀리고 손이 마구 떨렸다. 내가 가장 사랑하는 사람에게 상처를 입히는 인간쓰레기에 대한 분노가 치밀었다. '어떻게 하지? 돌아서서 죽도록 패버릴까? 하지만 날 공격하면 어떡하지? 차라리 엄마와 여동생을 데리고 집을 나갈까?' 얼른 결정을 내려야 했다. 나는 먼저 여동생을 차에 태우고, 엄마를 데리러 다시 집으로 들어갔다.

엄마와 똑같은 처지에 있었던 셸리는 자신을 학대하는 남자들을 말려줄 사람이 없었다. 두려움에 떠는 엄마를 보니 셸리 같은 여자들이 생각났다. 나는 엄마의 눈에 어린 공포를 보면서 다시는 어느 누구도 정신적으로나 육체적으로나 엄마를 괴롭히지 못하게 하겠다고 다짐했다.

　이모네 집으로 가는 길에 다시는 보기 싫은 모습을 보고 말았다. 새아빠에게 맞은 엄마의 눈이 보라색으로 멍들고 있었다. 그제야 '보라색[The Color Purple]'이라는 제목의 의미가 단순히 색깔을 나타내는 것이 아니라는 사실을 이해할 수 있었다.

Diary 65

아동학대

오늘 한 일을 믿을 수 없다! 사람들에게 모든 것을 말해버렸다! 뭐, 빠진 것도 있지만 거의 다 털어놓은 것이나 다름없다. 나에 대해 얼마나 많은 부분을 드러냈는지를 생각하면 정말 놀라울 뿐이다. 처음부터 그루웰 선생님이 나를 지목할 거라는 예감이 들었다. 꼭 나를 가리켜서 발표시킬 것만 같았다. 왠지 그랬다.

그루웰 선생님은 내셔널대학교에서 자신이 강의하는 인종 화합 세미나에 반 아이들 가운데 몇 명을 데리고 갔다. 뽑힌 아이들은 앞으로 선생님이 될 대학생들에게 고등학교 내 인종 문제의 현실을 알려줄 예정이었다. 하지만 내가 그 과정에서 정서적인 치유를 경험하게 될 줄은 몰랐다. 그것은 아무리 많은 돈을 들여서 심리치료사에게 치료를 받는다 하더라도 결코 얻을 수 없는 값진 경험이었다.

아직도 가슴이 떨린다. 집안일을 남에게 얘기하지 말라고 교육받았지만, 오늘 밤 나는 말 그대로 저지르고 말았다. 그루웰 선생님이 나를 지목한 이유는 토론의 주제 때문이다. 나와 같은 상황에 있는 아이가 적어도 두어 명은 더 있었지만 선생님은 나를 선택했다. 아직도 그때의 당황스럽던 기억이 생생하다. 선생님이 내 존재를 잊도록 의자 깊숙이 몸을 파묻고 앞사람 뒤에 숨으려 했다. 하지만 그것은 헛된 바람이었다. 그녀는 손가락으로 강의실을 훑으며 "어디 있나? 아, 거기 있구나. 일어나서 집을 잃었던 때의 경험을 얘기해주지 않겠니?"라고 말했다.

일어서는데 다리가 후들거렸다. 강의실 가득 앉은 낯선 사람들에게 무슨 말을 해야 할지 당황스러웠다. 왜 선생님은 하필이면 나를 지목한 걸까? 학생들은 내 얘기 따위는 듣지도 않을 거고, 듣는다 해도 집에 가자마자 잊어버릴 게 뻔하다. 처음엔 두어 마디만 하고 앉으려고 했다. 내 삶을 속속들이 밝힐 생각은 추호도 없었다. '집이 없는 건 정말 재미없는 일이니까, 내가 여러분이라면 굳이 경험하고 싶지 않을 거예요'라는 식으로만 말할 작정이었다. 하지만 그루웰 선생님이 그 정도로 간단하게 끝내게 할 리 없었다.

그래서 나는 아버지 얘기를 하기로 결심했다. 내가 한 얘기는 대충 이랬다. 우리 아버지는 백인으로 태어나게 해준 하나님의 축복을 받을 자격이 없다. 그는 어쩌나 게으른지 일자리를 구할 생각은 않고 엄마를 밖으로 내몰았다. 엄마가 밖에서 하는 일이라곤 '노숙자, 일자리 구함!'이라는 푯말을 들고 거리의 한 귀퉁이에 서있는 것이다. 내용만 구직 활동일 뿐, 실은 구걸이나 다름없었다. 엄마는 먹을거리를 장만하려고 더운 날도, 추운 날도 거리로 나갔다. 그런데도 아버지는 엄마가 하루 종일 구걸하고 집으로 돌아오면, 뻔뻔하게 그 돈을 가지고 맥주나 마약을 샀다. 그래서 엄마는 늘 실제로 구걸해 얻은 돈의 반만 내놓으며 이것밖에 벌지 못했다고 아버지에게 거짓말을 한 뒤, 숨긴 돈으로 음식을 샀다. 엄마가 왜 아버지를 그냥 놔두는지 이해할 수 없었다. 엄마는 좋은 직장을 얻을 수 있을 만큼 배운 사람이었다. 아버지만 아니었다면 마약에 손을 대거나 거리에서 처량하게 구걸하지도 않았을 것이다.

나는 사람들에게 말했다.

"아버지가 하는 유일한 일이 뭔지 알아요? 자기가 마신 맥주병들을 모아 판 다음 다시 맥주를 사는 거예요."

맥주병을 재활용하는 건 그나마 환경에 보탬이나 되니 다행이다. 그는 심지어 마약을 사려고 먹을거리까지 팔아버리는 바람에 우리를 굶기기도 했다. 우리 집의 현실을 있는 대로 털어놓고 나서 나는 울고 말았다. 아버지 얘기를 하다 보니 내 삶이 너무나 절망적이라는 생각이 들었다. 평소에는 어차피 별다른 기대도 없었고, 나도 모르게 주어진 환경에 익숙해진 탓에 그리 힘들게 느껴지지 않았다. 하지만 그날은 주체할 수 없이 울음이 터져 나왔다. 우는 건 나 혼자만이 아니었다. 구석 자리에 앉아있던 남학생들은 눈물을 감추려고 교실을 나가기도 했다. 그래도 나는 얘기를 계속했다.

"아버지는 정말 이기적인 인간이에요."

나는 겨우 울음을 참으며 말했다. 그는 자기밖에 몰랐다. 말로는 소중한 아들을 아낀다고 하지만, 정작 일자리를 구해서 제때 먹이고 입힐 생각은 하지 않았다. 그는 소중한 아들이 일주일 넘게 같은 옷을 입고 학교에 다녀도, 세탁기가 없어서 세숫비누로 세면대에서 빨래를 해도, 머물던 모텔에 방값을 내지 못해 거리에서 잠을 자도 전혀 신경 쓰지 않았다. 아들이나 가족은 안중에도 없었다. 그에게 중요한 건 오직 마약뿐이다. 나는 있는 대로 아버지 얘기를 털어놓았다. 가슴속에 응어리진 말을 다 쏟아낸 덕분인지 마음이 한결 편했다. 나는 아버지가 여동생을 성폭행한 일과, 엄마가 그걸 알고도 아무 조치를 취하지 않아서 얼마나 화가 났는지를 얘기했다. 심지어 엄마는 여동생이 거짓말을 하는 건 아닌지 의심하기까지 했다. 그만큼 아버지는 엄마에게 큰 힘과 영향력을 행사했다.

오랫동안 모든 일을 꾹꾹 담아놓기만 했던 내 가슴속은 폭탄이 되어있었다. 그것을 한순간 격렬하게 터뜨리고 나니 꽉 막혔던 가슴이 시원하게 뚫린 것 같았다. 마음은 편안해졌지만 낯선 사람들에게 나의 삶을 모조리 보여주었다는 생각에 끔찍한 기분도 들

었다. 얘기를 마치고 난 뒤, 나는 몸을 제대로 가누지 못할 지경이
되어 엉거주춤 자리에 앉았다. 옆자리에 있던 친구가 팔을 뻗어
서 애정을 담아 안아주었다. 대학생들도 다들 따뜻하게 위로했
다. 그루웰 선생님이 나를 지목해주어서 정말 기쁘고 감사할 따
름이다.

Diary 66

동생의 죽음

오늘 밤, 내셔널대학교 강의실에서 다른 아이들의 가족 얘기를 듣다가 문득 우리 가족이 떠올랐다. 나는 창밖으로 지나가는 차들을 보며 1년 전 죽은 동생 케빈을 생각했다.

케빈은 오진으로 뒤늦게 발견한 종양을 제거하기 위해 아동병원에서 뇌 수술을 받았다. 수술은 밤새 계속되었다. 나는 그날 밤내내 병원의 7층 복도에서 어둠 가운데 서있는 커다란 할리우드 표지판을 바라보았다. 사람들은 자신이 방금 아프거나 죽음을 앞둔 아이들로 가득 찬 병원을 지나쳤다는 사실을 모른 채 차를 몰고 어딘가로 달려가고 있었다. 내가 할 수 있는 일은 대기실에 앉아 기다리는 것뿐이었다.

케빈은 다음 날 아침 일찍 수술실을 나와 집중치료실로 옮겨졌다. 한 번에 두 사람씩만 면회할 수 있었다. 엄마와 같이 병실로 들어갈 때 케빈이 어떤 모습으로 있을지 불안한 마음이 들었다. 병실에 들어서니 여러 기계 장치에 달린 호스들이 동생의 몸에 연결돼있었다. 머리 한쪽은 면도되고, 나머지에는 붕대가 감겼다. 끔찍한 광경이었다. 동생은 아직 깨어나지 않은 상태였다. 나는 엉망이 된 동생을 보며 어찌할 바를 몰랐다. 그저 멍하니 서서 바라보기만 했다. 동생의 몸을 만지기조차 두려웠다. 의사들은 케빈이 의식을 되찾은 뒤에야 왼쪽 몸이 마비되었다는 사실을 발견했다. 동생은 다시 물리치료 병동으로 보내졌다. 병원 6층에 있는 물리치료 병동은 밝고 화사한 분위기였다. 그 안에 있는 사람들과 달리 겉으로는 행복한 느낌을 주었다. 거기에는 병 때문에 장난감을 가지고 놀지 못하거나 걷지 못하는 아이들이 가득했다. 이제는 내 동생도 그중 하나가 되었다. 케빈은 석 달 동안 물리치료 병동에 머물렀다. 다시 걷고 싶어 했던 케빈의 바람은 끝내 이루어지지 않았다. 간단한 몸놀림조차 하지 못하는 동생을 보는 일은 너무 고통스러웠다.

엄마와 나는 매일 병원에서 지내다시피 했다. 나는 침대에 누워있거나 물리치료를 받는 케빈을 지키면서 하루를 보냈다. 그러다 가끔 시간이 나면 바람을 쐬었다. 나는 병원 옥상에 올라서 도시를 바라보며 케빈을 생각했다. 그럴 때면 아빠도 함께 떠올랐다. 아빠가 나를 여기서 데려가주기만 바랐다. 하지만 부모님은 이혼했기 때문에 아빠는 케빈이 병원에 있다는 사실조차 몰랐다. 두 분이 서로 연락을 끊은 지 2년 가까운 시간이 흘렀다. 엄마는 케빈이 아프다는 걸 아빠에게 알리지 않는 편이 좋겠다고 했다. 나는 아빠에게 이 사실을 알려서 의지하고 싶었지만 엄마 때문에 그럴 수 없었다. 그것은 내게 족쇄와도 같은 비밀이었다. 병원에 서는 멀리 푸른 바다가 보였다. 동생과 내가 같이 뛰놀던 그 바다 였다. 바다에 안 가본 지도 1년이 다 되어가고 있었다. 바다가 그 리웠다.

케빈이 퇴원한 뒤 우리 세 식구는 방 하나짜리 아파트에서 살 았다. 그것도 별로 좋지 않은 동네에 있는 아파트였다. 다행히 동 생은 지역 의료봉사 단체의 도움을 받았다. 그 덕분에 상황이 나 아지긴 했지만, 케빈은 전혀 차도를 보이지 않았다. 여전히 병원 에서 지새워야 하는 밤들이 이어졌다. 케빈은 병상에서 일어나지 못하고 발작과 환각에 시달렸다. 아무리 상황이 나쁘고 의사들이 몇 번이나 죽음을 예고했어도, 동생이 죽는다는 사실을 도저히 받아들일 수 없었다. 나는 케빈이 고통스러워한다는 것을 알았 다. 그것은 아마 육체적인 고통이 아니라 정신적인 고통일 것이 다. 어느 날 병원에 갔다가 넉 달 만에 휠체어를 타고 나온 상황 을 어린아이가 어떻게 극복할 수 있겠는가? 케빈을 바라보고 있 으면 무슨 생각을 하는지 궁금했다. 의사나 간호사들은 동생의 정신 상태에 대해 아무것도 몰랐다. 정상인지 아니면 환상에 빠 져있는지 알 수 없었다. 만약 정신이 멀쩡하다면 꿈쩍하지 않는 자신의 몸에 크게 상심했을 것이다. 하지만 그렇지 않다면? 정말 식물인간이 되어버렸다면? 내가 누구인지 알아볼까? 날 실제로 쳐다보긴 하는 걸까? 궁금한 게 많았지만 어떤 대답도 들을 수 없었다. 발작이 언제 일어날지 몰라 편히 잠잘 수 없었다. 가장 무서운 건 자고 일어났을 때, 죽어있는 케빈을 발견하는 것이었다. 그 생각만으로도 나는 밤새 잠을 이룰 수 없었다.

몇 달이 지나고 케빈은 마지막 크리스마스와 새해를 보냈다. 그때가 우리에겐 최악의 시간이었다. 엄마와 나는 물도 제대로 넘기지 못하는 케빈을 돌보며 병원에서 새해를 맞았다. 새해 연휴가 끝나고 며칠이 지나자 케빈의 몸은 반사작용을 멈추었다. 심지어 침조차 삼키지 못했다. 우리가 할 수 있는 건 아무것도 없었다. 어떤 도움을 주어야 할지, 다음엔 어떤 일이 생길지 예상할 수 없었다. 응급실에서 살아있는 케빈의 모습을 마지막으로 보았다. 잠든 동생은 천사 같았다. 더 이상 발작이나 호흡 곤란도 일으키지 않았다. 잠시나마 케빈은 괜찮아 보였다. 나는 악몽이 끝나가고 있다고 생각했다. 머지않아 병원도, 의사도, 알약도 그리고 고통도 모두 동생에게서 멀어질 것이다. 그러면 동생이 갈 수 있는, 혹은 하나님이 허락한 길은 단 두 가지뿐이다. 하나는 기적적인 회복이고 다른 하나는 죽음이다.

다음 날 케빈의 병실에 들어서자 기분 나쁜, 죽음의 냄새에 숨이 막혔다. 나는 이미 죽은 케빈이 다섯 명의 다른 중환자와 함께 집중치료실에 누워있는 걸 보고 충격받았다. 간호사는 케빈의 병상 주위에 둘러쳐진 커튼을 걷고는 생명이 빠져 나간 동생의 몸을 보여주었다. 이미 간호사들이 케빈의 몸을 씻기고 하얀 자루에 넣은 뒤였다. 동생의 머리만 밖으로 나와있었다. 엄마는 울음을 터뜨렸고, 나는 믿기지 않는 현실 앞에서 온몸이 그대로 굳어버렸다.

케빈이 죽었어. 케빈이 죽었어…….

3학년

1997년 봄

그루웰 선생님의
여섯 번째 일기

방금 즐라타에게 전화를 걸어 최근 그녀를 모범 삼아 글짓기 프로젝트를 진행하고 있다고 알려주었다. 아이들은 즐라타처럼 자신이 쓴 일기를 모아서 한 권의 책으로 만들 것이다. 지금도 일기를 쓰고 있는 즐라타는 자신이 아이들에게 끼친 긍정적인 영향에 대해 영광스럽게 생각하고 있다.

그녀는 전쟁 중에 일기만이 자신의 유일한 구원이었고, 일기 덕분에 이성을 유지할 수 있었다고 말했다. 그리고 다른 학생들에게도 글쓰기가 끔찍한 환경과 개인적인 문제를 극복하는 최고의 방법이 될 거라고 덧붙였다. 우리 반 아이들이 다락방에 숨어 지내거나 지하실에서 폭격을 피해야 하는 처지는 아니지만, 거리에서 벌어지는 폭력은 그에 못지않게 무섭고 고통스럽다. 어떤 아이들에게는 우리 반이 유일한 안전지대다. 교실은 난무하는 폭력을 피할 수 있는 피난처다. 교실만 벗어나면 무슨 일이 벌어질지 모른다.

많은 아이가 항상 불안에 떨고 계속 뒤를 돌아보며 생활한다고 말한다. 아이들은 보통 숙제를 하느라 저녁 일곱 시에서 여덟 시까지 학교에 남아있는 경우가 많다. 늦은 시간이면 꼭 퇴근하는 길에 아이들을 태워서 집에 보내주어야 할 것 같은 의무감이 든다. 때로는 나도 무서운 순간들을 겪는다. 아이들 앞에서 남자를 유혹하는 창녀들을 목격하기도 했다. 한번은 마약장수가 내 차에 와서 마약을 팔려고 한 적도 있다. 독한 술을 마시거나 주사위 놀이를 하며 죽치고 있는 갱스터도 숱하게 보았다. 아이들은 최근에 사람이 죽은 자리임을 가리키는 임시 제단을 쉽게 찾아낸다. 보통 핏자국이 남은 콘크리트 위에 놓인 꽃과 양초가 그것이다.

아이들을 집 앞에 내려주고 뉴포트비치로 돌아갈 때마다 늘 죄책감이 든다. 겨우 40분 거리밖에 떨어져 있지 않지만 두 지역은 완전히 다른 세계다. 어떤 아이의 집에는 창문마다 방범창과 창살이 달렸다. 하지만 나는 현관문을 잠그지 않고 생활한다. 우리 동네에서는 뒷골목을 배회하는 마약장수나 머리 위로 날아다니는 헬리콥터를 볼 일이 없다. 하지만 아이들이 사는 곳은 공원마저 온통 주사기와 깨진 유리투성이다.

아이들에게 어떤 일이 생길지 모르기에 책을 낼 때는 모두 익명으로 하지 않으면 안 된다. 일기들 중에는 살인이나 성폭행을 다룬 내용도 있다. 그래서 이름보다 번호로 정리하는 편이 아이들에게 부담 없고 안전할 것이다. 나는 아이들이 내용을 미화하거나 꾸미지 않도록 미리 '진실 서약'에 사인을 하게 했다.

이 글쓰기 프로젝트는 미프 히스 씨가 안네의 가족에게서 느꼈던 것과 유사한 개인적인 책임감이 들게 한다. 이제는 "나는 해야 할 일을 했을 뿐입니다. 그것이 올바른 일이었기 때문입니다"라는 미프 씨의 말을 이해할 수 있을 것 같다. 이 글쓰기 프로젝트는 올바른 일이며, 개인적인 희생을 치를 만한 가치가 있다는 생각이 든다. 게다가 미프 씨가 눈밭을 헤치고 먹을거리를 구하던 일에 비하면 아무것도 아니다. 내 경우는 프로젝트 후원자를 찾아 나서야 한다. 이미 영향력 있는 분들에게 프로젝트를 도와달라고 부탁해두었다. 제일 먼저 돕겠다고 나선 분은 존 투 씨였다. 그도 아이들의 이름을 익명으로 하는 것이 좋겠다고 했지만, 아이들끼리 서로 글씨체를 알아볼까 봐 걱정했다. 몇 시간에 걸쳐 다른 방법을 논의한 끝에, 존 투 씨는 우리 반에 서른다섯 대의 컴퓨터를 기증하겠다고 말했다. 학교 도서관 컴퓨터실에는 스무 대의 낡은 컴퓨터밖에 없었다. 나는 놀라서 벌어진 입을 겨우 다물고는, 존 투 씨와 컴퓨터를 활용하는 방안에 대해 상의했다. '변화를 위한 건배' 이후 아이들의 성적은 D나 F에서 A와 B로 훌쩍 올랐다. 존 투 씨와 나는 성적순으로 상위 서른다섯 명의 학생에게 졸업할 때 컴퓨터를 주자는 데 의견을 모았다. 그때까지 컴퓨터를 가지고 할 수 있는 일이 무궁무진했다.

존 투 씨는 또한 진실 서약의 내용을 작성하는 일에 관한 한 변호사의 조언을 받아보라고 말했다. 그러나 내가 받는 예산으로는 변호사 비용은커녕 수업 교재비를 충당하기도 어려웠다. 그는 간혹 무료로 법률자문을 제공하는 회사들이 있으니 대형 법률회사에 요청해보자고 제안했다. 그의 말이 옳았다. 주위 분들의 소개로 만난 국내 최대 법률회사의 선임 변호사가 우리를 도와주겠다고 나섰다. 기금 모금 행사를 통해 자문 비용을 댈 수 있다는 나의 말에 변호사는 웃으며 이렇게 말했다.

"에린 씨, 전 변호사입니다. 누가 변호사한테 주려고 돈을 기부하겠어요? 사람들은 우릴 사기꾼으로 생각한다고요."

그는 사람들이 생각하는 전형적인 변호사 이미지와는 딴판이었다. 아이들은 정장보다 주로 야구 모자를 쓰고 다니는 그를 좋아했다. 한번은 그가 어떤 아이한테 '레이지 어게인스트 더 머신(기득권에 도전하는 내용의 곡을 주로 발표했던 하드코어 랩 밴드—옮긴이 주)'의 공연 티켓을 가지고 있다고 말했다. 그 아이는 내게 고개를 돌리며 "이 아저씨는 그 밴드가 비판하는 계층에 자신이 속해있다는 걸 모르나 봐요"라고 속삭였다.

컴퓨터와 진실 서약에 관한 문제가 해결되자, 나는 우리의 일기 프로젝트를 본격적으로 시작하는 의미에서 안네 프랑크의 일기에 등장한 두 사람을 특별히 초대하기로 했다. 그들은 바로 안네 프랑크의 가까운 친구였던 조피 씨와 한넬리 씨였다. 두 사람은 안네가 도피 생활을 시작하기 전 사귄 친구들이다. 아이들이 두 사람과의 만남을 통해 일기 프로젝트에 더 큰 흥미를 느끼고, 글쓰기의 힘을 다시 한 번 깨달았으면 좋겠다.

Diary 67

안네 프랑크의 친구들

엄마는 항상 "침묵해서는 아무것도 얻지 못한다"고 말했다. 오늘 엄마의 말이 옳다는 걸 알았다. 나는 안네 프랑크의 친구였던 조피 씨와 한넬리 씨에게 노래를 불러줄 기회가 있었지만, 선뜻 나서지 못했다. 부르고 싶은 노래는 〈영웅〉이라는 듀엣 곡이었는데, 아이들한테 내가 노래할 줄 안다는 얘기를 한 번도 한 적 없었기에 망설였다. 속으로는 정말 노래를 부르고 싶었다. 안네 프랑크가 나의 영웅이라는 점과 그 노래의 의미가 딱 맞아떨어졌기 때문이다. 하지만 당당하게 나설 용기가 생기지 않았다. 결국 기회는 떠나가고 말았다.

다른 여자아이 둘이 노래를 부르는 동안, 나는 기회를 놓쳤다는 생각에 많이 울적했다. 아이들이 보내는 환호성을 들으니 내가 무대에 서지 않았다는 게 더욱 실망스러웠다. 자원하여 노래를 부른 아이들은 합창단 소속이었지만, 그루웰 선생님 반은 아니었다. 그들은 책을 읽지 않았기 때문에 분명 노래가 갖는 의미를 모를 것이다. 하지만 나는 알고 있었다. 그런데도 용기를 내지 못한 내가 부끄러웠다.

노래가 끝난 뒤 조피 씨와 한넬리 씨는 우리에게 안네에 대해 얘기했다. 두 사람은 안네가 숨어 지내기 전 함께 학교를 다닌 사이였다. 그들은 전쟁이 떼어놓기 전까지는 삼총사처럼 항상 뭉쳐 다녔다. 다행히 조피 씨는 수용소에 갈 필요가 없었지만 한넬리 씨는 달랐다. 그녀는 베르겐 벨젠 수용소에 있는 동안 철조망 너머로나마 배고픔과 질병 그리고 슬픔으로 죽어가던 안네를 만날 수 있었다. 당시 안네는 발진티푸스를 앓았다. 안네는 계속 "내 곁엔 아무도 없어"라고 말했다. 한넬리 씨는 음식이 담긴 자루를 철조망 너머로 던져주었다. 자신도 먹을 게 없었고 들키면 나치에게 죽임을 당할 수도 있었지만, 개의치 않았다. 도움이 필요한 친구를 외면할 수 없었기 때문이다. 그런데 누군가 그 음식 자루를 가로채 도망가버렸다. 안네가 그렇게 끔찍한 상황에 처해있었는데도 말이다. 안네는 그로부터 며칠 뒤 죽고 말았다. 한넬리 씨는 수용소에서 풀려난 뒤 안네의 가족 중 유일한 생존자인 안네의 아버지, 오토 씨를 만났다. 오토 씨는 자신처럼 가족을 모두 잃은 한넬리 씨를 딸처럼 대해주었다. 조피 씨와 한넬리 씨는 안네의 일기를 읽고 큰 충격을 받았다. 두 사람 모두 자신이 안네에게 그렇게 큰 의미를 지닌 존재라는 걸 몰랐던 것이다.

두 사람의 감동적인 얘기를 듣고 나서 나는 깊은 죄책감이 들었다. 조피 씨와 한넬리 씨는 친구를 위해 목숨까지 걸었는데, 나는 그들을 위해 노래하겠다고 말할 용기조차 내지 못했기 때문이다. 어쩌면 그들만큼 용감하지 못한 나는 거기에 있을 자격이 없는지도 모른다. 한넬리 씨는 독일군에게 들키면 죽을 수도 있는 상황에서 친구를 도왔다. 반면 나는 노래하겠다고 나서도 누구 하나 죽이려 할 사람이 없었는데도, 마치 목숨이라도 걸린 일처럼 잔뜩 겁을 집어먹었다.

나쁜 일은 사람들이 진실을 숨기기 때문에 일어난다. 여자는 남편에게 맞으면서도 누가 그랬는지 말하지 않아서 주위 사람의 도움을 얻지 못한다. 아이는 학대를 당하면서도 아무 문제가 없는 것처럼 행동해서 주위 사람이 진실을 알지 못하게 한다.

독일인들 누구나 수용소에서 무슨 일이 벌어지는지 알고 있었지만, 아무도 나서지 않는 바람에 뒤늦게야 진실이 세상에 드러났다. 세상에는 사람들이 제때 말했더라면 막을 수 있었던 비극은 엄청나게 많다. 이제부터 나는 침묵하지 않을 것이다.

Diary 68

두려움을 감추다

올해 처음으로 그루웰 선생님에게서 국어를 배웠다. 나는 그루웰 선생님 반으로 옮기기 원하는 수많은 대기자 중 수업을 듣게 된 '운 좋은 아이'에 속한다. 그런데 막상 그 반에 들어가니 내 글쓰기 실력이 다른 아이들보다 뒤떨어지는 것 같아서 불안하다. 다른 아이들은 에세이뿐 아니라 즐라타와 미프 씨에게 보내는 편지 등을 통해 이미 나보다 훨씬 많은 글을 써왔다. 게다가 그루웰 선생님과 그녀의 열성적인 스타일에 익숙하지만, 나는 그렇지 못하다.

오늘 그루웰 선생님은 새 글쓰기 프로젝트를 제안했다. 각자 가장 마음에 드는 일기를 하나씩 선정해 즐라타에게 보냈던 편지처럼 책으로 묶어내자는 얘기였다. 선생님은 자신의 삶을 바꾼 일이 담긴 일기를 고르라고 말했다. 내게도 떠오르는 기억이 하나 있지만, 차라리 잊어버리고 싶은 일이다. 창피해서가 아니라 가장 고통스러운 기억이기 때문이다.

오빠가 평생 내 곁에 있을 거라고 믿는 건 바보스런 짓이지만, 나는 그렇게 믿었다. 내겐 오빠가 한 명 있었다. 오빠는 당연히 내 곁에 있어야 할 존재였다. 그래서 같이 고등학교에 다니고, 첫 직장을 얻는 모습을 보고, 함께 나이를 먹어갈 거라고 생각했다. 하지만 현실은 그렇지 않았다. 오빠가 죽은 지 겨우 아홉 달밖에 지나지 않았는데, 책 때문에 아픈 기억을 건드려서 봇물처럼 쏟아질 슬픔을 감당해내란 말인가? 나는 도저히 그렇게 할 수 없다. 그런 기억은 두 번 다시 되살리고 싶지 않다!

침묵은 내가 평정을 유지하는 방법이다. 그것이 죽은 오빠와 나 자신을 위한 길이다. 나는 모든 것을 잊고, 기억의 문을 잠근 다음, 아무도 찾지 못할 곳에 열쇠를 숨겨버리겠다. 오빠의 죽음을 글로 옮기는 건 상처를 덧낼 뿐이다!

빈민가의 삶

그루웰 선생님이 새로운 글쓰기 숙제를 냈다. 선생님 말에 따라 우리는 각자 자신의 인생을 바꾼 일에 대한 글들을 모아서 학급문고로 만들 것이다. 반 아이들은 모두 안네와 즐라타가 했던 일을 시도한다는 생각에 흥분을 감추지 못했다. 어떤 아이들은 심지어 책으로 출판하자고 말하기도 했다. 하지만 나는 이 프로젝트에 그다지 흥미가 없다. 처음으로 반에서 소외감을 느끼는 순간이었다.

나는 다락방에서의 삶을 기록한 안네 프랑크를 존경하지만, 내게는 우리 동네 자체가 그녀의 다락방과 같다. 내가 사는 환경을 다시 떠올리는 것보다 차라리 이야기를 지어내는 편이 낫다는 생각이 든다. 우리 동네에 대해 쓰다 보면 잊고 싶은 많은 기억이 떠오를 테니까. 하늘을 올려다보면 화창한 날에도 우리 동네 위에만 먹구름이 끼어있는 것 같다. 나는 하얀 나무울타리를 가진 멋진 집을 꿈꾸지만, 주위를 둘러보면 내 꿈은 천천히 퇴색해버린다. 우리 동네에 들어서면 어디선가 대마초 냄새가 풍기고, 마약을 흥정하는 웅성거림과 끔찍한 총소리가 들리며, 보이는 벽마다 그라피티가 가득하다. 우리에겐 그라피티가 빈센트 반 고흐의 그림보다 더 친숙하다. 도시계획지구인 우리 동네에는 항상 폭력이 그치질 않는다.

우리 동네는 텔레비전 드라마에 나오는 밝은 곳과는 딴판이다. 드라마의 배경이 되는 동네의 아이들은 뒷마당에서 사이좋게 어울려 놀고, 집집마다 잔디 깔린 마당이 있으며, 심지어 이웃끼리 캠핑도 간다. 또한 부모들은 아이의 성적표를 서로 자랑하기 바쁘다. 그들에게 갱단의 폭력은 신문에나 나오는 이야기일 뿐이다. 하지만 도시계획지구에 사는 아이들은 하나같이 악질이다! 그들의 놀이는 무언가를 부수는 것이다. 쓰레기통에 불을 지르고, 아무 집 벨이나 누른 뒤 도망치며, 남의 집 뒷마당에 있는 수도관을 열어서 물바다로 만든다. 우리 동네에 사는 아이들은 대부분 'A, B, C'도 모르면서 랩의 가사는 한마디도 틀리지 않고 그대로 따라한다. 물론 잔디 같은 건 애초에 다 죽고 없다. 동네 사람들이 가꾸는 식물은 대마초뿐이다. 그들이 피우는 건 대마초에 그치지 않는다. 나는 몽롱한 얼굴로 온갖 마약을 흡입하는 약쟁이들을 숱하게 보았다. 사실 나는 이웃과 아예 얘기도 하지 않는다. 이웃과 가깝게 지내다가 언제 집을 털릴지 모르기 때문이다. 부모가 아이의 성적표를 자랑한다고? 여기서 머리 좋고 공부를 잘한다는 건 왕따가 되는 지름길이다. 동네 아이들한테 성적 자랑을 하다가는 얻어맞기 십상이다. 그리고 다른 지역 사람들은 신문에서나 갱단이 일으킨 폭력 사건을 접하지만, 나는 텔레비전 리포터에게 사건 당시의 상황을 전하는 바로 그 목격자다.

나는 이제 겨우 열여섯 살이지만 아마 장의사보다도 더 많은 시체를 보았을 것이다. 우리 동네에서 살인은 무시할 수 없는 현실이다. 집 밖에 나서는 순간부터 언제 총에 맞을지 모르는 위험한 상황에 놓인다. 얼마 전만 해도 자다가 총소리에 놀라 깬 적이 있다. 시계를 보니 새벽 두 시 반이었다. 총성이 그친 뒤 어떤 여자가 "도와줘요. 제발…… 왜, 왜, 왜?" 하고 외치는 소리가 들렸다. 창밖을 내다보니 머리에 총상을 입은 남자가 하인즈케첩 병에서 쏟아지는 케첩처럼 피를 흘리며 쓰러져있었다.

갱단의 폭력 외에 가정폭력이나 아동학대도 예삿일이다. 얼마나 흔한지 사람들은 그런 일이 생겨도 아예 무시해버린다. 그래서 옆집에서 때리는 소리가 들려도 고개를 돌리고 그냥 잠을 청한다. 나는 남자가 권총으로 여자친구를 때리거나, 차 유리창에 여자친구의 머리를 갖다 박는 모습을 보았다. 젠장! 그리고 보면 미친 짓들을 정말 많이 봤다. 내가 당하지 않은 게 천만다행으로 여겨지는 일들 말이다.

차라리 내가 사는 곳의 현실을 모른 척하는 것이 속 편하다. 그래서 조금이라도 현실에서 벗어나려고 일부러 멀리 있는 학교를 다니고 있다. 안네 프랑크처럼 나 역시 침실 바로 밖에서 벌어지는 갱들의 전쟁에 희생되지 않기 위해 집에만 묶여있는 신세다. 방에 앉아 있노라면 훨훨 날아서 이 미친 세상을 벗어나고 싶다는 생각이 들곤 한다. 이런 현실을 글로 적어봐야 마음만 더 괴로울 뿐이다.

Diary 70

컴퓨터의 힘

존 투 씨가 서른다섯 대의 컴퓨터를 기증한 이후 많은 것이 달라졌다. 그루웰 선생님은 국어 숙제뿐 아니라 방과 전후에 다른 과목 숙제를 하는 데도 컴퓨터를 사용할 수 있게 해주었다. 더욱 놀라운 점은 그루웰 선생님과 존 투 씨가 졸업 때까지 높은 성적을 거둔 사람들에게 컴퓨터를 한 대씩 주겠다고 약속했다는 사실이다. 나도 성적을 올리기만 하면 대학교에서 쓸 컴퓨터를 받을 수 있다. 지난 2년보다 공부를 더 열심히 해야 할 충분한 이유가 생긴 셈이다.

새 출발은 기분 좋은 일이다. 많은 사람이 과거에 얽매이기 때문에 절호의 기회를 놓치고 만다. 불행하게도 교육 시스템은 미래의 잠재력이 아니라 과거의 성적을 보고 아이들을 나눈다. 지금까지 학교에 다니면서 나의 학습장애를 도와주려고 나선 사람은 그루웰 선생님이 유일하다. 중학교 때 한 선생은 난독증이 있는 것 같다는 내 말을 듣고는 단지 내가 게을러서 그런 거라고 단정 지었다. 게으른 것 좋아하시네! 내가 게으르다고? 단어들을 기억하려고 일주일 내내 공부해도 제대로 쓸 수 없었다. 단어 시험을 볼 때나 중요한 숙제를 할 때 항상 같은 일이 반복되었다. 시험 때마다 시험지를 내면 어김없이 낙제 점수가 나왔다. 내가 할 수 있는 거라곤 다음에 더 잘 보기를 바라는 일밖에 없었다.

고등학교에 올라와서는 사정이 더 나빠졌다. 철자 시험과 작문 시험 횟수가 늘고, 도저히 기억할 수 없는 복잡한 단어들이 나왔다. 나는 결국 '노력하면 뭐해? 어차피 낙제 점수밖에 못 받는데'라고 생각하며 공부를 포기해버렸다. 내 미래도 낙제 점수를 면하기 어려워 보였다. 틀린 철자를 쓰면 점수가 바로 깎이는 작문 시험을 치를 때가 특히 괴롭고 절망적이었다. 머릿속에 아무리 멋진 글이 들어있어도 철자를 틀리니까 낙제를 면하기 어려웠다. 옆자리 아이에게 철자를 물어보거나 사전을 꺼내볼 수도 없었다. 그것은 엄연한 부정행위였으니까. 작문 시험지를 내는 순간이 정말 싫었다. 선생들이 내 시험지를 볼 때마다 낙제할 게 뻔하다는 표정을 지었기 때문이다. 심지어 사회선생은 "어차피 네가 잘할 거라고 기대하지도 않았어"라는 말까지 했다. 그 말을 듣고 나는 깊은 절망감에 빠졌다. 그의 말이 틀렸다는 걸 증명할 방법이 없어서였다. 적어도 그때까지는 말이다.

　국어반에서 처음으로 소설 쓰는 숙제를 받고 무척 행복했다. 밤새도록 사전을 뒤적이며 나를 표현할 말들을 찾았다. 새 국어 선생님인 그루웰 선생님에게는 멍청하게 보이고 싶지 않았다. 소설을 쓰는 일이야말로 다른 선생들이 틀렸다는 걸 증명할 기회였다. 하지만 곧 나쁜 소식이 뒤따랐다. 2~3일 안에 소설을 제출하라는 것이다. 친구는 컴퓨터가 있어서 훨씬 글쓰기가 쉬울 거라고 말했다. 그래도 걱정스럽기는 마찬가지였다. 내가 글을 제대로 쓰지 못한다는 사실을 누구에게도 알리고 싶지 않았다. 컴퓨터를 켜기 전까지, 빌 게이츠의 창조물이 과연 내게 도움이 될지 여전히 미심쩍었다.

　하지만 글을 다 쓰고 난 뒤 나는 틀린 단어를 직접 고칠 필요가 없다는 사실에 놀라지 않을 수 없었다. 맞춤법 검사 기능 덕분에 이제 내 생각과 감정을 마음대로 표현할 수 있게 되었다. 모니터 앞에 앉아서 키보드에 손을 얹으면, 이전에는 한 번도 느끼지 못했던 자신감이 절로 생겨났다.

Diary 71

미프 씨의 두 번째 편지

그루웰 선생님은 우리의 글쓰기 프로젝트에 자극을 주기 위해 암스테르담을 여행할 때 미프 씨에게서 받은 편지를 보여주었다. 그 편지는 우리로 하여금 '불가능은 없으며 앞으로도 열심히 공부해야겠다'는 의지를 다지도록 이끌었다.

반 아이들은 신경 써서 편지를 보내준 미프 히스 씨에게 고마워했다. 나는 안네 프랑크를 정성껏 돌봐준 그녀를 존경한다. 그녀와 나는 둘 다 아무 잘못도 없는 친구를 잃었다는 점이 비슷하다. 50년이 지났지만 미프 씨는 아직도 안네를 떠올리며, 그녀가 비밀 별채에서 겪었던 일들을 잊지 않고 있다. 하루도 안네를 생각하지 않고 보내는 날이 없을 정도다.

내 친구는 눈에 총을 맞고 잔인하게 살해당했다. 친구가 죽은 지 1년이 지났지만, 미프 씨처럼 나 역시 매일 친구를 생각한다. 그리고 스스로에게 묻는다. '친구의 죽음은 헛된 것일까?' 아니다! 아직 어린 나이에 죽은 친구를 위해 뭔가 하지 않으면 안 된다. 친구의 이야기를 글로 써서 그의 죽음이 헛되지 않았다는 걸 다른 사람들에게 알리고 싶다.

에린 씨와 학생 여러분에게

따뜻한 마음을 담아서, 미프 히스

에린 씨가 가슴 따뜻한 선물을 암스테르담까지 가지고 와주었군요. 아름다운 액자에 넣어 보내준 사진들은 잘 보았습니다. 앞으로 보내줄 졸업 앨범도 기대하고 있겠습니다. 에린 씨는 예쁜 꽃도 주었습니다. 무엇보다 여러분이 미래를 용기 있게 개척해나가고 있다는 얘기를 열정적으로 전해주었습니다. 여러분이 많은 어려움 속에서도 결코 포기하지 않고 밝은 미래를 향해 나아가는 모습은 무척 감동적입니다. 여러분은 모두 재능이 뛰어나니 사회에 큰 기여를 하고 더 나은 세상을 만들 것입니다.

아직도 여러분의 얼굴과 눈, 미소, 말, 따뜻함이 기억납니다. 그렇게 멋진 경험을 하게 해주어서 고맙습니다. 어려움에 처한 사람들이 종종 운명을 탓하는 모습을 보면 안타깝기만 합니다. 아무리 고결한 사람이라도 어려움을 겪을 수 있다고 생각합니다. 안네 프랑크를 떠올려보세요. 그녀는 정말 큰 비극을 당했습니다. 그녀가 그런 일을 당해야 할 만큼 나쁜 사람입니까? 그렇지 않습니다. 그녀는 순진무구한 소녀였습니다. 그래서 안네 프랑크는 어려움에 처한 무고한 사람들의 상징이 된 것입니다!

Diary 72

편집 작업

"그의 성기가 내 입안을 휘젓는 동안에도 내게 사준다고 약속했던 팝콘 생각이 머릿속을 떠나지 않았다."

이 문장을 읽으며 누가 쓴 글일까 궁금했다. 그리고 '젠장, 나랑 같은 일을 당했네'라는 생각이 들었다. 나쁜 일은 항상 엉뚱한 사람에게 생긴다. 나는 같은 문장을 계속 읽으면서 혹시 누가 썼는지 알 수 있을까 싶어서 교실을 둘러보았다. 하지만 어느 아이에게서도 그런 낌새를 채지 못했다. 하필이면 내 이야기일 수도 있는 글을 읽고 교정을 보아야 한다니 참 얄궂다. 미지의 친구가 쓴 글을 바라보니 가족에게 당한 끔찍한 일이 떠올랐다. 나와 같은 경험을 했고, 그것을 이야기할 친구가 있다는 사실이 한편으로 위로가 되었다.

원래는 교정을 봐야 했지만, 나는 몇 번이나 읽어본 다음 그대로 두기로 마음먹었다. 조금도 건드릴 필요가 없을 정도로 모든 단어가 힘에 넘쳤다. 그러다 문득 불안한 생각이 뒤통수를 후려쳤다. 내가 성폭행을 당했다는 걸 아는 사람이 있을까? 아마 그루웰 선생님은 알지도 모른다. 어쩌면 다른 아이들도…… 망할! 반 아이들이 전부 알면 어떡하지? 왜 모두들 나를 쳐다보는 기분일까? 젠장! 그렇게 오랜 시간 지났는데 나만의 비밀이 결국 들통나는 걸까?

그때 그루웰 선생님이 일기에 담긴 개인적인 이야기의 교정 정도를 보여주기 위해 내가 맡은 글을 크게 읽었다. 그녀는 일기 프로젝트는 지금까지 성장하면서 자신이 당했던 비극을 당당하게 대면할 기회라고 말했다. 어떤 여자아이들은 감정이 격해진 나머지 이야기를 다 듣지 못하고 교실을 나갔다. 교실에 남은 아이들 중에도 우는 아이들이 있었다.

하지만 나는 눈물 흘리지 않았다. 오히려 더없이 담담했다. 손가락 하나 까딱하지 않았다. 숨을 쉬거나 눈도 깜박하지 않았다. 그저 자리에 앉은 채 '도대체 왜 우리가 이런 엿 같은 교정을 해야 하지?'라고 생각했다.

하지만 일기를 읽을수록 내가 다른 아이의 불행을 통해 위로받고 있다는 걸 깨달았다. 아마 내 경험을 읽는 다른 아이들도 나처럼 위안을 얻을 수 있을 것이다. 글을 쓴 아이에게 가서 넌 혼자가 아니라고 말하고 싶었다. 얼마나 힘든지 잘 안다고 위로하며 진정한 친구가 되어주고 싶었다. 하지만 누가 썼는지는 결국 알아내지 못했다. 그래도 이제는 지금 겪는 고난이 나 혼자만의 아픔이 아니라는 걸 실감했다. 내게는 큰 의미가 있는 깨달음이었다.

Diary 73

낙태

오늘 또 다른 일기를 교정했다. 일기를 받았을 때 '와, 새로운 일기군. 엄청 좋아! 매일 교정만 봤으면 좋겠다'라는 생각이 들었다. 하지만 일기를 읽어나가자 갑자기 모든 단어가 내게 달려드는 느낌이었다. '몸을 떨며 수술대에 앉았다. 누워서 고정대에 두 다리를 올리니 속이 뒤집히는 것 같았다.' 하필이면 낙태에 관한 일기를 맡다니, 재수에 옴이라도 붙었나? 나만의 비밀이 다시 나를 괴롭히기 시작했다. 마치 내 무의식이 마음속 깊이 숨겨둔 비밀에 대해 속삭이는 것 같았다.

전에는 한 번도 생각하지 못했던 부분까지 써놓은 그 일기는 생생하고 우울했다. 내 여자친구도 일기에 나온 일들을 다 겪었을지 궁금했다. 일기를 쓴 아이는 상담가가 수술실에 들어와서 자신의 손을 잡아주었다고 했다. 상담가는 "힘들면 내 손을 꽉 쥐어"라고 다독이며 손을 내밀었다. 내 여자친구도 상담가처럼 옆에서 도와준 사람이 있었는지 궁금했다. 내가 옆에 있어주지 못했다는 사실이 슬펐다. 수술실은 외롭고 삭막했을까? 이 아이는 "이 장소를 영원히 내 기억 속에서 지워버리고 싶다"라고 썼다. 그때 이 아이의 머릿속에는 어떤 끔찍한 생각들이 지나갔을까? 왜 수술실을 그렇게 어둡고 무시무시한 분위기로 만들었을까? 수술실로 들어가는 순간부터 여자아이들은 내면의 죽음을 경험할 것이다. "태어나지 않은 내 아이의 죽음과 함께 나의 일부도 죽어버렸다"라고 쓴 그 아이처럼 말이다.

내 여자친구가 내게 이런 이야기들을 해주었으면 좋았을 텐데……. 무엇보다 임신했다는 사실만이라도 알려주었다면 훨씬 마음이 편했을 것이다. 임신한 것 같다는 의심이 들었지만 내가 알기도 전에 그녀는 낙태 수술을 받았다. 전적으로 그녀의 선택에 달린 문제였고 그녀가 무엇을 선택하든 존중했겠지만, 미리 알았다면 최소한 병원에라도 같이 갔을 것이다.

지금 교실에 앉아서 여자친구가 겪었을 일들을 생각하면 그저 아직도 함께 있다는 사실이 기쁠 따름이다. 그 일은 우리 사이를 더욱 단단하게 만들어주었다. 이런 계기가 있을 때마다 만약 아이를 낳았다면 어땠을까, 하는 상상을 한다. 그랬다면 지금 나는 어떻게 되었을까? 우리 삶에는 알 수 없는 질문들과 잠깐 동안의 해결책밖에 주어지지 않는 것 같다. 비록 그것이 결정적인 해결책이라고 해도 여전히 질문들이 남게 마련이다. 일기를 다 읽고 나니 그다지 외롭다는 생각이 들지 않았다. 이 반의 누군가가 나와 같은 비밀을 간직하고 있었다. 나는 그 아이에게 "너의 고통을 이해해. 힘내!"라는 메모를 남겼다.

변화의 계기

엄마는 항상 "한 사람이 세상을 바꿀 수 있다"고 말했다. 한 사람이 그토록 엄청난 변화를 일으킬 수 있다는 얘기는 도무지 믿기 어렵다. 엄마가 젊은 시절이었던 1960년대에는 세상과 엄마의 삶에 중대한 영향을 끼친, 변화를 일으킨 사람이 많았다고 한다. 로자 파크스 씨도 그중 한 명이다.

로자 파크스 씨는 인종차별이 심한 남부에서 살았던 흑인 여성이다. 어느 날 그녀는 온종일 고된 일을 마친 뒤 집으로 가기 위해 버스를 탔다. 당시 흑인들은 버스 앞부분에 앉을 수 없었으며, 앞부분이 다 차면 유일하게 허용된 뒷자리까지 백인들에게 양보해야 했다. 대부분의 사람이 그날 로자 파크스 씨가 흑인 지정석에 앉았다는 사실을 몰랐다. 백인들 자리가 다 차자 운전수가 로자 파크스 씨에게 일어나라고 했지만, 그녀는 말을 듣지 않았다. 이전에는 아무도 인종차별적인 관행을 거스른 사람이 없었지만, 그녀는 피곤했고 다리가 아팠기 때문에 일어나고 싶지 않았던 것이다. 평소엔 법을 잘 지켰던 그녀도 마땅히 자신이 앉아도 된다고 생각해서 자리 양보를 거부했고, 결국 체포되기에 이르렀다.

로자 파크스의 용감한 행동은 많은 사람을 놀라게 했다. 사람들은 왜소한 흑인 여성이 홀로 그렇게 용기 있는 행동을 할 수 있다면 자신도 가능하다는 자신감을 갖게 되었다. 대부분 그녀가 아무 잘못도 하지 않았다고 판단했기 때문에 버스 회사를 보이콧했다. 몇 주가 지나도록 아무도 그 회사의 버스를 타지 않았다. 로자 파크스 씨는 우리 시대의 가장 유명한 보이콧과 함께 시민운동을 일으키는 계기를 만든 장본인이다. 나는 그녀의 이야기를 통해 엄마의 말이 옳다는 것을 깨달았다.

그녀의 이야기를 듣고 나서, 나는 그녀의 용기를 다시 생각해보았다. 인종차별에 맞서고 자신의 믿음을 지킨 그녀의 행동은 정당한 것이었다. 그녀는 변화의 진정한 촉매제로서 혼자의 힘으로 커다란 변화를 일으켰다. 그녀의 이야기는 나와 그루웰 선생님 반의 모든 아이 역시 실제로 변화를 일으킬 수 있다는 희망을 보여주었다. 만약 150명의 로자 파크스가 인종 화합을 위해 일어선다면 어떤 변화를 일으킬 수 있을지 상상해보라.

Diary 75

자유의 여행자들

마침내 삶의 목표가 생겼다. 그것은 세상을 바꾸고 옳은 일을 위해 노력하는 것이다.

그루웰 선생님이 1960년대에 일어난 로자 파크스 사건을 계기로 인권운동에 나선 사람들을 다룬 비디오를 보여주었다. 그들은 남부의 인종차별에 맞서기 위해 버스 회사를 보이콧하는 데 그치지 않고 한 걸음 더 나아가 인권 운동에 앞장섰다. 그들은 흑인과 백인이 한데 어울려 버스를 타고 워싱턴에서 출발하여 남부를 누볐다. 일곱 명의 백인과 여섯 명의 흑인으로 구성된 그들은 대부분 대학생으로서, '자유의 여행자들(Freedom Riders)'이라고 불렀다. 그들의 목표는 인종차별적인 문화를 없앰으로써 모든 사람의 삶을 영원히 바꾸는 것이었다. 자유의 여행자들은 변화가 필요하다는 사실과 관용의 미덕을 세상에 알리고자 노력했다.

그들의 버스에 탄 내 모습을 상상해보았다. 앨라배마 주 몽고메리의 버스 정류장에 들어서면서 그들이 느꼈을 불안한 고요가 내게도 전해졌다. 따뜻한 환영을 바라지는 않았지만 정류장은 직원조차 없이 텅 비어있었다. 그러다 갑자기 큐클럭스클랜(흑인을 적대시하는 백인의 비밀결사, 백의단 – 옮긴이 주) 단원들이 사방을 에워쌌다. 몽둥이와 쇠막대기를 들고 사나운 셰퍼드를 대동한 수백 명이 으르렁대며 금방이라도 버스 안에 비무장 상태로 있는 사람들을 공격하려 했다. 폭도들은 자유의 여행자들을 가만두지 않을 기세였다. 자유의 여행자들은 버스에 갇힌 신세가 되어버렸다. 무장한 채 피에 굶주린 폭도들은 최초의 희생자가 버스에서 내리기만을 기다렸다.

버스 안에 탄 자유의 여행자들은 흑인과 백인이 나란히 앉았다. 남부 지방에서 정한 법률을 의도적으로 거스르는, 일종의 시위였다. 뒷자리에 타고 있던 백인인 짐 츠베르그가 먼저 내리기로 결심했다. 버스 밖에 한 무리의 인종차별주의자들이 침을 흘리며 첫 번째 희생자를 기다리고 있다는 사실을 알면서도 말이다. 그는 무슨 생각으로 내린 걸까? 아마 지금이 폭력적 문화에 비폭력적으로 맞서고, 자신의 의지를 사람들에게 알릴 기회라고 생각했을 것이다. 그러나 자신의 강한 의지를 보여주려면 목숨을 걸어야 했다. 짐이 버스에서 내리자마자 폭도들이 그를 끌어당겼다.

그의 몸은 마치 꿀 속에 빠지는 벌처럼 사라졌다. 그는 죽을 지경에 이를 만큼 두들겨 맞았다. 쇠막대기에 맞은 두개골은 금이 갔고, 다리는 부러졌으며, 온몸은 상처와 멍투성이였다. 폭도들이 그에게 몰매를 가하는 동안 다른 자유의 여행자들은 무사히 몸을 피했다.

그럴 필요가 없었는데도 버스에 타기로 결정한 짐의 선택은 무척 인상적이었다. 그는 백인이고 어디든 원하는 자리에 앉을 수 있었지만, 스스로 위험한 일에 뛰어들었다. 자신과 같은 권리를 누리지 못하는 다른 사람을 위해 싸운 그의 모습은 지난 2년간 내가 했던 일을 상기시켰다. 나는 백인이고 집도 잘살기 때문에 부모님이 난리를 쳤다면 아마 그루웰 선생님 반에서 나왔을지도 모른다. 흑인들과 같은 버스에 타기로 한 짐은 틀림없이 백인 친구들에게 미친 사람 취급을 받았을 것이다. 짐은 왜 굳이 나설 필요가 없는 일에 동참해서 위험을 자초했을까? 지금까지 몰랐지만 나 역시 나름의 방법으로 짐과 같은 일을 하고 있었다. 1학년 때부터 그루웰 선생님 반에 머물기로 결정하면서 나는 내 결정을 고수하려고 노력했다. 사람들은 자유의 여행자들에게 버스에서 내릴 기회를 주었지만, 그들은 포기하지 않았다. 나 역시 인종차별에 정면으로 대응할 것이다.

내가 학교에서 느끼는 인종 문제는 1960년대에 짐이 느꼈던 것과 크게 다르지 않다. 나는 아이들이 서로 다른 문화나 인종과 스스럼 없이 교류하기를 바란다. 또한 교실과 학교에서 보이는 인종 간의 벽을 원하지 않는다. 짐이 버스에서 내리며 느꼈을 두려움은 아마도 내가 처음 이 교실에 와서 느꼈던 그것과 비슷할 것이다. 나는 겁쟁이처럼 두려움에 떨었다. 반에서 백인은 나 혼자였기 때문이다. 절망적인 기분이었다. 하지만 내가 반에 계속 남아서 어려움을 이겨내자, 마치 짐이 첫발을 내디딘 뒤 더 많은 사람이 자유의 여행자들 운동에 뛰어든 것처럼 많은 백인 아이가 우리 반에 들어왔다.

비디오를 다 보고 나서 어느 아이가 "그들은 버스를 타면서 인종차별에 맞서 싸웠던 건가요?"라고 물었다. 바로 그거다! 내 머릿속에서 종이 울리고 사이렌 소리가 들렸다. 나는 깨달았다. 자유의 여행자들은 같이 버스를 타는 일을 통해 남부 지방의 인종차별과 싸우고, 인종 의식의 한계를 넓혔다. 그때 누군가 자유의 여행자들을 기리는 의미에서 우리를 '자유의 작가들'이라 부르자고 제안했다. 그래. 완벽한 이름이야! 하지만 그들은 위대한 사람들이기에 우리가 이름에 걸맞게 활동하려면 그들의 용기와 확신을 배워야 했다. 당시에는 흑인과 백인이 같이 버스를 타는 것만 해도 큰일이었지만, 자유의 여행자들은 더 나아가 버스에서 내려 인종차별주의자들과 맞서야 했다. 마찬가지로 우리에겐 안네나 즐라타처럼 글을 쓰는 것도 큰일이지만, 자유의 여행자들을 본받기 위해서는 그보다 더 많은 일을 하지 않으면 안 된다. 다락방에서 안네의 이야기가 탄생하고 지하실에서 즐라타의 이야기가 탄생했듯이, 203호 교실에서 우리만의 이야기가 탄생했으면 좋겠다.

이제부터 글을 쓸 때는 짐이 했던 일과 그가 목숨을 걸었던 가치를 기억할 것이다. 짐처럼 나도 앞에 무엇이 놓여있든 두려움 없이 나아갈 것이다. 역사는 나와 같은 상황에 처한 사람이 나 혼자가 아님을 가르쳐주었다.

미국의 일기

　"나는 벽에 묻은 엄마의 피를 지우면서 토네이도가 엄마의 얼굴을 박살내던 광경을 떠올렸다. '토네이도'는 엄마의 남자친구에게 내가 붙인 별명이다. 그 사람이 한번 주먹을 휘두르기 시작하면 우리 집과 우리의 마음 그리고 엄마의 얼굴 등 모든 것이 엉망이 되어버린다. 나는 토네이도가 한바탕 휩쓸고 간 집을 청소했다. 가끔씩 벽에 튀는 엄마의 피는 그를 기분 좋게 하기 위해 바쳐진 제물이었다. 엄마의 비명을 즐기며 주먹을 휘두르는 그는 피에 굶주린 흡혈귀 같았다. 그가 부순 텔레비전이나 라디오, 비디오, 식탁 등은 그가 파괴한 엄마의 영혼에 비하면 아무것도 아니었다. 엄마는 더 이상 과거의 엄마가 아니었고, 나 역시 그랬다……."

세상에! 이건 정말 어두운 이야기다. '자유의 작가들'이 된 뒤 아이들은 '글쓰기의 자유'를 가슴으로 받아들인 것 같다. 우리는 각자 쓴 일기들을 모아서 '미국의 일기…… 알려지지 않은 전쟁의 희생자들'이라고 이름 붙이기로 했다. 그런데 '희생자'라는 단어에 반대하는 아이가 있었다. 그 말에 모두 동의하여 희생자를 '목소리들'로 바꾸기로 했다.

우리는 '미국의 일기…… 알려지지 않은 전쟁의 목소리들'로 제목을 정한 뒤, 누군가에게 우리의 목소리를 들려주고 싶었다. 하지만 누구에게 들려주어야 할까? 우리는 중요한 사람을 원했다. 사장? 아니다! 주지사? 그건 더 아니다(우리 중에는 아직도 반이민법에 화가 나 있는 아이들이 있다)! 대통령? 당연히 아니다. 우리는 교육과 직접적으로 관련된 사람을 원했다. 그루웰 선생님은 리처드 라일리 씨를 거론했다. 교육계에서 최고 높은 자리에 있는 사람으로, 선생님이 교육부 장관이라고 말했던 것 같다. 그는 미국의 십 대들에 대해 알고 싶다고 했다. 바로 그 십 대인 우리는 그에게 우리의 목소리를 직접 전달할 것이다. 그는 교육을 바꾸겠다는 굳은 의지를 가지고 있었고, 우리도 학교를 완전히 바꾸고 싶었다. 그렇다면 그가 우리의 이야기를 들을 적임자였다. 하지만 문제가 있었다. 그는 워싱턴에 있다. 어쩔 수 없이 그 계획을 포기하려는데 누군가 "그럼 더 잘됐지. 자유의 여행자들도 워싱턴까지 갔잖아"라고 말했다. 듣고 보니 정말 맞는 말이다. 하지만 어떻게 거기까지 간단 말인가?

자유의 작가가 된 이후 아이들은 전보다 더 열성적이다. 방과 후나 점심시간에도 교실에 들어오는 아이들이 있다. 어젯밤에는 밤 열 시까지 교실에 있다가 경비에게 쫓겨나기도 했다. 피자로 그를 꾀어보려 했지만 실패하고 말았다. 그래도 저번에 모조리 체포될 뻔했던 일에 비하면 아무것도 아니다. 그날은 정신없이 일기를 교정하다가 밤 열한 시를 넘겼다. 프레드는 경보 장치가 작동하지 않도록 그루웰 선생님을 포함한 모든 사람을 창문으로 내보냈다. 하지만 누군가 우리를 본 모양이었다. 30초도 지나지 않아 그루웰 선생님의 차는 다섯 대의 경찰차에 포위됐다. 경찰들은 우리가 컴퓨터를 훔치는 줄 알았단다. 그들은 우리가 그때까지 공부했다는 사실을 믿지 않았고, 불량배처럼 보이는 일부 아이들이 밤늦은 시간까지 학교에 남아서 공부했다는 점을 더더욱 받아들이지 못했다. 더 큰 문제는 그루웰 선생님이 우리 지도교사라는 사실을 믿지 않았다는 점이다. 선생님이 우리와 비슷하게 옷을 입어서 그랬는지도 모르겠다. 우리가 좀 더 편한 옷으로 갈아입으라고 권하는 바람에 선생님은 정장을 벗고 내 헐렁한 운동복을 입었다. 게다가 머리까지 뒤로 묶어서 겉으로는 십 대처럼 보였다. 경찰들은 우리가 훔친 차를 타고 있다고 생각했다. 그들은 우리를 체포하려고 하다가 선생님의 차 뒷좌석에 있던 '올해의 교사상' 상패를 보고서야 믿어주었다.

이상하게도 그 사건을 겪고 나서 우리는 더욱 가까워졌다. 선생님하고 체포될 뻔한 경험을 가진 아이들이 얼마나 되겠는가?

우리의 작문 숙제를 돕느라 잡힐 뻔했던 일은 선생님의 열의를 깨닫게 했다. 이 일을 계기로 우리는 선생님을 더욱 존경하게 되었다. 알려지지 않은 전쟁에 대해 쓰도록 우리를 돕던 선생님이 그날 밤에는 경찰들의 편견에 맞서도록 도왔던 것을 생각하면 참 아이러니하다. 그것은 선생님은 진정 우리 편이라는 사실을 증명해보인 사건이었다. 그러니 이제는 우리가 그녀 편이 되어주어야 한다. 우리는 선생님을 믿고 따라야 한다. 그것이 워싱턴까지 가는 불가능한 여행을 가능하게 만드는 일이라고 해도 말이다.

기금 모금 콘서트

워싱턴으로 가는 여행 경비를 마련하기 위해 기금 모금 콘서트를 열기로 했다. 우리의 작은 아이디어가 커다란 행사로 발전하는 모습을 보는 것만큼 흡족한 일은 없다. 무척 흥분된다. '영혼의 메아리 기금 모금 콘서트' 티켓을 산 사람들은 150명의 고등학생뿐 아니라 올바른 명분을 후원하는 것이다. 우리는 라틴 댄스와 캄보디아 댄스를 추고, 다양한 장르의 노래를 부르며, 패션쇼에 연극까지 한다. 이렇게 여러 가지 아이디어와 전통 그리고 정신을 보여주는 것이야말로 자유의 작가들이 추구하는 바라고 생각한다.

옛날엔 누구도 우리를 믿지 않았지만, 이제는 모든 사람이 우리를 후원하고 응원을 보낸다.

3학년 1997년 봄

Diary 78

순수한 자유의 작가

자유의 작가들 기금 모금 콘서트에서 이런 시를 읊었다.

순수한 자유의 작가

순수함과 두려움으로 가득 찬 흑인 소년이 누군가를 찾지만,
거기에는 아무도 없다.
학교의 첫날, 슬프고 울적한 그를 위로해줄 아버지는 곁에 없다.
소년은 고개를 들어 돈과 권력을 알며 언제나 그를 지키는 형을
본다.
순수한 소년은 이제 열두 살,

사람 크기의 새장에 갇힌 자신을 발견한다.

순수한 소년은 범죄자가 되어 매순간 살인의 악몽을 꾼다.

모두들 이번만은 이 바보가 빛을 보기 바라지만,

그는 갱단에 뛰어들었고, '저격수'라는 별명을 얻는다.

집에서 쫓겨나 차가운 거리에 남겨진 그.

당신은 열한 살의 나이에 이런 일들을 겪은 적이 있는가?

그는 자신에게 "아무도 날 신경 쓰지 않아"라고 말하고,

공원의 고목 밑에서 잠을 청한다.

다음 날은 공원의 벤치에서……. 얼마나 버틸 수 있을까?

그는 끔찍하고 끔찍한 과거를 잊을 수 있을까!

그는 엉망진창이 된 과거와 함께 윌슨고에 가서

에린 그루웰이라는 이름의 수호자를 만난다.

그는 홀로코스트와 안네 프랑크 그리고 유태인들에 대해 배운다.

이제 그에게 선택의 시간이 왔다.

그는 안나와 테리, 토미 그리고 다른 친구들을 만났다.

그들은 순수했던 소년의 새로운 형제이자 자매이다.

0.5에서 2.8로…….

변화는 좋은 것, 기다리는 자에겐 특히.

그는 다시 순수해졌지만,

여전히 죽음이 다가오고 있다는 두려움을 느낀다.

사람들은 잘 모르겠다고 말하지만,

이 삶의 느낌은 나의 모든 것이다.

이 모든 것은 진실이다.

난 거짓말쟁이가 아니라, 자유의 작가라고 불리는

상처받은 남자이기 때문이다!

Diary 79

하나가 된 자유의 작가들

난 운이 참 좋은 것 같다. 지금까지 재미있게 살았고, 사랑이 넘치는 가족과 예쁜 집에서 지내고 있기 때문이다. 그러나 내 친구들은 그렇지 않다. 불법을 저지르거나 가족 간의 갈등을 겪는 아이, 주위에 기댈 사람이 한 명도 없는 아이도 있다. 일기를 쓰고 교정하기 전까지는 다른 십 대들이 어떻게 살아가는지 전혀 몰랐다. 하지만 일기를 읽으면서 친구들이 안고 있는 개인적 문제들을 더 잘 알게 되었다. 나는 그렇게 슬픈 삶을 살진 않았지만 다른 자유의 작가들을 도와주고, 그들이 자신의 이야기를 쓰도록 격려하며, 그 이야기에 귀 기울이고자 한다. 아이들은 친구들이 들려주는 삶에 대해 들으며 이 세상에 완벽한 가정은 없다는 사실을 깨달아야 한다. 나는 우리의 이야기 속에 담긴 열정이 내용만큼이나 큰 의미를 지닐 것이라고 믿는다.

우리에게도 자유의 여행자들이 남부 지역을 여행할 때 가졌던 열정과 희망이 있다. 자유의 여행자들은 워싱턴에서 뉴올리언스까지 이어지는 여정을 통해 흑인과 백인 사이의 차별을 없애려 했다. 흑인과 백인이 서로 돕지 않았다면 자유의 여행자들은 승리하지 못했을 것이다. 그들은 무지와의 싸움에서 이기기 위해 하나로 뭉쳤다. 우리의 동지는 그들보다 더 다양하며, 단지 흑인과 백인 사이의 문제를 넘어선 새로운 운동의 일원이 되었다는 점에서 정말 운이 좋다고 생각한다. 우리는 그들의 발자취를 따라 캘리포니아에서 워싱턴까지 여행하면서 우리의 강한 목소리를 모두에게 들려줄 것이다. 워싱턴 여행은 올바른 일에 대한 우리의 열정을 증명할 기회이다. 자유의 여행자들처럼 우리는 신념을 위해 싸울 것이다.

다른 사람의 삶을 아는 것과 그들을 돕기 위해 나서는 것은 완전히 다른 일이다. 우리에게는 자신에 대해 솔직하게 말하기를 두려워하는 사람들을 도울 잠재력이 있다고 믿는다. 세상에 자신을 알리는 일은 쉽지 않다. 마음이 닫힌 사람도 많이 만나게 될 것이다. 하지만 버스에 폭탄이 던져지고 폭도들에게 두들겨 맞아도 포기하지 않았던 자유의 여행자들처럼, "순순히 아늑한 밤을 맞이하지 말라"는 딜런 토마스의 시처럼, 우리 모두 꿋꿋한 자세를 잃지 않았으면 좋겠다.

우리는 어른들이 십 대들의 말에 귀 기울이고 존중해주기를 바란다. 그러기 위한 최선의 방법으로 리처드 라일리 교육부 장관에게 우리의 일기를 전달하자는 아이디어를 냈다. 직접 우리의 일기를 전할 수만 있다면, 십 대들이 매일 마주하는 문제들을 아는 사람이 한 명 더 늘 것이다. 불행하게도 어른들은 대부분 우리의 현실을 잘 모르거나, 우리의 고통에 관심이 없다. 십 대들의 고통스런 현실을 외면하는 것은 살인을 보고도 고개를 돌려버리는 일과 같다. 나는 그런 일이 일어나도록 놔두지 않을 것이다. 다른 자유의 작가들과 함께 일어나 큰 소리로 외치고, "죽어가는 빛에 분노할 것이다(딜런 토마스의 시구 – 옮긴이 주)." 바라건대 워싱턴에 도착했을 때 라일리 장관님이 우리를 그냥 돌려보낸다거나 우리 얘기를 무시하지 않았으면 좋겠다.

Diary 80

엄한 아버지

드디어 우리나라의 수도에 왔다! 무척 흥분된다. 이렇게 자유로운 기분은 처음이다. 하지만 한편으로는 아빠가 돌아와서 내가집에 없다는 걸 알면 어쩌나 무섭기도 하다. 아빠는 지금 멕시코에 있는데 언제 돌아올지 모른다. 아빠가 집에 있었다면 아마도이번 여행에 따라오지 못했을 것이다. 우리 아빠는 엄하고 고리타분하다. 방과 후 내가 할 수 있는 건 아무것도 없다. 그래서 지금까지 자유의 작가들이 했던 모든 활동에 빠질 수밖에 없었다. 메리어트 호텔에서 즐라타를 만나지도 못했고, 관용의 박물관에가서 〈쉰들러 리스트〉를 보지도 못했으며, 심지어 중세풍 레스토랑에도 가지 못했다. 친구들이 현장학습을 다녀올 때마다 나는 심한 소외감을 느꼈다. 모두들 나눌 얘기가 있지만 나는 그렇지 않기 때문이었다. 그냥 아이들의 얘기를 듣고 사진을 보면서 애써 눈물을 참아야 했다. 그루웰 선생님이 같이 가자고 할 때마다 "못 가요"라고 말할 수밖에 없었다. 아빠에게 물어봤자 "안 돼!"라고 못 박을 게 뻔했다. 2학년 내내 현장학습에 가게 해달라고 조르면 아빠는 "내가 뭐라고 대답할지 알면서 뭘 물어!"라고 대답했다. 이후로는 아예 묻지도 않는다. 더 이상 "안 돼!"라는 아빠의 대답에 상처받고 싶지 않았다.

처음 워싱턴 여행 얘기가 나왔을 때도 당연히 나는 못 갈 거라고 예상했다. 하지만 가고 싶다는 생각이 수도 없이 머릿속을 스쳐 지나갔다. 그래도 나의 소망이 실제로 이루어질 줄은 몰랐다. 그루웰 선생님이 비행기 좌석을 예약하기 위해 참석자를 확인할 때마다 나는 대답하지 못했다. 그때마다 가슴이 매우 아팠다. 나는 한 번도 비행기를 탄 적이 없고, 집을 떠나 호텔에 묵어본 적도 없었다. 마치 우리 집에 갇힌 죄수처럼 말이다! 심지어 친구들과 전화 통화도 제대로 할 수 없다. 아빠는 내가 친구와 전화하는 걸 보면 수화기를 뺏어서 끊어버린다. 누가 전화로 나를 찾아도 "여기 그런 사람 없어"라고 대답하고는 나를 야단친다.

그런데 여행 사흘 전 기적이 일어났다. 할아버지가 편찮으셔서 아빠가 멕시코로 떠난 것이다. 나는 용기를 내 엄마에게 여행을 가도 되느냐고 물었다. 엄마도 안 된다고 할까 봐 불안했다. 엄마는 아빠를 무서워했으며, 우리가 큰 위험을 감수해야 한다고 말하면서도 나를 보내고 싶어 했다. 만약 아빠가 도중에 돌아오면 틀림없이 엄마와 나를 때릴 것이다. 아마 다시는 집 밖에 못 나가게 할지도 모른다. 아빠는 악에 가득 찬 태도로 그동안 잘못한 일을 모두 끄집어내서 나를 혼낼 것이다. 그러나 무슨 이유에선지 엄마는 아빠를 무서워하면서도 여행을 허락했다. 내게는 여행을 갈 권리가 있고, 아마 다시는 이런 기회를 얻지 못할지도 모른다는 얘기였다. 와! 엄마가 나를 위해 그렇게 큰 희생을 치르다니 무척 놀라웠다.

지금까지 살면서 처음으로 희망을 가져본 순간이었다. 정말이지 간절하게 가고 싶었다. 다만 너무 늦지 않았기만을 기도했다. 다음 날, 학교에 가자마자 그루웰 선생님의 반으로 달려갔다. 다행히 야구팀 소속이던 아이가 야구팀이 플레이오프에 진출하게 되어 여행에서 빠지게 되었는데, 그루웰 선생님은 내가 그 티켓을 가질 수 있다고 말했다! 그 이후로는 모든 순간이 꿈만 같았다. 처음으로 맘껏 자유를 즐길 수 있었다. 나는 잔뜩 흥분한 채 짐을 꾸리기 위해 이리저리 뛰어다녔다. 한 번도 여행을 가본 적이 없어서 가방을 어떻게 싸야 하는지조차 몰랐다. 뭘 갖고 가야 하지? 뭘 입어야 하지? 꼬마 때부터 집 밖에서 잔 날이 하루도 없기 때문에 모든 것이 생소하기만 했다.

그것은 엄마도 마찬가지였다. 단 하루도 나하고 떨어진 적이 없기에 많이 불안해했다. 만약 나한테 무슨 일라도 생기면 어떡하나 걱정하는 표정이 역력했다. 이번 여행은 엄마에게도 큰 도

전이었다. 여행을 마치면 모든 경험을 엄마와 나누고 싶다. 먹은 것과 본 것 그리고 만난 사람 등 모든 것을 말이다!

오늘 아침, 친척들이 나와서 떠나는 나를 배웅해주었다. 엄마의 뺨에 키스하며 작별 인사를 할 때 눈물이 흘렀다. 문득 여행을 가는 게 옳은 일인지 회의가 들었다. 그래서 엄마에게 "정말 가도 괜찮아요?"라고 물었다. 나는 엄마가 마음을 바꿀 줄 알았는데 그렇지 않았다. 엄마는 나를 안으며 "내가 실망하지 않게 이 기회에 충분히 배우고 오도록 해. 네가 자랑스럽구나"라고 말했다. 엄마의 한마디는 내게 설명하기 힘든 용기와 의지를 주었다. 비로소 롱비치에 작별을 고할 준비가 된 것 같았다. 나는 평생 기억에 남을 모험을 향해 발걸음을 옮겼다. 엄마의 격려 덕분에 떨지 않고 처음으로 비행기에 올랐다. 사실 두려웠지만 나를 막을 수 있는 건 아무것도 없었다. 벌써부터 집으로 돌아가 엄마에게 여행 얘기를 들려줄 시간이 기다려진다.

3학년 1997년 봄

알링턴 국립묘지

　난 지금 워싱턴에 있다. 오늘 우리는 존 F. 케네디와 많은 군인이 잠들어있는 알링턴 국립묘지에 갔다. 버스가 묘지에 멈추자 내 눈에는 눈물이 맺혔다. 묘지에 줄지어 선 무덤들이 보였다. 그곳에 누워있는 군인들처럼 나는 수많은 사람이 죽어가는 모습을 목격했다. 친구들은 머리에 총을 맞거나 수차례 칼에 찔려 죽었지만, 그들의 죽음은 결코 세상에 알려지지 않았다. 죽은 친구들은 내게 병사들이었다. 그들은 전장이 아닌 거리의 병사들이었다. 그들은 영토를 차지하기 위해서가 아니라 살아남기 위해 싸웠다.

　묘지 안에 들어가 다른 군인들의 무덤과 추모관을 보고 싶지 않았다. 그들을 존중하는 마음이 없어서가 아니었다. 내가 열두 살 때 에이즈로 죽은 아버지가 떠올랐기 때문이다. 아버지의 무덤에는 그의 삶을 애도할 묘비조차 없다. 지금도 안내판을 보고 찾아야 할 만큼 작은 넓이의 잔디만이 깔려있을 뿐이다. 아무도 알아주는 이 없는 아버지의 죽음은 그저 통계치의 숫자에 불과하다.

유명한 사람의 죽음만 다루는 언론의 태도가 서글프다. 나는 항상 '왜 유명한 사람들만 1면에 나오지?'라고 생각하곤 했다. 언론은 영화배우의 다리가 부러지거나 발가락이라도 다치면 온갖 호들갑을 떨면서, 아버지처럼 지혜로운 사람의 죽음에는 아무 관심도 기울이지 않는다.

링컨 기념관

　내 인생 최고의 밤이었다! 링컨 기념관에 버스가 서는 순간, 마치 역사의 한 페이지에 들어선 듯한 기분이었다. 비가 오고 있었지만 모두 에이브러햄 링컨의 동상을 보기 원했다. 나 역시 세계적으로 유명한 그 동상을 직접 눈으로 확인하고 싶었다.

　처음엔 그루웰 선생님이 왜 그렇게 열성적으로 우리를 워싱턴에 데려가려고 하는지 의아했다. 하지만 우리나라의 수도에 와보니 그 이유를 알 것 같았다. 이곳에 온 뒤 벌써 나는 많은 변화를 겪었다. 자유의 작가가 된다는 것이 어떤 의미인지도 깨달았다. 아이들은 동상 주위에 서서 벽에 새겨진 문구들을 읽었다. 모든 문장의 의미와 언제, 누가 쓴 것인지 궁금했다.

그때 그루웰 선생님이 "모두 빗속으로 나가자"라고 작지만 흥분된 목소리로 외쳤다. 선생님은 상징적인 의미가 있다 싶으면 즉흥적으로 일을 꾸미는 경우가 많은데, 이번에도 뭔가 떠오른 것 같았다. 역시 그 어느 때보다 의미 있는 일이 벌어졌다. 우리는 기념관의 계단 위에 서서 눈앞에 보이는 도시와 세상을 향해 손을 맞잡았다.

마틴 루터 킹 목사님은 "내겐 꿈이 있습니다"로 시작하는 연설에서 "언젠가 흑인 아이들과 백인 아이들이 함께하는 날이 오기를 꿈꾼다"고 말했다. 나는 빗속에서 손을 맞잡은 자유의 작가들을 보면서 우리가 킹 목사님의 꿈을 실현하고 있다는 걸 깨달았다. 우리는 약속한 것처럼 하나, 둘, 셋 소리에 맞춰 "자유의 작가들은 꿈이 있어요!"라고 소리쳤다. 어느샌가 비가 멈추었고, 우리의 외침은 도시를 가로질러 울려 퍼졌다.

Diary 83

철십자 가리기

아이들과 펜실베이니아 거리를 걷는 동안 내 눈은 흥미로운 풍경을 좇기 바빴고, 내 입술은 미소를 띤 채 눈에 보이는 표지들을 따라 읽었으며, 내 마음은 롱비치와 전혀 다른 도시에 와있다는 기쁨으로 가득 찼다. 마치 폭력과 증오가 아예 존재하지 않는 곳에 들어선 것 같았다. 하지만 그 안도감은 오래가지 못했다.

"망할! 여기 철십자 문양 좀 봐. 믿겨져? 한 블록만 가면 백악관과 홀로코스트 박물관인데 말이야."

"저쪽 벽에도 있어."

아이들이 웅성대는 소리가 들렸다. 워싱턴에 대한 좋은 인상은 이미 멀리 사라져버렸다. 철십자는 증오를 뜻하는 나치의 상징이다. 워싱턴은 완벽한 곳이라는 나의 판단은 옳지 않았다. 그것은 겉모습만 보고 내린 설익은 결정에 지나지 않았다.

스프레이 페인트만 있으면 철십자 문양은 금방 지울 수 있다. 하지만 곧 다른 멍청이가 다시 그릴 게 분명했다. 내 경험으로 알 수 있다. 슬프게도 나 역시 벽에 스프레이 페인트로 그림을 그리는 멍청이들 가운데 한 명이었지만, 내겐 다른 이유가 있었다. 다른 사람의 재산에 해를 끼치는 건 똑같아도 내가 그린 그림은 이와 차원이 다르다. 여기 그려진 철십자는 증오의 상징이지만, 나는 증오를 퍼뜨리기 위해서가 아니라 단지 내 이름을 알리고 싶어서 그림을 그렸을 뿐이다.

다음 날 이른 아침, 같은 테이블에서 아침을 먹던 친구와 나는 뭔가 해야 할 일이 있음을 깨달았다. 그것은 바로 자유의 작가들을 상징하는 로고를 만드는 일이다. 그런 다음 벽이나 신문 가판대에 그려진 철십자를 그 로고로 가릴 생각이었다. 그러면 남의 재산에 해를 끼치지 않고도 자유의 작가들을 세상에 알릴 수 있다.

우리는 함께 만든 로고를 호텔 접수계에 가지고 가서 몇 부만 복사해달라고 부탁했다. 벽에 붙일 스카치테이프도 얻었다. 잠시 뒤 우리는 로고와 스카치테이프를 들고 호텔을 나섰다. 곧 첫 번째로 공격할 철십자가 나타났다. 같이 간 아이들도 로고 붙이는 일을 도왔다. 마침내 철십자가 우리의 로고로 완전히 가려지자, 아이들은 모두 기뻐하며 손뼉을 쳤다. 다시금 내 눈은 흥미로운 풍경을 좇았고, 내 입술은 미소를 띤 채 눈에 보이는 표지들을 따라 읽었으며, 내 마음은 의미 있는 일을 했다는 기쁨으로 가득 찼다. 그리고 다시 안도감이 찾아왔다.

Diary 84

증오 범죄

오늘 홀로코스트 박물관에 갔다. 박물관 안에 들어서니 수많은 기억이 되살아났다. 우리는 영상실에서 홀로코스트 기간 동안 유태인이 당한 일들을 담은 영화를 보았다. 그들은 이유 없이 두들겨 맞고, 굶주림에 시달렸으며, 눈앞에서 사랑하는 사람들이 히틀러의 군대에 의해 죽어가는 잔인한 광경을 목격해야 했다. 영화를 보면서 내 머릿속은 과거로 돌아갔다.

"제발 그만해!"

나는 나보다 훨씬 크고 굵은 목소리를 가진 아이들에게 소리질렀다. 하지만 그들은 "닥쳐, 깜둥이 자식아. 너 같은 것들은 여기서 없어져야 해"라고 고함치며 점점 더 세게 발길질했다. 내게 닥친 현실을 믿을 수 없었다. 나는 단지 다른 피부색을 가지고 잘못된 시간에, 잘못된 곳에 있었다는 이유만으로 몰매를 맞았다. 매질은 갈수록 사납고 거칠어졌다. 눈을 뜨려고 했지만 도저히 불가능했다. 나를 때리는 아이들의 얼굴을 보고 싶었다. 어떤 아이들이기에 나에게 이런 짓을 하는 걸까 궁금했다. 그러다 어느 순간 온몸의 감각이 사라졌다. 그만 기절해버린 것이었다. 얼마나 오래 맞았는지 알 수 없었다. 다시 정신을 차렸을 때, 나는 길 한복판에 쓰러져있었다. 나는 겨우 일어나서 집으로 갔다. 힘겹게 걸어가는 동안 아무도 도와주지 않았다.

집에 도착하니 사촌들이 어떻게 된 거냐고 물었다. 나는 아무 대답도 하지 않았다. 통증이 너무 심해서 그냥 방으로 들어가 울다 잠들었다. 네다섯 시간 정도 잔 것 같다. 더 오래 자야 했지만, 이상한 냄새가 나를 깨웠다. 나는 같이 자던 사촌에게 "쟈니, 도대체 뭘 태우는 거야?"라고 물었다. 그는 "어디서 나는 건지 모르겠어. 우리 방에서 나는 냄새가 아냐"라고 대답했다. 나는 무슨 일인지 알아보기 위해 일어났다. 뭐가 타는 거지? 옆집에 불이 났나? 곧이어 나무가 불에 타면서 갈라지는 소리가 났다. 거실은 작은 램프가 켜진 듯 환했다. 나는 "쟈니, 경찰에 전화해. 옆집에 불이 난 것 같아"라고 말했다.

문 쪽으로 다가가자 바깥의 불빛에 눈이 부실 정도였다. 열기도 점점 더 강해졌다. 문을 열자 하얀 옷을 걸친 다섯 사람이 보였다. 그중 한 명은 다른 사람들보다 체격이 작고 여렸다. 그들의 사악한 눈빛은 숙모네 잔디밭에서 불타고 있는 십자가의 불빛을 받아 번들거렸다. 나는 헛것이라도 본 것처럼 가만히 서서 그들을 응시했다. 눈을 감으며 환상이 사라질 거라고 생각했지만, 다시 눈을 떴을 때도 십자가는 그 자리에 있었다. 그제야 그들이 나를 때렸던 무리라는 것을 깨달았다. 내 영혼은 여전히 그들에게 폭행당하고 있었다. 나는 그들에게서 눈을 떼지 않은 채 뒤로 물러선 뒤, 문을 닫고 경찰이 오기만을 기다렸다. 소파에 앉은 뒤에도 걷잡을 수 없이 심장이 고동쳤다. 엄청난 긴장과 공포가 나를 휘감았다.

"야, 정신 차려."

반 아이가 말했다. 고개를 들어보니 이미 영화는 끝나있었다. 마치 같은 경험을 다시 겪은 것처럼 손바닥에 땀이 흥건했다. 모든 것이 무관하지 않은 듯했다. 유태인과 한 어린 소녀는 증오의 희생양이 되었고, 오늘 나는 그들이 보았던 문양을 우리나라의 수도에서 보았다. 어떤 것들은 아무리 시간이 흐르고 상황이 달라져도 결코 변하지 않는다는 생각이 든다.

홀로코스트 박물관

어제 반 아이들과 밤새도록 놀았다. 아침 여덟 시에 박물관으로 출발할 예정이어서 일찍 자려고 했는데, 아이들이 어찌나 떠드는지 잘 수가 없었다. 베개를 머리에 덮어쓰고 잠을 청했지만 소용없었다. 내일 갈 홀로코스트 박물관이 머릿속을 떠나지 않았다. 어떤 곳일지 궁금하면서도 한편으로 무서웠다. 무엇을 보게 될지 몰라서였다. 아이들은 새벽 네 시가 되도록 잠잘 생각을 하지 않았다. 새벽 여섯 시 반에 자명종이 울렸을 때, 일어나기가 죽는 일보다 힘들었다.

세상에! 홀로코스트 박물관에서 본 것들을 믿을 수가 없다. 박물관을 둘러보며 눈물을 꾹꾹 참으려고 했지만 어쩔 수 없이 울고 말았다. 우리와 동행한 두 명의 홀로코스트 생존자인 르네 파이어스톤 씨와 제르다 사이퍼 씨를 생각했다. 그들이 겪었을 아픔이 가슴 깊이 파고들었다.

전시실을 둘러보다가 한 구덩이에 수천 명이 묻혀있는 사진이 눈에 띄었다. 어떻게 이런 일이 일어날 수 있지? 왜 아무도 이 사람들을 도와주지 않은 걸까? 왜 그들이 그냥 죽도록 내버려뒀을까? 다음 전시실로 향하는 동안 끊임없이 의문이 들었다. 다음 전시실에서 벽에 걸린 전시물을 보는데 어느 독일인 목사의 말이 눈에 띄었다. 불의를 보고도 아무도 나서지 않을 때 어떤 결과가 일어나는지 잘 드러내는 말이다.

"그들이 노조를 공격했지만, 나는 노동운동가가 아니라서 침묵했습니다. 그다음에 그들이 사회주의자들을 공격했지만, 나는 사회주의자가 아니라서 침묵했습니다. 그다음에 그들이 유태인들을 공격했지만, 나는 유태인이 아니라서 침묵했습니다. 그다음에 그들이 나를 공격했을 때, 나를 위해 말해줄 사람은 아무도 남아있지 않았습니다."

그 옆에는 수용소 사진이 걸려있었다. 나는 독일인 목사의 말을 계속 떠올리면서 한동안 그 사진을 바라보았다. 그의 말을 생각하면 할수록 자꾸 눈물이 흘렀다. 다음 전시실로 가던 길에 제르다 씨를 만났다. 그는 사람들을 빽빽이 밀어 넣던 가축 운반차에 대해 얘기해주었다. 그녀의 얘기를 들으며 전시실로 들어서는데, 갑자기 그녀가 멈춰 서더니 울기 시작했다. 이유를 묻자 그녀는 손을 들어 앞을 가리켰다. 그녀가 가리킨 곳에는 실물의 가축 운반차가 있었다. 전시실에서 나가려면 가축 운반차 앞을 지나가 야 했다. 제르다 씨는 그 모습만 보고도 무서움에 떨었다. 그 안 에 강제로 밀어 넣어지던 가족과 친구들이 떠오르는 모양이었다. 나는 그녀에게 괜찮으시냐고 물었다. 제르다 씨는 발걸음을 떼며 가축 운반차가 얼마나 비좁았는지 많은 사람이 수용소에 닿기도 전에 그 안에서 죽어갔다고 말했다. 마침내 가축 운반차를 지나 쳤을 때, 우리는 둘 다 울고 있었다. 제르다 씨는 내 손을 잡으며 고맙다고 말했다. 하지만 감사해야 할 쪽은 나였다.

　호텔로 돌아가는 길, 철십자 문양 위를 덮은 자유의 작가들 로 고가 보였다. 전에는 나쁜 일을 보면 '내 일도 아닌데 무슨 상관 이야'라고 생각하며 그냥 지나치곤 했다. 하지만 철십자 문양을 가린 일과 오늘 겪은 일들 덕분에 앞으로는 잘못된 현실을 모른 척하지 말아야겠다는 생각이 들었다. 남의 고통을 뒤늦게 동정하 는 것보다 스스로 나서서 변화를 만들어나가는 편이 훨씬 낫다.

Diary 86

쌍둥이 실험

홀로코스트 박물관의 여닫이문을 열고 서늘하고 으스스한 전시실로 들어섰을 때, 나는 수백만 명의 죽음 앞에서 할 말을 잃었다. 한 장소에서 그토록 많은 사람이 죽었다니! 더 끔찍한 점은 그들이 죽어야 할 아무런 이유가 없었다는 것이다. 특히 충격적인 것은 쌍둥이들의 시체였다. 무고한 쌍둥이들이 학대받고 팔다리가 절단당한 모습을 보니, 마치 같은 일을 당하는 것 같은 아픔이 벼락처럼 온몸을 훑고 지나갔다. 그 사진을 보면 볼수록 내가, 그러니까 우리 쌍둥이 자매가 그곳에 있는 듯한 느낌이 들었다.

쌍둥이는 상대방 없이 살지 못한다는 말이 있다. 나치는 어처구니없게도 이 속설을 실험하기 위해 엄청난 쌍둥이들을 희생시켰다. 아우슈비츠의 의사였던 멩겔레 박사는 쌍둥이들을 대상으로 온갖 실험을 자행했다. 실험용 쥐가 아니라 실제 쌍둥이들이 그의 연구용 재료가 된 것이다. 그는 '죽음의 천사'라고 불릴 정도로, 손에 넣을 수 있는 유럽 대륙의 수없이 많은 쌍둥이를 고문했다. 만약 내가 쌍둥이 자매를 잃는다면 어떤 기분이 들까? 만약 멩겔레가 나를 실험 재료로 고른다면 죽을힘을 다해 도망쳤을까? 아니면 맞서 싸우려고 했을까? 혹은 다른 쌍둥이들을 구하려고 노력했을까? 내가 그곳에서 그들의 입장이 되어보지 않았기에 잘 모르겠다. 비참하게 죽어있는 아이들을 보면서 온갖 의문이 떠올랐다.

멩겔레의 악마적인 면면을 보는 동안 나의 분노는 점점 커져갔다. 아이들의 팔과 다리를 잘라서 다른 성인이나 아이의 몸에 붙여놓은 끔찍한 사진들은 악몽을 한데 모아놓은 퍼즐처럼 보였다. 어떻게 한 사람이 그토록 많은 꿈을 짓밟을 수 있는 걸까? 다른 사람이 고통스러워하는 모습을 보며 쾌락을 얻었던 그는 피도 눈물도 없는 인간임이 분명하다.

박물관에 있으면서 나의 쌍둥이 자매가 얼마나 소중한 존재이며, 내가 그녀를 얼마나 사랑하는지 깨달았다. 쌍둥이로 자라면서 좋은 점도 있고 나쁜 점도 있었다. 그러나 적어도 내게는 항상 얘기를 나누고, 옷을 바꿔 입고, 같이 놀 수 있는 사람이 곁에 있다. 가끔 나를 화나게 할 때도 있지만 그녀는 세상 그 무엇과도 바꿀 수 없을 만큼 소중하다.

아이들에게는 자신이 되고 싶거나 바꾸고 싶은 것을 꿈꿀 수 있는 기회가 있다. 그들이 일으키는 변화가 사람들의 삶에 좋거나 나쁜 영향을 끼치게 된다. 멘겔레는 실험 대상으로 동원된 수많은 아이에게서 그 기회를 빼앗아버렸다. 꿈을 뺏는 것은 나쁜 일이며, 꿈을 이루도록 돕는 것은 좋은 일이다. 불행하게도 사진 속의 쌍둥이들은 우리처럼 변화를 꿈꿀 수 있는 기회를 가지지 못했다.

Diary 87

라일리 장관과의 저녁식사

마침내 그날이 왔다. 벌써 워싱턴에 온 지 나흘째다. 오늘 리처드 라일리 교육부 장관을 만난다. 이미 많은 일을 했지만 아직 하루 일과는 끝나지 않았다. 방금 두어 곳의 박물관을 둘러보고 온 우리는 곧 시내 관광을 할 예정이다. 오늘은 내 인생에서 가장 바쁘고 흥미로운 하루다.

뭘 입지? 오늘 저녁 행사에는 잘 차려입고 가야 한다. 오늘 밤이 가장 중요하다. 메리어트 호텔 측 직원들은 행사 예행연습까지 했다. 장관님이 그렇게 높은 사람인 줄 몰랐다. 이제는 교육부 장관이 교육을 총책임진다는 걸 안다. 어떻게 생긴 분인지 궁금하다. 젊은 분일까, 아니면 나이 든 분일까? 어쨌든 그루웰 선생님이 말한 대로 겉모습으로 사람을 판단해서는 안 된다. 나는 '교육부 장관까지 되었으니까 정말 대단하고 많이 배운 사람일 거야'라고 생각했다. 빨리 장관님을 만나보고 싶다. 아마 각양각색인 우리를 보고 놀랄지도 모르겠다. 장관님이 우리가 일기를 직접 전달하기 위해 여기까지 왔다는 사실에 관심을 가져주었으면 좋겠다. 그리고 우리가 앞으로 더 많은 것을 배울 수 있도록 도와주었으면 좋겠다.

기대는 했지만 막상 행사를 시작할 무렵이 되니 '분명 지겨울 거야. 이해하지도 못하는 연설만 한참 들어야 하고 말이야. 이건 어른들한테나 맞는 자린데 내가 여기서 뭘 하고 있지?' 하는 생각이 들었다. 하지만 이런 편견은 곧 깨졌다. 라일리 장관님은 "여러분은 미래의 리더들입니다. 절대 꿈을 포기하지 마세요"라고 말했다. 그의 말은 내 가슴에 바로 와 닿았다.

리처드 라일리 씨가 교육부 장관이라니 믿을 수 없다! 그는 내가 상상했던 모습과 완전히 달랐다. 다른 높은 지위의 사람들처럼 거드름을 피울 줄 알았는데, 전혀 그렇지 않고 오히려 솔직하고 겸손했다. 그는 뜻밖에도 자신이 살아온 이야기를 들려주었다. 그의 삶은 우리와 동떨어지지 않았다. 그는 자신이 현재의 위치까지 오르기 위해 많은 문제를 극복해야 했다고 말했다. 불과 몇 미터 앞에서 교육 분야의 최고 위치에 있는 사람을 보고 있다는 사실이 믿기지 않았다. 장관님이 우리를 기억하고, 자신의 말 몇 마디로 우리의 미래를 바꿀 수 있다는 사실을 깨달았으면 좋겠다. 그는 우리의 활동에 깊은 인상을 받은 것처럼 보였다.

장관님은 누구든 배움을 통해서 원하는 바를 이룰 수 있다는 사실을 깨우쳐주었다. 그리고 현실을 다른 관점에서 보는 법을 가르쳐주었다. 나는 연설을 마치고 걸어가는 그를 보며 '나도 언젠가는 저분처럼 중요한 사람이 되어야지'라고 다짐했다. 오늘 밤 행사는 정말 유익했다. 게다가 남자친구에게 장미까지 선물받았다. 무척 기뻤다. 앞으로도 오늘 같은 밤이 많았으면 좋겠다. 오늘 밤은 내 마음속에 영원히 남을 것이다.

Diary 88

일어서라

그루웰 선생님은 교육부 장관과의 저녁 행사에서 내가 쓴 시를 낭독하라고 했다. 높은 사람들과 함께 귀빈석에 앉았다는 사실이 아직도 믿기지 않는다. 나는 선생님의 부모님 옆에 앉았다. 내가 매우 긴장하자 선생님의 새엄마인 카렌 씨가 손을 잡아주었다. 시를 다 읽고 나서, 나는 기립박수를 받았다. 다음은 내가 쓴 시이다.

일어서라

흑인임을 잊지 말라—

자긍심을 가져라.

백인임을 잊지 말라—

자긍심을 가져라.

남미계임을 잊지 말라—

자긍심을 가져라.

아시아계임을 잊지 말라—

자긍심을 가져라…….

자기 자신이 되기를 두려워 말라.

당신은 결국 자기 자신이 될 수밖에 없으니까!

결코 자신이 아닌 다른 사람이 될 수 없으니,

할 수 있는 한 최선의 자신이 되어라.

현실을 직시하라—

언제나,

무슨 일이 있어도.

변호사이든, 의사이든, 축구선수이든,

화장실 청소부이든, 환경미화원이든, 요리사이든,

현실을 직시하라—

그리고 언제나—

최선의 자신이 되어라.

자긍심을 가져라, 위엄을 가져라, 일어서라!
자랑스럽게 일어서고, 자랑스럽게 말하고, 자랑스럽게 행동하고,
자랑스럽게 존재하라!

쓰러지지 말고,
물러서지 말고,
고개 숙이지 말고,
도망치지 말고,
자신을 팔지 말고,
비판에 약해지지 말라.

현실을 직시하고, 당신을 비판하는 사람들은,
당신이 누구인지 가장 잘 아는 이들임을 깨달아라—
그들의 비판을 받아들이든지 잊어버려라.

"음, 흠!"
당신이 그것을 얻었음을 알겠다.
무엇을?
그것은—
자긍심, 태도, 마력,
당신의 자아, 당신 자신, 당신의 자긍심,
아무 두려움이 없는 마음의 평화라고 하는 것이다.

Diary 89

라일리 장관에게 전달한 일기

오늘 밤, 우리의 책을 리처드 라일리 교육부 장관에게 전달했다. 처음엔 메리어트 호텔 행사장으로 들어오는 그를 보면서 나와 차원이 다른 사람이라고 생각했다. 그는 남부 억양을 쓰는 사우스캐롤라이나 출신의 부유한 백인이고, 나는 근근이 생활하는 집안의 흑인 소년이다. 하지만 우리는 미국 청소년들의 미래를 돌본다는 같은 목적으로 그곳에 있었다. 그의 연설을 들어보니 진정으로 우리를 위하는 마음이 느껴졌다. 그리고 그가 실제로 나의 일기를 챙겨 읽을 것이라는 확신이 들었다. 일기를 통해 내가 겪은 일을 알고 나면 어떤 조치를 취할지도 모른다. 그가 남부의 인종차별에 맞서 싸운 얘기를 들려주는 동안, 순전히 흑인이라는 이유로 총에 맞았던 형이 떠올랐다.

　그날 우리는 차를 몰고 고속도로를 달리고 있었다. 그런데 멕시코인들이 탄 차가 옆으로 다가서는가 싶더니, 갑자기 불꽃이 일면서 우리 차의 유리창이 박살나고 피가 튀었다. 한 발의 총알이 우리 차를 관통했다. 또 한 발이 뒷좌석으로 날아들어 뒤에 앉아있던 친구를 스쳤다. 운전하던 형은 가슴에 두 발, 허벅지와 종아리에 한 발씩 총 네 발을 맞았다. 형의 셔츠가 피로 물들었다. 형은 나를 돌아보며 "숨을 못 쉬겠어. 운전할 수가 없어"라고 말했다. 형이 길가에 차를 세우는 동안 뒤에 탔던 두 친구는 "총에 맞았어! 총에 맞았어!"라고 외쳐댔다. 나는 당황하지 않으려고 노력하며 형을 내 자리로 끌어당겼다. 그러고는 피가 흥건한 운전석으로 넘어가 차를 몰고 병원을 찾아 헤맸다. 잠시 뒤 주유소에 들어가 경찰에게 연락했다. 전화하면서 보니 차는 열두 개의 총알구멍이 나서 완전히 벌집이 되어있었다. 무슨 전쟁터라도 지나온 것 같았다. 2분 뒤 응급차가 와서 형과 친구를 병원으로 옮겼다. 뒤이어 도착한 경찰들이 나를 병원으로 데리고 갔다.

　다행히 병원은 한 블록밖에 떨어져있지 않았다. 병원에 도착하자마자 의사가 나를 형에게로 데려갔다. 형의 몸에 온갖 호스가 꽂혔다. 아무 생각도 나지 않았다. 형은 그 와중에도 영화에서 본 농담을 했다.

　"의사가 그러는데 다시는 걷지 못한대."

　형이 영화 대사를 흉내 내고 있다는 걸 알았지만, 웃어야 할지

울어야 할지 알 수 없었다. 잠시 뒤 형은 여섯 시간에 걸쳐 총알을 제거하는 수술을 받았다. 하지만 형의 폐는 이미 형편없이 망가진 상태였다. 나는 형이 죽을 거라고 생각했다. 만약 형이 죽는다면 단지 흑인이라서, 잘못된 시간에, 잘못된 장소에 있었다는 이유만으로 당하는 억울한 죽음이었다. 다행히 수술은 성공적이었고, 형은 일주일 만에 퇴원했다. 의사는 내가 형을 그렇게 빨리 병원으로 데려오지 않았다면 큰일 났을 거라며 영웅 같은 일을 했다고 칭찬했다. 그 말이 맞을지도 모른다. 하지만 진정한 영웅은 처음부터 그런 일이 생기지 않도록 막는 사람이라고 생각한다. 그래서 라일리 장관님이 나의 이야기를 읽어주었으면 한다. 그때 우리를 쏜 사람들과 우리는 전혀 모르는 사이였다는 걸 알려주고 싶다. 무지한 그들 눈에 보이는 것은 우리의 피부색뿐이었다. 만약 그들이 나와 같은 교육을 받았다면, 겉모습과 상관없이 사람을 보는 법을 배웠을 것이다. 그렇기 때문에 자유의 작가들은 각자의 삶에 대해 쓴 글을 교육부 장관에게 전달했다. 그는 학생들을 올바르게 교육할 위치에 있기 때문이다.

라일리 장관님이 형과 나에게 생긴 일을 되돌릴 수는 없지만, 다른 무고한 십 대들이 그와 같은 일을 당하지 않도록 우리의 메시지를 널리 알리는 일은 할 수 있을 것이다.

Diary 90

촛불 추모회

어젯밤 우리는 무분별한 폭력에 목숨을 잃은 가족과 친구들을 위한 촛불 추모회를 가졌다. 우리의 이야기를 모은 책을 라일리 장관님에게 전달한 뒤, 우리는 모두 손을 잡고 끊어지지 않는 인간 띠가 되어 워싱턴 기념탑까지 행진했다. 인간 띠가 매우 길었기에 번잡한 펜실베이니아 거리의 횡단보도를 건너는 동안 잠시 교통이 지체되기도 했다. 도로를 건널 때 어떤 사람이 무얼 하는 중이냐고 물었다. 누군가 "세상을 바꾸고 있어요"라고 대답했다. 촛불 추모회는 우리가 진정 다른 사람들을 변화시켜서 더 나은 세상을 만들 수 있다는 믿음을 주었다. 우리는 정말로 세상을 바꾸어나가고 있었다.

워싱턴 기념탑에 도착한 우리는 둥글게 둘러서서 〈스탠 바이 미〉를 불렀다. 나를 제외한 모두의 눈에서 추모의 눈물이 흘러내렸다. 나는 바람 속의 먼지처럼 날아가버린 친구들의 죽음을 다시금 떠올리고 싶지 않았다. 우리는 폭력으로 죽은 희생자들의 이름표를 기념탑 앞의 나무에 꽂은 뒤, 다시 손을 잡고 호텔로 돌아왔다.

그제야 다른 아이들을 슬프게 한 아픔이 내게도 찾아왔다. 더 이상 억누를 수 없었다. 지금까지 죽을 뻔했던 순간들과 함께 어쩌면 내 이름이 나무에 걸릴 수도 있었다는 생각이 들었다. 상상만으로도 끔찍했다. 아픈 기억들이 되살아나면서 눈물이 흐르고, 심장이 마구 고동쳤다.

내 머리에 닿았던 총구와 아슬아슬하게 빗나간 총알들 그리고 '그냥 포기해. 어차피 저들 손에 죽고 말 거야'라고 절망했던 순간들이 계속 머릿속을 지나갔다. 하지만 나는 포기할 수 없었고, 포기하지 않았으며, 앞으로도 절대 포기하지 않을 것이다!

Diary 91

워싱턴 떠나기

나는 지금 워싱턴에서 집으로 돌아가는 비행기를 타고 수천 피트 상공에 떠있다. 비행기에는 거의 자유의 작가들뿐이다. 창문에 낀 서리와 창밖의 구름을 보고 있으려니 몰려오는 피로에 눈꺼풀이 무겁다. 여자아이들의 짐이 처음보다 열 배는 무거워지는 바람에 가방을 힘겹게 부쳐주고 급히 달려 탑승해야 했다. 나는 자리에 앉아서 '흠, 이게 일등석이라는 거군' 하고 생각했다. 워싱턴에 갈 때 처음 타보고 지금이 두 번째 비행기 여행이었다. 내가 비행기를 탄다고? 그루웰 선생님을 만나지 않았다면 꿈도 꾸지 못할 일이다.

비행기로 워싱턴까지 간다고 말하자 누나는 "비행기 좋아하시네"라고 무시했다. 새아빠도 내 말을 믿으려 하지 않았다. 그래서 내 말이 정말이라는 걸 증명하려고 일부러 비행기 표를 보관해두 었다. 사실은 여행하는 동안 생긴 영화 표와 호텔에서 받은 손수 건 그리고 비누와 샤워 모자까지 모두 챙겨놓았다. 작은 고등학 교 여선생님이 어떻게 내 삶을 극적으로 바꿔놓았는지 궁금할 것 이다. LA공항까지는 네 시간이나 남았으니 지금부터 그 조그만 선생님이 내 삶을 바꾼 이야기를 해보겠다.

13년 전의 나는 결코 자유를 얻지 못할 거라는 절망에 빠져있 었다. 13년 전이라고 하면 오래전처럼 들리겠지만 내게는 어제 일같이 생생하다.

"당장 돈 내놔!"

굵고 쩌렁쩌렁한 목소리의 남자가 엄마에게 고함쳤다.

"돈이 없어요."

엄마는 울며 대답했다.

"있잖아! 방금 복지 수당 받은 거 다 알아! 돈 안 주면 네 아들 놈을 가만두지 않겠어!"

엄마는 남자가 아들을 해칠까 봐 바보같이 지갑에 있는 돈을 몽땅 꺼내주고 말았다. 그래 봤자 20달러도 안 되었다. 그는 "그 럼 그렇지. 돈 없다고 하더니, 이 거짓말쟁이 같은 년아! 내가 돌 아오기 전에 저 깜둥이 새끼를 내보내는 게 좋을 거야"라고 협박 했다. 나는 그에게 붙잡힌 사냥감처럼 소파 위에 앉아서 떨고 있 었다.

"내 소파에서 내려와!"

그는 내 옷을 거칠게 잡아채서 나를 내동댕이치더니 멱살을 잡아 다시 일으켰다. 내 머릿속에는 왜 이렇게 나를 괴롭힐까, 하는 의문뿐이었다. 나는 아무런 저항도 하지 않았다. 그저 무서움에 떨며 미식축구선수 같은 팔을 가진 2미터 크기의 거인에게 질질 끌려가 차의 트렁크에 던져졌다. 그 안에 갇혀있는 동안 엄마의 비명과 그의 주먹이 엄마의 얼굴을 때리는 둔탁한 소리가 들렸다. 나는 밤새도록 기름투성이인 트렁크에 갇혀있었다. 아침이 되어서야 엄마가 나를 꺼내주었다. 갑자기 비친 햇빛에 눈이 타는 듯 아팠다. 입고 있던 바지는 먼지와 기름 그리고 소변이 뒤섞여 엉망이었다. 집에 비누도 없고 따뜻한 물도 나오지 않았기 때문에 엄마는 욕조에 차가운 물을 받아놓고 세제로 나를 목욕시켰다. 엄마의 모든 복지 수당은 미치광이 같은 남자친구의 코카인 값으로 고스란히 들어갔다. 남는 거라곤 겨우 라면을 살 몇 푼뿐이었다. 라면은 우리의 아침이었고, 점심이었고, 저녁이었다. 그것도 대부분 생라면으로 먹어야 했다.

엄마는 스트레스를 너무 많이 받은 나머지 임신 8개월 반 만에 급히 병원으로 가 조산을 했다. 나는 아동학대범에 가정폭력범, 살인자, 마약중독자 그리고 전과자인 엄마의 남자친구와 단 둘이 집에 남겨졌다. 그 시간 동안 매질뿐만 아니라, 내가 절대 성공할 수 없으며 잘난 인간이 될 수 없을 거라는 악담이 끝없이 이어졌다. 엄마가 응급실로 실려간 순간부터 고난이 시작될 거라고 이미 각오하고 있었다. 그런 생각을 하기가 무섭게 그 미친 사람은 "이게 다 너 때문이야! 울 생각은 하지도 마. 엉덩이를 때려줄 테니까" 하고 윽박질렀다. 엄마가 병원으로 간 뒤 나는 거의 혼자 집에 있었다. 엄마의 남자친구는 약을 사기 위해 엄마의 장신구를 전부 마약장수에게 갖다 바쳤다. 엄마가 집으로 돌아왔을 때는 이미 집세와 공과금이 밀릴 대로 밀려 쫓겨날 지경에 이르렀다. 집을 비워야 하는 날까지 일주일밖에 시간이 없었지만, 어디에도 갈 곳이 없었다. 엄마의 남자친구가 있어 할머니 댁으로 갈 수도 없었다. 우리가 갈 곳은 미친 사람의 엄마 집뿐이었다.

가재도구랄 것도 없지만 우리는 모든 것을 남겨두고 지저분한 차고로 이사했다. 그 뒤 2년 동안 우리는 정원 손질용 연장과 낡은 가구, 작은 흑백텔레비전 그리고 매트리스 하나뿐인 차고에서 살았다. 난방 기구도, 에어컨도, 선풍기도, 화장실도 없었다. 엄마와 엄마의 남자친구, 갓 태어난 여동생 그리고 나뿐이었다. 나중에 겨우 집을 구했을 때는 엄마의 남자친구가 침실을 차지했고, 엄마와 여동생 그리고 나는 거실에서 자야 했다. 결국 먼 길을 돌아 다시 제자리로 온 셈이다. 다만 달라진 것은 이번엔 내가 더 나이를 먹었고, 현실을 더 많이 알게 되었으며, 어릴 때 맞았던 기억 때문에 더 많이 두려워한다는 점이다.

엄마와 남자친구는 적어도 일주일에 한 번 이상은 꼭 돈이나 나 때문에 싸웠다. 가끔은 집에 돈이 있는데 왜 코카인이 떨어졌느냐고 다투기도 했다. 그는 예전부터 엄마가 월세와 생활비를 버는 동안 집에서 마약을 팔았다.

오랜 시간을 엉망인 채로 살다 보니 엄마의 남자친구가 했던 악담이 맞을지도 모른다는 생각이 들었다. 어쩌면 나는 아무 쓸모없는 사람이 될지도 모른다. 하지만 그루웰 선생님은 엄마 남자친구의 말이 틀렸고, 우리 집의 문제가 내 잘못이 아니라는 사실을 깨닫도록 도와주었다. 이제 나는 더 이상 그의 말을 믿지 않는다.

금의환향

마침내 진정한 의미의 방학을 보냈다. 지금까지는 항상 여름학교에 가야 했기 때문에 쉴 시간이 없었다. 하지만 이번엔 자유의 작가들 덕분에 우리나라의 수도도 갈 수 있었다. 그곳에서 우리는 최고의 시간을 보냈다. 단 하나 아쉬운 점은 평생 남을 추억으로 간직하도록 사진기를 챙겨가지 못했다는 것이다.

워싱턴은 모든 것이 멋졌다! 처음으로 정말 좋은 호텔에서 잤다. 저녁 늦게까지 깨어있어도 부모님의 잔소리를 걱정할 필요가 없었다. 처음 이틀간은 밤에 부모님이 확인 전화를 할까 봐 제대로 잠들지 못했다. 하지만 전화는 오지 않았다. 워싱턴에서 집으로 오는 비행기 안에서 나는 잠에 빠져들었다. 워싱턴에서 겪은 일들과 집에 도착해 일어날 일들이 꿈에 나타났다.

긴 여정을 끝내고 집 근처 버스 정류장에 내렸을 때 뜻밖의 일이 일어났다. 부모님이 거기에 있었던 것이다! 처음엔 나 때문이 아니라 차에 기름을 넣거나 외식하러 나온 줄 알았다. 그래서 두 분이 나를 껴안으며 여행이 어땠는지 물었을 때 놀라지 않을 수 없었다. 부모님은 나를 매우 따뜻하게 맞아주었다. 나에게는 낯선 일이다. 여행을 떠나기 전만 해도 부모님은 항상 내 기분을 상하게 했다. 두 분은 내가 못된 아이고, 문제만 일으킨다고 생각했다. 그래서 나는 부모님과 거의 매일 말다툼을 벌였고, 그들을 싫어하기까지 했다. 하지만 오늘 밤은 모든 나쁜 기억들이 사라지고, 부모님이 무척 가깝게 느껴졌다.

집에 들어가면서 보니 이상하게 집 주위에 평소보다 훨씬 많은 차가 주차되어 있었다. 곧 그 이유가 밝혀졌다. 집 안은 가까운 친척들부터 겨우 한두 번밖에 말을 나누지 않은 이웃들로 꽉 찼다. 이렇게 많은 사람이 모인 건 누나가 결혼한 뒤로 처음이다. 나를 보러 온 걸까? 의아해하면서 집 안으로 들어서는데, 모두들 나를 축하해주었다. 그 순간만큼은 세상 어느 것과도 내 기분을 바꿀 수 없을 만큼 행복했다. 보여줄 사진이 없어서 아쉬웠지만, 사람들은 내 얘기를 듣는 것만으로도 무척 흥미로워했다. 내게서 한시도 눈을 떼지 않으면서 말이다!

나는 거실에 앉아서 여행 얘기를 들려주었다. 먼저 엄청 웅장했던 국회의사당 건물에 대해 말했다. 특히 그 안에 있던 아름다운 그림과 조각들은 난생처음 보는 것들이었다. 또한 내가 본 것 중 가장 컸던 링컨 동상에 대해서도 자세히 설명했다. 그리고 포토맥 강에서 탔던 크루즈 얘기도 빼놓지 않았다. 음식이 어찌나 많은지 우리는 자리에서 일어나지 못할 정도로 먹어댔다. 갑판에 나가서 강가의 사람들에게 손을 흔들며 인사하는데 비가 내리기 시작했다. 그렇다고 재미있게 놀지 못할 우리가 아니다! 우리는 죄다 배 안으로 들어가서 노래를 부르고 춤을 추었다. 백악관 관광을 하지 못한 게 마음에 걸리지만, 혼자서 울타리 너머로나마 백악관을 구경할 수 있었다.

사람들은 부러운 눈으로 내 얘기를 들었다. 오늘 밤 나는 난생 처음 주인공이 되었다. 모두들 나에게 그리고 무척 '착하고', '똑똑하고', '멋진' 아들을 둔 부모님에게 축하한다는 인사를 건넸다. 그들은 내가 우리 집안뿐 아니라 사회 전체에 모범적인 학생이 될 것이라고 말했다.

Diary 93

살인 사건

오늘 아침, 여행의 피로가 채 가시지 않은 상태에서 학교로 들어서는데 무슨 큰일이라도 난 것처럼 분위기가 이상했다. 학교 앞에 있는 취재 차량을 보며, 자유의 작가들을 환영하며 워싱턴 방문에 대한 기사를 쓰려고 온 거라고 짐작했다. 하지만 아무리 봐도 그런 것 같지 않았다. 그래서 친구에게 "도대체 무슨 일이야?"라고 물었다. 친구는 "제레미 스트로메이어라는 애 알아?"라고 되물었다. 가끔 농담을 주고받던 아이였기 때문에 안다고 대답했다. 그러자 친구가 말했다.

"글쎄, 제레미가 체포됐대."

알고 보니 제레미가 네바다의 카지노에서 일곱 살 난 여자아이를 강간하고 잔인하게 죽였다는 것이다. 그는 현충일을 맞아 우리 학교에 다니는 친구 한 명과 그의 아버지를 따라 라스베이거스로 주말여행을 떠났다. 가는 도중 친구 아버지는 네바다 프림에 있는 카지노에 들렀다. 친구 아버지가 도박을 하는 동안, 제레미와 친구는 상가에서 놀았다. 일곱 살 난 여자아이와 술래잡기를 하던 제레미는 아이를 따라 여자화장실로 들어간 뒤 강간과 살인을 저질렀다. 친구도 제레미와 같이 화장실에 있었지만, 말릴 생각은 하지 않고 그냥 나가버렸다.

나는 자초지종을 전해 듣고 충격에 빠졌다. 믿기 힘들었다. 제레미와는 같은 축구팀 소속이기에 학교에서 자주 마주치던 사이다. 멀쩡해 보이던 아이가 어떻게 그런 짓을 저질렀을까? 이야기를 들을수록 더 혼란스러웠다. 제레미는 어두운 비밀을 갖고 있었다. 그의 컴퓨터엔 아동 포르노가 있었고, 마약까지 하는 상태였다. 치명적인 조합이다. 변명은 될 수 없으나 그런 것들은 어둡고 뒤틀린 면을 가진 사람으로 하여금 평소에는 절대 하지 않을 짓을 저지르게 만든다.

온갖 언론이 학교를 휘젓고 다니며 아이들에게 질문을 퍼부었다. 그들이 자유의 작가들 때문에 온 게 아니라는 사실은 명백했다. 아마 우리가 목성에라도 가지 않는 한, 오늘 같은 언론의 주목을 받을 수는 없을 것이다. 아이러니하게도 자유의 작가들이 워싱턴 기념탑에서 촛불 추모회를 가지며 폭력에 맞서겠다고 다짐하는 동안, 살인 사건이 일어났다. 그런 것을 보면 청소년들이 위험한 존재로 쉽게 매도되곤 하는 것도 무리는 아니다. 언론은 청소년들이 이룬 긍정적인 일보다 부정적인 사건에 더 관심을 기울이는 것 같다. 끔찍한 살인 때문에 제레미의 얼굴이 신문 1면에 실리고, 자유의 작가들은 뒤로 밀렸다는 사실이 슬프다.

Diary 94

데이비드 캐시

　오늘 놀라운 소식을 들었다. 그와 함께 여러 가지 소문이 떠돌았다. 제레미와 데이비드가 라스베이거스에서 여자아이를 죽였다는 것이다. 아니, 잠깐, 제레미가 범행을 저지르는 동안 데이비드는 옆에서 지켜보기만 했다고 한다. 그게 아니라 데이비드가 모르는 사이에 제레미 혼자 죽인 건가?

　학교가 끝난 뒤 나는 진상을 알아보기로 했다. 급히 집으로 와 뉴스를 보고 나서야 잠정적인 진실을 알았다. 데이비드는 제레미가 여자아이를 화장실로 끌고 들어가는 것만 보고, 죽이기 전에 떠나버렸다. 너무나 비극적인 아이러니다. 150명의 학생들이 롱비치의 폭력을 적극적으로 알리기 위해 워싱턴까지 간 사이, 두 명의 학생은 라스베이거스로 가서 한 명이 여자아이를 죽이고, 다른 한 명은 강간당하는 여자아이를 내버려둔 채 자리를 떠나버렸다니. 데이비드는 왜 여자아이를 도와주지 않고 그냥 나왔을까? 나로서는 도저히 답을 찾을 수 없다. 나는 아직 그런 상황에 처한 적이 없지만, 데이비드의 행동은 분명히 잘못되었다. 어려운 일에 부딪혔을 때 흔히 그렇듯 고개를 돌려버리면 결코 문제를 해결할 수 없다.

어떤 상황이든 회피하는 것은 절대 올바르고 정상적인 해결책이 아니다. "지지하지 않으면 반대하는 것이다"라는 속담은 맞는 말이다. 많은 폴란드 사람이 유태인들을 도와주지 않았듯이, 데이비드는 그 어린 소녀의 목숨을 구해주지 않았다. 폴란드인들은 유태인이 가득 실린 기차를 보고, 굴뚝에서 풍기는 죽음의 냄새를 맡으면서도 비극을 외면했다. 데이비드는 제레미와 그 어린 소녀 모두를 구할 기회를 외면했다.

Diary 95

평화 행진

오늘 학교에 지각했다. 어젯밤 늦게 여행에서 돌아온 데다가 엄마에게 모든 일을 얘기해주고 싶었기 때문이다. 학교에 도착해 서는 평소 가던 길 대신 정문을 지나 들어가야 했다. 그때 내가 뭘 본 줄 아는가? 수십 대의 카메라였다! 진짜 짜릿했다! 자유의 작가들이 막 여행을 마치고 돌아온 걸 알고 취재차 와있는 줄 알 았다. 하지만 그것은 나의 착각이었다. 알고 보니 우리가 워싱턴 에 간 동안 제레미 스트로메이어라는 아이가 라스베이거스에서 일곱 살 난 여자아이를 강간하고 죽인 사건을 취재하려고 몰려온 것이었다.

아이들은 제각각 다른 반응을 보였다. 어떤 아이들은 울기까지 했다. 학교 건물 안에 들어섰을 때 나는 이미 충격에 빠져있었다. 학교 안에 설치된 방송 카메라들과 우는 아이들의 모습을 보니 심란했다. 학교 분위기가 어찌나 어수선한지 수업이 제대로 안 될 지경이었다. 여기저기서 사건의 진상에 대한 온갖 소문이 들렸다. 아이들은 제레미가 스피드라는 약에 취해서 그런 짓을 저질렀다고 말했다. 말도 안 되는 얘기다! 나도 한때 약쟁이긴 했지만, 최악의 지경에도 살인 같은 건 생각하지 않았다. 내가 해친 것은 나 자신뿐이다. 그런데 왜 마약 탓을 하는 거지? 사건이 났을 때 제레미가 약에 취해있었을 수는 있지만, 그렇다고 해서 그의 죄가 용서되는 것은 아니다.

겨우 그루웰 선생님의 교실에 도착하니 모두들 분노하고 있었다. 자유의 작가들은 워싱턴에서 했던 것처럼 평화 행진을 하기로 결정했다. 이번에는 학교 아이들과 카메라 앞에서 폭력의 희생자들을 위해 기도해야 할 차례라고 생각한 것이다. 올바른 일을 위해 다 함께 뭉칠 수 있다는 사실을 보여주고, 정작 관심이 필요한 죽은 소녀를 애도하게 만들고 싶었다. 왜 그 아이에 대해 말하는 사람은 아무도 없는 걸까? 결국 이 사건의 무고한 희생자는 그 아이인데 말이다.

나는 수업에 들어갈 때마다 아이들에게 평화 행진에 대해 알렸다. 다른 아이들도 소식을 전달해주었다. 오후 한 시경, 교직원을 포함해 학교 전체가 평화 행진에 대해 알았다. 그런데 교직원들은 행진 참가를 금했다. 교장선생님이 더 이상 살인 사건에 이목이 집중되는 것을 바라지 않아서였다. 처음 그 말을 들었을 땐 믿을 수 없었다. 왜 우리 학교의 긍정적인 면을 숨기려고 할까? 우리는 한 사람의 행동 탓에 학교 전체가 나쁜 방향으로 매도되어서는 안 된다고 생각했다. 그래서 평화 행진을 강행하기로 했다. 우리 학교에는 부정적인 사람보다 긍정적인 사람이 더 많았다. 지금이야말로 긍정적인 사람들이 하나 되어 손을 맞잡고 행진할 최고의 기회였다. 평소 다른 사람의 일에 관심 없던 아이들과 축구선수들, 치어리더들까지 참가하기로 했다.

행사는 수업이 끝나자마자 시작되었다. 속속 모여드는 아이들을 보니 묘한 연대감이 느껴졌다. 우리는 모두 하나의 명분을 위해 한자리에 모였다. 낯익은 얼굴도 있고, 낯선 얼굴도 있었지만 그것은 중요하지 않았다. 중요한 것은 언론이 알린 우리 학교의 오명과 목숨을 잃은 어린 소녀, 그리고 우리 모두가 함께 뭉쳤다는 사실이다. 둥글게 서서 노래를 부르는 동안 같은 목적으로 워싱턴에서 했던 일들이 떠올랐다. 나는 고개를 들어 손을 맞잡은 아이들을 둘러보았다.

안타깝게도 언론은 우리에게 관심을 기울이지 않았다. 오직 제레미에 대해 조금이라도 더 캐내려고 혈안이 되어 "제레미가 평소에도 폭력적이었니?", "제레미가 마약 때문에 살인을 저질렀다고 생각하니?" 따위의 질문만 아이들에게 퍼부었다. 우리는 기자들이 모두 떠날 때까지 노래를 부르고 기도를 올렸다. 저녁 뉴스에 우리의 모습은 나오지 않았다. 대신 부정적인 기사와 학생들에게 물었던 의도적인 질문 그리고 이 사건의 파장이 사라질 때까지 우리가 감당해야 하는 수치스런 내용만 쏟아져 나왔다. 하지만 짧은 시간이나마 우리는 우리가 믿는 가치를 위해 당당하게 나섰다.

Diary 96

학생회장

    3학년 수업이 얼마 남지 않았다. 앞으로는 더 많은 일을 하며 멋진 4학년을 보내고 싶다. 어떻게 하면 될까? 그루웰 선생님은 "4학년이 되면 자유의 작가들이 학생회나 운동부 혹은 다른 과외 활동을 통해 학교 전체에 우리의 뜻을 알렸으면 해요"라고 말했다. 사실 나도 같은 생각을 하던 참이다. 운동엔 별로 관심이 없으니까 학생회 쪽에서 길을 찾아봐야겠다. 그런데 어떤 자리에 입후보하지? 홍보부장은 쉬운 일이라 끌리지 않는다. 나는 관리하는 일을 좋아하니까 권한이 있는 자리를 맡고 싶다. 그럼 4학년 학생회장이 어떨까? 그래, 그게 좋겠다.

    다음 날, 내 이름을 후보에 올리고 선거운동을 시작했다. 자유의 작가들은 전부 나를 지지했다. 적어도 150표는 확보된 셈이다. 이제 나머지 아이들한테 집중하면 된다. 나는 투표 당일까지 정신없이 선거운동을 했다.

"끝내주는 4학년을 보내고 싶다면 저한테 투표하세요! 멋진 일들만 할게요."

선거 날 나는 마지막까지 아이들의 표를 얻으려고 열심히 유세했다. 선거가 끝난 뒤 결과가 나오기까지는 시간이 걸렸다. 당선 여부를 알려면 적어도 일주일 정도 기다려야 했다. 선거 결과를 발표할 때는 무척 긴장됐지만 크게 내색하지 않았다. 마침내 발표의 순간이 왔다.

"4학년 학생회장은……."

사회자가 크게 이름을 불렀지만 잘 듣지 못했다. 그때 아이들이 내 등을 두드리며 포옹해주었다.

"일어나, 네가 당선됐어. 네가 당선됐다고!"

모두들 내 이름을 부르며 환호했다. 나는 무대로 걸어가면서 아이들에게 고맙다는 말을 전했다. 큰일을 해냈다는 생각이 들었다. 열심히만 하면 무엇이든 해낼 수 있을 것 같았다. 다음 주에는 치어리더 팀에 지원해봐야겠다.

외톨이

혼란이 줄곧 내 뒤를 따라다니며 삶의 균열마다 촉수를 들이미는 것 같다. 그것은 이미 나의 가정생활을 지배했고, 이제는 학교생활마저 파괴하려 든다. 항상 편안함을 느낄 만하면 누군가 규칙을 바꾸어버린다. 애초에 윌슨고로 온 이유는 내가 성장했던 엉망진창인 환경에서 벗어나기 위해서였다.

사실 우리 집은 바르게 성장할 만한 곳이 못 된다. 엄마는 "주말 동안 혼자 있게 해주면 20달러와 차 열쇠를 줄게"라고 말하는 식이다. 나쁜 엄마라서가 아니라, 어느 날 아침 태연하게 말했던 것처럼 '그냥 엄마 노릇하기가 피곤해서' 그런 것이다. 엄마는 자기 책임도 다하지 않으면서 어떻게 나더러 책임감을 가지라고 가르칠 수 있을까? 엄마의 무책임한 태도는 술 때문일 수도 있고, 마약 때문일 수도 있고…… 어쩌면 그냥 나 때문일 수도 있다. 한 가지 확실한 건 완전한 자유는 금세 싫증이 난다는 사실이다. 엄마가 나를 키우는 일에 지쳤기에 나는 혼자서 살아가듯 자랐다. 며칠 동안, 혹은 몇 주 동안 엄마 얼굴을 못 볼 때도 있었다. 어디 있는지는 알았지만, 찾아봤자 엄마 없이 혼자 생활하는 것하고 다를 바 없었다.

나는 부모의 간섭이나 지도처럼 또래 아이들이 싫어하는 사소한 것들이 무척 부러웠다. 내겐 지켜야 할 귀가 시간이나 생활 규칙 같은 게 아예 없었다. 언제까지 집에 와야 하느냐고 물으면, 엄마는 "월요일까지"라고 대답하곤 했다. 금요일에 물어도 돌아오는 대답은 똑같았다. 열다섯 살에 엄마에게서 버림받은 느낌을 한번 상상해보라. 나는 누군가의 지도를 원했고, 또한 그것이 필요했다.

나는 다른 사람들이 엄마의 무관심을 알지 못하도록 스스로 귀가 시간을 정했다. 혼자서 큰다는 건 정말 힘든 일이다. 그게 쉽다면 부모님이 존재할 이유가 없을 것이다. 그래서 우리에겐, 적어도 대부분의 아이에겐 부모님이 필요하다. 어린 시절 내내 엄마와 나 단 둘뿐이었는데 이제는 홀로 남겨졌다. 너무나 외로웠다. 나는 심한 우울증에 빠졌고, 어떻게든 현실에서 벗어나려고 했다.

그루웰 선생님의 반은 항상 내게 따뜻한 관심을 가져주는 푸근

한 곳으로 내 마음속의 커다란 공허를 메워주었다. 하지만 내년에도 같은 반이 된다는 보장은 없다. 내게 이 친구들을 잃는 건 부모를 잃는 것과 마찬가지다. 다시는 그런 일을 겪고 싶지 않다.

모두 함께

방금 4학년 때도 우리 반이 유지될 거라는 소식을 들었다. 일부 선생들이 난리를 피우는 바람에 반이 깨질까 봐 걱정하던 참이었다. 왜 선생들은 우리를 떼어놓지 못해서 안달일까? 우리가 단지 같은 반 친구 이상의 사이가 되었다는 걸 모르는 걸까? 우리는 한 가족이다. 다행히 칼 콘 교육감님이 우리를 도와주었다.

한 가족 같은 자유의 작가들은 함께 남기 위해 열심히 노력했다. '함께'라는 말은 내게 아주 큰 의미를 지닌다. 나도 한때는 아빠와 엄마 그리고 자매들과 함께 정상적인 가족을 이룬 적이 있다. 우리 집에는 사랑이 넘쳤다. 그런데 무슨 일이 생겼느냐고? 더 많은 자유를 원했던 엄마가 어느 날 사라지고 말았다. 나는 지금도 엄마가 어디 있는지 모른다. 엄마는 가족 모두가, 특히 내가 엄마를 원할 때 떠나버렸다. 시간이 지나면 엄마가 우리 가족에게 어떤 고통을 안겼는지 깨닫기 바란다.

엄마가 떠났어도 우리 자매는 아빠와 가정을 꾸려나갔다. 아빠는 딸들에게 한결같은 애정과 자부심을 갖고 있었다. 그러다 아빠가 어떤 여자를 만나 우리 집에 들였다. 그녀를 처음 봤을 때, 이상하게도 엄마가 떠난 날과 같은 감정을 느꼈다. 아빠가 우리에게 그녀를 엄마로 생각하라고 말했을 때, 뭔가 안 좋은 일이 생길 거라는 예감을 지울 수 없었다. 아직 진짜 엄마를 잃은 아픔을 극복하지 못했는데, 아빠가 새로운 여자를 맞아들였기 때문이다.

아빠는 새 부인과의 사이에 세 명의 자식을 두었고, 그러면서 나이 든 딸들은 더 이상 신경 쓰지 않았다. 어쩔 수 없이 우리 자매는 이모네 집에서 살았다. 아빠 집에는 막내만 남았다. 이모는 친엄마처럼 우리를 따뜻하게 맞아주었다. 오랜만에 느껴보는 살가운 정이었다. 새로운 삶을 시작하는 기분이었다. 하지만 외사촌이 교도소에 갇혀있을 때 알게 된 어떤 아저씨를 이모에게 소개하면서 사정이 달라지기 시작했다. 이모는 교도소에 수감된 그 남자와 자주 전화하며 점점 가까워지더니, 나중에는 사랑에 빠지고 말았다. 두 사람은 외사촌이 바깥에서 온갖 사고를 치고 다니는 동안 전화기를 붙잡고 엄청 오래 이야기를 나누곤 했다. 게다가 이모의 친조카와 그 친구들이 집 안에 마약을 들이기 시작했다. 그들이 밤낮을 가리지 않고 집에 죽치고 있으면, 언니와 나는 방에 갇혀 지내야 했다. 덕분에 우리 자매는 사이가 더욱 돈독해졌으니 나쁜 일만 있었던 것은 아닌 셈이다.

남자친구가 출소하면서 다정하던 이모가 변해갔다. 갑자기 우리는 안중에도 없고 계속 밖으로만 돌았다. 처음엔 이해할 수 없었다. 얼마 뒤에야 이모가 우리보다 친조카들과 더 가깝게 지내는 이유를 알았다. 그들은 새로 집을 구해 함께 살 계획이었다. 거기에 언니와 내가 낄 자리는 없었다. 결국 우리는 이모네 집을 떠나야만 했다. 언니는 한 이웃의 집으로 들어갔고, 나는 사촌의 집에서 살았다. 사촌은 어느 누구보다 내게 잘해준다. 그녀마저 잃는 일이 생기지 않기를 빌 따름이다.

우리 가족과 달리 자유의 작가들은 나를 이해할 뿐 아니라 오랫동안 내 곁을 지켜주었다. 그들은 내 얘기를 진지하게 듣고, 변함없이 도움을 주었다. 엄마는 어릴 때 나를 떠나버렸지만 많은 사람이 엄마의 빈자리를 채워주었다. 물론 다들 친엄마처럼 느껴지지는 않았지만, 그루웰 선생님은 달랐다. 그루웰 선생님과 자유의 작가들에게 진심으로 고맙다. 그들은 내가 더 강한 사람이 되도록 도와주었다.

The Freedom Writers Diary

4학년

1997년 가을

그루웰 선생님의
일곱 번째 일기

4학년 국어수업을 맡을 수 있도록 허가받는 과정은 결코 쉽지 않았다. 애초에 1학년 국어를 맡은 이유가 경력이 없기 때문이라는 사실을 잊고 있었다. 아직은 딱히 내세울 만한 경력이 없는 내가 4학년을 가르치는 것은 기존의 관행을 뒤집는 일이었다. 다행히 콘 교육감과 교육위원회 회장인 카린 폴라첵 씨가 이번에는 관행을 뒤집을 만하다고 인정해주었다.

두 분은 워싱턴 여행에 동참한 이후 우리와 한 가족이 되었다. 아이들은 포토맥 강에서 크루즈를 탔을 때, 댄스 시간에 콘 교육감을 무대로 초대하기도 했다. 그는 아이들에게 훌륭한 모범을 보였다. 우리 반에는 아버지가 없는 아이가 많다. 그들은 콘 교육감을 마치 양아버지처럼 대했다. 그는 롱비치 출신의 흑인인데, 우리 반의 독특한 유대를 보호해줄 가치가 있다고 판단했다.

이번 가을 학기에 가장 중점을 둘 일은 자유의 작가들이 어떤 대학을 가고, 어떤 경력을 쌓을지 미래를 그려보도록 하는 것이다. "모든 학생은 대학 교육을 받을 권리가 있습니다"라는 라일리 장관의 말을 듣고, 나는 자유의 작가들을 모두 대학에 진학시키겠다는 목표를 세웠다. 아이들은 워싱턴 여행과 라일리 장관의 연설을 통해 '이루지 못할 일은 없다'는 희망을 품게 되었다. 하지만 대부분의 아이에게 대학 진학은 현실적으로 거리가 먼 얘기다. 아이들 중에는 집안에서 처음으로 고등학교를 마치는 경우도 많다. 당연히 그들의 부모는 자녀를 대학에 보낼 생각은 하지 않을 것이다.

우리 부모님은 두 분 모두 대학을 마쳤기에 나도 가야 한다고 생각했다. 어느 날 우리 가족은 저녁식사를 하면서 내 대학 진학 문제에 대해 논의했다. 그 뒤 부모님은 대입 준비반 학비를 대주었고, 여러 대학에 직접 데려가 견학시켜 주었으며, 응시원서를 작성하는 일까지 도와주었다. 하지만 우리 반 아이들의 집안 사정을 더 속속들이 알게 되면서 자유의 작가들은 대부분 나처럼 부모님의 도움을 기대할 형편이 아니라는 슬픈 현실을 깨달았다. 그들의 부모님 중에는 영어를 못해서 원서 작성을 도와줄 수 없는 경우도 있다. 원서 비용을 댈 수 없을 정도로 형편이 어려운 아이도 많다.

아이들에게 내가 그들의 힘든 현실을 이해하고 있다는 사실을 알리고, 다른 방법을 찾을 수 있도록 도와야 한다. 아이들이 까다로운 입시 절차에 지레 겁을 먹게 하고 싶지 않다. 아이들이 공평한 기회를 잡을 수 있도록 대학을 구경시켜 주고, 전문가를 초빙하여 학자금 신청과 입학시험을 준비하는 일을 도울 계획이다.

혼자서 150명이나 되는 입시생의 엄마 노릇을 할 수는 없기 때문에 주위의 도움을 적극적으로 구해야 한다. 내셔널대학교에서 했던 교육학 강의가 성공적으로 마무리된 덕분에 가을에 특별 세미나를 진행하게 되었다. 그 세미나에 참석하는 75명의 대학원생에게 각자 자유의 작가 두 명을 짝지어줄 것이다. 그러면 대학원생들은 자유의 작가들을 통해 실질적인 교육 경험을 얻을 수 있고, 자유의 작가들은 대학원생들에게서 대학 진학에 대한 조언을 구할 수 있다.

아이들 대학 진학의 가장 큰 장애물이 경제적인 문제이기 때문에, 나는 돈 패리스 씨와 함께 비영리 단체인 '관용 교육 재단'을 만들었다. 우리 재단에 돈을 기부하는 사람은 가난한 아이들의 대학 진학을 돕는 동시에 기부금에 대한 세금공제 혜택도 받을 수 있다. 그러니 기부금을 요청하는 것이 그렇게 염치없는 일은 아니다.

Diary 99

셰릴 베스트 씨

엄마는 늘 "모든 고난은 사람을 강하게 만든다"는 흔해 빠진 훈계를 한다. 빈민가에 사는 것이 강해지기 위해서라면 차라리 약한 사람으로 남겠다. 나는 지금까지 총에 맞을까 봐 문밖에도 마음대로 나가지 못하는 동네에서 살아왔다. 이웃을 보면 밝은 미래에 대한 희망은 꿈도 꾸지 않게 된다. '난 가난하게 태어났으니까 가난하게 죽을 거야. 동네 사람들도 다 그렇게 살았고, 나 역시 그들과 별로 다르지 않아.' 이것이 현재 나의 생각이다. 우리 사회는 내게 성장 환경과 피부색 때문에 아무것도 이루지 못할 거라는 패배감을 지겹도록 주입해왔다.

대학 진학은 상상만 해도 기가 죽는다. 월세도 제때 못 내서 허덕이는데, 대학에 갈 돈이 없는 건 뻔한 일이다. 게다가 우리 동네에서 대학을 무사히 마친 사람은 아무도 없다. 그나마 대학에 들어간 사람들은 순전히 지원금에 의존해야 했다. 중간에 지원금을 얻지 못하면 중퇴할 수밖에 없었다. 동네 아이들은 대부분 자신이 그렇게 똑똑하지 않다는 걸 안다. 우리 동네에서 대학을 졸업한 사람이 아무도 없는데 굳이 내가 처음이 되려고 노력할 필요가 어디 있겠는가? 이것이 셰릴 베스트라는 용감한 여자 분을 만나기 전까지 내가 가졌던 생각이다. 셰릴 씨는 이렇게 말했다.

"역경은 우리 모두를 전사로 만듭니다. 나는 빈민가에서 자랐지만 다른 사람들의 말 때문에 내 꿈을 포기한 적이 결코 없습니다. 이웃에서 벌어지는 부정적인 일을 수없이 보았어도 거기에 연연하지 않았습니다. 빈민가에서 성공할 수 있다면 이 세상 어디에서도 성공할 수 있다고 확신했습니다."

빈민가의 삶에 대해 웃음 띤 얼굴로 긍정적인 얘기를 들려준 사람은 그녀가 처음이었다. 그녀의 말을 들으면서 그동안 보았던 모든 끔찍한 일을 떠올렸다. 바로 눈앞에서 약에 취해가던 마약 중독자들과, 주식 중개인이 일주일에 버는 것보다 더 많은 돈을 하루에 벌던 마약장수들이 생각났다. 셰릴 씨처럼 나도 주위를 둘러싼 부정적인 삶의 모습을 따라하고 싶지 않았다. 문득 그녀의 말처럼 나 자신이 우리 동네에서 벌어지는 알려지지 않은 전쟁으로부터 벗어나려는 전사처럼 느껴졌다. 셰릴 씨는 빈민가에서 자랐을 뿐 아니라 공포영화에서나 나올 법한 끔찍한 경험들을 이겨냈다. 어떤 사람이 그녀를 납치하여 강간한 뒤, 사막으로 끌고 가 온몸에 독한 화공약품을 끼얹어버린 것이다. 그녀는 그 상태로 사막에 내버려졌다. 하지만 끝까지 포기하지 않았다.

"속수무책으로 사막에 누워있는데, 지나온 삶이 머릿속을 스쳤습니다. 그때 그냥 포기하고 죽기에는 지금까지 숱한 어려움을 극복해왔다는 사실을 깨달았어요. 살아서 해야 할 일이 매우 많았습니다."

그녀는 담담하게 자신의 생존담을 들려주었다. 그런 상황에서 살아남았다는 사실 자체가 놀라울 뿐이었다. 셰릴 씨는 화공약품이 피부를 태우는 와중에도 몸을 일으켰다. 그러고는 차 소리를 들으며 30여 미터 정도 떨어진 고속도로를 향해 걸어갔다. 앞을 볼 수 없었기 때문에 다른 감각에 의존할 수밖에 없는 상황이었다. 그래도 셰릴 씨는 끝내 고속도로에 닿았고, 지나가는 차에 의해 병원으로 옮겨졌다.

셰릴 씨가 당한 일을 마음속으로 그려보았다. 내가 그런 상황에 처했다면 아마 포기하고 하나님께 삶을 맡겼을 것이다. 하지만 셰릴 씨는 그렇게 하지 않았다. 그녀는 자신이 해야 할 일이 무궁무진하다고 믿었다. 그녀는 화공약품 때문에 눈이 멀었지만 점자를 이용해 글자 읽는 법을 익혔다. 그녀의 도전은 거기서 그치지 않았다. 그녀는 대학에 가고 싶어 했다. 언론이 그녀의 이야기를 소개하자, 이에 감동받은 사람들이 그녀의 수술비를 기부했다. 셰릴 씨는 마침내 모든 역경을 극복하고 대학에 들어갔으며 우등생으로 졸업했다. 마치 또 하나의 장애물에 불과하다는 식으로 대학을 마친 셰릴 씨의 애기를 직접 듣고 나니, 나도 대학에 들어가 훌륭한 사람이 될 수 있으리라는 희망이 생겼다. 그녀처럼 나 역시 어린 나이에 미래를 포기하게 만드는 일을 숱하게 목격하고 겪었기 때문이다.

Diary 100

퇴거 통지서

'퇴거 통지서'라는 글자를 보자마자 나는 그 자리에 우뚝 멈춰 섰다. 화난 표정으로 퇴거 통지서를 다시 확인하고 나서야 엄마의 말이 사실이라는 걸 깨달았다. 하지만 직접 퇴거 통지서를 보기 전까지는 그다지 실감 나지 않았다. 심지어 눈앞에 있는 퇴거 통지서조차 비현실적으로 다가왔다. 갑자기 울분이 치밀어 고개를 돌렸다. 통지서의 아랫부분에 적힌 내용까지 읽으면 울고 말 것 같았다. 아마 일주일 안에 짐 싸서 떠나라는 얘기일 것이다. 지난번에 쫓겨날 때는 5분뿐이 준비할 시간이 없었다.

올해만 지나면 고등학교를 졸업한다. 왜 하필이면 지금 이런 일이 닥치는 걸까? 졸업하려면 아직 1년이나 남았는데 살 곳을 잃었다. 무엇을 해야 할지, 어디에 가야 할지 막막했다. 이러다간 대학에 갈 수 있을지나 모르겠다. 아마 일자리를 구해서 엄마를 도와야 할 것이다. 엄마는 미래를 계획하거나 문제를 처리하는 법을 모른다. 속상하고 화가 났지만 당장 숙제를 하지 않으면 안 된다. 앞으론 어디서 공부하지? 일주일 뒤에는 집이 없어진다. 두렵다. 이런 일이 다시 생기다니 어이가 없다.

아주 오래전에도 쫓겨난 적이 있다. 당시 우리는 좋은 동네에 자리한 꽤 괜찮은 아파트에서 살았다. 오랜 고생 끝에 힘겹게 얻은 번듯한 집이었다. 그런데 어느 날 관리인이 문을 두드리더니 5분 안에 집을 비우라고 통보했다. 나는 놀란 가슴을 채 진정시킬 새도 없이 짐을 챙겨야 했다. 집에서 쫓겨난 우리는 모텔을 전전했다.

그러다가 돈이 다 떨어지자 월세를 내지 않아도 되는 유일한 장소로 갈 수밖에 없었다. 그곳은 바로 거리였다. 거리는 '별을 보며 잠드는 일'이 그렇게 낭만적이지 않다는 사실을 가르쳐주었다. 우리는 겨우 누울 곳을 찾아서 옷을 깔고 잠자리를 만들었다. 어찌나 추운지 밤새 떨어야 했다. '한밤중에 누가 덮치거나 나쁜 일이 생기면 어떡하지? 화장실은 어떻게 가?' 하는 걱정에 시달리다가 언제 잠이 들었는지도 몰랐다.

앞날이 두렵긴 해도 뭔가 하지 않으면 안 된다. 어쩌면 학교를 중퇴하고 집을 얻은 뒤 나중에 검정고시를 쳐야 할지도 모른다. 하나나 두 개 정도의 일을 하는 것도 그다지 나쁘지는 않을 것이다. 여전히 머릿속이 혼란스럽고 뭘 해야 할지 모르겠다. 우선 근처에 우리 가족이 들어갈 수 있는 복지시설이 있는지 알아봐야 한다. 그루웰 선생님이 도와주었으면 좋겠다. 지금 내가 붙잡을 수 있는 것은 희망뿐이다.

내 발목을 잡는 가난

지금 당장 이 집을 뛰쳐나가서 다시는 돌아오고 싶지 않다. 어디서 800달러를 구해야 할지 막막하다. 집주인이 계속 전화해 월세를 달라고 독촉한다. 오늘은 닷새 안에 할부금을 내지 않으면 내 차를 차압하겠다는 통지서까지 날아왔다. 살해당한 사촌 때문에 부모님이 출국한 지 내일로 두 달째다. 그동안 나는 가장이 되어 어린 여동생들을 돌보며 온갖 집안일을 하고, 학교 공부에다가 돈을 벌기 위해 보모 아르바이트까지 해야 했다.

어제 과학 과목을 낙제했기 때문에 졸업하려면 다시 시험을 봐야 한다는 얘기를 들었다. 짜증이 나서 죽을 지경이다. 지금까지 쭉 A나 B만 받아온 내가 낙제를 하다니. 학교를 다닌 12년 동안

F를 받은 적은 한 번도 없다. 선생님은 항상 내가 모범생이라고 말했다. 게다가 반에서 가장 책임감 있다는 얘기도 줄곧 들었다. 하지만 지금은 제때 학교에 가지도 못하는 형편이다. 학교에 가면 선생님들은 내가 얼마나 무책임한지 꾸짖는 듯한 표정으로 나를 본다. 그런 표정을 마주할 때마다 가슴이 아프다. 선생님들이 내게서 완전히 등을 돌려버린 것 같다. 정말 사정이 힘들다고 설명하려 해도 이미 내게서 관심이 떠났다. 그들에게 나는 그저 말을 듣지 않는 문제아일 뿐이다. 대부분 이유 따위는 신경 쓰지 않는다. 학년 앨범을 만들 때 내가 자유의 작가들 페이지를 맡겠다고 나섰다. 나는 자정이 넘도록 열심히 페이지를 꾸몄다. 그런데 하필이면 다음 날 관리인이 돈을 받으러 오는 바람에 학교를 빠질 수밖에 없었다. 그다음 날 학교에 갔지만 앨범 담당 선생님은 내가 만든 페이지를 받아주지 않았다. 이미 마감이 지나서 다른 아이가 대신 했다는 것이다.

최근 몇 달은 내 인생에서 최악의 시기였다. 4학년은 학창 시절 중 제일 재미있을 때인데 모든 일이 꼬이기만 한다. 일기장에 하소연만 적고 싶지 않지만, 여기 말고는 마음속 응어리를 풀 데가 없다. 지금까지 줄곧 대학에 가서 꿈을 이루겠다고 생각해왔다. 하지만 이제 내게 남은 선택은 하나뿐인 것 같다. 고등학교를 중퇴하고 부모님이 돌아올 때까지 생활비를 버는 일 말이다. 앨범 담당 선생님이 내가 만든 페이지를 거절했을 때, "집어치우면 되잖아요!"라고 소리치고 싶었다. 정말로 모든 걸 때려치우고 싶은 심정이었다. 그날 수업을 마치고 절망감에 빠져서 그루웰 선생님과 반 아이들에게 갔다. 죽고 싶을 만큼 힘들어서 학교를 그만둬야 할 것 같다고 털어놓았다. 갑자기 울음이 터졌다. 그들은 내 얘기를 듣고는 나를 껴안아주었다. 다른 사람들처럼 나를 섣불리 재단하거나 무시하지 않았다. 오히려 내 입장을 충분히 이해했다. 게다가 내게 학교를 계속 다니라고 설득하며 숙제를 도와주겠다고 했다. 그들 말대로 아무리 불행한 일이 겹쳐도 포기하지 않기로 결심했다. 어떻게든 월세를 마련하고, 공부도 따라잡을 것이며, 그루웰 선생님과 대학 견학까지 가고 말겠다. 따뜻한 나의 또 다른 가족 덕분에 대학 진학의 꿈을 위해 노력할 기운을 얻었다.

4학년 1997년 가을

불법 이민자

    반 아이들 모두 오늘까지 내야 하는 대학 지원용 에세이 얘기만 하고 있다. 자신의 삶에서 일어난 중요한 사건을 글로 적어야 했다. 대학에 갈 수 있는 반 아이들이 얼마나 부러운지 모르겠다. 나는 단 한 가지 이유 때문에 그럴 수 없다. 바로 내가 불법 이민자라는 사실이다.

    나도 내 인생의 가장 중요한 사건으로, 우리 가족이 어떻게 미국으로 오게 되었는지 쓸 수 있으면 좋겠다. 엄마는 자식들에게 더 나은 삶을 살게 해주려고 이 땅에 왔다. 엄마는 미국에 오면 술주정뱅이에 학대를 일삼는 아버지에게서 벗어날 수 있고, 더 나은 미래를 보장받을 수 있으며, 엄마 자신은 결코 누리지 못했던 좋은 교육을 받을 수 있다고 믿었다. 하지만 미국에서 대학 가는 일이 이렇게 힘들 줄 누가 알았을까? 아이러니한 점은 우수한 교육을 받기 위해 이곳에 왔지만, 정작 나는 교육받을 기회를 빼앗기고 있다는 것이다.

에이미 탠이 쓴《조이 럭 클럽》을 읽고 많은 것을 느꼈다. 책에 나오는 엄마들이 우리 엄마와 닮았다는 생각이 들었다. 나는 중국인은 아니지만, 책에 나오는 네 딸들의 엄마에 대한 감정을 이해할 수 있다. 그들은 세대 간의 문화적 차이에도 불구하고 엄마가 자신에게 해준 모든 일을 감사하게 여긴다. 나 역시 책을 읽고 나서 엄마가 더욱 고맙게 느껴졌다.《조이 럭 클럽》의 딸들도 이모든 장애를 극복했는데, 나라고 못할 이유가 어디 있을까?

미국까지 오는 여정과 미국에서 겪은 고생은 내 마음속 깊은 곳에 남아있다. 나는 네 살 때 힘센 남자 두 명의 도움을 받아 미국 땅으로 넘어왔다. 우리는 한밤중에 멕시코와 텍사스의 경계인 리오브라보 강을 건넜다. 리오브라보는 '성난 강'이라는 뜻이다. 그만큼 물살이 거셌는데 많은 사람이 강을 건너는 도중 목숨을 잃었다. 때로 눈을 감으면 강가의 나무를 뒤흔들던 바람소리가 들린다. 나는 타이어에 앉은 채로 차갑고 탁한 강물 위에 떠있었다. 혹시라도 강에 빠질까 봐 무서웠다. 얼른 엄마 품에 안기고 싶은 생각밖에 없었다. 엄마는 여동생과 함께 다른 타이어에 몸을 싣고 뒤따라 오고 있었다. 형제들과 여동생, 나 그리고 엄마까지 모두 강을 건넌 뒤, 그들은 우리 가족을 어느 남자의 집으로 안내했다. 코요테라는 남자는 우리가 이민국 직원들에게 붙잡히지 않고 두 번째 관문인 국경을 넘도록 도와줄 사람이었다. 오늘 내가 여기 있는 걸 보면 그는 유능한 길잡이였던 것 같다.

불법 이민자 형편에 국경을 넘었다고 해서 고생이 끝난 것은 아니다. 1학년 때는 반이민법 때문에 학교에서 쫓겨날 뻔했다. 지금도 아르바이트를 하거나 대학에 지원할 수 없다. 한때는 합법적인 신분이 아니라는 이유로 이 모든 문제를 겪게 만든 엄마가 미웠다. 그러나 그것은 잘못된 생각이었다. 엄마는 단지 자식들에게 최선의 길을 찾아주고 싶었을 뿐이다. 만약 모두가 얘기하는 '아메리칸드림'이 말 그대로 꿈에 불과하다는 걸 알았다면, 엄마 역시 우리를 여기로 데려오지 않고 우리나라에서 최선을 다해 키웠을 것이다.

아직도 미국까지 온 나의 여정이 헛된 것인지 확실히 모르겠다. 좋은 기회를 찾아 이 땅에 왔지만, 불행하게도 그 기회는 나에게 주어지지 않을 것 같다. 그러나 쉽지 않은 일이라 해도 내가 여기까지 온 목표를 이루기 전까지는 포기하지 않겠다. 그 목표는 대학에 가는 것이다. 지금까지 이어진 내 여정의 목적지는 대학이다. 선생님이 되겠다는 꿈을 꼭 이루어 나와 같은 청소년들을 돕고 싶다.

Diary 103

최초의 남미계 교육부 장관

나는 언젠가 학교에서 잘리거나 임신하고 말 거라는 생각을 늘 해왔다. 그래서 그루웰 선생님이 대학 얘기를 할 때도 먼 나라 얘기처럼 들렸다. 여자아이들은 대학에 안 간다는 사실을 선생님은 모르는 걸까? 그루웰 선생님을 제외하면 주변에서 대학은 고사하고 고등학교를 제대로 마친 여자조차 본 적이 없다. 내 나이 또래의 여자아이들은 대부분 이미 임신한 상태다. 그들 말대로 빈민가에서 태어났다면 그 안에서 죽을 팔자인 것이다.

그루웰 선생님이 "뭐든지 할 수 있어", "어디든 갈 수 있어", "누구든 원하는 사람이 될 수 있어"라고 말했을 때, 그녀가 제정신이 아니라고 생각했다. 내가 알기로 대학에 가는 사람은 잘사는 백인들뿐이다. 그런데 왜 선생님은 나더러 대학에 가라고 말하는 거지? 결국 나는 빈민가에 사는 남미계 소녀에 지나지 않는데 말이다.

하지만 그루웰 선생님은 거듭 가정환경이나 인종은 중요하지 않다는 생각을 심어주려 애썼다. 나에게 《멕시코계로 자라기》라는 책을 주기도 했다. 빈민가에서 성장했지만 성공을 거둔 멕시코계들의 얘기가 담긴 책이다.

오늘 선생님은 각자 미래의 목표를 발표하게 했다. 그때 문득 교사가 되고 싶다는 생각이 든 걸 보면 선생님의 극성맞은 노력이 내게 효과를 발휘하기 시작한 모양이다. 여하튼 나와 같은 여자아이들에게 성공할 수 있다는 자신감을 주고 싶었다. 그래서 교사가 되는 것이 목표라고 발표하려 했는데, 변호사나 의사, 광고인 등 다른 아이들의 거창한 목표를 듣고 나서 나는 '최초의 남미계 여성 교육부 장관'이 되고 싶다고 말했다. 놀랍게도 아무도 내 말에 웃지 않았다. 오히려 아이들은 박수를 치며 환호했다. 어떤 아이는 내가 라일리 장관님의 자리를 물려받을 거라고 말하기도 했다. 아이들의 박수 소리를 들으면서 나는 내 꿈을 정말 이룰 수 있을지도 모른다는 희망을 품었다.

처음으로 사람들이 말하는 빈민가의 삶과 남미계라는 신분이 내 삶을 제약할 수 없다는 사실을 깨달았다. 그래서 집에 가자마자 시를 썼다.

그들은 말한다, 나는 말한다

그들은 내가 남미계라고 말하지만,

나는 나 자신이 자랑스럽다고 말한다.

그들은 내가 밥 짓는 것밖에 할 줄 모른다고 말하지만,

나는 책을 쓸 줄 안다고 말한다.

그러니 겉모습으로 나를 판단하지 말라.

그들은 내가 남미계라고 말하지만,

나는 나 자신이 자랑스럽다고 말한다.

그들은 내가 이 나라의 미래가 아니라고 말하지만,

나는 나를 차별하지 말라고 말한다.

대신 나는 배움을 통해

인간적인 나라가 세워지도록 도울 것이다.

내일 반 아이들에게 이 시를 읽어주고 싶다.

Diary 104

영화는 나의 꿈

그루웰 선생님이 우리에게 각자의 꿈을 발표하게 했다. 앞으로 어떤 경력을 쌓고 싶은지 미리 생각하는 시간을 갖기 위해서다. 우리는 카드에 첫 번째와 두 번째 희망을 적고, 그에 대한 이유나 준비 과정 등 모든 내용을 정리했다. 나는 서너 장의 카드를 채웠는데, 그때마다 1순위가 바뀌었다. 하지만 두 번째 희망만은 바뀌지 않았다.

이윽고 내가 발표할 차례였다. 나는 교실 앞에 서서 내 꿈은 영화감독이라고 말했다. 그 이유를 설명한 다음, 이렇게 덧붙였다.

"하지만 현실적인 나의 꿈은……."

내가 말을 다 마치기도 전에 그루웰 선생님이 끼어들었다.

"현실적이라는 게 무슨 말이니? 왜 사랑하는 일을 포기하려고 해? 너의 꿈을 좇아야지."

선생님 말이 옳았다. 내 꿈을 이룰 수 있다는 생각이 들었다. 나는 사람들의 삶에 영향을 끼치는 진실된 영화를 만들고 싶다.

내가 좋아하는 감독은 리처드 로드리게즈와 쿠엔틴 타란티노다. 나 역시 그들처럼 출신 배경 때문에 감독이 되지 못할 거라는 얘기를 듣고 있다. 지금까지 사람들은 내가 영화감독이 되고 싶다고 말하면 정신 차리라고 핀잔을 주면서 가난한 남미계 아이에게 맞는 현실적인 일을 제안했다. 반면 그루웰 선생님과 자유의 작가들은 집안 형편과 신분이 영화감독이라는 꿈에 다가가는 데 장애가 될 수는 없다고 말해주었다. 그들은 내가 꿈을 이룰 수 있다고 믿는다. 그들의 격려 덕분에 지금은 나도 해낼 수 있다는 자신감이 생겼다.

Diary 105

가지 않은 길

역사가들은 역사가 반복된다고 말하지만, 내 경우에는 다르다. 부모님과 달리 나는 고등학교를 졸업하고 대학에 들어갈 기회를 얻었기 때문이다. 아버지는 할아버지를 도와 농사를 짓고 가축을 돌보기 위해 초등학교 2학년 때 학교를 그만두었다. 그나마 학교를 다닌 2년 동안에도 읽거나 쓰는 법을 배우지 못했다. 못사는 집 아이들은 아예 교실 밖으로 내보내서 놀게 하거나 화단 가꾸는 일을 시켰다. 멕시코의 농촌 지역에서는 당시 아버지 나이 정도의 아이들을 일꾼으로 취급했으며, 사정은 지금도 별반 다르지 않다.

엄마 역시 여자아이는 교육시킬 필요가 없다는 관습 때문에 초등학교 6학년까지밖에 다니지 못했다. 회계원이 되고 싶었던 엄마의 꿈은 더 이상 학교에 보낼 수 없다는 외할머니의 말 한마디에 산산조각 나고 말았다. 대신 엄마는 '올바른 여자'가 되고 결혼해서 써먹을 수 있는 바느질을 배웠다. 부모님은 나를 통해 당신들이 못 다 이룬 배움의 한(恨)을 풀려고 했다. 그래서 내가 네 살되던 해부터 이름과 숫자 쓰는 법을 가르쳤다. 내가 학교에 들어간 뒤에도 매일 책을 읽게 하고 숙제를 빠짐없이 챙겼다. 학창 시절 내내 부모님의 극성은 계속되었다. 친구들이 밖에서 놀 때도 나는 집에서 책을 읽어야 했다.

이제는 그루웰 선생님까지 나를 채근하고 있다. 선생님은 4학년이 시작된 뒤로 계속 대학 입시와 여러 대학의 차이점에 대해 설명했다. 하지만 우리에게 대학은 매우 낯선 세계다. 선생님은 우리의 불안을 해소시켜 주려고 여러 대학을 견학할 계획도 세웠다. 첫 번째로 간 곳은 내셔널대학교이다. 거기서 우리는 학자금 지원제도와 대학생활 그리고 입시 절차에 대해 배웠다. 내셔널대학교에서 반나절을 보낸 뒤, 우리는 전문대와 큰 규모의 대학을 차례로 방문하며 차이점을 비교하는 기회를 가졌다.

여러 대학을 둘러보고 나서 나는 지역 전문대에 가기로 결심했다. 큰 대학들보다 캠퍼스나 강의실이 아담해서 친근했기 때문이다. 또한 전문대에서는 교수님들과 더 가깝게 지내고 인간적인 관계를 맺을 수 있을 것 같았다. 2년 동안 전문대 과정을 마치고 4년제 대학으로 편입할 수도 있다. 그러려면 우선은 첫 번째 관문을 통과하는 일에 집중해야 했다.

나 자신이 로버트 프로스트가 쓴 〈아무도 가지 않은 길〉이라는 시에 나오는 여행자처럼 느껴진다. "숲 속에 난 두 갈래 길 중에서, 나는 사람들이 적게 간 길을 택했고, 그 후로 모든 것이 변했네"라는 시구가 바로 나의 현재를 말해주고 있다.

나는 두 갈래 길 앞에 선 여행자와 같다. 내게는 두 가지 선택이 있다. 하나는 가족이 걸어간 길을 따라 졸업 후 바로 일자리를 구하는 것이고, 다른 하나는 아무도 가지 않은 길을 따라 가족 중 처음으로 대학에 들어가는 것이다. 나는 아무도 가지 않은 길을 가기로 결심했다. 그 길이 결국은 나를 더 나은 미래로 데려다줄 것이기에 그렇다. 내가 앞서 걸어가고 나면, 내 여동생들은 나만큼 두려워하지 않고도 그 길을 따라올 수 있을 것이다.

Diary 106

조언자 찾기

콜린 파월은 "장애물을 극복하는 최선의 방법은 여럿이 함께하는 것이다"라고 말했다. 이 말의 신봉자인 그루웰 선생님은 내셔널대학교 대학원생들과 자유의 작가들 사이에 자매결연 프로그램을 시작했다. 이는 한 명의 대학원생이 자유의 작가를 두 명씩 맡아서 조언해주는 프로그램이다. 그루웰 선생님은 서로에게 배울 점이 있을 거라고 말했다. 대학원생들은 경험을 통해 얻은 지혜를 우리에게 나눠주고, 우리는 그들이 더 좋은 선생님이 되도록 인종 문제의 현실을 알려줄 수 있다.

프로그램 첫날 저녁, 자유의 작가들은 두 명씩 짝을 지어 자매결연 맺은 대학원생을 만났다. 나와 내 짝 베키는 사라라는 대학원생을 만났다. 우리는 밤늦도록 대화하며 서로에 대해 알아갔다. 사라는 우리의 꿈에 깊은 관심을 가졌다. 베키는 병리학자가 되기 원하고, 나는 항공 엔지니어가 꿈이다.

　사라는 엔지니어 일을 더 자세히 접할 수 있도록 나를 패서디나에 있는 제트 추진 연구소로 데려가주었다. 거기서 존 매슈스 씨를 만났다. 엔지니어인 매슈스 씨는 일반 관람객들에게 공개하지 않는 곳까지 보여주었다. 그중 한 곳에는 혹성 탐사 차량 모델이 전시되어 있었다. 목성 탐사용으로 제작된 모델들이다. 마치 사탕가게에 들어선 아이 같은 기분이었다. 텔레비전에서 탐사 차량의 성능을 과시하는 과학자들 말만 듣던 내가 가까이서 움직이는 모습을 직접 본 것은 정말 행운이었다. 과학자들과 함께 패스파인더라는 이름의 목성 탐사 차량을 개발하는 내 모습을 그려보았다. 그러고는 '4년 뒤에는 나도 매슈스 씨처럼 될 수 있어'라고 생각했다. 얼이 빠져서 그에게 질문할 생각조차 하지 못하는 나를 보며 사라는 내가 궁금해할 법한 것들을 대신 물었다. 사라 같은 멘토를 만나다니 난 정말 운이 좋다!

　다음으로 간 곳은 탐사 차량의 신호를 받아서 위치를 추적하는 컴퓨터가 있는 작은 방이었다. 나는 이미 90일 이상 지구와 교신이 끊어진 탐사 차량을 컴퓨터상으로나마 이동시켜 볼 수 있었다. 매슈스 씨는 내게 복잡한 부분만 보여줬다고 생각했는지 이번에는 가볍게 볼 수 있는 곳으로 나를 안내했다. 목성의 대형 입체 영상을 보여주는 곳이다. 그는 목성의 바위들이 어떻게 지금의 이름을 얻었는지 설명해주었다. 예를 들어 '요기'라는 바위는 곰을 닮아 그런 이름이 붙여졌다고 한다(요기라는 이름의 곰이 나오는 텔레비전 어린이 프로그램이 있음 – 옮긴이 주).

엔지니어라는 직업의 다양한 면을 직접 체험하고 난 뒤, 나는 목성 탐사와 같은 프로젝트에 투입된 내 모습을 상상했다. 이전보다 훨씬 생생한 그림이 그려졌다. 내 꿈은 천천히 현실이 되어가고 있다. 하지만 그전에 가장 중요한 다음 단계가 내 앞에 놓여 있다. 대학에 들어가는 일 말이다.

Diary 107

조언자 되기

오늘 자유의 작가들은 버틀러초등학교에서 아이들을 선도하는 활동을 했다. 어쩌면 누군가의 삶을 바꿀 수도 있는 일을 하게 되어서 기분이 참 좋았다. 그곳 아이들은 연꽃과 같다. 연꽃은 수영장이 아니라 진흙탕 속에서 자란다. 더러운 환경에서 크면서도 아름다운 꽃을 피워낸다. 나는 아이들이 올바른 가르침을 받아서 언젠가 연꽃처럼 찬란하게 피어나기를 바란다.

버틀러초등학교는 롱비치에서 제일 위험하며 갱들이 들끓는 공원 옆에 있다. 옛날에는 총질과 마약 거래 같은 불법 활동이 끊이지 않았다. 공원의 한쪽 구석에는 술을 파는 가게도 있다. 담으로 둘러싸인 학교는 밋밋하고 칙칙한 회색 건물이다. 7년 전에 지었지만 겉보기에는 아주 오래된 듯하다. 학교 주변은 그라피티로 가득하고, 창살로 가려진 창문이 달린 집들이 있다. 그곳은 갱들 때문에 밤에는 마음 놓고 돌아다닐 수 없다. 이 학교에 다니는 아이들은 대부분 학교 근처에 살면서 열 살 무렵부터 총에 맞아 죽는 사람들을 본다. 버틀러의 한 선생님이 《LA타임스》에서 자유의 작가들에 대한 기사를 읽은 모양이다. 이미 그 기사를 읽고 전국의 많은 선생님이 우리에게 강연을 요청했다. 스스로 변화를 주도하는 데 성공한 우리 얘기를 자신의 학생들에게 들려주고 싶었던 것이다.

그래서 우리는 50명의 아이들이 모인 강당에 섰다. 흑인, 백인, 남미계, 아시아계 등 여러 인종의 아이들이 한자리에 모였다. 보통은 그루웰 선생님이 따라왔지만 오늘은 우리뿐이다. 우리는 아이들에게 인종 화합과 배움의 중요성에 대해 말해야 했다.

행사는 워싱턴에서 찍은 비디오를 보여주는 것으로 시작했다. 비디오 상영이 끝난 뒤 우리는 아이들의 질문에 답하면서 우리 모임이 어떻게 시작되었는지 설명했다. 그다음에는 서로 친해지기 위해 간단한 게임을 했다. 먼저 우리가 한쪽 벽에 서고, 아이들은 맞은편 벽에 섰다. 그러고는 가운데에 흰 선을 그은 뒤, 자유의 작가들이 한 명씩 선 위에 서서 각각의 조건에 따라 아이들을 불렀다. '녹색 셔츠를 입고 있는 사람', '꿈이 있는 사람' 같은 조건이었다. 그 조건에 해당하는 아이들은 흰 선 앞으로 나왔다. 게임이 계속 진행되면서 가끔 민감한 내용들도 언급됐다. '사람이 총에 맞는 걸 본 적 있는 사람'이라고 말하자, 거의 모든 아이가 앞으로 나왔다. 그때 우리는 우리의 개인적인 얘기를 아이들과 나눠야겠다고 생각했다.

어느 자유의 작가는 폭력단원이 되어 거리에서 살았던 경험을 들려주었다. 다른 자유의 작가는 학교를 자퇴한 뒤 삶이 생각했던 대로 신나는 놀이터가 아니라는 사실을 깨달았다고 말했다. 또 다른 자유의 작가가 살해당한 친구 얘기를 했을 때, 구석에 있던 여자아이가 울기 시작했다. 나는 옆으로 다가가 왜 그러느냐고 물었지만, 아이는 점점 더 크게 울기만 했다. 나중에 사연을 들어보니 그 아이에게도 살해당한 친구가 있었다. 뒤이어 버틀러의 다른 아이들도 자신의 얘기를 하기 시작했다. 어떤 얘기는 자유의 작가들이 겪었던 일과 비슷했다. 우리는 아이들에게 더 많은 경험을 들려주고 나서 앞으로 이런 삶을 살고 싶으냐고 물었다. 그러자 일제히 "싫어요!"라고 답했다. 행사가 끝나자, 아이들은 앞으로 '의사, 변호사, 선생님' 같은 사람이 되어서 자신이 살던 곳으로 돌아가 잘못된 문제를 고치겠다고 약속했다. 우리는 아이들을 포옹하며 꿈을 맘껏 펼치라고 격려했다.

돌이켜보면 놀라운 일이다. 워싱턴에 있을 때, 그루웰 선생님은 어린 아이들이 우리를 영웅으로 생각할 것이며 나중에 자유의 작가가 되고 싶어 할 거라고 말했다. 그때는 선생님의 말을 대수롭지 않게 웃어넘겼다. 하지만 선생님이 옳았다. 이제는 누구도 그루웰 선생님의 말을 함부로 흘려듣지 않는다.

《LA타임스》의 기사

글쓰기가 이렇게 힘든 일인 줄 몰랐다. 아주 지겹고 괴롭긴 한데, 한편으로 뿌듯한 면도 있다. 국어 숙제로 쓰는 글은 완벽해질 때까지 몇 번이고 고치지 않으면 안 된다. 낸시 라이드 씨가 한 편의 글을 마무리하기 위해 얼마나 힘든 과정을 거치는지 상상이 간다. 그녀는 지금 《LA타임스》에 실을 기사를 다듬고 있다.

낸시 라이드 씨는 뛰어난 기자로서, 얼마 전 자유의 작가들을 다룬 기사를 썼다. 그녀는 우리의 과거와 미래에 대해 진심으로 깊은 관심을 보였다. 작은 체구의 여기자지만 누구보다 넓은 가슴을 지녔고, 자신의 일에 철저했다. 그녀는 우리가 하는 말을 하나도 빠짐없이 정확하게 기사로 옮기려고 노력했다. 그녀의 기사가 신문에 실리고 나자, 마치 온 세상이 그 기사를 읽고 우리 교실을 방문하기로 결심한 것 같았다. 수업 때마다 손님을 맞을 학생을 한 명씩 따로 정해야 할 정도였다. 게다가 전국에서 수많은 편지가 날아들어서 어떻게 처리해야 할지 난감했다. 또한 우리의 학자금으로 도착한 기부금은 놀랍고도 감동적이었다.

사람들은 우리가 우리 자신과 다른 아이들에게 가르침을 주기 위해 한 일에 대해서 감사하다고 말했다. 심지어 교도소에 있는 사람조차 자신의 미래는 어둡지만 우리가 앞으로 성공하기를 바란다는 편지를 보내왔다. 그뿐 아니라 아이들은 편지에다 우리를 존경한다고 썼고, 어른들은 계속 노력해달라고 당부했다. 신문 기사 하나가 이렇게 엄청난 반응을 불러올 줄 몰랐다. 연합통신의 기자도 우리에 관한 기사를 쓰고 싶다고 연락해왔다. 그 기사는 또 어떤 반응을 낳을지 궁금하다.

Diary 109

교도소에서 온 편지

    지금까지 교도소에 있는 사람으로부터 많은 편지를 받았다. 어린 시절 내내 복역 중이던 아빠에게서 일주일에 한 통씩 꼬박꼬박 편지가 왔기 때문이다. 하지만 별다른 감흥이 없었다. 그 편지들은 아빠가 아직 교도소에 있다는 사실을 상기시킬 뿐이었다. 그래서 낯선 사람의 편지가 나를 울게 하리라고는 전혀 상상하지 못했다.

    엄마는 늘 과거가 우리에게 다시 찾아온다고 말했다. 그 말이 옳았다. 나의 과거는 어디에 있든 나를 찾아냈다. 이번에는 내 마음속 가장 아픈 부분을 건드렸다. 전혀 모르는 사람에게서 한 통의 편지를 받았다. 웨스트버지니아 형무소에서 복역 중인 그는 신문에서 자유의 작가들에 대한 기사를 읽고 펜을 들었단다. 그의 편지는 내가 성장하면서 배웠던 원칙 및 가치관과 현재의 위치까지 오기 위해 넘어서야 했던 장애물들을 떠올리게 만들었다. 그 편지를 읽으며 아빠가 교도소에서 보낸 오랜 세월을 상상해 보았다.

이제 겨우 열여덟 살인 레오나드는 자신이 저지르지도 않은 범죄 때문에 평생을 교도소에서 보내야 한다. 더욱 가슴 아픈 사실은 그에게 8개월 된 딸이 있다는 것이다. 그의 딸은 나처럼 아버지 없이 자라야 한다.

레오나드는 아무 죄가 없지만 자신이 배운 원칙으로 인해 죽을 때까지 교도소에 갇혀 지내게 되었다. 그는 친구를 배신해서는 안 된다고 배웠다. 아빠도 친구를 밀고하지 않았다는 이유로 교도소에서 오랜 세월을 보냈다. 그 기간 동안 나는 아빠 없이 외롭게 자라야 했다. 어쩌면 레오나드의 딸은 새장에 갇힌 새들을 무서워하게 될지도 모른다. 그 새들을 볼 때마다 교도소에 갇힌 아빠가 생각날 것이기 때문이다. 어린 시절의 나도 그랬다.

나는 아빠와 비슷한 처지에 놓인 레오나드에게 답장을 보내서 용기 내 옳은 일을 하라고 말할 작정이다. 그는 판사에게 자신이 무죄라는 사실을 털어놓고 딸의 곁을 든든하게 지키는 아빠가 되어야 한다.

레오나드는 편지에서 자신도 "가끔은 새장 속에 갇힌 새가 된 것 같은 기분이 들어서 그저 멀리 날아가고 싶다"고 말했다. 이것이 바로 글의 힘이다. 레오나드는 안네 프랑크가 누군지 몰랐지만, 신문 기사를 읽고는 내가 인용한 안네의 문장으로 자신의 심정을 표현했다. 세상 구석구석까지 가닿는 언론의 힘은 참으로 놀랍다.

비정한 아버지

나는 임신 중이던 엄마를 버린 아버지를 겁쟁이라고 생각한다. 비록 아버지와 엄마가 결혼한 사이가 아니었다고 해도 끝까지 책임져야 했다. 직업이 없던 아버지는 나를 돌볼 능력이 없어 떠나 버렸을 것이다. 가끔 하루 종일 마약과 술에 취해서 빈둥대는 나쁜 사람으로 아버지를 떠올려본다. 아버지를 알던 사람들은 모두 이런 모습을 내 머릿속에 심어주었다.

내 인생의 많은 부분을 아버지와 함께하지 못한 것이 못내 아쉽다. 특히 자유의 작가가 된 최근 몇 년은 더욱 그렇다. 아버지는 교육부 장관을 만난 워싱턴 여행의 감동을 함께 나누지 못했고, 무엇보다 6월에 있을 졸업에 참석하지 못할 것이다.

그루웰 선생님이 새로 소개한 책을 읽으면서 '아버지가 곁에 있으면 어땠을까' 하는 생각이 들었다. 그 책은 새아버지와 사는 십 대의 얘기를 다룬, 게리 소토의 《제시》다. 책을 다 읽고 난 뒤 선생님은 가족의 전통에 대해 친구를 인터뷰하라는 과제를 주었다. 다른 친구가 나를 인터뷰하면 뭐라고 말해야 할지 두려웠다. 우리 가족의 과거에 대해 아는 게 하나도 없기 때문이다. 내게는 나의 뿌리를 알려줄 아버지가 없다.

나는 내가 남미계라고 생각한다. 그래서 남미계의 문화를 알기 위해 남미계 친구들과 어울렸다. 친구 아버지를 만나면 내 아버지는 어떤 사람인지 더욱 궁금해졌다. 난 아버지를 닮았을까? 아버지도 나처럼 키가 클까? 나하고 좋아하는 게 비슷할까? 아무래도 아버지를 만나봐야겠다는 생각이 들었다. 엄마에게 아버지를 만나러 가자고 말했다. 며칠 동안 졸랐지만 엄마는 "안 돼!"라는 대답만 반복했다. 그러던 어느 날, 쉬는 날이라 집에 있던 내게 엄마는 "아버지를 만나고 싶니?"라고 물었다. 엄청 충격적이었다! 이제는 아버지를 만날 나이가 되었다고 생각한 모양이다. 하지만 그렇게 오래 반대해오다가 갑자기 아버지에게 데려갈 줄은 전혀 짐작하지 못했다. 뛸 듯이 기뻤다! 나는 아이처럼 껑충껑충 뛰었다.

아버지를 만나기로 한 날, 긴장됐지만 행복했다. 지금까지 어떤 사람인지 아무것도 모르던 아버지를 만나 엄마를 떠난 이유를 알 수 있는 날이 온 것이다. 아버지가 사는 곳을 찾는 데는 시간이 좀 걸렸다. 마침내 아버지의 주소를 알아낸 뒤, 엄마와 나는 그 집에 찾아가 문을 두드렸다. 잠시 뒤 어떤 할머니가 나왔다. 엄마는 할머니에게 아버지가 그곳에 사는지 물었다. 할머니는 아버지가 자신의 아들이며, 그곳에 산다고 했다. 그분은 내 친할머니인 것이다. 나는 드디어 아버지가 사는 곳을 알게 된 기쁨에 함박웃음을 지었다. 엄마와 할머니는 얘기를 시작했다. 엄마는 우리가 온 이유를 설명했다. 할머니는 아버지가 병을 심하게 앓고 있어서 아무도 만나고 싶어 하지 않는다고 말했다. 나는 아버지에게 짧은 인사라도 할 수 있게 해달라고 부탁했다. 할머니는 그것마저 거절했다. 뜻밖의 매몰찬 대접에 나는 엄마의 차로 달려가 울었다.

오랜 시간이 흐른 뒤, 아버지를 만나려고 그곳을 다시 찾아갔다. 적어도 오늘 하루는 아버지와 같이 보내고 싶었다. 나는 차에서 나와 다시 할머니에게 갔다. "제발, 아버지를 만나고 싶어요. 난 그럴 권리가 있다고요"라고 매달렸지만, 할머니는 완강히 거절했다. 나는 엄마에게 돌아가고 싶다고 말하고 먼저 차에 탄 뒤 기다렸다. 얼굴이라도 보고 싶어서 먼 길을 찾아왔는데, 아버지가 왜 나를 보려 하지 않는지 그 이유조차 알 수 없어 무척 실망스러웠다.

이제 나는 아버지가 정말 겁쟁이라는 걸 안다. 그는 남자답게 아들 앞에 나서지 못하고 할머니 뒤에 숨는 겁쟁이다. 다시는 아버지를 찾지 않을 것이다. 아버지의 잘못을 보았으니, 나는 절대 그런 겁쟁이가 되지 않겠다.

Diary 111

신입생 괴롭히기

남학생들이 저속하게 가사를 바꾼 노래를 부르기 시작했다. 저질스럽기 짝이 없었다. 한때는 신사라고 생각했던 인기 있는 남학생들이 1학년 여학생들을 향해 음담패설을 늘어놓았다. 우리학교에서 제일 인기 좋다는 남학생들에게서 욕설 세례를 받은 여자아이들은 아마 곧 순진한 모습을 잃어버릴 것이다. 나를 포함한 여학생 모임의 선배들은 신입생들을 놀리고 윽박지르는 남학생들을 그저 지켜보았다. 문득 1학년 때 거쳤던 여학생 모임 가입식이 떠올랐다.

1학년 가을 학기 때, 가깝게 지내던 선배 몇 명이 여학생 모임에 들어오라고 권유했다. 나는 별다른 고민 없이 한번 해보기로 했다. 사람들을 만나고 친구를 사귈 좋은 기회 같아 보였다. 가장 친한 친구와 나는 운이 좋은 편이었다. 여학생 모임의 회장과 가까운 사이여서 짓궂은 가입 의식을 여러 번 피할 수 있었기 때문이다. 덕분에 다른 신입생들이 당했던 수모를 겪지 않았다. 나도 모르는 사이에 지나간 가입식 밤 행사들도 많았지만 개의치 않았다. 그런 행사를 치른 다음 날이면 온갖 끔찍한 얘기들이 들렸다. 나처럼 운이 좋은 경우가 아닌 신입생들은 지난밤 겪었던 일들을 놓고 웃으며 농담했다. 어느 신입생은 이렇게 말했다.

"넌 어젯밤 행사에서 빠졌으니 정말 운이 좋아. 아주 괴로운 게임을 했거든. 선배 남학생들이 우리 앞에 서더니……."

그녀의 얘기에 따르면 신입생들은 남학생들의 욕을 고스란히 들으며 그들이 시키는 대로 해야 했다. 남학생들은 신입생들을 자기들 앞에 무릎 꿇린 뒤 저속한 노래를 부르게 했다. 그뿐 아니라 무릎에 앉히고 키스까지 하게 했다. 그 말을 들으며 '엿 같아!'라고 생각했지만, 집에 있던 나하고는 아무 상관없는 일이었다. 우리 중 누구도 그런 행사가 얼마나 모욕적이고 천한 짓인지 알지 못했다. 그냥 인기를 얻기 위해 으레 지불해야 하는 대가로 여겼다.

이제 이른바 '잘나가는' 사람이 된 나는 신입생들이 저속한 노래를 억지로 따라 부르는 모습을 보고 큰 충격을 받았다. 신입생들은 남학생들 앞에 무릎을 꿇고 있었다. 그러고는 다른 아이들이 지켜보는 가운데 수치스런 표정을 지으며 노래 불렀다. 잠시 뒤 남학생들이 화를 냈다. 처음엔 영문을 몰랐는데 한 남학생이 "눈을 감고 있잖아. 다 눈 뜨라고 해!"라고 외치는 소리를 듣고서야 이유를 알 수 있었다. 선배 여학생들은 남학생들의 말을 무시하고 그냥 지켜보기만 했다. 4년 전에는 가입식 마지막에 더 심한 일들도 있었지만, 올해 신입생들은 그나마 그런 일들은 면했다. 선배 여학생들은 지나치게 심한 일을 시키지 않았다는 점에서 자신들이 신입생들을 배려하고 있다고 생각했다. 시간이 지나면서 하나둘 흥미를 잃어가고 짓궂은 게임도 끝났지만, 남학생은 계속 신입생들을 희롱했다.

신입생들을 괴롭히는 남학생들을 보면서 이 가입식이 얼마나 쓸데없는 짓인가, 하는 회의감이 들었다. 단지 인기 있는 모임에 가입하고 싶어서 온갖 수모를 견디는 신입생들의 태도를 이해할 수 없었다. 사실 여학생 모임의 회원인 나도 이 끔찍한 일들에 대해 어느 정도 책임이 있었다. 왜 아무 말도 하지 않았지? 왜 아무 행동도 하지 않았지? 자유의 작가로서 이런 일들을 보고만 있는 나 자신을 용납할 수 없었다. 진작 앞으로 나서서 모두 쓸데없는 짓이라는 걸 알려야 했다. 문득 나는 내가 목말라 했던 '인기'라는 것이 실제 삶에서는 아무 의미 없는 단어에 불과하다는 사실을 깨달았다. 나는 다른 사람들에게 모욕과 수치심을 안기는 모임 따위는 탈퇴해야겠다고 생각했다. 인기를 얻으려면 과거나 지금이나 그만한 대가를 치러야 하는 것 같다.

아빠의 소중함

1997년 크리스마스가 다가온다. 아빠와 함께할 시간을 생각하면 가슴이 두근거린다. 함께 있을 때마다 아빠가 내게 얼마나 큰 의미를 지닌 존재이고, 내가 얼마나 운 좋은 아이인지를 깨닫는다. 세상에는 아빠가 누구인지 모르는 아이도 많다. 그래서 나는 아빠와 함께하는 모든 순간을 소중하게 생각한다. 아빠를 거의 잃을 뻔했던 때가 기억난다.

"숀, 무슨 일이니? 어디서 온 전화야?"

오빠가 대답하는 소리는 들리지 않았지만 엄마는 수화기를 받자마자 방으로 들어가 문을 닫았다. 엄마는 어딘가 불안해 보였다. 그 이유를 생각하는 사이, 엄마가 거실로 나와서 말했다.

"테레사, 할 얘기가 있어. 듣고 많이 놀라지 마라. 방금 병원에서 전화가 왔는데 아빠가 총에 맞았대. 머리에 맞아서 위독한 상태라는구나. 미안하다, 얘야."

나는 제대로 숨을 쉴 수가 없었다. 엄마의 얘기를 듣는 동안 시작된 아픔이 배에서 가슴과 목을 거쳐 머릿속까지 점령해버렸다. 아무 생각도 나지 않았고, 무엇을 할지, 무슨 말을 해야 할지 알 수 없었다. 숨쉬기가 힘들어서 죽을 것 같았다. 나는 동네가 떠나가도록 울었다. 우는 것 말고 내가 할 수 있는 일이 뭐가 있었겠는가?

집중치료실이 있는 6층까지 엘리베이터를 타고 가는 동안 아빠의 모습을 상상해보았다. 머리 부분이 이상하게 바뀌었을까? 머리 어느 쪽에 총을 맞았을까? 뭐라고 말하지? 나를 알아볼까? 나는 엘리베이터에 내려서 천천히 아빠가 있는 쪽으로 걸어갔다. 주위에 온통 병든 사람들뿐이어서 속이 편치 않았다. 잠시 뒤 할머니의 모습과 함께 침대에 누워있는 아빠가 보였다. 아빠의 모습은 끔찍했다. 머리가 크게 부풀었고, 온몸에 꿰맨 자국이 선명했다. 뿐만 아니라 입과 코로 들어간 튜브를 비롯해 네다섯 대의 기계에 호스로 연결되어 있었다. 나는 어찌할 바를 모른 채 울기 시작했다. 얼마나 크게 울었던지 간호사가 와서 나가달라고 말할 정도였다.

"아빠, 일어나요. 일어나요, 아빠! 어서요! 죽으면 안 돼요. 제발, 일어나요. 우리는 아빠가 필요해요. 사랑해요. 절대로 죽으면 안 돼요!"

마구 울부짖던 나는 결국 밖으로 나와야 했다. 엄마는 수많은 의자와 두 개의 큰 유리창이 있는 방으로 나를 데려갔다. 유리창으로 달려들고 싶은 충동이 들었다. 아빠가 죽는데 내가 살아있으면 뭐해? 아빠 없는 삶은 무의미했다.

아빠는 길고 힘든 회복기를 거쳤다. 수없이 입원과 퇴원을 반복할 때마다 우리 가족은 불안에 떨어야 했다. 여전히 아빠는 말을 잘하지 못한다. 가끔 발작을 일으키고 기억력에도 문제가 있지만, 이전보다는 훨씬 나아졌다. 제거 불가능한 위치에 총알이 박혀 아직도 아빠 머리엔 총알이 있다. 그래서 언제 무슨 일이 생길지 몰라 항상 불안하다.

나는 부모님을 잃은 사람의 심정을 이해한다. 사랑하는 사람을 잃을지도 모른다는 두려움이 어떤 것인지도 안다. 아빠의 상처는 아빠만의 것이 아니다. 그것은 나의 상처이기도 하다. 나는 상처를 안고 살아가지만, 매일 생각한다. 이것은 단지 상처일 뿐이고, 아빠가 아직도 살아있다는 것이 진정한 축복이라고…….

Diary 113

엄마의 죽음

크리스마스이브에 떠나고 없는 엄마의 생일을 축하하는 것만큼 가슴 아픈 일은 없다. 엄마가 돌아가신 지 여드레가 지났다. 살아있었다면 오늘로 엄마는 마흔여덟 살이 되었을 것이다. 엄마는 생일과 크리스마스가 가까운 덕분에 두 배로 선물을 받곤 했다. 나는 올해 엄마의 생일엔 내가 집안일을 모두 하겠다고 말했다. 하지만 그 약속을 지키지 못했다. 한 달 전 엄마에게서 심각한 병이 발견되었기 때문이다. 의사는 앞으로 길어야 석 달밖에 살 수 없다고 말했다. 결국 엄마는 그로부터 3주 만에 돌아가시고 말았다.

사인은 암이었다. 나는 엄마가 많이 아프다는 걸 안 뒤로 이런 일이 생기리라는 걸 짐작했다. 다만 최후의 시간이 그렇게 빨리 다가올 줄은 몰랐다. 가족과 마지막 크리스마스라도 보낼 수 있기를 바랐다. 작년처럼 우리 가족은 크리스마스이브에 두어 개의 선물만 열어보고, 나머지는 크리스마스 아침에 뜯어볼 계획이었다. 매년 지켜온 우리 집안의 전통이다.

하지만 이제는 모든 것이 바뀌고 말았다. 올해는 크리스마스트리도, 크리스마스 만찬도 없을 것이고, 엄마의 선물들은 주인을 잃어버렸다. 그것들은 어떻게 하지? 보관해야 하나, 아님 버려야 하나? 차라리 여동생들에게 줘버릴까? 모르겠다. 다른 아이들이 선물을 열어볼 시간에 나는 엄마의 유품을 상자에 넣어야 한다. 갑작스레 돌아가시는 바람에 엄마와 제대로 얘기를 나누지 못했다. 무엇보다 작별인사를 하지 못해서 가슴이 아팠다. 사랑한다는 고백도, 잘 가시라는 인사도 하지 못했다. 그루웰 선생님은 "뭐든지 시기가 중요해!"라고 말했는데, 엄마는 내가 졸업을 앞둔 4학년 크리스마스 전 주라는 최악의 시기에 돌아가셨다.

엄마가 돌아가신 날은 12월 16일이다. 그날 학교에서 내내 가슴 한구석이 찜찜했던 나는 뭔가 안 좋은 일이 생길 것 같다는 예감에 시달렸다. 집에 돌아와 보니 한 가지가 달라져있었다. 엄마가 인공호흡기를 달았다. 하지만 어쩐 일인지 그다지 심각하게 느껴지지 않았다. 매주 의사가 새로운 장비를 설치하고 갔기 때문에 단지 의료기구가 하나 더 는 것뿐이라고 생각했다. 나는 방으로 가서 그날 밤 열릴 예정이던 국어반 파티를 준비했다. 준비를 마치고 막 집을 나서려는데 엄마를 병문안 왔던 옆집 아줌마가 내 이름을 다급하게 불렀다. 내게 달려온 그녀는 엄마가 방금 돌아가셨다고 말했다. 믿기지 않았다. 내 눈으로 직접 확인해야 했다. 엄마 방으로 향하는데 여동생이 우는 소리가 들렸다. 엄마의 모습을 보는 순간, 그 자리에 얼어붙어버렸다. 넋을 잃고 쳐다보는 일 말고는 아무것도 할 수 없었다. 엄마는 죽은 채 침대에 누워있었다. 울어버리면 도저히 수습할 자신이 없어서 간신히 울음을 참았다.

엄마가 돌아가신 뒤 내게는 대답해줄 사람이 없는 질문과 미처 풀지 못한 응어리가 남았다. 나는 서둘러 어른이 되어야 했다. 도움이 필요할 때 내 곁에 있어줄 사람은 누구인가? 이제 나는 혼자다. 내게는 이끌어줄 부모님이 없다.

그루웰 선생님과 자유의 작가들은 내가 힘든 시기를 무사히 넘기도록 도와주려 했지만, 나는 그들의 도움을 거절했다. 그들이 위로할 때마다 "난 괜찮아. 걱정 안 해도 돼!"라는 말만 했다. 하지만 나는 전혀 괜찮지 않았다.

이제 나는 닫힌 마음을 열고 사람들을 받아들여야 한다. 자유의 작가가 된 이후 나는 많은 사람이 아무 대가를 바라지 않고도 많은 것을 베푼다는 사실을 알았다. 아마 선생님과 친구들은 내가 이 고비를 씩씩하게 넘길 수 있게 도와줄 것이다. 그 보답으로 나는 그들을 제2의 가족으로 삼을 것이다. 나는 더 이상 혼자가 아니다.

4학년 1997년 가을

| 자유의 작가들을 소개한 신문 기사 제목 |

고통을 치유하는 글쓰기

4년에 걸친 이야기

어둠을 딛고 관용의 전도사가 된 자랑스러운 십 대들

문학이 문제아들을 선도하다

치유의 글쓰기

십 대 청소년으로 이루어진
'자유의 작가들'은 글쓰기를 통해
자신의 문제를 탐구한다

관용의 가르침

탈출: 한 생존자가 다른 가족의 딸로 행세하여 나치의 체포를
피한 일을 들려준다

안네 프랑크를 숨겨준 여인이 윌슨고등학교를 방문하다

안네 프랑크를 추모하다

홀로코스트: 안네 프랑크를 나치로부터 숨겨준 여인이
롱비치에서 자신의 이야기를 들려준다

갈등보다 강한 진실

고통받는 십 대들이 홀로코스트를 통해 희망을 발견하다

보스니아의 '안네 프랑크', 즐라타가 월슨고에서 자신의 경험을 얘기한다

십 대 보스니아 일기 작가가 역사를 생생하게 들려준다

방문: 즐라타가 롱비치에 있는 월슨고의 수업에 참가하고 있다. 학생들은 그녀에게서 전쟁에 휩쓸린 어린 시절의 이야기를 듣는다

선생님은 학생들의 마음을 열었고, 학생들은 새로운 삶을 열었다

교육: 에린 그루웰 씨는 홀로코스트를 통해 학생들에게 관용의 정신을 가르쳤다 그 뒤로 학생들은 자신들의 이야기를 담은 책을 썼다

학생들에게 영감을 준 선생님

자유의 작가들: 십 대들이 열심히 꿈을 좇는 일에 대해 이야기한다

시민운동의 정신을 계승한 작가들

선생님과 십 대 작가들이 관용에 대해 쓴 책이 뉴욕에서 발간되었다

The Freedom Writers Diary

4학년

1998년 봄

그루웰 선생님의
여덟 번째 일기

크리스마스 휴가에서 돌아오자마자 자유의 작가들이 '안네 프랑크의 정신상'을 수상하게 되었다는 축하 전화를 받았다.

이 상은 미국 안네 프랑크 센터가 '확신과 용기를 가지고 나서서 우리 사회의 반유대주의, 인종주의, 편견 그리고 그에 따른 폭력에 적극적으로 맞선' 사람들에게 수여한다. 영광스러운 일이긴 한데 직접 시상식에 참가해 상을 받아야 한다는 전제 조건이 있었다. 그것도 당장 다음 주 목요일 뉴욕에서 말이다!

10월에 아이들에게 대학 진학을 독려하면서 장학금을 신청하라고 말했다. 안네 프랑크 센터가 차별에 맞서 싸운 학생들에게 안네 프랑크의 정신상과 장학금을 준다는 광고를 《스코프》 잡지에서 읽었기 때문이다. 아이들에게 딱 맞는 상이라고 생각해서 150명 모두의 이름으로 신청했다. 신청서를 쓰는 동안, 나도 모르게 경쟁심이 발동해서 우리 반 아이들이 꼭 이 상을 받아야 한다고 생각했다.

안네 프랑크 센터가 우리의 신청서를 접수한 날, 베아트리체라는 여성이 전화를 걸어왔다. 그녀는 우리의 이야기가 무척 감동적이어서 아침 내내 울면서 읽었다고 말했다. 하지만 원래 단체가 아니라 개인별로 접수를 받기에 우리의 신청서가 규정에 맞지 않는다고 일러주었다. 그녀는 대표로 한 명을 정해서 다시 신청서를 제출하면 어떻겠느냐고 제의했다. 나는 자유의 작가들 이름으로 낸 것이기 때문에 그녀의 제의를 받아들이지 않았다. 모두가 받지 않으면 의미가 없었다.

11월에 뉴욕으로 가서 센터 관계자들을 만났다. 우리가 상을 받는 것이 유력했지만, 센터 측은 자유의 작가들을 뉴욕으로 데려오는 방법에 대해 고민했다. 나는 "수상자로 결정만 되면 어떻게든 방법이 있을 거예요"라고 말했다. 공교롭게도 내가 뉴욕에 있는 동안 자유의 작가들을 취재한 《LA타임스》의 기사가 다시 뉴욕의 한 신문에 실렸다.

일요일에 집에 돌아와 보니 자동응답기가 메시지로 가득 차 있었다. 어떻게 전화번호를 알아냈는지 온갖 텔레비전 쇼와 잡지, 신문이 우리의 이야기를 다루고 싶다고 연락한 것이었다. 3년 동안 거의 알려지지 않다가 일주일 만에 큰 상을 타고, 텔레비전에 나올지도 모르는 상황이 되니 모든 일이 비현실적으로 느껴졌다.

나는 당분간 상황이 정리될 때까지 텔레비전 쇼 프로그램의 출연을 보류했다. 하지만 수업 중 ABC 방송국에서 〈프라임 타임 라이브〉를 진행하는 코니 정 씨가 전화를 걸어왔을 때, 그녀가 우리 이야기를 전할 적임자라는 생각이 들었다. 출연을 수락하고 나자, 당장 열흘 안에 아이들을 맨해튼으로 데려가 코니 정 씨를 만날 방법을 궁리해야 했다. 무엇보다 아이들이 지나치게 들뜨지 않도록 다독여야 했다. 세상의 이목이 집중될수록 아이들을 보호하려고 애썼다. 나는 어미 새처럼 203호 교실의 평화를 깨려는 모든 사람을 막아냈다. 만약 다른 의도가 느껴지거나 조금이라도 진실하지 않은 구석이 보이면 아이들에게 접근하지 못하게 했다.

아직 호텔이나 비행기를 잡지 못했지만, 왠지 다음 주에 별 탈 없이 뉴욕으로 갈 수 있을 거라는 예감이 든다. 실제로 《LA타임스》에 기사가 나간 뒤, 의류회사인 게스에서 우리를 돕고 싶다고 제안했다. 그쪽부터 연락해 아이들이 뉴욕에서 열리는 시상식에 참석하도록 도와줄 수 있는지 알아봐야겠다.

Diary 114

게스의 후원

LA에 있는 게스 본사에서 막 돌아오는 길이다. 주초에 그루웰 선생님은 게스가 우리 중 45명이 뉴욕으로 가서 안네 프랑크의 정신상을 받을 수 있도록 후원하기로 결정했다는 소식을 전했다. 운 좋게도 내가 그중 한 명으로 뽑혔다.

집에 도착하자마자 흥분을 억누를 수 없었다. 나는 엄마에게 게스 직원들이 회사의 역사를 소개하면서 선물을 주었다고 말했다. 회사 소개 시간에 게스가 왜 우리를 후원하는지 알 수 있었다. 게스의 창립자인 마르시아노 형제는 유태인이고 그들의 아버지는 랍비였다. 홀로코스트 때 그들의 가족도 유럽을 탈출해야 했다.

여행을 하루 앞두고 마음이 설레어 아버지에게 이 기쁜 소식을 알리기로 했다. 하지만 아버지는 여행 준비를 잘 했는지 물어보지 않았고, 필요한 물건을 사준다거나 용돈을 주겠다는 얘기도 하지 않았다. 무관심 그 자체였다! 아버지와의 실망스런 통화를 끝내고 나서 아버지가 부끄럽다는 생각이 들었다. 나를 알지도 못하는 회사가 돕겠다고 나서는 마당에 아버지는 아무 관심을 보이지 않으니 말이다.

18년 동안 아버지의 종잡을 수 없는 행동은 내 삶에 좋지 않은 영향을 끼쳤다. 아버지는 언제나 약속만 하고 한 번도 지킨 적이 없다. 아버지의 무책임한 태도는 혼자서 나를 키워야 했던 엄마를 더욱 힘들게 했다. 명절 때는 선물을 주기도 했지만, 정작 내가 필요로 할 때는 아무런 도움을 주지 않았다. 도저히 다른 방법이 없을 때만 부탁했는데도 그랬다. 내가 도움을 요청하면 아버지는 계속 미루다가 끝내 할머니에게 얘기하라며 떠넘겼다. 내게 필요했던 건 돈이 아니다. 나는 아버지 역할을 해줄 존재가 필요했다. 어려울 때 기댈 수 있는 존재 말이다. 아버지는 왜 한 번도 나와 시간을 보내려고 하지 않는지 이해할 수 없다.

뉴욕에 가서 입을 게스 옷들을 선물로 받으면서 어린 시절을 떠올렸다. 그 시절에는 다른 아이들한테 따돌림당하지 않으려면 좋은 상표의 옷이 필수였다. 하지만 다른 아이들이 나이키처럼 유명한 상표의 옷을 입을 때, 나는 이름 없는 상표의 옷을 입었다. 그런 옷을 입고 있으면 나도 모르게 주눅이 들었다. 나조차도 내가 싫었다. 싸구려 옷을 입은 나 자신을 받아들이고 싶지 않았다. 슬프지 않은가? 다만 오해하지는 말았으면 한다. 그런 옷이라도 사준 엄마가 고마웠지만, 다른 아이들처럼 유명한 상표의 옷을 입고 싶었을 뿐이니까. 집에서 아버지한테 버림받다시피 했던 나는 학교 친구들이라도 나를 받아주기를 바랐다. 어린 마음에 아이들하고 어울리려면 비슷한 수준의 옷을 입어야 할 것 같았다.

자유의 작가가 된 지금은 억지로 어디에 속하려고 노력하지 않아도 된다. 내 삶에서 물질적인 요소는 더 이상 중요하지 않다. 물론 좋은 물건들을 갖고 싶지만, 없다고 해서 내가 부족하다는 생각은 하지 않는다. 십 대들이 물질에 집착하는 모습을 보면 마음이 씁쓸하다. 문제는 그들이 물질을 통해 자신의 가치를 높일 수 있다고 착각한다는 것이다. 그러한 생각은 전적으로 잘못된 것이고, 사람을 천박하게 만든다. 나는 물질보다 사랑이 훨씬 중요하다는 사실을 잘 알고 있다. 내게 아버지의 사랑보다 더 가치 있는 것은 없으니까!

Diary 115

안네 프랑크의 정신상

　뉴욕 여행은 내 소원 중 하나였다. 상상만 해도 기분이 좋지만, 마음속 깊은 곳에서는 절대 이루어지지 않을 거라고 생각하는 그런 소원 말이다. 뉴욕은 온갖 일이 일어나는 곳이다. 뉴욕 하면 바삐 걸어가는 출근 행렬과 빵빵거리며 달리는 택시들, 타임스 스퀘어의 커다란 광고판과 네온사인들 그리고 자유의 여신상과 엠파이어 스테이트 빌딩 같은 명소들이 떠오른다.

　방금 그루웰 선생님의 전화를 받았다. 선생님은 내가 뉴욕으로 가서 안네 프랑크의 정신상을 받을 사람들 중 한 명으로 뽑혔으니 여행 준비를 하라고 말했다. 수상자로 선정되기 위해 우리는 자유의 작가들이 관용의 홍보 사절이 될 수 있는 이유를 설명하는 에세이를 써야 했다. 주어진 기간은 단 하루. 짧은 시간 안에 하고 싶은 말을 정확하게 쓰려니 여간 어려운 게 아니었다. 나는 침착하게 그루웰 선생님의 전화를 받았다. 무척 가고 싶지만 겉으로 내색하고 싶지 않았다. 전화를 끊는 순간 나는 드디어 소원이 이루어졌다는 사실을 깨달았다. 선생님의 말이 계속 머릿속에서 메아리쳤다. '여행 준비를 해……. 여행 준비를 해……. 여행 준비를 해!' 와! 마침내 뉴욕에 간다! 짐을 싸야 해! 시간이 없어! 참, 쇼핑몰에도 가야지! 챙겨야 할 게 한두 가지가 아니야. 두꺼운 점퍼가 필요해. 뉴욕은 지금 엄청 추운 데다가 얼마 전 눈도 많이 내렸다고 들었으니까.

내가 뉴욕에 가는 45명 가운데 한 명으로 뽑혔다니 정말 놀랍다. 학기 초에는 반에 적응할 수 있을지 자신이 없었다. 조건이 까다로워서 그루웰 선생님의 4학년 국어반에 새로 들어온 사람은 몇 명 되지 않았다. 대부분은 1학년 때부터 쭉 그루웰 선생님의 수업을 듣던 아이들이었다.

지난 3년 내내 그루웰 선생님의 반 아이들은 매주 새로운 얘기를 들려주었다. 부정적인 얘기는 하나도 없고 전부 부러운 경험들뿐이었다. 그들은 어느 주에는 유명한 작가를 만났다가, 그 다음 주에는 흥미로운 책들을 읽었다. 그들은 그루웰 선생님을 마치 친구처럼 대하며 거리낌 없이 모든 일을 털어놓았다. 그루웰 선생님은 그만큼 아이들을 잘 이해했다. 다른 선생님들은 완전 딴판이다. 그들은 숙제나 내줄 뿐 학생들이 뭘 하건 상관하지 않는다. 인간적인 관계를 쌓는 일은 꿈도 못 꾼다. 이전에 가르쳤던 선생님들은 자신이 특별히 좋아하는 네다섯 명을 빼고 다른 학생들은 거들떠보지도 않았다. 하지만 그루웰 선생님은 달랐다. 그녀는 학생들의 개인적인 면을 더 많이 알려고 노력했다. 긍정적인 측면에도 불구하고 그루웰 선생님의 반에 들어가는 일이 전적으로 기쁘지만은 않았다. 물론 멋진 일을 많이 하는 반에 소속된다는 점은 더없이 좋았다. 그러나 한편으로 두렵기도 했다. 3년 동안 함께 지냈던 그루웰 선생님의 반 아이들한테 따돌림당할 것 같았기 때문이다. 외톨이가 되고 싶지는 않았다.

나는 곧 그것이 쓸데없는 걱정이라는 걸 알았다. 시간이 지나면서 다른 아이들도 나를 친구로 대해주었다. 마치 나를 자신들의 가족으로 받아들이는 것 같았다. 피부색이 아니라 마음속의 진실만을 보는 가족 말이다.

Diary 116

뉴욕의 룸메이트들

뉴욕에서 보낸 첫날밤은 짜릿했다. 도착하자마자 금방이라도 유명한 사람과 마주칠 것 같았다. 우리는 나흘간 뉴욕에 머물 예정이었다. 모두들 빨리 일정을 시작하고 싶어 안달이었다. 공항에서 메리어트 호텔까지 가면서 본 풍경은 말문이 막힐 지경이었다. 애써 티를 내지 않으려고 했지만, 내 입에서는 탄성이 절로 터져 나왔다. 아이들 모두 믿기지 않는다는 표정으로 뉴욕의 야경을 바라보았다. 뉴욕은 마치 어떤 일이든 일어날 수 있는 마법의 도시 같았다.

그루웰 선생님은 우리의 현장학습 비용을 충당하려고 오랫동안 메리어트 호텔에서 일해왔다. 그래서 뉴욕의 숙소도 직원 할인이 가능한 메리어트 호텔로 정한 것이다. 뉴욕 메리어트 마퀴스 호텔은 호화스럽기 그지없었다. 창밖의 풍경은 눈부시게 아름다웠다. 타임스 스퀘어가 한눈에 내려다보였다. 택시들이 거리를 내달렸고, 눈길 닿는 곳마다 네온사인이 반짝였다. 호텔의 직원들도 무척 친절했다.

워싱턴 여행 때는 방을 같이 쓸 사람을 우리가 선택할 수 있었다. 편한 친구와 지내게 하려는 선생님의 배려였다. 하지만 "뉴욕에서는 다를 거야"라고 미리 일러둔 대로 이번에는 선생님이 직접 룸메이트를 정해주었다. 그루웰 선생님은 어떤 일이든 대충 넘어가는 법이 없다. 교실 밖에서도 항상 배움의 계기를 만들려고 노력했다. 결과적으로 선생님의 방 배정은 내 인생 최고의 교훈을 남겼다.

첫날 밤에는 방에 있는 것이 영 껄끄러웠다. 그도 그럴 것이, 세 인종의 여자아이 네 명이 한 방에 배정되었기 때문이다. 그때까지 한 번도 다른 인종과 방이나 침대 혹은 욕실을 같이 써본 적이 없던 나로서는 불편할 수밖에 없었다. 어릴 때 가장 가까웠던 친구 세 명이 공교롭게도 각각 중국계, 흑인 그리고 백인이었다. 그 친구들은 자주 서로의 집에서 함께 잤지만, 나는 아버지가 허락하지 않아서 가지 못했다. 아버지는 항상 멀쩡한 우리 집을 놔두고 왜 남의 집에 가서 자느냐고 말했다. 그때는 아버지가 고리타분해서 그런 건지 아니면 인종 편견 때문인지 알 수 없었다.

아버지의 진짜 의도를 안 건 열다섯 살 때였다. 그 무렵 언니가 흑인 남자친구를 사귀었다. 어느 날 밤, 언니와 아버지는 말다툼을 벌였다. 아버지는 혹시 흑인 남자친구와 결혼할 생각이라면 절대 허락할 수 없다고 말했다. 서글프게도 아버지의 속내가 결국 드러난 셈이다. 아버지는 인종차별주의자였다. 가슴 아픈 사실이었다.

그리고 지금, 아이러니하게도 초등학교 시절의 친구들처럼 흑인과 백인 그리고 아시아계 아이와 생각지도 않게 룸메이트가 되었다. 그 아이들 앞에서 옷을 갈아입는 것도 그렇고, 특히 아시아계 아이와 한 침대에서 자는 것이 불편하기만 했다. 자꾸만 아버지 생각이 났다. 다음 날 나는 잠을 제대로 못 자서 피곤한 몸으로 일어났다. 우리는 샤워하고 아침을 먹으러 내려갔다. 첫날 저녁엔 거의 대화가 없었지만 다음 날은 달랐다.

하루 종일 바쁜 일과를 보낸 우리는 밤이 되어서야 겨우 호텔 방으로 돌아왔다. 배가 고파서 룸서비스를 시켰는데 뜻밖의 일이 벌어졌다. 햄버거 세 개에 프렌치프라이 두 개, 치킨 샌드위치 하나 그리고 음료수를 주문했더니 43달러가 넘게 나온 것이다. 우리는 어마어마하게 비싼 뉴욕의 물가에 어이가 없어서 계속 웃어댔다. 어쨌든 우리는 배를 채우고 나서 얘기를 나눴다. 한참 수다를 떨다가 시계를 보니 새벽 네 시였다. 다음 날 우리는 옷과 신발, 치약 심지어 데오드란트까지 나눠 쓰는 사이가 되었다.

뉴욕에서의 경험을 통해 아버지의 생각이 틀렸다는 사실을 깨달았다. 나는 룸메이트들에게 강한 정서적 유대감을 느꼈다. 앞으로는 다른 인종의 아이들과 함께 있어도 전혀 불편하지 않을 것 같다. 언젠가 내 아이가 생기면 아버지처럼 가르치지 않을 것이다. 그것은 틀린 방식이기 때문이다. 내 아이는 외모가 달라도 결국 같은 사람이며, 다양한 사람들과 친구가 되는 것이 얼마나 중요한지 배우게 될 것이다. 지금까지 자라면서 누리지 못했던 즐거움을 늦게나마 깨달아 기쁘다.

Diary 117

안네 프랑크를 기리며

　요 며칠간은 평생 잊지 못할 추억으로 남을 것이다. 오늘 하루는 안네 프랑크의 정신상을 받고 기쁨의 눈물을 흘리며 시작되었고, 브로드웨이에서 〈안네 프랑크의 일기〉라는 연극을 보고 슬픔의 눈물을 흘리며 끝났다. 그뿐 아니라 저명인사들과 뉴욕의 고등학생들을 만나는 기회도 가졌다.

　전날 늦게까지 자지 않았던 자유의 작가들은 피곤한 얼굴로 아침을 먹었다. 하지만 모두들 곧 있을 시상식 생각에 들떠있었다. 얼마 뒤 시상식장에 도착하니, 모든 사람의 시선이 우리에게 집중되었다. 이전까지 안네 프랑크 센터에서 여러 사람에게 상을 준 적은 한 번도 없다. 그만큼 우리의 활동이 큰 의미를 지녔다는 것을 보여주는 증거였다.

　우리의 수상은 제일 마지막 순서였다. 앞서 수상한 사람 중에는 타임워너(미국의 유명 미디어사 – 옮긴이 주)의 CEO인 제럴드 레빈 씨도 있었다. 레빈 씨처럼 영향력 있는 사람과 함께 상을 받는다는 사실이 영광스러웠다. 우리 순서가 왔을 때, 이미 많은 아이가 흐느끼고 있었다. 연극에서 반단 부인 역을 맡은 린다 라빈 씨는 "자유의 작가들은 내가 인간으로 태어난 것을 자랑스럽게 만들어주었다"는 말로 우리를 더욱 울렸다. 그녀는 청중에게 우리가 그동안 해온 활동들을 소개했다. 마지막에 그녀가 "여러분을 바라보며 여기 서있는 지금 이 순간이 뿌듯하다"고 말했을 때 자유의 작가들은 모두 소리 내어 엉엉 울고 말았다.

　그날 저녁 내털리 포트먼과 린다 라빈 씨가 출연하는 〈안네 프랑크의 일기〉를 보기 위해 호텔에서 브로드웨이까지 걸어갔다. 모두 넥타이에 정장과 드레스로 한껏 차려입었다. 남자아이들은 잘생겨 보였고, 여자아이들은 언제나 그렇듯 예뻤다. 연극이 끝난 뒤 린다 라빈 씨는 우리를 따로 초청해 연기자들을 일일이 소개해주었다. 덕분에 연극 관람이 더욱 의미 있는 시간이 되었다.

　안네 프랑크의 정신상을 타고, 안네의 이야기를 다룬 연극을 보고 나니 안네가 일기에서 "죽은 뒤에도 계속 살아가고 싶다"고 쓴 말의 뜻을 이해할 수 있었다.

Diary 118

권력의 남용

내일 뉴욕을 떠나 집으로 돌아간다. 뉴욕 여행의 마지막 사흘간, 꿈에도 생각지 못했던 장소를 방문했고 결코 만날 수 있으리라 기대하지 않았던 사람들을 만났다. 사실 한 달 전만 해도 내가 뉴욕에 가게 될 줄은 전혀 몰랐다. 하지만 나는 지금 뉴욕에, 그것도 타임스 스퀘어 한복판에 위치한 으리으리한 메리어트 호텔에 있다.

그동안 어찌나 많이 돌아다녔는지 가본 곳을 다 헤아리지 못할 지경이다. 우리는 지하철을 타거나 때로는 걸어서 온 도시를 누볐다. 우선 안네 프랑크의 정신상을 받기 위해 록펠러센터로 갔고, 대형 출판사를 방문하여 CEO와 부사장, 편집자들을 만났다.

그리고 크라이슬러 빌딩, 월드 트레이드 센터, 엠파이어 스테이트 빌딩, 세인트 패트릭 성당, 라디오 시티 뮤직 홀, 카네기홀 등 유명한 건물들을 두루 구경했다. 내일은 자유의 여신상을 보러 간다! 게다가 유명 인사들을 얼마나 많이 만났는지 모른다. 코니 정 씨, 린다 라빈 씨, 제럴드 레빈 씨, 피터 마스 씨까지……. 이번 여행 전에는 유명한 사람들을 만난 적이 없어서 그들과의 만남이 어떨지 무척 궁금했다. 우리는 그들에게 아무런 도움이 되지 않았다. 그런데도 그들은 시간을 내 우리와 대화를 나누고, 우리에 대해 알고 싶어 했으며, 자신의 얘기를 들려주었다. 그뿐 아니라 우리와 함께 식사하고, 때로 같이 울고 웃기도 했다. 그들과 함께 한 시간은 평생 잊지 못할 추억으로 남을 것이다.

높은 자리에 있는 사람들은 대개 자기보다 못한 사람들을 이용하려고 한다. 불행하게도 우리 아버지가 그런 사람들 중 하나다. 아버지는 법을 유린하기 위하여 능란하게 거짓말을 일삼는 변호사다. 부모님이 이혼을 결정했을 때, 아버지는 남동생과 여동생 그리고 나를 맡아 키우고 싶어 했다. 하지만 우리는 같이 사는 것은 고사하고 아버지 곁에 있는 것조차 싫었다. 법원은 양육권자를 결정하려고 심리학자들을 지정하여 우리와 상담하도록 했다. 선임 심리학자는 성의 없는 악수를 나누고 가식적인 웃음을 짓는 사람이었다. 우리에겐 타인에 불과한 그 사람이 우리의 운명을 결정하게 되었다. 그는 엄마가 나를 세뇌시켜서 아버지를 싫어하게 만들었다고 주장했다. 나는 단지 아버지의 난폭한 성격이 싫었을 뿐인데 말이다.

판결을 기다리는 동안은 엄마와 지냈다. 어느 주말, 아버지는 아버지를 보러 온 우리에게 분노를 터뜨렸다. 그는 남동생을 뒷마당에 가둔 채 물과 음식을 주지 않았다. 남동생은 주말이 지나 엄마에게 돌아갈 시간이 되어서야 겨우 풀려났다. 남동생은 배고픔과 공포에 지쳐서 엄마에게 안겨 울었다. 나는 엄마에게 아버지가 주말 내내 동생을 굶겼다고 말했다. 하지만 차마 자세한 이야기는 할 수 없었다. 슬프지만 그 누구도 아버지가 우리에게 안겨준 고통을 이해하지 못했다. 심리학자들조차 말이다. 결국 동생들은 아버지와 같이 살게 되었다. 법원은 악한 사람들이 흔히 그렇듯, 선한 사람의 가면을 쓴 아버지에게 속아 넘어가고 말았다. 아버지는 원하는 것을 손에 넣기 위해서라면 무슨 짓이든 저지를 사람이다. 그는 심지어 자신에게 유리한 증언을 하도록 심리학자들에게 뇌물을 주기도 했다.

아버지는 그 뒤로도 전혀 변하지 않았다. 여전히 심한 말로 내 가슴에 상처를 입힌다. 같이 살지는 않지만 그는 내가 학교를 졸업하지 못할 것이며, 자유의 작가가 될 자격이 없다고 악담한다. 하지만 나는 엄연히 자유의 작가이고, 자유의 작가들은 내 삶의 휴식처와 같다. 자유의 작가가 된 것과 이번 여행은 내 인생 최고의 경험이다.

아버지의 악담에도 불구하고 나는 6월에 고등학교를 졸업하고, 8월에 대학에 들어간다. 아버지는 아마도 나의 대학 진학을

방해하려 들 것이다. 그래도 나는 반드시 성공하고 말겠다. 나중
에 힘 있는 위치에 오르면 최선을 다해 남을 도와서 아버지가 내
게 옭아맨 학대의 사슬을 끊어버릴 것이다.

Diary 119

저널리스트의 힘

　오늘 밤, 나는 나의 우상을 만났다. 그는 평범해 보이지만 뛰어난 재능을 지닌 사람이다. 내 생각에 피터 마스 씨는 단순한 기자가 아니라, 좋은 사람이 얼마나 큰일을 이룰 수 있는지를 보여주는 영웅이다. 2학년 때, 즐라타를 만나기 바로 전 그의 기사를 처음 읽었다. 《배니티 페어》에 실린 '피폭 현장'이라는 제목의 기사였다. 그는 간결하면서도 생생한 문장으로 보스니아의 참상을 전했다. 그 속에 묘사된 증오 범죄와 잔학 행위가 너무 끔찍해서 눈을 뗄 수 없었다. 거기에는 총으로 위협당한 채 딸을 범해야 했던 남자의 얘기가 나왔다. 그 내용을 읽고 즐라타가 사라예보에 남았더라면 얼마나 무서운 일을 당했을까, 하는 생각이 들었다.

그루웰 선생님은 놀랍게도 피터 마스 씨를 수소문해 뉴욕에서 우리가 묵고 있는 호텔로 초대하는 데 성공했다. 덕분에 바로 앞에서 나의 우상을 만날 수 있었다. 그와의 만남은 지금까지 살면서 가장 긴장되는 순간이었다. 슬로보단 밀로세비치(유고슬라비아 전 대통령으로서 보스니아 내전의 책임자－옮긴이 주)를 일대일로 대면한 기자와 같은 방에 있다는 사실이 믿기지 않았다.

하지만 완벽해야 할 그 만남에서 한 가지 빠진 것이 있었다. 마스 씨가 보스니아에서 겪은 자신의 체험을 들려준 뒤 궁금증이 하나 생겼다. 나는 불쑥 "내셔널 지오그래픽 프로그램을 보면 죽어가는 동물을 지켜보기만 하는 사람들을 이해할 수 없어요. 아저씨가 전쟁을 취재하는 것도 마찬가지 아닌가요? 사람들이 죽어가는 모습을 보고만 계시지 않았나요?"라고 물었다. 주위가 갑자기 조용해졌다. 어떤 아이들은 내 질문에 충격을 받은 표정이었고, 마스 씨 입장이 되어서 불쾌해하는 아이들도 있었다. 하지만 어쨌든 궁금한 건 사실이었다.

잠시 침묵이 흐른 뒤, 마스 씨는 사건에 개입하지 않기 위해 자신의 개인적 견해를 수없이 억눌러야 했다고 설명했다. 그는 기자로서 자신의 본분을 넘어서는 일을 하면 오히려 상황을 악화시킬 수 있다고 말했다. 위험한 상황에 뛰어들 경우, 구하려고 한 사람의 목숨뿐 아니라 자신과 동료들까지 위태롭게 할 수 있다는 것이다. 그리고 자신이 죽임을 당하면 상황이 더 복잡해질 것은 자명하다고 덧붙였다.

종군기자의 역할에 대한 설명을 듣고 난 뒤에야 궁금증이 풀렸다. 그 뒤로 그의 용기를 더욱 존경하게 되었다. 그는 아무 일도 하지 않는 관찰자이지만 악이 승리하도록 방관만 한 것은 아니다. 그는 사라예보에서 본 일을 글로 옮김으로써 수천 명의 무고한 사람들이 죽어가는 인종 청소의 진상을 온 세상에 명확하게 알렸다.

  오늘 밤, 나의 우상인 피터 마스 씨를 만났다. 아직도 믿기지 않는다.

출판 에이전트

올해의 뚜쟁이상 수상자는 우리의 에이전트인 캐롤 씨다. 그녀는 새로운 기회로 가득 찬 곳에 우리를 데려다주었다. 그녀가 없었다면 우리의 일기를 출판할 수 있으리라고는 상상하지 못했을 것이다.

우리는 캐롤 씨를 '뚜쟁이'라고 부른다. 캐롤 씨를 처음 만난 자리에서 에이전트가 뭐하는 사람이냐고 물었을 때, 그녀 자신이 '뚜쟁이'라고 대답했기 때문이다. 실제로 캐롤 씨는 빨간 재킷에 모자, 지팡이, 거기에 프랑스 출신의 운전사까지, 진짜 뚜쟁이 같은 분위기를 풍기며 우리 앞에 나타났다. 하지만 캐롤 씨의 실제 외모는 뚜쟁이 이미지와 쉽게 겹쳐지지 않았다. 내가 생각하는 뚜쟁이는 큰 키에 번지르르한 말로 사람들을 현혹하는 중년의 남자였다. 조그만 체구의 유태인 할머니인 캐롤 씨와는 한참 거리가 멀었다.

캐롤 씨는 똑똑하고, 재치가 넘치며, 자기 분야에서 전문가이다. 그루웰 선생님은 캐롤 씨가 아무 대가 없이 우리를 돕고 있다고 말했다. 오늘 그녀를 보고 나니 우리를 위하는 마음이 느껴져서 더욱 믿음이 간다.

책을 내다

마침내 자유의 작가들이 쓴 일기가 책으로 만들어진다! 게다가 성경 다음으로 세상에서 많이 읽힌《안네의 일기》를 펴낸 더블데이 출판사에서 책을 내게 되어 두 배로 기쁘다.

모든 일이 꿈만 같다. 나는 어릴 때부터 글쓰기를 무척 좋아했다. V. C. 앤드루스의《새벽꽃》을 읽고 나서부터 글을 쓰기 시작했다. 그녀의 이야기는 아주 인상적이었다. 나는 등장인물의 이름만 빼고 거의 비슷한 이야기를 지어냈다. 13장까지 채우고 나자, 나만의 이야기를 써야겠다는 생각이 들었다.

아버지와 함께 정치 모임에 참여한 뒤 내 안의 시인이 깨어났다. 나의 첫 번째 시는 '무한한 기회의 땅'이라는 미국으로 이민

왔지만 가족을 제대로 먹여 살릴 수 없는 어느 여인의 이야기를 담은 〈아메리칸드림〉이다. 아버지는 내 시를 무척 자랑스러워했다. 심지어 시가 적힌 종이를 고이 간직하려고 코팅까지 했다. 그래서 나는 계속 시를 썼다. 매년 나의 시는 더욱 성숙해졌다. 내가 가장 좋아하는 두 명의 작가 토니 모리슨과 루이즈 에드리히도 나와 같은 과정을 겪었을지 궁금하다.

더블데이에서 우리의 일기를 출판할 거라고 했을 때, 아버지는 매우 놀랐다. 아버지는 "더블데이라면 엄청 큰 출판사잖아!"라고 말했다. 그러고는 바로 친구들에게 그 사실을 자랑했다. 아버지의 친구 분들은 내가 아직은 얼마 안 되지만 점점 늘고 있는 흑인 여성 작가 중 한 명이 된 것을 축하했다.

세상에 글을 내는 것은 두려운 일이다. 부디 이 일이 오랫동안 글로써 아픔을 달랬던 내 삶의 새로운 시작이 되었으면 한다. 나는 무명의 예술가에서 벗어나 내 글을 세상 사람들과 같이 나누고 싶다.

Diary 122

팀워크

　코니 정 씨와 함께 사진을 찍기 위해 모였을 때, 그루웰 선생님이 우리의 삶을 바꿀 만한 놀라운 소식을 전해주셨다. 우리나라에서 가장 유명한 출판사가 우리의 책을 출판하기로 결정했다는 것이다. 그 순간 나는 성공하려면 팀으로 일해야 한다는 사실을 깨달았다. 개인적 경험에 비추어보면 팀 활동이 많은 압박감을 주는 측면이 있다. 특히 자신의 능력이 뛰어난 분야에서는 더욱 그렇다.

　3학년 때 내가 속한 농구팀이 2라운드 플레이오프에 나갔다. 사람들은 당연히 우리가 결승전에 진출할 거라고 예상했다. 경기 시작 전 우리는 코치 선생님의 얘기를 들었다. 그녀는 상대 팀을 쉽게 이길 수 있지만 너무 자만하지 말라고 조언했다. 그러나 나는 선생님의 말에 아랑곳하지 않고 한껏 자만심에 부풀었다. 어쨌든 우리 팀은 리그 챔피언이었다. 신문들은 우리의 경기를 칭찬했고, 내게는 자기 대학으로 와달라는 스카우트 담당자들의 편지가 쏟아졌다. 주장으로서 모든 일이 순조롭기만 했다. 다른 아이들도 나처럼 쉽게 운동하고 있을 거라고 생각했다. 하지만 그것은 틀린 생각이었다. 경기복으로 갈아입는 동안, 전에 없던 긴장감이 느껴졌다. 항상 치르는 경기 중 하나일 뿐인데 이상했다. 왜 이렇게 긴장되지? 모든 승부의 부담을 나 혼자 감당하고 있는 것 같았다. 손에 땀이 나고 속이 울렁거리기 시작했다. 경기가 열리는 학교에 도착하자 심장이 터져버릴 지경이었다. 팀원들의 눈에도 두려움이 비쳤다. 경기 전 몸을 풀면서 나는 '반드시 이겨야 해. 여기까지 와서 떨어지면 우리의 노력이 정말 아까워'라고 열의를 불태웠다.

마침내 경기가 시작되고 점프볼을 할 때, 내 긴장감은 극도에 달했다. 내가 볼을 따내자 관중들이 열광하기 시작했다. 경기 초반 우리 팀은 작은 '드림 팀'처럼 보였다. 하지만 우리의 우세는 겨우 10분 정도밖에 지속되지 않았다. 강한 압박감이 다시 내게로 밀려들기 시작했다. 우리 팀에는 나 말고도 네 명의 선수가 있었지만, 나 혼자서 다른 팀을 상대하는 듯한 기분이 들었다. 코치 선생님의 눈을 보니 고통스러운 기색이 역력했다. 우리가 지고 있었기 때문이다! 선생님은 당장이라도 코트에 뛰어들고 싶어 하는 것 같았다. 순간 나는 모든 것이 내게 달렸다는 걸 깨달았다. 나 말고는 그 일을 할 사람이 없었다. 내가 우승을 따내야 했다.

마지막 쿼터가 4분밖에 남지 않은 시점에서 우리 팀은 5점을 뒤지고 있었다. 이대로 가다간 질 것이 분명했다. 아무런 희망이 없어 보였다. 나는 팀원들을 도우려고 했지만 그들은 이미 포기한 것 같았다. 어떻게 포기할 수 있지? 이건 정말 중요한 경기란 말이야! 우리는 이겨야 해! 나는 절대 지지 않을 거야! 2분을 남겨놓고 코치 선생님이 작전 시간을 요청했다. 팀원들의 표정은 형편없었다. 경기 전 자신감 넘치던 모습은 온데간데없었다. 나는 '정말 희망이 없는 걸까?'라고 생각했다. 그래, 내가 해내야 해. 난 패배가 싫어. 이 모든 사람, 특히 우리의 팬들 앞에서는 절대 질 수 없어! 긴장과 압박감이 묵직하게 내 어깨를 짓눌렀다. 시간이 없었다. 어떻게 해야 하지?

시간이 다 되었다. 경기는 끝났다. 나는 결국 경기를 살리지 못했다. 우리 팀이 올린 37점 중 혼자 24점을 냈지만, 팀과 코치 선생님 그리고 팬들을 실망시켰다는 죄책감에 시달렸다. 모든 게 내 잘못 같았다. 나도 모르게 눈물이 나왔다. 그러나 경기가 끝나고 옷을 갈아입으면서 팀의 패배가 나만의 잘못이 아니라는 걸 깨달았다. 사실 그것은 어느 한 사람의 패배가 아니라, 우리 팀 전체의 패배였다. 우리 팀은 이미 이겼다는 자만심으로 경기에 임했고, 뜻대로 경기가 풀리지 않자 자멸한 것이다.

올해 우리 팀은 다시 플레이오프에 진출했다. 이번에는 무너지지 않을 것이다. 지금까지 우리는 하나 되어 엄청 노력한 덕분에 최고의 경기력을 갖추었다. 이제 우리 팀은 더 이상 나 혼자만의 팀이 아니다.

책을 만들 때도 우리는 하나의 팀으로 일해야 한다. 한 명의 스타 선수와 149명의 후보 선수로는 성공할 수 없다. 그루웰 선생님은 훌륭한 코치지만 우리 대신 뛰어주지는 못한다. "말을 물가로 끌고 갈 수는 있어도, 억지로 물을 마시게 할 수는 없다"는 속담처럼 말이다.

Diary 123

《동물 농장》의 교훈

오늘 그루웰 선생님이 출판사 관계자들을 만나러 뉴욕으로 가는 바람에 대리수업을 했다. 임시로 다른 선생님이 들어올 때마다 반에서는 난리가 난다. 누군가 내 자리에 앉기만 해도 화를 참을 수 없다. 어쩌면 그동안 참았던 분노나 출판 문제로 생긴 스트레스 때문일지도 모른다. 아닐 거라고 생각하지만 전적으로 부정하지는 못하겠다.

2학년 때 그루웰 선생님이 읽어주었고, 최근에 비디오로 본 《동물 농장》이 생각난다. 완전한 평등을 통해 유토피아를 건설하려는 농장을 둘러싼 이야기이다. 그러나 정작 현실은 책에 드러난 대로 모두가 같은 방식과 열정을 가지고 일할 수는 없다. 우리의 현실은 공평하지 않다.

자유의 작가들도 《동물 농장》에 나오는 박서나 몰리 같은 아이들로 나뉜다. 박서는 열심히 일하는 반면, 몰리는 그렇지 않다. 몰리는 머리에 리본이나 꽂고 다니면서 농장에 아무 기여도 하지 않으려는 백마다. 한편 박서는 튼튼한 몸을 갖고 태어난 수말로서 모든 일에 최선을 다한다. 어찌나 열심히 일했는지 그의 몸은 바위처럼 단단해졌다. 몰리 같은 아이들은 책을 만들고 누군가의 인생을 바꾸는 일에 동참하는 보람 있는 일을 거부한다. 그들은 다른 아이들이 대신 그 일을 해주기 원한다. 세상의 모든 몰리는 한 가지 사실을 깨달아야 한다. 박서 혼자 할 수 있는 일에는 한계가 있다는 것을 말이다.

선생님, 변호사 아저씨 그리고 캐롤 씨는 모두가 참여하는 책을 만들려고 노력하고 있다. 하지만 반 아이들은 《동물 농장》의 동물들처럼 다 제각각이다. 이대로 가다가는 책이 제대로 완성될 리 없다.

그루웰 선생님은 우리 스스로 문제를 초래하지 않는 한 자유의 작가들이 무너지는 경우는 없을 거라고 말했다. 그렇다. 해결책은 명확하다. 몰리 같은 아이들은 당장 같이 동참하든지 아니면 반에서 떠나야 한다.

Diary 124

태도 고치기

내가 농구팀에서 쫓겨날 줄은 꿈에도 몰랐다. 그것도 4학년이 되어서 말이다. 지금까지 코치와 팀을 위해서 열심히 노력해왔다. 4년 내내 방과 전후의 훈련과 방학 훈련에 한 번도 빠진 적이 없다. 내가 얼마나 열심히 뛰었고, 얼마나 많은 부상을 견뎠는지 그 누가 알까? 그동안 얼마나 많은 욕을 들어야 했는지, 관중석에서 이전 팀 동료들이 우승하는 모습을 보는 심정이 어떤지 이해하는 사람이 있을까? 다른 사람들은 절대 내 맘을 모른다!

나는 늘 팀의 주축을 이루는 선수였다. 팀원들은 나에게 자극을 받아 열심히 뛰었다. 나는 팀원들에게 동기부여하는 법을 안다. 그런데 왜 코치는 나를 쫓아낸 걸까? 어쩌면 나의 태도가 문제였던 것 같다. 나는 팀원들의 화를 돋워서 더 최선을 다하게 만들었다. 이런 방법은 팀에 도움이 되었지만, 코치는 탐탁지 않게 여겼다. 솔직히 내가 성질이 있는 건 인정한다. 시끄럽고 냉소적인 것도 맞다. 굳이 나 자신을 부정하지는 않겠다. 하지만 다른 열일곱 살짜리들도 다 똑같지 않은가? 나는 나고, 코치나 다른 사람 때문에 나를 바꿀 수는 없다. 코치는 내가 인상 쓰는 걸 싫어했다. 그때마다 자신에게 대든다고 받아들였다. 그뿐 아니라 내가 그를 험담한다고 생각했다. 코치가 멍청한 말을 해서 팀원들이 웃는 것조차 내 잘못이었다. 사실은 그가 한 말 때문에 아이들이 웃는 건데, 내가 뒤에서 부추겼다고 멋대로 오해했다. 덕분에 팔굽혀펴기부터 시작해서 온갖 벌칙을 얼마나 많이 받았는지 내 몸은 보디빌더처럼 되어버렸다.

나는 내가 재능이 있다는 걸 안다. 대학에서도 농구를 하고 싶지만 관중석에 앉아있는 나를 누가 알아봐주겠는가? 코치를 원망하는 마음밖에 들지 않는다. 단지 나는 다른 팀원들처럼 고분고분한 아이가 될 수 없을 뿐이다. 3주 동안 나는 자존심을 접고 코치의 사무실로 가서 팀에 남게 해달라고 부탁했다. 가끔은 코치가 내 입장을 이해하고 다시 한 번 기회를 줄 것처럼 보이기도 했다. 하지만 결국 나는 팀으로 돌아가지 못했다. 코치는 나를 포기했다. 삶이 끝나버린 것 같았다. 농구는 내가 꾸준히 해온 유일한 일이다. 나는 농구를 통해 스트레스를 풀었다. 경기장 안에 들어서면 바깥세상의 일을 모조리 잊을 수 있었다. 농구는 내 모든 것이었다. 나는 농구를 사랑했다. 농구는 내 삶 그 자체였다.

더 이상 농구 팀원은 아니지만 팀의 모든 경기를 빠지지 않고 관람했다. 우리 팀이 지역 리그에서 우승하는 모습도 지켜보았다. 그들이 플레이오프에서 이기고 결승전에 진출하는 순간 관중석에 있던 나는 경기를 뛰지 못하는 아픔에 시달렸다. 그러나 비록 팀은 나를 버렸어도, 나는 팀을 버리지 않았다는 사실을 코치에게 알리고 싶었다. 자존심과 자신감은 예전 같지 않지만, 나는 포기할 수 없었다. 특히 코치가 나를 자극제로 쓰고 있다는 팀원의 말을 듣고는 더욱 마음을 다졌다. 아이들이 연습을 게을리하거나 힘껏 뛰지 않으면, 코치는 "전부 제대로들 해. 조안이 팀에 돌아오려고 열심히 노력하고 있다는 사실을 잊지 마"라고 다그친다는 것이다.

한편으로는 농구를 그만두자 새로운 기회의 문이 열렸다. 이전에는 조금밖에 신경 쓰지 않았던 일들을 더욱 열심히 할 수 있었다. 그중 하나가 자유의 작가들 활동이다. 팀에서 쫓겨났다는 말을 듣고 자유의 작가들은 뉴욕에 같이 가서 안네 프랑크의 정신상을 받고, 〈프라임 타임 라이브〉에도 나가자고 권유했다. 우리 중 일부밖에 갈 수 없는 기회였다. 거기에는 조건이 있었다. 자신이 왜 자유의 작가를 대표해 상을 받아야 하는지 설명하는 글을 써야 한다.

나는 글을 쓰기로 했다. 농구팀에 있는 몇몇 여자아이들도 가고 싶어 했지만, 며칠 뒤 경기가 있어서 갈 수 없었다. 그루웰 선생님이 아니라 코치의 결정이었다. 나는 아무리 나쁜 일에도 최소한 한 가지의 좋은 면은 있다고 믿는다. 요즘은 성질을 많이 부리지 않는다. 고함을 지르려다가도 꾹 참곤 한다. 이제 나는 남을 대하는 태도가 얼마나 중요한지 잘 안다. 나는 완벽하지 않다. 다른 사람도 마찬가지지만, 어쨌든 나는 더 나은 사람이 되려고 노력하는 중이다.

랠프 월도 에머슨은 "더 나아지려면 바뀌어야 하고, 완벽해지려면 자주 바뀌어야 한다"고 말했다. 나는 아직 완벽과는 거리가 멀지만 조금씩 바뀌고 있다.

Diary 125

바버라 복서 상원의원

　세상에 이게 웬일이람? 150명이나 되는 자유의 작가들 중 내가 바버라 복서 상원의원 앞에서 연설할 사람으로 뽑혔다. 왜 나일까? 왜 자신의 삶을 바꿀 영향력을 가진 사람 앞에 제일 우수한 사람을 대표자로 내세우지 않는 걸까? 정말 놀라운 점은 그루웰 선생님이 나를 연설자로 정했을 뿐 아니라, 다른 149명 모두 나를 추천했다는 것이다.

　1학년 때부터 지금까지 나는 계속 사람들의 눈길을 끌며 살아왔다. 1학년 때는 고딕문화에 빠져서 내가 흡혈귀라고 생각했다. 내가 젖꼭지에 피어싱한 것을 알고 엄마는 거의 심장마비를 일으킬 뻔했다. 덕분에 한 달 동안 외출 금지를 당했다. 2학년 때는 아이들한테 내가 요정이라고 말했다. 실제로 나는 자유로운 요정처럼 부모님의 허락 없이 마음대로 집을 나가 돌아다녔다. 덕분에 내 방 창문엔 자물쇠가 채워졌고, 한 달 동안 외출 금지령이 내려졌다. 3학년 때는 완전히 구제불능이었다. 나는 온갖 방법으로 반항을 일삼았다. 매일 수업을 빼먹다시피 했고, 긴 금발머리를 짧게 자르고 검은색으로 물들였다. 바보같이 염색 전, 얼굴에 바셀린을 바르는 걸 까먹는 바람에 2주 동안 검은 반점이 찍힌 얼굴로 다녀야 했다. 내 꼴을 본 엄마는 10년은 더 늙어버렸고, 다시 한 달 동안 외출하지 못하도록 했다. 그것으로도 모자라 나중에는 혀에도 피어싱을 하고, 미래 따위는 어찌 되건 신경 안 쓴다는 태도로 살았다. 열여섯 살 때, 엄마는 내가 학교를 빼먹고 스물한 살짜리 남자친구와 어울린다는 사실을 알아챘다. 엄마는 당장 교도소에 보내겠다고 남자친구를 협박하고는, 나를 하루 종일 집 안에 가두었다. 이번에는 영원히 외출 금지였다. 그래도 상관없었다. 어차피 한두 번 당하는 일도 아니었다. 나는 어떻게든 집을 빠져나왔다. 그러다가 밤늦은 시각, 경찰에게 붙잡혀서 교도소에 갈 뻔한 적도 있다.

내가 말썽을 그만 부려야겠다고 생각한 것은 그루웰 선생님이 자유의 작가들에서 쫓아내겠다고 협박했을 때다. 그제야 정신이 번쩍 들었다. 자유의 작가들은 내가 언제나 의지할 수 있는 친구들이다. 그래서 더 이상 내 망나니짓을 받아들일 수 없다는 선생님의 말에 아무 대꾸도 하지 못했다. 학교는 언제나 뒷전인 내 태도를 선생님은 용납하지 않았다.

　아직도 자격 있는 다른 아이들이 아닌 나를 연설할 사람으로 뽑은 이유를 모르겠다. 어쨌거나 나는 자유의 작가들과 그루웰 선생님 그리고 나 자신을 실망시키지 않겠다.

Diary 126

주의력장애

오늘 캘리포니아주립대학교 어바인캠퍼스에서 열린 '평화의 추구' 회의에서 교수들을 앞에 두고 "자유의 작가들 만세!"라고 소리쳤다. 아직도 '만세'라는 소리가 내 머릿속에서 메아리친다. 청중석에 앉은 자유의 작가들이 평소 나의 장난에 그랬듯이 헛웃음을 터뜨리기를 기대했다. 그런데 청중이 요란스레 웃어대기 시작했다. 심지어 기립박수까지 받았다. 정말 이상하다! 이런 일은 처음 겪는다. 사람들은 나를 놀리기만 했지, 같이 웃어준 적은 없다.

아이러니하게도 나는 여덟 살 때 이 대학교의 어린이 계발 센터에서 주의력장애(한곳에 주의를 집중하지 못하는 정신장애 – 옮긴이 주) 치료를 받았다. 그때는 주의력장애가 뭔지 몰라서 너무 답답했다. 도무지 무슨 뜻인지 이해할 수 없었다. 내가 아는 거라곤 이 병이 어느 정도 제어가 가능하고, 사회생활에 지장이 없다는 사실뿐이었다. 계속 약을 먹기만 한다면 말이다. 어릴 때는 나의 몸 상태에 크게 신경 쓰지 않았다. 하지만 이제는 죽을 때까지 주의력장애를 달고 살아야 한다는 걸 안다.

과거에는 주의력장애로 별난 짓을 많이 했다. 불행하게도 그때는 사람들이 기립박수를 쳐주지 않았다. 한번은 전속력으로 달려가서 자동판매기를 들이받았던 적이 있다. 나는 "조심해! 성난 황소가 나가신다!"라고 소리를 질렀다. 모두 나를 바라보았다. 나는 자제력을 잃고 미친 듯 돌진했다. 쿵! 쿵! 쿵! 나는 계속 머리로 자동판매기를 들이받았다. 얼마 뒤 내가 바닥에 쓰러져있는 사이, 주위에 있던 아이들이 몰려들어 공짜 콜라를 주워갔다. 인기를 얻는 건 좋지만 정신이 올바른 아이라면 나 같은 방법을 쓰지는 않았을 것이다. 나는 보통 사람들처럼 동전을 이용한 게 아니라, 내 머리로 음료수를 뽑았다. 아무리 봐도 내가 정상은 아니었던 것 같다. 안 그런가?

자판기 사건은 약을 제때 먹지 않아서 일어난 일이다. 내 병을 통제하려면 리탈린을 먹어야 한다. 이것은 작은 알약이지만 엄청난 효과가 있어 마치 말을 맨 고삐처럼 나를 억누르는 힘을 발휘한다. 약효가 나타나려면 먹고 나서 30분이 걸린다. 만약 먹는 걸 깜박 잊으면 그사이 무슨 일이 일어날지 모른다. 한번은 차고에 가서 머리와 주먹으로 샌드백을 계속 두드린 적이 있다. 화를 풀려고 그런 것은 아니었다. 차고에 갈 이유도 없었다. 그저 무슨 짓이든 하지 않으면 안 되었기 때문이다. 어릴 때는 늘 아이들의 놀림감이었다. 아무도 나를 좋아하거나 같이 어울리려고 하지 않아 어떻게든 주목을 받고 싶었다. 하지만 다 자란 지금은 자연스럽게 친구를 사귈 수 있으니까 억지로 일을 꾸밀 필요가 없다.

내가 아주 똑똑한 사람들을 웃길 수 있다는 사실이 놀랍다. 그 일로 인해 나는 말하자면 우스꽝스런 위안을 얻었다. 좋았던 점은 교수들이 나를 다른 자유의 작가들과 차별 대우하지 않았다는 것이다. 어쩌면 다른 선생님들이 보지 못했던 내 안의 특별한 점을 발견해서인지도 모르겠다. 어서 대학생활을 시작하고 싶다. 대학에는 다양한 사람들이 있어서 나처럼 특이하고 이상한 사람들도 많을 것이다. 더 이상 다른 사람들에게 맞출 필요 없이, 있는 그대로 나를 인정해줄 사람을 만날 수 있다는 사실이 기쁘다.

Diary 127

동성애

지난 4년간 남을 편견 없이 대하는 법과 관용을 배웠다. 하지만 나를 대하는 사람들은 나를 있는 그대로 받아들이려 하지 않는다. 많은 사람이 내가 레즈비언이라는 이유로 나를 멀리한다.

최근 가까운 동성 친구에게서 사랑 고백을 받고 나 역시 같은 감정을 느꼈을 때, 내가 레즈비언이라는 사실을 깨달았다. 순식간에 삶이 얼마나 극적으로 변할 수 있는지를 생각하면 참 재미있다. 스스로 동성애자라는 사실을 인정하고 나니 많은 의문이 뒤따랐다. 혼란스럽고 불안해 어찌할 바를 몰랐다. 만약 주위 사람들이 친구와 내가 동성애자라는 걸 알면 어떤 반응을 보일까? 우리 사이를 있는 그대로 인정해줄까, 아니면 차갑게 등을 돌릴까? 가까운 친구들은 어떻게 생각할까? 이 좁은 세상에서 우리 사이가 받아들여질까?

가족은 어떻게 나올까? 나를 역겨워할까? 우리가 다닐 대학교는 또 어떻게 반응할까? 사랑하는 사람을 잘못 고른 대가로 쫓겨나게 될까? 우리가 다닐 학교는 종교 대학교라서 학칙상 동성연애를 허락하지 않는다.

이 모든 문제를 떠올리고 나니 무서움과 혼란이 더욱 심해졌다. 문제의 절반은 답을 알 수 없었고, 답을 아는 나머지 절반은 차마 대면하고 싶지 않았다. 고민을 거듭하다가 아무리 어려운 일이 있어도 친구가 되어주겠다는 사람들과 먼저 의논해야겠다는 생각이 들었다. 그래서 믿을 만한 몇몇 친구들에게 털어놓았더니, 뜻밖에도 그들은 제일 심한 반응을 보였다. 그들은 내가 지옥에 갈 거라고 말하면서 더 이상 나를 상종하려 들지 않았다. 반면 가족 중에서 의외로 우리의 성적 취향을 담담하게 받아들인 식구도 있었다. 부모님에게 털어놓는 것이 가장 어려울 것이다. 예전에 엄마는 무슨 일이 생기든 간에 나를 사랑한다고 말했지만, 나의 비밀을 고백하고 나면 친구들처럼 나를 버리지 않을까?

Diary 128

무도회의 여왕

내가 무도회의 여왕이 되다니 믿기질 않는다! 오늘 나는 내 인생 최고의 밤을 보냈다. 신데렐라가 된 기분이다. 모두들 나에게 환호했다. 얼마나 흥분했던지 엄마에게 전화한 일 말고는 아무것도 기억나지 않는다. 여왕으로 뽑힌 것은 나보다 엄마에게 더 의미 있는 일이라는 생각이 들었다. 자랑하고 싶어서가 아니라 나를 키워주어서 고맙고, 이 멋진 밤이 모두 엄마 덕분이라고 말하고 싶었다.

엄마는 "왕관을 쓰니 정말 예쁘구나. 넌 나의 보물이야"라고 말했다. 엄마는 어깨띠를 두르고 왕관을 쓰고 꽃을 든 내 모습을 보려고 밤늦도록 자지 않고 기다렸다. 엄마의 눈물을 통해 지금까지 나를 키우며 엄마가 얼마나 많은 희생을 감수했는지 깨달았다. 예전에는 엄마가 했던 고생들이 마음에 와 닿지 않았지만, 이제는 알 수 있을 것 같다.

우리 가족은 고국에서 아주 잘사는 편에 속했다. 고위 관료였던 아버지 덕분에 오빠들은 제일 좋은 사립학교에 다녔고, 남동생과 나는 유모의 손에서 컸다. 엄마는 당시 최고급 미용실을 여러 개 운영하고 있었다. 정부 인사와 연예인들이 엄마의 주요 고객이었다. 부모님이 늘 바빴기에 때문에 우리는 거의 유모와 지냈다. 커서는 수준 높은 학교에 다니는 만큼 당연히 우등생이 되어야 했다. 우리에겐 가족 간의 정 말고는 부족한 것이 아무것도 없었다.

나는 소모사 대통령(독재와 착취를 일삼다가 망명 중 암살당한 정치인 – 옮긴이 주)이 물러난 뒤 공산주의 정권이 들어선 니카라과에서 태어났다. 공산주의가 확산되면서 사회적 위치가 바뀌어버린 우리 가족은 곤경에 처했다. 소모사 가족의 회계사였던 아버지는 사회의 적으로 간주되었다. 두 오빠도 언제 군대에 끌려갈지 모르는 상황이었다. 정부에서 소년들을 강제로 징집하여 공산주의 사상을 세뇌시키고, 전쟁 훈련을 시켰기 때문이다. 우리 가족은 모든 희망을 잃고 어두운 삶을 살았다. 빨리 다른 방법을 찾아야만 했다. 아버지에 대한 감시가 심해지자, 임신 6개월째인 엄마는 오빠들을 데리고 미국으로 이민하기로 결심했다. 모든 것을 버리고 떠나는 이민이었다. 돈과 사업, 이전의 윤택했던 삶뿐 아니라 여섯 살 난 아들과 세 살 난 딸도 남겨두어야 했다. 엄마로서는 남편과 다 큰 두 아들이 전쟁에 끌려가서 죽는 것을 보지 않기 위한 어쩔 수 없는 선택이었다. 아이들을 한꺼번에 데려갈 수는 없었다. 우선 돈도 많이 들었지만, 온 가족이 출국하면 도망치려 한다는 사실이 명백하게 드러나기 때문이다. 아직 순진했던 나는 엄마가 왜 나를 데려가지 않는지 이해하지 못했다.

아버지와 작은오빠 그리고 나는 1년 뒤에야 엄마와 두 오빠 그리고 새로 태어난 여동생과 만날 수 있었다. 태어나서 그렇게 기쁜 순간은 처음이었다. 부모님은 미국에서의 삶이 무척 힘들리라는 것을 잘 알고 있었다. 맨손으로 시작해야 하는 형편이어서 생활방식이 완전히 바뀔 수밖에 없었다. 미국에 막 도착했을 때, 우리 가족은 다른 남미계 이민자들과 하나도 다를 바가 없었다. 전에는 진정한 가족의 정을 느끼지 못했지만, 낯선 외국 땅에서는 한 가족으로 뭉치지 않으면 안 되었다.

그 뒤 우리는 익숙지 않은 문화에 적응하느라 많은 어려움을 겪었다. 부모님은 우리에게 이전처럼 좋은 환경을 제공하기 위해 열심히 일했다. 옛날만큼 부자는 아니지만 우리 가족은 그보다 더 소중한 가치를 얻었다. 그루웰 선생님의 수업시간에 나의 문화적 배경에 대해 토론하기 전까지, 나는 부모님의 예전 사회적 위치나 우리 가족의 역사를 거의 몰랐다. 부모님에게 니카라과를 탈출할 수밖에 없었던 이유를 듣고 나서 나는 큰 충격을 받았다. 무척 생소한 얘기였다. 그루웰 선생님은 엄마를 통해 우리 집안의 역사를 배우라고 말했다. 무도회에 가기 전 엄마에게 머리 손질을 받으면서, 나는 지금 내 머리를 만지는 두 손으로 엄마가 니카라과에서 이룩한 성공에 대해 생각해보았다.

지금까지 엄마의 희생을 제대로 알지 못했다. 하지만 이제는 바로 내 곁에 있는 엄마가 얼마나 소중한 존재인지 알 것 같다. 엄마는 자식들을 위해 목숨을 걸었을 뿐 아니라, 내가 이룬 모든 성공을 가능하게 한 분이다. 엄마가 위험을 무릅쓰고 미국으로 오지 않았더라면, 나는 오늘 무도회의 여왕으로 뽑히지 못했을 것이다. 엄마는 나를 자신의 보물처럼 여긴다. 그래서 내가 쓴 왕관이 실은 엄마의 것이라고 생각한다. 엄마야말로 진정한 여왕이기 때문이다.

Diary 129

세상 구하기

　방금 우리가 미국 유태인 위원회에서 주는 미가상을 받게 되었다는 소식을 들었다. 우리 사회의 불의에 맞선 공로로 받는 상이었다. 통지서 겉표지에는 "한 사람의 목숨을 구하는 것은 세상 전체를 구하는 일이다"라고 써있었다. 지금까지 읽었던 그 어떤 글보다 강렬한 문장이다. 모두가 침묵했기에 나치는 600만 명의 무고한 영혼을 죽음으로 내몰았다. 모두가 침묵했기에 크메르 루즈는 공포의 통치 기간 동안 100만 명이 넘는 사람을 죽였다. 그리고 내가 침묵했기에 두 명의 어린 소녀가 성폭행의 고통에 시달려야 했다. 침묵은 어두운 역사를 반복시킨다.

　미가상은 내 삶을 극적으로 바꾸어놓았다. 나는 더 이상 침묵하지 않기로 했다. 9년 동안이나 고통받은 끝에, 나는 마침내 가장 두려워하던 일을 하기로 결심했다. 그것은 비밀을 털어놓는 일이다. 나는 가슴속에 쌓인 두려움을 이겨내고 용기 내어 지금까지 강간당해왔다는 사실을 엄마에게 알렸다. 아홉 살 때 처음 성폭행당한 뒤로, 그 사실을 말하는 데 9년이 걸렸다. 무엇보다 그 가해자가 부모님이 믿었던 삼촌이라는 점이 슬펐다.

이제 나는 홀로코스트에 대해 부끄러움과 죄책감마저 느낀다고 말했던 생존자들의 고통을 이해한다. 지금까지는 그 모든 일이 내 잘못이라고 생각했지만, 나는 무고한 희생자일 뿐이다. 내가 죄책감을 느껴야 할 이유는 하나도 없다.

최근 파티에서 사촌을 만난 적이 있다. 서로 얘기를 나누다가 그녀가 자신을 막 대하는 남자친구를 그냥 놔둔다는 걸 알았다. 나도 마찬가지였기에 혹시나 하는 생각이 들었다. 그래서 난데없이 그녀에게 혹시 성폭행당한 적이 있느냐고 물었다. 그녀도 같은 일을 겪었을까 봐 대답을 듣기가 두려웠다. 그녀의 대답은 충격적이었다. 사촌도 나를 성폭행한 삼촌에게 강간당했다고 고백해서였다. 그날 밤 내내 나는 '한 사람의 목숨을 구하는 것은 세상 전체를 구하는 일이다'라는 말을 마음속으로 되뇌었다. 지금이야말로 침묵을 깰 기회였다. 적어도 삼촌으로부터 또 다른 한명의 무고한 어린 소녀를 지킬 수 있다면 그것만으로도 충분히 가치 있는 일이었다. 사촌의 말을 듣고 슬프면서도 한편으론 나혼자가 아니라는 생각에 위로를 받았다. 그 덕분에 더욱 용기를 낼 수 있었던 것 같다. 나는 나와 사촌의 경우처럼 삼촌이 어린 영혼에게 상처를 입히는 일이 더 이상 생기지 않도록 삼촌을 고발할 것이다.

내 결심을 전하자, 사촌은 자기 말고 다른 친구도 그에게 성폭행을 당했다고 말했다. 삼촌 탓에 세 명의 인생이 영원히 바뀌어 버린 것이다. 어쩌면 다른 희생자가 있을지도 모른다는 생각이 들었다. 내가 아무것도 하지 않으면 분명히 또 다른 희생자가 생길 것이다. 그래서 나는 그를 고발하기로 했다. 단순히 복수하려는 것은 아니다. 나에게 닥친 비극을 영원히 끝내고 싶었을 뿐이다. 그루웰 선생님은 '착한 사람들이 가만히 있을 때 악이 승리한다'고 가르쳤다. 나는 착한 사람이며, 더 이상 방관하지 않기로 결심했다. 그래서 다시는 같은 문제가 생기지 않도록 할 것이다. 그러면 한 명의 삶을 구하고, 나아가 온 세상을 구할 수 있다.

악순환의 끝

이제 몇 주만 있으면 졸업이다. 나는 자리에 앉아 지난 4년을 돌이켜보았다. 역사는 되풀이된다는 그루웰 선생님의 말이 떠올랐다. 선생님은 4년 내내 과거가 어떻게 현재와 닮아있는지 보여주었다. 그 과정에서 독일인들이 2차 대전 동안 유태인들을 몰살시키려 했던 만행과, 1990년대에 일어난 보스니아 전쟁에서 세르비아인들이 크로아티아인들과 이슬람교도들을 몰살시키려 했던 일을 알게 되었다. 또한 각각 다른 시대에 쓰였지만 모두 전쟁의 고통을 다루고 있는 안네 프랑크와 즐라타 필리포빅의 일기를 읽었다. 즐라타가 현대의 안네 프랑크로 불리는 것을 보면 역사는 실제로 되풀이되고 있는 것 같다.

오늘 나는 하루 종일 '역사는 되풀이된다'는 말을 생각했다. 우리 가족은 지금까지 아무도 대학에 가지 않았다. 어쩌면 내가 처음으로 갈지도 몰랐다. 한때나마 대학 진학은 현실로 느껴졌다. 나는 아주 좋은 공과대에 합격했다. 장학금 제의까지 받았다. 즐거운 대학생활이 내 눈앞에 펼쳐져 있었다. 남은 일은 고등학교를 무사히 졸업하는 것뿐이었다.

그런데 예상치 못한 일이 벌어졌다. 아빠가 심각한 병에 걸린 것이다. 그 순간 내 삶은 완전히 바뀌었다. 뜻밖의 상황에 처한 나는 대학 입학을 포기할 수밖에 없었다. 이미 받은 학자금도 돌려주어야 했다. 너무 슬프고 실망스러웠으며, 때로는 화도 났다. 하지만 다른 방법이 없었다. 내게는 무엇보다 가족이 우선이었다. 가족 중 유일하게 돈을 벌던 아빠가 편찮으시니 내가 가장 노릇을 해야 했다. 다시 말해 대학을 포기하고 일을 해야 했다. 게다가 엄마와 동생의 기운도 북돋아주어야 했다. 울고 싶을 정도로 힘들 때가 많았지만, 가족에게 약한 모습을 들키고 싶지 않았다. 그래서 짐짓 강하게 보이려고 노력했다. 수입이 없기 때문에 세 들어 살던 아파트에서 나와야 했다. 엄마는 아빠가 멕시코로 돌아가고 난 뒤, 남은 빚을 갚기 위해 차와 대부분의 가구를 팔았다. 미국 시민권자였던 아빠는 더 수월하게 신장이식수술을 받기 위해 멕시코로 돌아가야 했다.

오늘 나는 과거를 돌아보며 인생과 시간이 얼마나 놀랍고 소중하며 강한 힘을 가지고 있는지 깨달았다. 한순간 우리는 정상에서 만사가 순조로운 시간을 보내다가, 바로 다음 순간 바닥으로 추락하고 만다. 내 인생에서 가장 행복한 시간이 될 줄 알았던 졸업을 불과 몇 주 앞둔 지금, 나는 졸업 가운과 모자를 살 돈이 없어서 쩔쩔매고 있다. 하지만 가난이 무섭지는 않다. 이미 겪어봤기 때문이다. 가난하게 자랐던 내게 힘든 생활은 낯설지 않다. 그런 걸 보면 정말 역사는 되풀이되는 것 같다. 결국 나는 왔던 곳으로 되돌아가게 되었다. 잠시 동안이지만 최고의 시간을 보냈던 것으로 만족할 수밖에 없다.

정처 없이 떨어지는 낙엽이 된 기분이다. 어디로 이어질지 모르는 인생길을 걸어가면서 그저 최선을 다해야겠다고 다짐할 뿐이다.

축구선수로 거듭나기

와! 내가 대학 축구선수가 되다니, 끝내준다! 방금 서부지구의 대학 축구선수로 뛰겠다는 계약을 하고 집에 왔다. 이제 전 학년 장학금을 받고 대학에 갈 수 있다! 4년 전에는 상상도 못했던 일이다. 축구는 내게 술, 담배 그리고 마약과 함께 또 다른 오락거리에 지나지 않았다. 공부에는 아무런 관심도 없었다. 지금은 축구가 내 인생에서 가장 중요한 일이 되었지만, 1학년 때만 해도 약에 취하는 게 제일 좋았다.

예닐곱 살 때부터 축구선수가 되고 싶었던 나는 초등학교를 졸업할 때까지 축구부에서 뛰었다. 하지만 친구들한테 마약을 배운 다음부터는 축구에 흥미를 잃었다. 중학교에 들어가자마자 축구

대신 술과 담배에 빠져들었다. 겨우 열두 살의 나이에 말이다.

마약중독은 점점 정도가 심해졌다. 수업과 축구부 훈련을 빼먹고, 옛날 친구들과도 연락을 끊었다. 새로 사귄 친구들이 전부 마약을 해서 쉽게 약에 취할 수 있었다. 축구선수에서 구제불능의 마약중독자로 바뀌는 데는 채 2년이 걸리지 않았다. 그때가 고등학교 1학년 무렵이었다. 나는 하루에도 네댓 번씩 대마초를 피웠고, 술을 달고 살았다. 곧 술과 대마초로는 만족할 수 없는 지경에 이르렀다. 더 센 약이 필요했다. 구할 수 있는 약이란 약에 닥치는 대로 손을 댔다. 취할 수만 있다면 어떤 것이든 서슴지 않았고, 환각 버섯, 흥분제나 안정제, LSD(정신 이상과 감각을 마비시키는 향정신성 의약품 – 옮긴이 주)까지 죄다 받아들였다.

가장 치명적이었던 건 질소 가스였다. 그 어느 것보다 중독성이 강했다. 제때 하지 못하면 완전히 제정신이 아니었다. 그것보다 더 중요한 일은 아무것도 없었다. 아예 옷장 속에 아산화질소 가스통을 숨겨놓고 매일 들이마실 정도였다. 한번은 가스가 다 떨어졌는데 하루가 지나야 구할 수 있었다. 하루조차도 내게는 너무 긴 시간이었다. 당장 취하고 싶어서 휘핑크림 스프레이를 사용해봤지만 소용없었다. 그러다 문득 가정용 클리너 스프레이로 환각을 즐기는 사람들이 있다는 뉴스를 본 기억이 났다. 당장 옷장에서 컴퓨터용 클리너를 찾아내 급한 대로 썼다.

부모님은 계속 떨어지기만 하는 성적을 놓고 나를 꾸짖었다. 두 사람은 나를 그대로 내버려두지 않았다. 그러나 내가 마약과 술에 심각하게 중독된 상태라는 걸 아직 모르고 있었다. 엄마는 그루웰 선생님이 아이들을 잘 가르친다는 말을 들었다. 책 읽기를 좋아하는 엄마는 그루웰 선생님한테서 뭔가 배우기를 바라며 3학년 때 나를 그 반으로 옮겼다. 결과적으로 그루웰 선생님의 수업과 교회 캠프 그리고 부모님의 지속적인 격려는 형편없이 망가져가는 내 삶을 똑바로 보도록 이끌었다.

불과 몇 년 전만 해도 내가 한심하게 살았다는 사실이 믿기지 않는다. 나는 건강뿐 아니라 친구와 가족과의 관계까지 엉망이었다. 정신 상태도 썩을 대로 썩었다. 이제 나는 달라졌다. 마약 따위는 생각도 하지 않는다. 약에 빠질 시간에 차라리 친구들을 만나거나 운동하는 게 훨씬 낫다. 나를 아끼는 사람들이 나의 잠재력을 인정해주고, 끝까지 포기하지 않았다는 사실이 큰 힘이 된다.

최근에는 대학 축구선수가 되기 위해 공부와 운동 모두 열심히 했다. 덕분에 4학년 들어서는 F학점이던 화학 점수를 반에서 두 번째로 높은 A학점까지 끌어올렸다. 나는 내 능력을 믿는다. 열심히 노력해서 반드시 다음 목표인 대학 졸업과 프로 팀 입단을 해내고 말겠다.

Diary 132

진로 문제

인생은 때로 예측 불가능한 방향으로 흘러간다. 오늘은 희소식으로 시작했다가 비극적인 패배로 끝나버렸다. 한순간 천국에서 지옥으로 떨어지는 기분이었다. 아침에 한 프로야구팀이 첫 라운드에서 나를 지명했다. 그리고 저녁에 우리 야구팀은 준결승전을 치렀다. 나로서는 우리 팀과 함께 지난 한 해 동안 얼마나 열심히 뛰었는지 보여줄 마지막 기회였다. 하지만 나의 프로 팀 입단을 축하하는 관중들의 환호 때문에 경기에 집중할 수가 없었다. 그라운드를 누비는 내내 별로 달갑지 않은 압박감이 나를 괴롭혔다.

결국 경기는 실망스런 결과로 끝나고 말았다. 우리 팀이 졌다. 그렇게 나의 고등학교 야구 경력은 패배로 마침표를 찍었다. 초등학교 때부터 같이 뛴 팀원들이었기에 패배로 끝난 것이 더더욱 아쉬웠다. 우리는 두 번의 어린이 야구 결승전을 포함하여 수많은 경기를 함께 치렀다.

나의 야구 인생이 어떻게 펼쳐질지는 아직 알 수 없다. 여전히 넘어야 할 산이 많다. 열일곱 살에 인생을 건 선택을 해야 한다는 게 힘겹다. 사실 얼마 전 대학 팀에 입단하겠다는 서류에 서명했다. 그쪽에서 전 학년 장학금을 제의했기 때문이다. 대학생활이 인생 최고의 시기가 될 거라고 생각했지만, 다른 한편으로 일찍 프로생활을 시작하는 것이 나의 목표를 더 빨리 이루는 길이다. 마이너리그 선수생활이 고달프긴 해도 대학에 들어가면 두 번 다시 같은 기회를 얻을 수 없을지도 모른다.

그루웰 선생님은 아버지가 야구선수 출신이라서 나의 입장을 충분히 이해했다. 선생님은 내 앞에 놓인 선택이 햄릿의 고뇌만큼이나 어렵다고 말했다. 아직도 결정을 내리지 못했다. 마이너리그냐 대학이냐!

Diary 133

대학 입학

어젯밤 내 인생 최고의 소식을 들었다! 그것은 바로 내가 가고 싶어 했던 유일한 대학인 UCLA에 합격했다는 소식이다. 하지만 오늘 학교에서 기쁨을 감추지 못하는 내 모습에 불쾌해하는 아이들이 있었다. 사회 시간에 합격 소식을 알렸더니, 나 외에 또 한 명의 흑인과 남미계 두 명 빼고는 전부 백인인 반 아이들은 "내신이 몇 등급인데? 수능은 몇 점 나왔냐?"라고 따지듯 물었다. 마치 나 같은 애는 좋은 대학에 갈 자격이 없다는 투였다. 어떤 여자아이는 더 심했다. 그 애는 자긴 떨어졌는데 내가 합격했다는 게 말이 안 된다며 소리를 질렀다. 그녀는 거기서 멈추지 않았다. 다른 아이들한테 내가 원래 들어갈 자격이 없지만 인종 덕에 합격했다고 떠들어댔다. 그 애는 나를 바보로 몰아가려 했지만, 사실 그녀 스스로를 그 꼴로 만들었다. 왜냐하면 올해부터 209호 법안이 발효되어, '소수계 우대 정책'이 더 이상 적용되지 않기 때문이다. 이는 내 친구한테 직접 들은 얘기다.

불합격한 다른 아이들이 나만 합격했다는 이유로 화를 내고 있다고 친구가 전했다. 나를 모르는 아이들까지도 말이다. 친구는 신경 쓰지 말라고 말했다. 나는 실력으로 당당하게 합격했고, 그게 마음에 들지 않는다면 그건 그 아이들의 문제라는 얘기였다. 나는 격려해준 친구에게 고맙다고 인사한 뒤, 그루웰 선생님의 수업에 들어갔다.

도중에 예전 선생님을 만나서 내 합격 소식을 알렸다. 그녀는 무표정한 얼굴로 "뜻밖이네. 올해부턴 소수계 우대 정책도 없어졌는데"라고 말했다. 아마 내가 백인이었다면 축하받았을 거고, 아시아계였다면 "당연히 합격할 줄 알았어. 넌 머리가 좋잖니"라는 칭찬을 들었을 것이다. 하지만 나 같은 흑인이나 남미계는 UCLA에 들어간 것이 뜻밖이라는 말밖에 못 듣는다. 제자한테 그렇게 말하다니 실망스러웠다. 옛날에 공부라도 못했다면 그녀의 반응을 이해하겠지만, 나는 늘 우등생이었다.

반면 그루웰 선생님에게 내 합격 소식을 전하자, 선생님은 반전체에 그 사실을 알렸다. 자유의 작가들은 모두 환호성을 지르며 달려와 나를 껴안았다. 그들은 자기 일처럼 기뻐해주었다. 제일 친한 친구는 수업에 빠진 아이들도 알 수 있도록 칠판에다 내가 합격했다고 적어두었다. 반 아이들의 축하와 자랑스럽다는 칭찬은 하루 종일 이어졌다. 유난스럽기도 했지만, 그래도 행복했다. 자유의 작가들은 가족처럼 내 기쁨을 함께해주었다. 덕분에 나의 성공은 우리 모두의 성공이 되었다.

Diary 134

이별의 두려움

졸업을 눈앞에 둔 지금, 거짓 웃음이 아예 얼굴에 박혀버린 것 같다. 마치 마음이 두 동강 난 것처럼, 행복과 슬픔 사이에서 갈 피를 못 잡고 있다. 잠시 어느 한쪽으로 향하다가도 어느새 반대 쪽으로 끌려가고 만다.

다른 아이들이 대학에 합격했다는 말을 들을 때마다 심장이 멎을 것처럼 괴롭다. 제대로 숨을 쉴 수 없을 지경이다. 많은 친구가 대학에 가게 되어 정말 기쁘지만, 곧 헤어지는 게 두렵다. 자유의 작가들은 이별 따위는 신경 쓰지 않는 걸까? 다가올 이별을 걱정하는 건 나뿐일까?

가끔 시간을 되돌리고 싶다는 이기적인 생각마저 든다. 하지만 그것은 불가능한 일임을 안다. 한 가족같이 편안하던 자유의 작가들이 내 곁을 떠난다는 생각을 할 때마다 깊은 슬픔이 찾아온다. 이제 다시는 얻기 힘든 인연이겠지만, 영원한 이별은 아니었으면 좋겠다. 자유의 작가들이 새로운 대학생활을 위해 뿔뿔이 흩어지는 모습을 떠올리면, 내 가슴은 점점 빠르게 고동치기 시작한다. 나중에는 터져버릴 것 같아서 두 손으로 가슴을 감싸 안는다. 나는 가슴을 부여잡은 채 가쁘게 뛰는 심장 고동을 느끼며 무던히 잊으려 했던 기억 속으로 빠져든다.

내 기억은 끔찍할 정도로 추했던 어린 시절의 핑크색 방에서 시작된다. 어느 날 밤, 나는 부모님이 싸우는 소리를 들었다. 평소에는 부부싸움을 전혀 안 했기에 무척 낯설었다. 어쩌면 부모님은 그동안 내가 보지 않는 곳에서만 다퉜을지도 모른다. 잠시 뒤 사나운 발소리가 들렸다. 나는 불안한 마음에 밖으로 나갔다가 아버지와 마주쳤다. 나는 그날 이후 엄마에게 '그 남자'로 불리게 된 아버지에게 "왜 그래요? 무슨 일 있어요?"라고 물었다. 아버지의 대답을 들으면 모든 상황을 이해할 수 있기를 바랐다. 그러나 아버지는 "아무것도 아냐. 화장실 가는 거야. 돌아가서 자. 시간이 몇 시야!"라고 야단만 쳤다. 방으로 돌아온 나는 거칠게 앞문이 닫히는 소리를 들었다. 화장실로 달려가 보니 아버지는 거기 없었다. 그때 겨우 네 살이던 나는 아버지가 영원히 떠나버렸다는 사실을 직감했다. 이유는 알 수 없지만 다시는 보지 못할 것 같은 예감이 들었다. 그리고 그 예감은 옳았다.

요즘 나는 그때와 똑같은 불안을 느낀다. 자유의 작가들과 헤어져야 하는 시간이 두렵다. 훗날 과거를 돌아보면서 자유의 작가들을 '그 아이들'이나 '그 반'으로 떠올리고 싶지 않다. 헤어지는 게 싫다. 그러나 가슴이 어느 정도 진정되고 나면 가끔 어쩌면, 정말 어쩌면 그렇게 걱정할 일이 아닐지도 모른다는 생각이 든다. 자유의 작가들은 '그 남자'와 비교할 수 없을 정도로 내겐 가까운 사람들이니까 말이다.

Diary 135

상대의 임신

숨이 가쁜 상태에서 아무리 노력해도 공기를 들이마실 수 없는 기분은 끔찍하다. 더 나쁜 건 간신히 물 밖으로 머리를 내밀었다고 생각했는데 바로 다시 잠겨버리는 것이다. 요즘 내 성적은 그어느 때보다 좋았고, 엄마와도 전에 없이 가깝게 지냈다. 졸업을 두어 달 앞두고 수구(水球) 시즌이 막 끝나면서 여름 동안 구조요원으로 일하고, 가을에는 수영선수로 대학에 입학할 예정이었다. 게다가 내 곁에는 다정한 남자친구까지 있었다. 하지만 나는 숨이 찼다. 언제 파도가 나를 덮쳐서 물 밑으로 곤두박질치게 만들지 알 수 없었다. 물 위에서 간신히 숨을 쉴 수 있는 시간은 잠시뿐이었다.

제임스와 사귄 지 넉 달이 채 되지 않아 현기증이 잦아졌다. 아무래도 임신한 것 같았다. 내 예감이 틀리길 바랐지만 의사는 임신이 맞다고 말했다. 어디서 잘못된 걸까? 항상 조심하면서 관계를 가졌는데 이상한 일이었다. 이미 한 번 임신했던 적이 있어서 더욱 신경 썼다. 그러다가 콘돔이 터졌던 날 밤이 생각났다. 열네 살에 처음 했던 임신은 나의 부주의 때문이었다. 낙태 말고는 다른 방법이 없었다. 아이를 지우고 난 뒤 내 일부를 죽여버린 것 같은 죄책감에 시달렸다. 그때부터 나는 물속으로 잠겨들기 시작했다. 낙태로 인해 생긴 우울증에서 벗어나는 데 거의 3년이 걸렸다. 다시는 아이를 지우고 싶지 않았다.

제임스에게 내 결심을 알렸다. 그는 걱정하면서도 내가 하자는 대로 따르겠다고 말했다. 내가 전에 겪었던 고통을 이해하고 있기 때문이다. 그래도 우리가 아직 아이를 가질 준비가 되지 않았다는 불안은 여전했다. 물론 당연히 그렇겠지만 어쩌겠는가? 모험을 감수할 수밖에 없었다. 그저 제임스가 끝까지 나와 함께해주기를 바랄 뿐이었다.

엄마는 임신했다는 내 고백을 듣고는 이미 짐작했노라고 말했다. 한 집에 사는 여자들은 대개 생리 주기가 같아지는데, 내가 한 달 넘게 생리를 하지 않은 걸 눈치 채고 있었던 것이다. 엄마는 아이를 낳으면 내 인생이 달라진다는 점을 상기시켰다. 내가 계획했던 많은 일을 포기해야 할지도 몰랐다. 할머니는 "임신하면 가을부터 대학에 다닐 수 없고, 구조요원도 못할 거야"라고 말했다. 학교 수영 코치에게도 임신 사실을 알렸다. 그녀는 아기에게 위험하다는 이유로 선수 생활을 그만두라는 결정을 내렸다. 두려움의 거대한 파도가 나를 집어삼켰다. 미래의 모든 계획을 보류해야 했다. 여름의 구조요원 일, 가을의 대학 입학, 수영선수 활동 등 할 수 있는 게 아무것도 없었다. 나는 다시 물에 빠져 허우적거렸다.

절망에 사로잡혀 며칠을 보낸 뒤, 나는 그대로 물에 잠기지 않으리라 결심했다. 물론 계획했던 일들은 틀어졌지만 영원히 할 수 없는 것은 아니다. 나는 물살을 헤치듯 새로운 계획을 세웠다. 대학은 내년 봄부터 다니는 대신 여름 학기를 들으면 된다. 구조요원보다 더 나은 일자리를 찾을 수 있을지도 몰랐다. 어쨌든 나는 150명이나 되는 자유의 작가들을 대표해 시상식에 나간 두 명중 한 명이다.

부지런히 파도를 가르며 나를 옭아맨 모든 구속으로부터 벗어나자, 내가 얼마나 축복받은 사람인지 깨달았다. 나는 우등생으로 고등학교를 졸업할 수 있었고, 아직 나를 사랑하는 가족과 친구들이 있다. 더 이상 불안에 숨 막혀 할 필요가 없다. 나는 가슴을 활짝 펴고 자유를 한껏 들이마셨다.

Diary 136

사우스웨스트 항공사

"나는 새장 속에 갇힌 새가 왜 우는지 안다."

다른 사람에게는 평범해 보일 이 시구는 내 삶 자체를 드러내는 비유다. 때로 나는 내가 새장에 갇힌 날개 없는 새처럼 느껴진다. 새는 행복하기 때문이 아니라 자유롭지 못해서 운다. 나도 마찬가지다. 새가 울듯이 나는 글을 쓴다. 나는 견디기 힘든 현실에서 잠시라도 벗어나려고 거의 매일 시나 일기를 쓰고 있다.

현실이 이토록 힘든 이유는 내가 사는 곳 때문이다. 나는 총소리가 자장가처럼 들리는 곳에서 지낸다. 어딜 가나 대마초 냄새가 풍기고, 사람들은 하나같이 독한 술을 마신다. 끔찍한 범죄도 끊이질 않는다. 어른들은 교도소에 갇혔거나 거리에서 약을 판다. 우리 동네에는 남미계와 흑인이 대부분이다. 그래서 내가 오히려 소수계가 되었다. 백인은 나 혼자뿐이기에 나는 이름이 아니라 그냥 '백인 녀석'으로 통한다.

아주 오래전부터 나는 우리 동네의 소수계로 살아왔다. 학교가 끝나면 친구와 같이 걷는 게 아니라 혼자 뛰어서 집으로 가야 했다. 왜냐고? 욕을 듣거나 두들겨 맞지 않으려면 도망치듯 뛰어다닐 수밖에 없었다. 게다가 동네 아이들과 어울리지 않았기에 같이 다닐 친구도 없었다. 사실은 동네 아이들이 나하고 어울리지 않았다는 표현이 정확하다. 내가 아이들이 노는 곳에 가면 보통 싸움이 벌어지기 마련이었다.

동네에서 이웃끼리 매일 싸우는 것을 보면 애처롭기까지 하다. 하지만 학교에서는 모두 사이좋게 지낸다. 우리 반은 다양한 인종의 아이들이 화목하게 생활한다는 이유로 코니 정 씨가 진행하는 〈프라임 타임 라이브〉에 나가기도 했다. 얼마 전에는 사우스웨스트 항공이 우리의 활동을 지지하는 의미에서 자유투사상을 준다는 소식을 들었다. 그뿐 아니라 상당한 장학금을 기부해 우리 모두의 대학 학비를 대주기로 했다. 사우스웨스트 항공은 우리가 출연한 〈프라임 타임 라이브〉가 방송된 지 이틀 만에 바로 연락을 해왔다.

나는 갑갑한 현실로부터 벗어나 하늘 높이 나는 파일럿이 되고 싶다. 그러나 아이러니하게도 나는 고소공포증이 있어서 워싱턴과 뉴욕 여행에 따라가지 못했다. 올 가을에 그루웰 선생님은 또 다른 여행을 계획하고 있다. 이번에는 텍사스 주의 샌안토니오로 간다. 사우스웨스트 항공이 후원하는 여행이다. 자유의 작가들도 몇 명 가게 될 것이다. 나도 가고 싶다. 만약 갈 수만 있다면 나의 새장을 벗어나는 기회가 될 것이다.

Diary 137

상으로 받은 컴퓨터

졸업할 때 성적순으로 컴퓨터를 한 대씩 준다는 그루웰 선생님의 발표가 있은 뒤부터, 성적이 쑥쑥 올라갔다. 출석률 또한 거의 빠지는 수업이 없을 정도로 높아졌다.

마침내 4학년 졸업을 앞두었고, 컴퓨터를 받을 사람들을 발표하는 시간이 다가왔다. 내 이름은 명단 제일 마지막에 있었다. 선생님이 나를 보며 내 이름을 부르는 순간, 얼마나 긴장했는지 속이 다 울렁거렸다. 150명이나 되는 아이들 중에서 내가 뽑히다니 무척 놀라웠다. 정말 받고 싶었지만 솔직히 막판에 바짝 올린 점수로 가능할지 자신이 없었다.

우리 동네는 갱단의 폭력과 마약 거래가 판을 치고, 아이들이 보고 배울 만한 사람을 찾을 수 없는 곳이다. 나 역시 존 투 씨를 만나기 전까지는 존경하는 사람이 아무도 없었다. 존 투 씨는 내게 기업가가 되어서 컴퓨터 회사를 만들고 싶다는 꿈을 갖게 해주었다. 나는 돈을 벌어서 존 투 씨처럼 사회에 기여하고, 우리 동네에 만연한 폭력을 없애고 싶다. 그리고 우리 동네 아이들이 본받을 만한 사람이 되어 훗날 내가 존 투 씨를 존경하듯이 아이들에게 존경받고 싶다.

존 투 씨는 컴퓨터를 기증했을 뿐 아니라 반 아이 중 몇 명이 좋은 조건으로 그의 회사에서 일할 수 있도록 해주었다. 대개 동정은 총을 맞은 상처에 반창고를 붙이는 정도의 역할밖에 하지 못한다. 그러나 존 투 씨가 우리에게 준 것은 동정이 아니라 희망이었다. 백만장자를, 그것도 나의 미래를 신경 써주는 백만장자를 알게 되리라고는 상상조차 하지 못했다. 존 투 씨는 교육과 경제적 지원 그리고 도덕적 모범을 통해 다른 사람들을 돕는다. 그를 만나게 해준 하나님께 감사드린다. 그는 내게 매우 많은 것을 가르쳐주었다. 나도 존 투 씨처럼 남에게 희망을 전하는 사람이 되고 싶다. 그리고 훗날 또 다른 아이가 나를 따라하면서 희망의 끈이 계속 이어졌으면 좋겠다.

Diary 138

아낌없이 주는 나무

　세상에, 잃어버렸다! 나의 소중한 금 액세서리가 사라졌다. 잠들 때까지만 해도 분명히 차고 있었는데……. 나는 당황한 나머지 정신없이 시트와 침대 밑을 뒤졌다. 나중에야 그들이 훔쳤다는 사실을 깨달았다. 어떻게 그럴 수 있을까? 다시는 내 물건에 손대지 않겠다고 약속하고서 말이다. 텔레비전과 닌텐도 게임기, 비디오를 전당포에 맡겼을 때도 용서해주었다. 하지만 자기들이 사준 선물까지 훔치는 짓을 어떻게 용서할 수 있을까? 내게 가장 소중한 물건을 어떻게 가져갈 수 있지? 어떻게 자기 자식의 물건을 훔칠 수 있는 거지?

　부모님이 마약에 빠지기 시작한 뒤 모든 것이 바뀌었다. 집 안에서 썩은 음식과 코카인 타는 냄새가 가실 날이 없었다. 그들 몸에는 아예 마약 냄새가 배어버렸다. 포옹하고 나면 내 몸에도 냄새가 남을 정도였다. 퀭한 눈으로 물 밖에 나온 물고기처럼 몸을 비틀며 마약을 찾는 그들의 모습이 싫다. 그들이 절박하게 마약에 매달리는 걸 보고 문제가 매우 심각하다는 걸 깨달았다. 두 사람은 매일 마약에 절어 살았다. 자식은 안중에도 없었다. 그들에게 중요한 것은 오직 약에 취하는 일뿐이었다. 부모님이 집안을 돌보지 않으면서 나는 종종 굶어야 했다. 음식이 다 떨어진 채로 몇 날 며칠을 보내곤 했다. 공부에 집중하여 배고픔을 잊으려고 해봤지만, 배에서 나는 소리 때문에 소용없었다. 한번은 텔레비전을 보는데 전기가 나간 적이 있다. 두꺼비집을 살펴보니 멀쩡했다. 알고 보니 전기세를 내지 않아서 전기가 끊긴 것이었다. 월세와 자동차 할부금도 계속 밀린 상태였다. 어느 날 친구를 집에 데려왔는데 문 앞에 퇴거 통지서가 붙어있었다. 이웃 사람들은 모두 우리 가족을 비웃었다.

내가 더 어린 나이였을 때, 부모님은 나를 벽장에 가두어놓고 자기들끼리 약에 취해 싸우곤 했다. 하루는 싸움이 너무 격해져 아버지가 엄마의 머리를 벽에 찧기도 했다. 나는 벽장에 갇히는 데 익숙해진 나머지 나중에는 과자와 소형 텔레비전까지 준비해 두었다. 벽장 밖에서는 고함과 비명이 끊이지 않았다. 마치 부모와 마약 사이에 전쟁이라도 벌어진 것 같았다. 물론 승자는 늘 마약 쪽이었다. 벽장은 나의 유일한 탈출구였다. 거리를 돌아다니는 나치는 없었지만, 나 자신이 다락방에 갇힌 안네 프랑크처럼 느껴졌다. 벽장은 은신처이긴 해도 결코 아늑한 장소는 아니었다. 언제나 현실로부터 멀리 벗어나고 싶었다. 부모님은 내가 거기 있다는 사실도 잊어버린 것 같았다.

이제 졸업식이 며칠 남지 않았는데 아직도 약에 빠져 있다니 정말 미치겠다. 두 사람은 내 졸업 따위는 거들떠보지도 않는다. 도대체 그들은 언제 약을 끊을까? 우리 부모님은 내게 준 것보다 더 많은 것을 빼앗아갔다. 양심이 아예 없는 사람들 같다. 불행하게도 이 세상에는 우리 부모님처럼 아무렇지 않게 남의 물건을 훔치는 사람이 많다. 하지만 나는 그들처럼 되지 않고 베푸는 사람이 될 것이다. 때로는 내가 셸 실버스타인의 《아낌없이 주는 나무》에 나오는 나무이고, 부모님은 나의 사과를 훔치는 사람처럼 느껴진다. 곧 나에겐 더 이상 가져갈 물건도 남아있지 않게 될 것이다. 내일도 그들은 같은 짓을 할 게 틀림없다. 내 액세서리를 팔아서 마약을 사겠지. 두 사람에겐 나보다 마약이 더 중요하니까.

Diary 139

졸업 답사

믿을 수 없다! 내가 우리 집안에서 고등학교를 졸업하는 첫 번째 사람이 되다니! 하루 빨리 이 기쁨을 친척들과 나누고 싶어서 견딜 수가 없다. 엿새 뒤 모두들 졸업식장에 와서 내가 단상 위로 걸어가 졸업장을 받을 때 내 이름을 외쳐주었으면 좋겠다.

하지만 슬프게도 나는 그들의 축하를 받을 수 없다. 친척들이 보기에 내 미래는 다른 사촌들과 다를 바 없다. 그러나 부모님과 나는 그렇지 않다는 걸 증명하기 위해 싸울 것이다. 그리고 반드시 해낼 것이다. 종종 친척들은 내가 실패하기를 바라는 것 같다. 하나님이 내게 주신 진정한 가족은 부모님과 자유의 작가들뿐이다. 그들은 내가 모든 사람의 기대를 뛰어넘도록 용기를 북돋고,

스스로 발견하지 못한 나의 잠재력을 찾아 인정해주었다. 그들의 격려 덕분에 답사를 할 졸업생을 선발하는 대회에 나갈 용기를 얻었다.

내가 답사를 작성하고 고치는 동안, 자유의 작가들은 여러모로 중요한 지적을 해주었다. 부모님은 예행연습을 진지하게 들어주며 할 수 있다는 희망을 주었다. 하지만 정작 나는 뽑히지 못할 거라고 생각했다. 최종 선발자 명단이 게시판에 붙었을 때 두려운 마음이 들었다. 선뜻 볼 용기가 생기지 않았다. 그 명단을 보면 나의 꿈이 실현될지, 아니면 나를 믿지 않았던 친척들이 옳을지 알게 될 것이었다. 나는 눈을 감고 두 주먹을 꼭 쥐었다. 그러고는 심호흡을 하고 돌아서서 셋까지 센 다음 눈을 떴다. 순간, 환호성과 울음이 동시에 터져 나올 것 같았다. 자유의 작가들과 부모님에게 내가 답사를 하게 되었다는 사실을 빨리 알려야겠다는 생각뿐이었다.

1998년 6월 11일이 되면 "이제 우리 집안에서 처음으로 고등학교를 졸업하는 사람이 되겠다는 저의 꿈이 이루어졌습니다"라고 자랑스럽게 말할 수 있다. 이번 경험으로 좋은 일뿐 아니라 나쁜 일을 통해서도 교훈을 얻을 수 있다는 사실을 깨달았다. 중요한 일은 배움을 통해 쉼 없이 전진하는 것이다. 앞으로 20, 30년 뒤 우리가 인종주의와 폭력을 종식시키고 평화로운 세상을 만들었을 때, 사람들은 자유의 작가들이 약속을 지켰다는 사실을 기억할 것이다.

마약중독자에서 우등생으로

잠이 오지 않는다. 재미있는 건 지금은 스피드에 취해서 뜬눈으로 밤을 지새우던 옛날과는 다른 이유로 잠을 설치고 있다는 사실이다. 그때는 차 밑에서 잠자기도 하면서 바짝 마른 몸으로 돌아다니곤 했다. 그 뒤로 지금까지 많은 일이 일어났다. 1학년 때의 일이 떠오른다.

"더 이상 멍청이들하고 망할 집구석에 있기 싫어."

"그래, 어디, 어떻게 되나 두고 보자."

이것이 집을 떠나기 전 엄마와 내가 나눈 마지막 대화다. 당시 나는 독립하고 싶다는 생각밖에 없었다. 하지만 자유에는 그만큼의 책임이 뒤따른다는 걸 몰랐다. 사실 누가 알려주었다 해도 혼자 살아갈 꿈에 들뜬 열세 살 소년의 귀에는 들리지 않았을 것이다. 적어도 나는 무시해버렸을 것이다. 덕분에 세상 경험을 실컷 했다. '고생을 사서 한다'는 말은 내가 집을 나온 뒤 보낸 몇 년간을 묘사하는 아주 적절한 표현이다.

거리에서 내가 치른 온갖 생존 투쟁을 일일이 적고 싶지는 않다. 그러자면 한도 끝도 없다. 하지만 중학교 3학년 끝 무렵의 한 순간은 결코 잊히지 않는다. 여름방학을 앞둔 마지막 주말이자, 집을 나온 지 한 달이 되어가던 무렵이었다. 하루도 마약 없이는 살 수 없었다. 내게 약은 더 이상 단순히 취하기 위한 것이 아니었다. 몸을 움직이려면 마약이 필요했다. 내 몸은 마치 공기처럼 마약을 요구했다. 도저히 거리 생활을 못 버티겠다고 생각했을 때, 누군가의 꼬임으로 시작한 마약이다. 나는 LSD가 들어간 설탕 조각을 먹고 완전히 돌아버렸다. 결국 난동죄로 경찰서에 잡혀갔다. 한순간의 선택으로 모든 것이 뒤바뀌었다.

"널 따먹을 거야, 흰둥아."

교도소에서 처음 들은 말이다. 지금도 그 말이 생생하게 기억난다. 나도 모르는 사이 완전히 딴판인 세상에 들어와있었다. 다행히 나는 하나님의 은총으로 교도소 대신 재활센터로 보내졌다. 지금 와서 돌이켜보면 내가 그토록 증오했던 사회 시스템이 나를 살려준 셈이다. 사회에서 생활할 능력을 잃어버린 나는 재활센터에서 1년을 보냈다.

그곳에서의 1년은 길고도 힘든 시간이었다. 웃음과 눈물 그리고 그사이의 온갖 감정들을 다 겪었다. 그러면서 한 가지 깨달음을 얻었다. 나는 나 자신이 누구인지 알았다. 내가 몰랐던 진정한 본모습 말이다. 나는 마약이 있어야만 행복해지는 사람이 아니었다. 나는 나만의 특별한 가치를 지닌 존재였다. 가족들은 나를 많이 사랑했고, 다른 50억 명의 사람들과 함께 살아가는 법만 배운다면 이 세상은 충분히 행복한 곳이었다. 나는 2년 연속 여름 학기를 다녀서 또래들보다 한 한기를 빨리 마쳤다. 이제 진정한 시험의 시간이 다가왔다. 나는 새로 태어난 사람이 되어 사회 속으로 들어가야 한다. 1996년 여름 나는 외래 환자로 재활센터를 나왔다. 사회 적응은 결코 쉬운 일이 아니었다. 친구들은 대부분 오래 버티지 못했고, 나와 함께 외래 환자가 된 몇 명조차 다시 재활센터로 돌아가곤 했다. 강한 사람만이 끝까지 버틸 수 있었다.

나는 열 달 뒤 외래 환자 딱지를 뗐다. 내가 재활 과정을 잘 넘겼기 때문에 센터 측에서 두 달 먼저 나를 완전히 퇴원시켜주었다. 집에 돌아왔을 때, 많은 것이 변해있었다. 나는 심리치료를 통해 다시 가족의 일원이 되었고, 지금까지 우리 가족은 아주 가깝게 지내고 있다. 이제야말로 나는 진정한 자유를 얻었다. 그것은 내 힘으로 되찾은 자유였다. 세상에 감사하는 마음도 생겼다. 재활센터를 나와 자유롭게 지내는 기분은 이루 말할 수 없이 좋았지만, 그렇다고 정상적인 생활로 돌아가는 과정이 쉬웠다고 말하는 것은 뻔한 거짓말에 불과할 것이다. 우리 가족은 새 출발을 위해 집까지 새로 구했다. 학교도 옮겼다. 옛 친구들을 만나봤지만 이미 우리는 너무 다른 사람이 되어있었다. 나는 그들처럼 살고 싶지 않았다. 학교에서도 많은 유혹이 있었기에 일부러 착한 아이들만 사귀려고 노력했다. 물론 주위 사람들의 도움도 받았다. 그들 덕에 여기까지 올 수 있었다.

먼저 말했듯이 잠이 오질 않는다. 내가 잠 못 이루는 이유는 바로 내일이 졸업식이기 때문이다. 무사히 졸업할 수 있을 거라고는 한 번도 생각하지 않았지만, 나는 해냈다. 그것도 그냥 졸업하는 것이 아니라 상까지 받는다. 지난 4년 내내 열심히 공부해서 평균 3.5 이상의 성적을 유지했다. 4.0이 넘었던 학기도 있다. 그래서 우등생이 된 것이다. 이제 열두 시간만 지나면 졸업 가운을 입고 단상에 오를 준비를 할 것이다. 시간이 왜 이렇게 느리게 가는지 모르겠다.

학교생활뿐 아니라 다른 일들도 척척 풀렸다. 재활센터를 나오고 나서 바로 일자리를 구해 정말 부지런히 일했다. 두 달 전부터는 더 나은 곳에 정직원으로 취직했다. 지난주에는 졸업 기념으로 새 차까지 샀다. 내 힘으로 산 차다. 가을부터 대학에 다니려면 차가 필요했다. 참, 살도 좀 쪘고, 혈색도 좋아졌으며, 여드름도 깨끗이 사라졌다. 만사가 순조롭기만 하다. 지난 4년간 우여곡절을 겪었지만 결국 마약보다 나 자신이 더 소중하다는 사실을 깨달았다.

난관을 넘어서

내일은 졸업식이 있는 중요한 날이다. 나는 반 아이들과 함께 제때 졸업하겠다는 말을 지켰다. 대부분 내 말을 믿지 않았지만 나는 그들이 틀렸다는 사실을 증명해보였다.

태어난 순간부터 나는 보통 사람들은 견디기 힘든 어려움 속에서 살아왔다. 의사들은 내가 첫 번째 생일을 넘기지 못할 거라고 통보했다. 생후 4개월째 낭포성 섬유증이라는 진단을 받았기 때문이다. 하지만 지금 나는 열여덟 살이 되어 고등학교 졸업을 불과 하루 앞두고 있다. 단상으로 나가 졸업장을 받는 내 모습을 보고 행복해할 엄마의 얼굴을 빨리 보고 싶다. 엄마는 지금까지 한결같이 나를 지켜주었다.

지난 4년은 나와 가족들에게 정말 힘든 시기였다. 낭포성 섬유증 환자들은 거의 서른 살을 넘기지 못하고 죽는다. 매일 나빠지는 내 병세에 엄마는 속병을 앓아야 했다. 특히 2학년 때가 학교생활의 고비였다. 두 번이나 수술을 받는 바람에 학기 초 10주 동안 학교를 쉬었다. 그사이에도 나는 일주일에 한 번씩 학교에 나가 수업을 따라잡으려고 애썼다. 그루웰 선생님에게 급한 사정이 생겼을 때는 자유의 작가들이 도와주었다. 반 아이들은 진심으로 나를 걱정했다. 하지만 계속 진도가 뒤처져 재택수업이라는 마지막 방법을 선택할 수밖에 없었다. 처음엔 그 조취가 도움이 될 거라고 생각했지만 막상 해보니 그렇지도 않았다. 나를 맡은 교사는 실력은 뛰어났지만 그다지 열성이 없었다. 결국 그동안 나는 혼자서 공부하다시피 했다.

비록 재택수업을 받았지만 최대한 자유의 작가들이 하는 활동에 참가하려고 노력했다. 그래서 즐라타를 만났고, 관용의 박물관에도 갔다. 건강 문제로 워싱턴에는 가지 못했다. 그래도 더 이상 같은 반이 아닌 나를 아이들이 항상 반갑게 맞아주어서 정말좋았다.

1997년 6월 10일, 나는 2년을 기다린 끝에 생명의 선물과도 같은 폐 이식 수술을 받았다. 무척 행복하고 흥분됐다. 혹시나 수술이 실패하면 어쩌나 하는 걱정은 하지 않았다. 이미 수술 도중 잘못될지도 모른다는 각오가 되어있었다. 하지만 왠지 성공할 거라는 예감이 들었고 그 예감은 옳았다. 수술 뒤에도 체중은 전혀 줄지 않았고, 오히려 키가 더 컸다. 숨쉬기가 수월해지면서 핏기 없던 창백한 얼굴에도 혈색이 돌았다. 날아갈 듯한 기분이었다. 그해 10월 나는 의사의 허가를 얻어 학교로 돌아갔다. 복학한 이듬해인 1998년 4월에는 커다란 난관을 극복한 학생에게 주는 모범상을 받았다. 1,500달러의 장학금까지 부상으로 주어졌다. 결코 포기하지 않은 내가 자랑스러웠다.

이 일기를 쓰고 나서 미리 졸업 가운을 입어볼 작정이다. 진짜로 좋다!

Diary 142

졸업

4년 전, 누군가 그루웰 선생님이 한 달 이상 버틸 거라고 말했다면 아마 대놓고 비웃었을 것이다. 선생님은 절대 오래 버티지 못할 것 같았다. 우리 역시 마찬가지다. 하지만 모두들 퇴학당할 거라고 생각했던 우리가 대학까지 들어가게 되었다. 우리 같은 불량학생들이 졸업생이 될 거라고는 누구도 예상하지 못했을 것이다. 그뿐 아니라 4년 뒤면 대학 졸업생이 된다. 우리 이름은 컬럼비아대학교, 프린스턴대학교, 스탠포드대학교, 심지어 하버드 대학교의 졸업생 명부에 실릴 것이다.

'위험한 아이들'이 여기까지 올 줄 누가 알았겠는가? 하지만 우리는 억압적인 교육 시스템에 굴하지 않고 목표를 이루었다. 사람들은 아직 어린 우리에게 평생 영향을 끼칠 '열등생'이라는 딱지를 붙였다. 누군가 그것이 잘못된 선입견이라는 걸 깨닫고 나서야 불량학생들에게도 기회가 주어졌다. 그러나 진정한 기회는 쉽게 오지 않았다. 우리는 기회만 주어진다면 충분히 잘 해낼 수 있었다.

4년 전에는 우리처럼 다양한 인종의 아이들이 같이 토론하는 모습을 상상하기 힘들었지만, 현재 우리는 진솔한 감정을 나누며 함께 배워가고 있다. 우리는 '위험 학생'이나 '열등생' 같은 인위적인 딱지들을 과거의 일로 만들었다. 그루웰 선생님 역시 아이들이 젊은 백인 선생님에게 가졌던 반감을 완전히 없애버렸다. 우리는 크고 작은 어려움을 함께 극복하는 과정에서 수많은 승리와 비극을 맛보았다.

1학년 때만 해도 아이들은 총보다 펜이 더 중요하다는 사실을 몰랐다. 실제로 아이들은 종종 총질을 당하거나 두들겨 맞았고, 때로는 자신이 가해자가 되기도 했다. 인종 폭동과 반이민법 파업 이후로 많은 일을 겪었다. 돌이켜보면 그루웰 선생님과 이렇게 가까운 사이가 되었다는 게 놀라울 따름이다. 우리는 온갖 방법으로 선생님을 괴롭혔다. 그러나 우리가 이겼다고 생각한 순간, 선생님은 우리가 틀렸다는 걸 증명해 보였다.

2학년 때부터는 모든 것이 조금씩 자리를 잡아가기 시작했다. 반 아이들의 얼굴도 친숙해졌고, 더 가까운 사이가 되었다. 인종별로 나뉘었던 아이들이 하나로 뭉치기 시작했다. 우리에게 구원의 계기가 되었던 '변화를 위한 건배'도 2학년 때 있었던 일이다. 우리는 플라스틱 컵에 샴페인 맛 음료수를 담아 건배하며 새로운 출발을 약속했다. 그것은 우리도 할 수 있다는 것을 우리 자신과 우리를 인정하지 않았던 모든 사람에게 증명하기 위한 다짐이었다.

3학년이 되면서 우리는 모든 선입견에서 벗어나 진정으로 변화된 모습을 보여주었다. 배움과 관용이 우리에게 가장 우선적인 가치가 되었다. 우리는 우등반 아이들이나 보는 책들을 열심히 파고들었다. 현실에서 같은 일을 겪으면서 《호밀밭의 파수꾼》에 나오는 홀던의 생각에 공감했고, 《컬러 퍼플》의 셀리가 느꼈던 고통을 함께 느꼈다. 3학년 시절의 가장 중요한 일은 2학기에 일어났다. 그때 우리는 '자유의 작가들'이라는, 일종의 세례명을 얻었다. 그것은 우리 모두를 하나로 묶어준, 영원히 잊지 못할 이름이었다.

온갖 흥분과 혼란, 재미와 행복이 가득했던 4학년 시절은 '내 인생 최고의 시간'이라고밖에 표현할 수 없다. 언론 덕분에 우리의 메시지는 온 세상으로 퍼져나갔다. 우리는 《LA타임스》와 〈프라임 타임 라이브〉에 소개되었고, 수많은 상을 탔으며, 쏟아지는 격려 전화를 받았다. 우리가 4년 동안 알리려고 했던 메시지들은 커다란 파도처럼 주위 사람들에게 영향을 미쳤다.

돌이켜보면 서로 얘기도 하지 않으려 했던 불량학생들이 지금은 한 가족 같은 자유의 작가들이 되었다는 사실이 놀랍기만 하다.

앞으로 다들 어떻게 생활할지 궁금하다. 십 대의 4년간 최고의 경험을 했는데, 졸업하고 나면 허전하지 않을까? 잘 모르겠다. 하지만 그루웰 선생님이 언제나 그랬듯 무슨 계획을 꾸미고 있는 것만은 분명하다. 우리가 정말 당당하게 고등학교를 떠날 수 있는 졸업장을 받는다는 게 믿기지 않는다. 4년 전 우리는 가능한 한 빨리 학교를 떠나고 싶어 했다.

하지만 그때 그만뒀더라면 총을 가지고 다니던 아이와 나중에 나와 친구가 된 다른 백인 아이는 어떻게 되었을까? 아마 여기서 새 가족을 얻지 못했다면 많은 아이가 원래 가족과도 같이 지내지 못했을 것이다. 남자친구와 도망쳤던 여자아이와, 마약중독에 빠졌다가 가족의 품으로 돌아간 아이처럼 말이다. 우리는 고등학교에서 겪는 단순한 경험 이상의 것을 얻었다. 감사한 일이다. 지난 모든 일이 그립겠지만, 특히 203호 교실은 영원히 잊지 못할 것이다.

그곳은 단지 그냥 교실이 아니라 우리의 다락방이자 지하실 그리고 그루웰 선생님 말처럼 '아지트'였다. 마지막으로 교실 불을 끄는 기분이 어떨지 궁금하다. 아마 우리 때와 같은 일이 다시 일어나기는 힘들 것이다. 앞으로는 그 교실에서 밤 열한 시에 멋진 아이디어를 떠올리거나, 경보 장치를 건드리는 바람에 경찰에게 끌려갈 뻔하는 아이들은 나오지 않을 것이다. 어쩌면 자신을 포함한 모든 사람의 예상을 뒤엎고 불량학생에서 모범생으로 거듭난 아이들도 다시 나오지 않을 것이다.

우리가 새로 태어난 이 공간에서 후배들이 울고, 껴안고, 미워하고, 동정하고 혹은 용서하는 일들은 일어나지 않을 것이다. 그러나 누가 알겠는가? 좋은 일은 언젠가 끝나기 마련이라고 하지만, 나는 반드시 그런 것은 아니라는 사실을 배워가고 있다.

새로운 여정을 시작한 자유의 작가들

에린 그루웰

"나는 흑인 소년 소녀가 백인 소년 소녀와 손을 맞잡고
형제와 자매가 되어 함께 걸어가는 꿈을 갖고 있습니다."

—마틴 루터 킹

1997년 봄 자유의 작가들이 워싱턴의 링컨 기념관 계단에 섰을 때, 마술 같은 일이 일어났다. 마치 미리 준비했던 것처럼 150명 모두가 손을 맞잡고 마틴 루터 킹 목사가 30년 전 걸었던 길을 천천히 되밟기 시작한 것이다. 아이들이 마틴 루터 킹 목사의 "나는 꿈이 있습니다"라는 연설문을 따라 읊는 동안, 누군가 "자유의 작가들은 꿈이 있습니다!"라고 소리쳤다. 금세 모두들 한목소리로 외쳤다. 나는 놀라운 마음으로 아이들을 바라보면서 이것이 마틴 루터 킹 목사가 그리던 바로 그 '꿈'이라는 사실을 깨달았다. 아이들이 무척 자랑스러웠다! 그들이 친자식처럼 느껴졌고, 학교 연극과 졸업식을 보며 눈물을 흘리는 엄마들의 심정을 처음

으로 이해할 수 있었다.

  계단을 다 내려왔을 즈음, 누군가 "그루웰 선생님, 자유의 여행자들을 따라 워싱턴까지 왔으니 다음엔 안네 프랑크의 다락방으로 가야 해요. 사실 우리의 여행은 거기서 시작되었잖아요"라고 말했다. 그 말에 다른 아이들도 환호성을 질렀다. 하지만 나는 얼른 맞장구칠 수 없었다. 아직도 '엄마' 모드에 있었기에 현실적인 문제를 생각하지 않을 수 없었다. 당장 우리나라인 워싱턴에서도 아이들이 길을 잃거나 엉뚱한 지하철을 타지 않도록 챙기기가 버거웠다. 그런데 다시 여행을, 그것도 암스테르담까지 가는 여정을 계획한다는 건 도저히 불가능했다. 그래서 아이들의 거창한 꿈을 슬쩍 무시하면서 그냥 넘어가기를 바랐다.

  하지만 이미 엎질러진 물이었다. 아이들은 또 다른 여행의 꿈을 절대 접지 않았다. 오히려 점점 더 구체화하기 시작했다. 처음엔 안네의 은신처를 방문하려 했던 단순한 계획이 유럽 전체를 도는 대장정으로 확대되어 갔다. 결국 졸업하고 나서 유럽 여행을 감행하기로 했다. 즐라타와 온 세상의 이목을 203호 교실로 끌어들인 그 끈기를 가지고 아이들은 졸업하는 해 여름 유럽으로 갈 계획을 세웠다.

  그때까지는 아직 1년이나 남았기 때문에 우선은 아이들의 대학 진학 문제가 중요했다. 자유의 작가들은 1998년 가을부터 대학생이 된다. 지역 전문대에 가는 아이들도 있고, 매사추세츠에서 하와이에 걸쳐 전국의 주요 대학에 들어가는 아이들도 있다.

가는 대학은 제각각이지만 아이들은 모두 같은 목표를 가지고 있다. 당연히 첫 학기에는 모든 게 낯설고도 흥미로울 것이다. 자유의 작가들은 기숙사 생활에 적응하고, 방탕하게 지내지 않으며, 더욱 공부에 정진하는 법을 배워야 한다. 아르바이트와 공부를 병행하는 일이 만만치는 않을 것이다.

이제 아이들은 익숙해진 203호 교실을 떠나 낯선 환경과 새롭게 주어진 자유에 자신을 맞춰나가야 한다. 초기에는 어려움을 겪을 수밖에 없을 것이다. 아이들에게 203호 교실은 집이자 안식처였다. 하지만 지난 시간을 통해 자유의 작가들이 더 성숙해지려면 과감하게 새로운 세상으로 나아가야 한다는 것을 깨달았다. 미지의 세계를 앞에 두고 어떤 아이들은 맹렬하게 돌진하는 반면, 어떤 아이들은 조심스럽게 발걸음을 옮기기도 했다. 속도는 저마다 달랐지만 모두 자신만의 길을 걸어갔다.

아이들은 그들의 의미 있는 여정에 다른 사람들도 함께 동참시켰다. 어머니, 아버지, 길을 잃었던 친척들과 친구들이 그들을 따라 올바른 길을 걸어갔다. 또한 자유의 작가들은 폭력에 희생당한 사람들을 기렸다. 그중 한 명이 안네 프랑크였다. 그들은 상황이 너무 힘들어서 포기하고 싶은 마음이 들 때 안네 프랑크의 말을 떠올렸다.

…… 우리는 배움을 통해 능력을 펼칠 기회를 갖고 있다. 행복한 삶을 누리기 원하는 것은 당연한 일이지만, 그것은 스스로 노력해서

얻지 않으면 안 된다. 행복은 쉽게 얻을 수 없다. 빈둥거리며 공상에 잠기지 않고 좋은 일을 열심히 할 때 비로소 행복해질 수 있다.

1944년 7월 6일, 안네 프랑크

안네의 말은 윌슨고와 203호 교실을 떠나게 된 나에게도 많은 깨달음을 주었다. 나는 '우수교사'로 선정되어 캘리포니아주립대학교의 신임 교수가 되었다. 내가 할 일은 앞으로 교사가 될 학생들에게 자유의 작가들을 통해 얻은 교훈을 전달하는 것이다. 그들이 또 다른 203호 교실을 만들고 자유의 작가들 같은 가족을 이룬다면, 우리의 경험은 예외가 아니라 일상이 될 것이다. 신임 교수로서 나 역시 낯선 대학생활을 앞두고 불안해하는 자유의 작가들과 마찬가지 심정이다. 하지만 좌절하든 성공하든 나는 늘 그들 곁에 있을 것이다.

과거에도 그랬듯이 또 다른 사람들이 우리의 여정에 동참했다. 그중 한 명이 해리 벨라폰테라는 사회운동가이다. 그는 텔레비전에 나온 우리를 보고 직접 찾아왔다. 그에게 로자 파크스, 마틴 루터 킹 그리고 자유의 여행자들에 대한 얘기를 들으며 우리는 다가오는 유럽 여행을 단순한 관광 이상의 경험으로 만들어야겠다고 생각했다. 그는 자유의 여행자들이 버스로 미국을 횡단하기 전에 연습을 겸한 준비 과정을 거쳤다고 말했다. 우리도 유럽 여행이 상징적인 가치를 가질 수 있도록 미리 준비할 필요가 있었다. 갑자기 우리의 여행이 한층 소중한 의미를 갖게 되었다. 자유의 여행자들을 깊이 존경하는 벨라폰테 씨는 말보다 행동으로 그들을 본받으라고 우리를 자극했다.

벨라폰테 씨의 조언은 새로운 출발을 알리는 총성과 같았다. 우리는 자유의 작가들이라는 이름에 적잖은 책임이 있다는 사실을 깨달았다. 벨라폰테 씨가 설명한 대로 자유의 여행자들은 인간의 보편적인 권리를 위하여 목숨을 걸었다. 진정으로 그들을 본받고자 한다면, 우리의 글쓰기는 203호 교실과 개인적인 고통을 넘어서 보편적인 메시지를 전달해야 한다. 글쓰기와 사회운동에 대한 우리의 열정이 다시 불타올랐다.

우리는 롱비치대학교와 반스앤노블의 도움을 받아 글쓰기 강좌를 개설했다. 다양한 표현 방법과 장르를 실험하고, 다른 사람들과 함께 자신의 글을 나누기 위한 강좌였다. 강좌가 진행되는 동안 존경하는 저술가들을 초대했다. 뛰어난 저널리스트인 피터 마스 씨와 유명한 남미계 시인인 지미 산티아고 바카 씨가 폭력을 대신할 글쓰기의 힘을 키우라고 격려해주었다. 자유의 작가들은 글을 통해 자신을 긍정하는 이 두 사람에게서 많은 영향을 받았다.

학생들은 글을 쓰면서 자신의 정체성을 더욱 확고하게 다졌고, 공동체 의식을 키웠으며, 자기표현의 욕구를 발산했다. 컬럼바인 고등학교에서 총기난사 사건이 터졌을 때, 자유의 작가들은 같은 일을 당하지 않아서 참 다행이라고 생각했다. 그러나 다른 사람들처럼 가해자인 클레볼드와 해리스를 섣불리 비난하지는 않았다. 그들 역시 자신의 목소리를 찾기 전에는 클레볼드와 해리스처럼 누구에게도 이해받지 못하는 좌절과 소외감을 느꼈기 때문이다. 203호 교실로 모이기 전까지는 많은 아이가 폭력이 유일한 해결책이라고 생각했다. 안네 프랑크와 즐라타 필리포빅을 비롯한 다른 사람들의 고통을 배우고 나서야 우리는 비로소 자유의 작가들이라는 이름 아래 한 가족이 될 수 있었다. 아이들은 서로 아끼는 203호 교실의 가족적 분위기와 자유로운 표현을 통해서 폭력으로는 결코 문제를 해결할 수 없음을 깨달았다.

심리학 전문가는 아니지만, 아이들의 마음속에는 반항 심리가 기본적으로 깔려있는 것 같다. 나는 이러한 점을 염두에 두고 아이들이 글을 써서 불만을 해소하도록 유도했다. 아이들은 서로의 글을 나눔으로써 공통점을 발견하고, 세상과 소통하는 하나의 공동체를 이루었다. 불행하게도 총기난사 사건의 가해자들은 자유의 작가들과 같은 공동체를 만나지 못하고 혼자서 위험한 생각에 빠져들었다. 누구도 도움을 바라는 그들의 간절한 외침에 귀 기울이지 않았다. 결국 그들은 글쓰기처럼 올바른 해결책이 아니라 총과 폭탄을 택했다.

컬럼바인고등학교에서 일어난 비극적인 사태 이후 자유의 작가들은 평화를 더욱 기원하게 되었다. 그들은 무관심 속에 방치된 아이들을 찾아서 열심히 선도해나갔다. 그러한 노력의 일환으로 소외받은 아이들에게 관용의 정신을 가르치는 '문학을 통한 관용 교육' 프로그램이 만들어졌다. 자유의 작가들은 반스앤노블과 롱비치 소재 교육단체의 도움을 받아 지역 학생 선도 활동에 나섰다. 그들은 초등학생부터 고등학생에 이르기까지 모든 아이에게 문제가 생겼을 때는 총이 아니라 펜을 들어야 한다고 가르쳤다. 그 과정에서 자유의 작가들은 관용의 홍보대사가 되었다. 우리의 메시지를 더욱 널리 알리기 위해 곧 유럽 여행을 떠날 예정이다. 우리의 문학 여정이 세계로 뻗어나가게 된 것이다.

1999년 7월 13일, 슬프게도 유럽 여행을 불과 며칠 앞두고 한 자유의 작가가 세상을 떠났다. 그는 관용의 홍보대사로서 유럽까지 갈 예정이었지만, 병에 걸려 이식받은 폐가 문제를 일으키고 말았다. 장례식장에서 아이의 어머니는 아들이 운전면허와 고등학교 졸업 그리고 대학 입학이라는 세 가지 목표를 다 이루었다고 자랑스럽게 말했다. 실제로 그는 머스탱을 타고, 우등생으로 고등학교를 졸업했으며, 장학생으로 대학에 입학하면서 모든 목표를 훌륭하게 달성했다. 우리와 함께 유럽으로 가는 것이 그의 간절한 소망이었다. 우리는 가는 도시마다 촛불을 밝히고, 여행일기를 그의 어머니에게 전달하여 아들의 영혼이 항상 우리 곁에 있다는 것을 보여주려 한다.

유럽을 여행하는 동안 아우슈비츠와 사라예보, 헤이그 국제사법재판소처럼 역사적인 의미를 지닌 장소들을 방문할 것이다. 사라예보에서는 즐라타와의 만남이 예정되어 있다. 그리고 최악의 상황에서도 사람의 선한 본성에 대한 믿음을 잃지 않았던 한 소녀를 기리기 위하여 암스테르담에 있는 안네의 비밀 은신처를 찾

을 것이다. 여행이 끝나면 새로운 학기가 시작되기 직전에 미국
으로 돌아올 것이다. 우리는 새로운 일기를 나누고, 새로운 길을
걸어가며, 평화와 관용이 넘치는 사회를 만들기 위해 최선을 다
해 노력할 것이다.

어쩌면 우리가 함께한 여정의 끝은 새로운 길로 나아가는 시작
에 불과한 것인지도 모른다.

자유의 작가들에게 이 책은 릴레이로 이어온 글쓰기의 세 번째
결과물이다. 먼저 안네의 이야기가 영감을 주어 즐라타로 하여금
현대의 안네 프랑크로 칭송받게 하였다. 뒤이어 즐라타가 그 배
턴을 자유의 작가들에게 넘겼다. 우리는 여러분이 이 책을 통해
글을 쓰고 변화를 불러옴으로써 우리의 릴레이를 계속 이어가주
기 바란다.

The Freedom Writers Diary

후일담

그루웰 선생님의
일기

사람들이 "요즘 자유의 작가들은 무슨 일을 해요?"라고 물으면 나는 여전히 세상을 바꾸고 있다고 말한다. 10년 전《프리덤 라이터스 다이어리》가 출간된 이래 우리는 잊을 수 없는 나날을 보냈다. 우리는 자유의 작가 재단을 설립했고, 의회에서 증언을 했고, 교사 연구소를 만들었고, 베스트셀러를 영화로 옮기는 일을 도왔고, 다큐멘터리를 제작하고 있으며, 세계 곳곳에서 우리의 특별한 이야기를 나누었다.

10년 전 203호 교실의 불을 껐을 때 나는 자유의 작가들과 지금까지 함께한 여정이 거기서 끝나지 않을 것임을 알았다. 오히려 그것은 시작일 뿐이었다. 그동안 나는 아이들이 처음에는 고등학교에서 자아를 찾기 위해 애쓰고, 뒤이어 자신의 길을 찾아 대학을 마치고, 나중에는 꿈을 찾아 직업을 선택하면서 어른이 되는 모습을 자랑스럽게 지켜보았다. 항상 일이 쉽게 풀리지는 않았으나 자유의 작가들로서 아이들이 맺은 유대는, 혼란스럽거나 불확실한 상황에 직면할 때마다 의지가 되어주고 역경에 맞서 버틸 힘을 불어넣었다.

나는 더 이상 고등학교 교사가 아니지만 여전히 아이들의 치어리더, 멘토, 가까운 동지다. 나는 매일 아이들로부터 배우며, 그래서 아이들의 학생이기도 하다. 지난 10년 동안 우리는 넘어질 때마다 서로를 일으켰고, 서로의 성공에 기뻐했다. 나는 아이들이 학위를 따고, 독립하고, 직장에서 자리를 잡도록 격려했다. 아이들 또한 내가 이혼, 뉴포트비치에서 롱비치로의 이사, 아버지의 죽음을 겪는 동안 위로를 건네며 힘이 되어주었다.

더는 집이라 부를 203호 교실이 없지만 우리는 자유의 작가 재단으로 불리는 새 집, 일종의 '놀이터'를 만들었다. 새 본부는 롱비치에 있는 유서 깊은 주택으로서 우리를 한 가족으로 똘똘 뭉치게 해주는 동시에 학생들과 교사들을 돕는 임무를 계속할 수 있도록 한다. 우리는 종종 '세상에서 가장 단란한 비정상 가족'이 되었다는 농담을 한다.

1999년 가을《프리덤 라이터스 다이어리》가 출판되었을 때 우리는 막 유럽에서 인생을 바꾸는 여행을 마치고 돌아온 참이었다. 여행의 목적은 안네 프랑크가 숨어 살던 다락방, 아우슈비츠, 사라예보처럼 책에서 읽은 장소들을 실제로 둘러보는 것이었다. 우리는 안네처럼 그녀의 작은 다락방에 난 창으로 바깥을 보았고, 수용소로 이어지는 철길을 걸었다. 증오와 폭력을 뜻하는 이런 장소들을 직접 보니, 미국으로 돌아가 우리의 목소리에 귀 기울이는 모든 사람과 관용에 대한 메시지를 나누고자 하는 열의가 더욱 커졌다.

한편 검열을 거치지 않고 거침없이 우리의 마음을 쏟아부은《프리덤 라이터스 다이어리》는 큰 주목을 받기 시작했다. 파급 효과는 엄청났다.

우리는 갑자기 전국을 정신없이 돌아다니며 국회의원들부터 원주민 보호구역의 가난한 학생들까지 다양한 청중을 상대로 강연했다. 〈로지〉와 〈더 뷰〉 같은 전국 방송에 출연했으며, 지역 신문인《프레스 텔레그램》과도 인터뷰를 했다. 또한 만원을 이룬 컨벤션 센터뿐만 아니라 작은 개인 서점에서도 강연했다. 그리고 명문대의 엄숙한 강당뿐만 아니라 표백제와 소변 냄새로 가득한 강력범 형무소의 허름한 공간에서도 우리의 메시지를 나누었다. 우리는 기회가 생길 때마다 소년범이든 의원이든 상관하지 않고 청중에게 간절하게 다가서고자 했다.

우리의 책은 교실과 도서관, 전 세계 탐독가들의 손에 이르면서 칭찬과 비판을 동시에 받았다. 그래서 여러 곳에서 상을 받았고,《뉴욕타임스》 베스트셀러 1위를 차지했으며, 심지어 〈오프라 윈프리쇼〉에 소개되었지만 냉소에 직면하기도 했다. 거침없는 서술을 불쾌하게 여기거나 적나라한 내용을 우려하는 사람들도 있었다. 심지어 교실에서 우리의 책을 교재로 사용한 교사들을 해고하려 들거나 음란물이라며 FBI로 보낸 사람들까지 있었다. 그러나 그 논쟁에서 내가 배운 사실이 하나 있다면 십 대들이 책을 읽게 만드는 최선의 방법은 금서로 지정하는 것이다.

논쟁 때문에 우리의 책을 알게 된 사람도 있지만 대다수는 강력한 메시지와 솔직함에 끌렸을 것으로 생각된다. 이 글을 쓰는 현재, 우리의 책은 세계적으로 100만 부 넘게 출간되었고, 해외 독자들을 위해 끊임없이 번역되고 있다. 놀랍게도 우리의 책을 통해 학생들은 인맥을 만들고, 교사들은 자신들의 역량을 발견하며, 부모들은 아이들을 더 깊이 이해한다. 그 결과 우리의 책 속에서 자신의 모습을 발견한 사람들이 쓴 진심 어린 이메일과 편지가 매일 도착하고 있다.

자유의 작가들은 전국을 돌며 청중 앞에 서서 자신들의 이야기를 진실하게 전했다. 갑작스레 편안한 203호 교실이나 우리 책 속의 페이지가 아니라 대중 앞에 선 그들은 자신이 극복한 고통이나 트라우마를 용기 있게 회고했다. 그들은 한때 노숙자가 되거나 학대당하거나 위탁 가정에서 겪었던 시련들을 이야기했다. 솔직한 변화의 이야기는 자유의 작가들 자신 그리고 불가피하게 아픈 과거의 흉터를 가리고 있는 청중 모두에게 강력한 시금석이었다. 나는 자유의 작가들과 같이 무대에 서서 훌쩍이는 청중을 볼 때마다, 어둠 속에 빛을 비춤으로써 도움의 손길이 필요한 사람들에게 다가가려는 아이들의 적극적이고 열린 마음에 감탄한다. 실제로 나는 흡인력 강한 연설을 한 루디 줄리아니 전 뉴욕시장에 뒤이어 강단에 오른 학생이 8,000명에 이르는 비즈니스 리더들의 삶을 바꾸고, 빌 클린턴 전 대통령 다음에 이야기한 학생이 1만 명의 교육감들을 사로잡는 모습을 지켜보았다. 나는 두 학생에게 줄리아니와 클린턴의 연설이 단지 사전행사에 불과했다고 농담을 던졌다.

전국을 순회한 홍보 여행을 마치고 우리는 롱비치의 집으로 돌아왔다. 홍보 여행은 자유의 작가들 그리고 특히 나에게 자신을 바로 알게 하는 흥미로운 활동이었다. 정식으로 연설에 대한 교육을 받은 적이 없는 나는 강연장이 교실보다 훨씬 크다는 벅찬 사실을 깨닫고 떨리는 마음으로 청중 앞에 섰다. 종종 누군가 내가 사기꾼이라고 폭로할지 모른다는 두려움마저 들었다. 이렇게 미칠 듯한 지경에 이르러 나는 가장 잘하는 일, 가르치는 일에 집중하기로 결심했다.

내가 롱비치에 있는 캘리포니아주립대학교에서 교사들을 가르치는 동안 자유의 작가들은 각자의 대학에 진학했다. 대다수는 식구들

가운데 처음으로 대학 교육을 받았다. 대학에서 해방감을 느끼는 아이들도 있었고, 대단히 힘겨워하는 아이들도 있었다. 불행하게도 많은 자유의 작가가 재정적 어려움으로 자주 근심해야 했다.

학생들이 학비를 대려고 고생하는 모습을 지켜보는 동안, 203호 교실에서 만들었던 자유의 작가들의 신조, '우리는 가장 약한 급우만큼만 강하다'가 다시금 절박하게 다가왔다. 나는 아이들을 한데 모으고 일종의 학문적 연구소를 만들 생각으로 캘리포니아주립대학교 롱비치캠퍼스의 학장과 접촉했다. 한 성공적인 기업인이 203호 교실에서 있었던 특별한 교육의 비결을 체계화할 수 있는지 궁금해했다. 결코 도전을 피하는 법이 없는 나는 우리가 거둔 성공의 핵심 요소들을 파악하는 일에 함께할 20여 명의 자유의 작가들을 모은 다음, 그 기업인에게 학비를 지원할 수 있는지 물었다. 그와 학장이 내계획에 동의하자 우리는 본격적인 작업에 들어갔다.

우리가 시도한 학문적 실험의 결과는 기대 이상이었다. 대학이라는 환경에서 교사와 학생의 역할을 다시 맡는 기회는 마술과 같은 결과를 낳았다. 다른 사람들과 공유할 방법론이 있음을 확인한 것이다. 우리는 내가 과거에 쓰던 수업 계획서를 바탕으로 교사 연구소를 만들었으며, 이 연구소는 《프리덤 라이터스 다이어리》를 교재로 활용하려는 모든 교사를 위한 지침서 제작에 힘썼다. 뿐만 아니라 이 연구소는 내가 교사들에게 자유의 작가들 방법론을 가르치고, 자유의 작가들이 대학에서 공부하는 데 필요한 장학금을 받을 수 있는 역할을 했다. 또한 자유의 작가들 교사용 프로그램을 탄생시켰다.

자유의 작가들은 대학을 졸업하면서, 자신이 자신들을 뒤따를 후배들을 위해 길을 닦고 있음을 깨달았다. 그들 중 일부는 교사가 되었으며 심지어 한때 자신이 공부했던 교실의 교사가 되기도 했다. 또한 그들은 다른 학생들이 자신들의 유산을 이어가는 일을 돕기 위해 모교인 윌슨고등학교에서 자유의 작가들 장학금을 만들었다. 그들은 자신과 같은 학생들, 가족 중 처음으로 고등학교를 졸업하고 대학에 들어간 학생들을 간절히 돕고 싶어 했다. 그래서 우리 모임의 다양성을 기리는 의미에서 이민자의 자녀, 노숙자, 무자비한 폭력집단에 가족을 잃은 학생들에게 대학 장학금을 수여했다. 그들은 이 학생들이 대입 문제에서 혼자가 아니며 이제 늘어나는 자유의 작가들 가족의 일원이 되었음을 알기 원했다.

그런데 우리의 일은 거기서 끝이 아니었다. 2000년에 호평받은 〈에린 브로코비치〉 제작자들이 우리 이야기를 영화로 만들고 싶다며 연락해왔다. 우리는 우리 이야기를 스크린에서 들려준다면 저급한 십 대 영화가 되지 않도록 제작 과정에 직접 참여해야 한다고 생각했다. 우리는 영화가 책만큼 솔직하고 적나라하기를 원했다. 우리에게는 그 진실성을 지키는 일이 대단히 중요했다.

아카데미상 후보에 오른 리처드 라그라브네스가 대본을 집필하게 되었을 때 매우 기뻤다. 뉴욕의 한 카페에서 〈쉰들러 리스트〉에 나오는 빨간 외투를 걸친 여자아이를 비롯하여 각자 영화에서 좋아하는 장면을 말하며 눈물짓던 첫 만남부터 시사회가 열리던 순간까지 리처드는 우리가 제작과정에 전례 없는 수준으로 적극 참여하는 데

· 동의했다.

솔직하게 말하는 스타일인 우리는 우려와 희망을 전달하는 데 주저하지 않았다. 그들은 힐러리 스웽크를 주연으로 정하고, 실제 자유의 작가들과 닮은 배우들을 찾는 등 우리의 바람을 존중해주었다. 뿐만 아니라 거의 1만 명에 이르는 십 대들을 면접한 뒤 비슷한 경험을 한 아이들을 뽑았다. 그중 일부는 폭력집단에 속한 적이 있고, 한 명은 총에 맞은 적이 있고, 다른 한 명은 재활센터에 다녀왔으며, 또 다른 한 명은 노숙자였다.

영화 줄거리는 우리 책을 기본으로 했으며, 대화 내용도 그대로 옮겼다. 23번 고쳐 쓴 대본이 나온 뒤 우리는 리처드가 일을 제대로 해냈음을 알았다. 자유의 작가들은 세트를 방문하고, 보조 출연을 하고, 롱비치에서 특정 장면을 찍을 장소들을 고르기도 했다. 의상부는 내 옷장을 털어갔고, 미술부는 교실을 그대로 재현했으며, 음악부는 심지어 203호 교실에서 휴대용 스피커로 틀던 노래까지 고스란히 사용했다. 우리의 이야기가 대단히 정확하게 반영되었기에 이 영화는 모두가 자랑스레 여기는 유산이 되었다.

영화를 사랑하는 우리는 우리 이야기를 담은 다큐멘터리도 원했다. 배우도, 세트도, 각본도 없이 그저 자유의 작가들이 삶과 인생을 진지하게 털어놓는 다큐멘터리 말이다. 나는 1학년 때 아이들에게 〈사라예보의 로미오와 줄리엣〉을 보여주면서 다큐멘터리가 얼마나 강력한 힘을 발휘할 수 있는지 알려주었다. 대담한 스토리텔링의 힘은 아이들에게 영향력을 미쳤다. 우리는 홀로코스트와 시민권 운동을 다룬 다큐멘터리들, 심지어 〈후프 드림〉처럼 도심에서 성장하는 청소년들을 다룬 동시대물까지 다양한 작품을 시청했다. 그리고 우리는 과거의 사진과 영상을 모두 모아 우리가 어디서 왔고, 무엇이 우리를 변화시켰으며, 더 중요하게는 지금 어디로 가고 있는지 포괄적으로 담았으면 좋겠다고 결론 내렸다.

하지만 우리는 교실에서 보낸 시간, 워싱턴 여행, 심지어 유럽 여행을 담은 영상들을 갖고 있어도 다큐멘터리를 만드는 일은 상당히 어렵다는 사실을 곧 깨달았다. 수년 동안 애쓰고 도와줄 사람을 찾은 끝에 존 투 씨가 구원자로 등장했다. 그는 과거에 책들을 사주고, 견학과 유럽 여행을 도와준 것처럼 우리의 최근 프로젝트인 '거침없는 목소리: 자유의 작가들 이야기'를 제작해주겠다고 나섰다.

이렇게 여정은 계속된다. 지난 10년 동안 온갖 경험을 한 뒤 자유의 작가들과 내가 배운 가장 큰 교훈은 모든 이가 이야기를 지녔다는 사실이다. 우리의 바람은 우리의 책을 읽고, 강당에서 우리의 강연을 듣고, 우리의 영화를 본 모든 사람이 자신도 들려줄 이야기, 나눠야 할 이야기가 있음을 깨닫는 것이다.

그래서 자유의 작가들은 《프리덤 라이터스 다이어리》 출간의 10주년을 기념하기 위해, 의원들에게 프레젠테이션을 하고, 대학을 졸업하고, 스크린에서 자신의 모습을 보고, 가족을 꾸리는 등 고등학교를 졸업한 다음 겪은 모험들을 엿볼 수 있는 열 편의 새로운 일기를 썼다. 이 감동적인 일기들은 예전에 썼던 일기들처럼 우리의 메시지가 지닌 지속적인 힘과 203호 교실에서 이뤄진 변화를 지키겠다는 확고한 의지를 역설한다. 자유의 작가들은 다른 이들에게 힘을 주기 위해 자신의 목소리를 활용하는 법을 배웠고, 그렇게 함으로써 우리 모두에게 가르침을 주었다.

Diary 1

변화를 위한 싸움

 고등학교를 졸업하고 뉴욕의 한 출판사를 설득해 우리 책을 출판한 지 1년이 지난 1999년 가을, 그루웰 선생님은 용하게도 그들을 다시 설득해 홍보 여행을 기획하게 만들었다. 나는 그루웰 선생님이 같이 가자고 말할 때마다 어디든 바로 수락했다. 애틀랜타에 있는 서점에요? 가야죠. 오하이오에 있는 소년원을요? 물론 가야죠. 시카고에 있는 라디오 방송국이요? 당연히 함께해야죠.

 그러나 워싱턴으로 초청했을 때는 바로 결정할 수 없었다. 그루웰 선생님이 의원들 앞에서 강연할 거라고 말하자 나의 생존 본능이 발동한 것이다. 나는 〈웨스트 윙(미국 대통령과 보좌관들의 이야기를 담은 정치 드라마 - 옮긴이 주))을 많이 봤기에 보안대를 통과하려면 신분증과 사회보장번호를 제시해야 한다는 사실을 익히 알고 있었다. 워싱턴에서 추방당하는 일은 그다지 달갑지 않았다.

나는 불법 이민자였기에 이번 여행에는 빠져야 한다는 사실을 누구보다 잘 알았다. 나는 엄마와 함께 여덟 살 때 미국으로 왔다. 시민권을 신청했지만 멕시코 국적자를 받아주는 법이 없다는 이유로 거부당했다. 그래도 엄마는 내가 더 나은 기회를 누리기를 바랐기에 우리는 미국에 남아 삶을 일구었다.

나는 비관적인 다른 몇몇 아이들과 달리 내가 고등학교를 졸업할 수 있다고 확신했다. 엄마는 나를 이 나라로 데려오기 위해 온갖 위험을 무릅썼고, 수많은 직업을 거쳤으며, 숱한 밤을 지새웠다. 덕분에 나는 고등학교를 졸업하고 대학에 진학하는 데 필요한 모든 것을 얻었다. 엄마는 내게 열심히 노력하면 원하는 모든 일을 할 수 있다고 매일같이 가르쳤다.

불행하게도 엄마는 캘리포니아 법을 감안하지 않았다. 나는 3학년 때 대학이 닿지 못할 대상임을 알았다. 사회보장번호가 없으면 재정 지원을 받을 자격을 얻지 못했고, 재정 지원이 없으면 대학은 단지 이룰 수 없는 꿈일 뿐이었다. 고등학교 상담관은 내 문제로 시간을 낭비하고 싶어 하지 않았다. 그래서 대학에 갈 수 없다고 잘라 말했다.

그루웰 선생님은 우리에게 대학에 대한 기대를 심어주려 애썼다. 그러나 다른 자유의 작가들이 원서를 쓰고, 내가 가지 못할 대학에 견학 갈 때 내가 느낀 것은 슬픔과 좌절뿐이었다.

그루웰 선생님이 워싱턴에 같이 가자고 말했을 때도 그런 슬픔과 좌절이 찾아왔다. 가고 싶은 마음은 간절했지만 의사당에 발을 들였다가는 체포될 것이 뻔했다. 결국 나는 매일 법을 어기고 있으니까 말이다. 차를 몰 때마다 나는 무면허 운전을 해야 한다. 또 일을 할 때마다 고용주에게 내 신분을 숨겨야 한다.

나는 전화를 끊고 엄마에게 그루웰 선생님이 나를 초청했다고 말했다. 그리고 아무리 열심히 노력하고 간절히 원해도 내가 아는 유일한 나라, 내가 소속감을 가진 유일한 땅의 시민이 될 수 없다는 현실이 억울하고 서러워 울기 시작했다. 엄마는 내가 이 문제로 눈물짓는 모습을 여러 번 보았고, 매번 실컷 울도록 놔두었다가 끝에는 "잠시 생각해봐"라고 말했다.

그 잠시 동안 엄마는 내가 대학에 가지 못할 거라고 예상했지만 지역 2년제 공립대학에 들어갔고, 스스로 학비를 벌고 있음을 상기시켰다. 또한 자유의 작가들이 늘 내게 문을 열어두고 있음을 기억나게 했다. 정확히 왜 그랬는지는 모르지만 나는 엄마와 대화를 나눈 후 그루웰 선생님에게 전화를 걸어 가겠다고 말했다. 나는 비행기를 타고 워싱턴에 가기로 결정했다.

워싱턴에 도착해 제일 먼저 한 서점에서 열릴 행사를 위해 그루웰 선생님과 자유의 작가 멤버인 카먼, 제임스를 만났다. 멋진 행사였다. 모두가 자유의 작가들을 열광적으로 환영했다. 행사가 끝나도 많은 사람이 우리와 대화하기 위해 그 자리에 남았고, 책에 사인을 요청했다. 어느덧 의사당으로 갈 시간이 10분밖에 남지 않았다. 우리는 서둘러 차에 올랐다.

당시 야당 원내 총무인 딕 게파트 씨의 보좌관이 현관에서 우리를 맞았다. 검색대로 걸어가는 동안 오싹한 기분이 온몸을 지나갔다. 그런데 보좌관은 우리를 바로 의원실로 안내했다. 신분증이나 사회보장번호는 필요 없었다. 나는 게파트 씨와 악수할 때도 여전히 약간 놀란 상태였다. 악수를 나누기 직전 땀에 젖은 손바닥에 차가운 공기가 느껴졌다.

나는 의원실을 둘러보고 한때 링컨이 앉았을 법한 의자를 골랐다. 지금 내가 앉은 의자를 거쳐간 수많은 사람을 생각하다 보니 그들 중에도 불법 이민자가 있었을까 궁금했다.

몇 분 뒤 게파트 의원은 우리를 패트릭 케네디 의원에게 소개했다. 그는 내가 상상했던 것보다 키가 컸으며, CNN에서 보던 모습보다 더 구불구불하고 붉은 머리칼을 지녔다. 그는 우리에게 축하인사를 한 뒤 우리의 책을 기대하고 있다고 말했다.

케네디 의원을 만난 흥분을 채 가라앉히기도 전에 우리 앞으로 지나가는 작은 신사를 발견했다. 서서히 모습을 드러낸 사람은 바로 존 루이스 의원이었다. 나는 그루웰 선생님이 수업시간에 틀어준 첫 시민권 운동 영상 그리고 이후 접한 수많은 책과 비디오에서 그의 모습을 보았다. 1961년 당시 겨우 스물한 살 학생이던 루이스 의원은 열두 명의 다른 용감한 흑인 및 백인 학생들과 버스를 타고 인종분리법에 도전하기 위해 남부로 갔다. 이 자유의 여행은 우리 모임의 이름인 자유의 작가들에 영감을 주었다.

그날 의사당에는 수천 명의 중요한 정치 지도자가 있었을지도 모른다. 그러나 제임스와 카먼과 내게 루이스 의원만큼 중요한 사람은 없었다. 우리는 그를 소개받을 때 자세를 바로잡았다. 그를 만난 것은 영광이었다. 나머지 자유의 작가들도 그 자리에 함께 있었다면 얼마나 좋았을까. 우리는 루이스 의원과 잠시 대화한 뒤 프레젠테이션을 시작했다.

그루웰 선생님이 발표할 때도 의원들은 계속 돌아다녔다. 드디어 제임스에 이어 내 차례가 되었다. 나는 제임스 뒤에 발표할 마음이 없었다. 오랫동안 나는 내 이야기에 폭력집단과 극적인 드라마가 없어서 다른 자유의 작가들 사연만큼 호소력이 없다고 생각했다. 그루웰 선생님이 나를 소개했을 때 나는 거의 모두 특권층 백인으로 구성된 청중 앞에 섰음을 절실하게 느꼈다. 손이 떨리기 시작했다. 그러나 그때 엄마가 어린 시절부터 줄곧 하던 조언이 떠올랐다. "잠시 생각해봐."

그 잠시 동안 나는 고개를 들고 내가 결코 의사당에서 발언할 기회를 얻지 못할 수백만 명을 대표하고 있다는 사실을 아로새겼다. 우리의 일기가 책으로 발간되었기에 제임스와 카먼 그리고 나에게 그들을 대신하여 증언할 특혜가 주어졌다. 그루웰 선생님의 소개가 끝날 무렵 나는 무슨 말을 해야 할지 깨달았다.

"제 이름은 마리나이고, 여덟 살 때 엄마와 이 나라로 왔습니다."

처음으로 나는 불법 이민자임을 공개적으로 밝혔다. 나는 전화 한 통이면 이민국에 연락할 수 있는 의원들 앞에서 학교에 가고, 좋은 성적을 내고, 지역사회에 공헌하고도 대학에 가지 못하는 현실이 어떤 것인지 이야기했다. 애를 써도 말이 나오지 않는 순간도 있었다. 그러나 따뜻하게 격려하는 카먼의 손길이 등에 닿는 것을 느낀 뒤 다시 용기를 냈다.

"제가 여러분 앞에 선 것은 운 좋게도 아무 제약이 없는 교실에 배정된 덕택입니다. 그루웰 선생님은 결코 저를 불법 이민자로 보지 않았습니다. 선생님은 저를 있는 그대로 보았습니다. 그리고 자유의 작가들은 제가 어디 출신인지 신경 쓰지 않았습니다. 그들은 서로 다른 점이 있음에도 저를 아껴주었고, 우리는 가족이 되었습니다."

가끔 나는 그때 의원들에게 이민법 개혁을 추진할 의지를 일깨울 더 강력한 말을 할 수는 없었을까 자문한다. 정부가 불법 이민자들에게 세금 신고에 필요한 아홉 자리 코드를 제공하면서, 교육을 받고자 하는 꿈을 실현시켜줄 아홉 자리 코드는 제공하지 않는 이유를 물었다면 좋았을 것이다. 그날을 떠올리면 말하고 싶었던 것이, 말해야 했던 것이 무척 많았지만 다하지 못해 부끄럽다.

다시 워싱턴으로 가서, 지난 방문 이후 자유의 작가 운동이 얼마나 성장했는지 의원들에게 보여주고 싶다. 그간의 난관에도 불구하고 나는 체제에 대한 믿음을 갖고 있다. 나는 학생, 교사, 이민자들과 함께 변화를 위해 계속 싸울 것이다. 또한 끊임없이 편지를 쓰고, 집회에 참석하고, 선거 자원봉사를 하고, 선거인 등록을 도울 것이다. 자유의 여행자들이 그렇게 해서, 그러니까 체제에 맞서기만 하지 않고 체제를 통해 해결책을 찾으려고 노력함으로써 변화를 일으켰기 때문이다.

Diary 2

모든게 괜찮아질 거야

"저는 어린 시절에 체구가 작았습니다. 미용사가 되려는 엄마 때문에 머리 모양도 엉망이었죠. 게다가 늘 형이 입던 옷을 물려받아야 했고, 부정교합마저 심했습니다. 아빠는 내 머리가 커지면 어색하지 않을 거라며 기분을 풀어주곤 했죠."

내 이야기를 들은 고등학생들은 웃음을 터트렸다. 그들이 드러내도록 허락받은 유일한 감정은 웃음과 분노뿐이었기 때문이다.

"저는 어릴 때 훌륭한 학생이었습니다. 사실 매우 명석해서 누군가 우리 시의 제일 부자 학교로 보내는 편이 낫겠다고 말할 정도였죠. 옛 학교가 좋지는 않았지만 그래도 집에서 가까웠고, 모두가 저처럼 가난했습니다. 새 학교에서 킥볼(두 개의 동그라미 사이에 공을 놓고, 상대편 동그라미 속에 공을 차 넣는 경기 – 옮긴이 주) 시간에 스웨터를 벗지 않으려 했을 때 선생님은 제가 까다롭게 군다고 짐작했습니다. 깨끗한 셔츠가 없고, 등교 시간에 늦어서 안에 아무것도 입지 않고 스웨터만 걸쳤을 거라는 생각은 전혀 하지 않았습니다. 옛 학교에서는 늘 그랬고, 다른 아이들도 마찬가지였습니다. 선생님은 '네가 스웨터를 벗을 때까지 모두 여기 서서 기다릴 거야'라고 말했습니다. 저 때문에 게임이 중단된 상황이었고, 반 아이 전부가 저만 쳐다보고 있었습니다. 나는 선생님에게 다가가 '저기, 실은 셔츠를 안 입었어요'라고 조용히 속삭였습니다. 그러자 선생님은 아주 큰 목소리로 '셔츠를 안 입었다는 게 무슨 말이니? 바보 같구나. 오늘 아침에 셔츠 입는 걸 깜빡했니?'라고 말했습니다. 저는 '네, 까먹었어요'라고 둘러댔습니다. 가난한 것보다 건망증이 심한 편이 나아보였거든요."

나는 강당에 모인 고등학생들에게 내 이야기를 들려주었다. "알코올중독에 걸린 아버지에다 롱비치에서 가장 험한 동네에서 자라는 것을 비롯해 온갖 문제에 직면한 제게 깨끗한 티셔츠가 없다는 건 걱정거리도 아니었습니다."

나는 여러 학교를 방문할 때 종종 어린 시절에 대해 이야기한다. 각각의 이야기를 할 때마다 다른 학생들이 관심을 드러낸다. 아마 내 경험에 동질감을 느끼는 모양이다. 나는 강연을 끝내고 나면 질문이 있는지 묻는다. 가장 흔히 받는 질문은 "총에 맞은 적이 있는지", "부자가 됐는지", "차가 무엇인지" 등이다. 직접적인 답변은 아닐지 모르지만 나는 중요하다고 생각하는 말을 해준다. "정말 힘든 삶을 살고 죽을 뻔한 일을 겪으면 세상이 다르게 보이기 시작하고 진정한 가치를 더 중시하기 시작해요"라고 말이다.

이날은 모두가 떠난 후 한 학생이 다가와 지금까지와는 다른 질문, 개인적으로 궁금했던 걸 물었다. 나는 강연하면서 우리 중 알코올중독에 걸린 아버지를 둔 아이가 많다는 말을 했다. 그는 이 부분에서 깊은 공감대를 느낀 모양이었다.

그는 확인하고 싶다는 눈빛으로 "형네 아버지도 엄마를 때린 적이 있어요?"라고 물었다. 나는 상담가가 아니다. 아동심리학 학위도 갖고 있지 않다. 그래도 언제나 틀리지 않을 한 가지 사실을 안다. 나는 거짓말을 못한다. 내가 자라는 동안 모두가 거짓말하고 나를 실망시켰다. 그래서 나는 "그래"라고 솔직하게 대답했다. 나는 말했다. "맞아, 우리 아버지도 항상 엄마를 때렸어. 맨 정신일 때는 세상에서 제일 좋은 사람이지. 하지만 술에 취하면 전혀 다른 사람이 돼서 가족을 괴롭혔지. 나도 아버지를 공격했어." 그 학생은 그렇게 엉망인 가정에서도 제대로 자라주어 고맙다는 듯한 확신에 찬 표정을 지었다. 그러면 자신도 제대로 자랄 수 있다는 뜻이니까.

나는 그곳으로, 그러니까 과거로 돌아가는 게 싫다. 나는 과거를 떨쳐내려고 갖은 애를 썼다. 때로 나는 그런 삶이 어떤 것인지 모르는 어른들에게 강연을 한다. 그들은 아픈 경험에는 귀 기울이지 않는다. 그저 우리의 메시지를 좋아할 뿐이다. 최선을 다하지만 과거를 떠올리는 것이 아프다는 사실을 인정하지 않을 수 없다. 나를 안심시키는 포옹을 간절히 바라던 과거의 나, 버려진 열네 살의 나 자신이 싫다. 그래도 모든 게 괜찮아질 거라는 사실을 이 학생에게 알려줄 수 있다면 과거로 돌아갈 충분한 가치가 있다. 나는 "아버지는 내가 아버지를 방 저편으로 집어던질 수 있는 나이가 될 때까지 엄마를 때렸어. 그날부터는 때리지 않았지. 이후로는 서로 그런 일에 대해 일절 말하지 않았어"라고 덧붙였다. 해피엔드는 아니지만 사실이다. 나는 내 경험이 이 학생과 너무 빨리 어른이 되어야 했던 다른 아이들에게 반향을 일으키기를 바란다.

향수병

나는 보스턴대학교를 떠난 뒤 거기에 대해 한마디도 쓰지 않았다. 지금도 손을 억지로 움직이게 만든다며 내 안의 작은 부분이 항의한다. 그러나 내 안의 큰 부분은 단지 빌어먹을 시간들에 대한 이야기일 뿐이라고 수긍한다.

나는 그곳에서 보낸 두 학기를 시간 속 사진처럼 훑어본다. 질 좋은 나무 선반 위에 노아의 방주로 가는 행렬을 묘사한 여러 쌍의 정교한 동물 조각상이 놓인 학장의 사무실에 내가 앉아있다. 학장은 자신이 나를 신경 쓰고 있다고 말한다. 그는 학업에 대해 물었다. 그러나 우리는 삶에 대한 이야기를 더 많이 나누었다. 그를 방문하면 며칠 동안 웃을 이유가 생겼다. 그는 동물 미니어처를 가리키며 "하나 가져"라고 말한다. 사양해보지만 그는 다정하면서도 확고한 표정을 짓는다. 나는 완벽하게 내 엄지 모양과 닮은 옅은 청록색 거북이 하나를 집는다. 지금도 유약을 입힌 차가운 도자기의 감촉을 떠올리면 미소가 흘러나온다.

동부에서는 모든 것이 힘들었다. 내가 예상한 것보다 훨씬 많이. 나는 준비된 상태가 아니었다. 심지어 수업도 벅찼고, 한 번도 접하지 못한 것이었다. 고등학교까지는 별 노력 없이도 우수한 성적을 거뒀다. 그래서 13년 동안 공부 습관을 기르려는 노력은 거의 하지 않고 자만심만 잔뜩 키웠다.

때로 나는 공부하려고 정말로 노력했다. 덕분에 B를 받은 과목도 더러 있다. 그러나 대다수의 시도는 건성이었다. 성서에 이르기를 뿌린 대로 거둔다고 했다. 그래서 나는 미룸과 벼락공부의 사생아인 낙제점을 거두었다. 그렇다면 나는 어떤 사람이었을까? "똑똑하다"는 으레 내게 붙는 수식어였다. 그러나 이제는 "카일라는 똑똑해"라는 평가 위에 세워진 정체성 전부가 바다로 휩쓸려 가버렸다. 나는 하찮은 사람이었다.

향수병이 나를 옭아맸다. 머릿속으로는 가족을 뒤로하고 새로운 것을 맞을 준비가 되어있었다. 그러나 이 새로운 것은 집에 대한 모든 것을 그리워하는 일이었다. 언니는 임신 중이었다. 나라 반대편에 있으면서 조카가 가장 좋아하는 이모가 될 수 있을까? 놀랍게도 남동생마저 그리웠다. 은행계좌는 장거리 전화 요금으로 항상 초과 인출 상태였다.

내 머릿속에는 더 많은 사진이 있다. 폴라로이드처럼 좋은 사진들이 먼저 현상된다. 너새니얼과의 사진이 그중 하나다. 사람들은 우리의 깊은 애정에 우정을 넘어서는 무엇이 있을까 궁금해했다. 나는 진정한 친구를 넘어서는 것이 있는지 궁금하다. 이 사진은 흑백으로 드러난다. 젊은 남자와 여자는 빛나는 차양을 배경으로 손을 꼭 잡은 채 비에 젖은 거리를 미끄러지듯 건넌다. 바로 발레를 보러 가는 우리의 모습이다. 이 사진은 꽁꽁 언 발가락과 너새니얼의 코트에 스민 향수 냄새를 상기시킨다. 나는 대단히 세련되어진 것처럼 보인다. 그러나 그것은 일시적인 느낌에 불과했다. 대부분의 경우 보스턴은 내 얼굴을 세게 때리며 "주제를 파악해"라고 말하는 것 같았다.

또 다른 사진이 떠오른다. 여기에는 지하철에 탄 나를 꺼려하는 듯한 할머니가 나온다. 나는 할머니를 노려보다가 나를 위험하게 여긴다는 사실을 서서히 깨달았다. 객차는 붐볐다. 옆에 자리가 있지만 할머니는 "여기 앉지 마"라고 말하는 듯 지갑을 가슴께에 움켜쥐며 방어적인 자세를 취한다. 그래도 나는 자리에 앉으려 하지만 너새니얼은 나를 끌어당기며 팔짱을 낀다. 무시하려해도 여전히 할머니의 어깨와 얼굴에는 공포와 혐오가 뒤섞였다. 이 일은 그해 내가 내 피부색에 대해 배운 많은 교훈 중 첫 번째 가르침을 안겼다.

내가 다니던 명문대도 나를 후려쳤다. 캠퍼스에는 자유주의라는 독선적인 분위기에 도취된 엘리트주의자들이 넘쳤다. 그러나 그들의 모든 계몽에도 불구하고 나에 대한 기억을 도울 필요가 있을 때 나는 그저 '흑인 여자애'가 되었다.

좋은 사진이 하나 더 있다. 내 룸메이트가 맞은편에 앉아서 아침을 먹는 모습이다. 이 사진은 꽤나 자연스럽다. 웃고 있는 그녀의 얼굴은 창피와 기쁨으로 찡그려진다. 고상하게 키득거리지 않는 그녀는 폭소를 터트리다가 어쩔 줄 모르고 숨을 헐떡거릴 지경에 이른다. 그녀가 정신없이 웃을 때면 모두가 그녀를 멍하게 바라보지만 나는 그저 같이 웃었다. 그때는 우리가 아직 친구였다.

1999년 봄 무렵은 니나 시몬(미국의 재즈 가수, 인종차별을 반대하는 노래들로 공민권운동에 영향을 줌-옮긴이 주)의 음악을 반복해 들으며 어둠 속에서 한참을 울어대던 나날이었다. 나는 정크푸드를 먹고 한 번에 24시간씩 자는 걸로 자신을 달랬다. 엄마와 연락이 뜸해졌다. 엄마는 우울증을 언급하면서 솔직하게 대답하기에는 창피한 날카로운 질문들을 던졌다. 아예 전화를 하지 않는 편이 나았다. 대신 나는 점점 내면으로 기어들어갔다. 도움을 요청할 생각은 없었다. 그것은 오히려 치명타가 될 것이었다. 나는 모든 매력을 잃었고 다른 사람보다 똑똑하지 않을지는 모르지만, 그래도 부모님의 가르침만큼은 잊지 않았다. 나는 아빠가 홀로 캘리포니아로 온 것을 계속 생각했다. 엄마는 열일곱 살에 집을 떠났다. 부모님이 스스로 일어섰으니 나도 그래야 했다. 얼마나 바보 같은 자존심인지. 내게 남은 유일한 부분은 가장 먼저 버렸어야 할 부분이었다.

그해 여름 나는 망가진 채 롱비치로 돌아왔다. 학교는 내가 자신감을 가질 수 있는 유일한 곳이었으나 나의 갑옷은 모조리 벗겨졌다. 고향 사람 모두가 내가 무너진 것을 몰래 기뻐한다는 생각이 들었다. "잘난 체하더니 결국 저 꼴이 됐어"라고 말이다. 친구들, 심지어 자유의 작가들까지 피했다. 사람들이 동부에서 어떻게 지냈는지 물을 때마다 거짓말을 했다. 너새니얼에게는 다음 학기에, 그리고 또 다음 학기에 돌아가겠다고 말했다. 그러나 실은 결코 돌아가지 않을 생각이었다. 나는 자꾸만 진실로부터 도망치려 들었다.

이 모든 진실을 오랫동안 피해오다가 이제야 솔직하게 말한다. 최근 들어 남자친구에게 모든 이야기를 털어놓았다. 남자친구는 "공부가 너무 힘들어서 낙제한 거니 아니면 그냥……?"이라고 물었다. 그러고는 잠시 말을 끊더니 "네가 결심하면 너무 힘든 건 없어. 그냥 집으로 왔어야 했어"라고 말했다. 좋은 사진들이 더 자주 현상되고 있다. 학사 학위를 받은 일이 도움이 되었다. 때로 내가 있어야 할 곳에 있다는 확신이 든다. 가끔이라도 이런 확신이 서는 것이 한 번도 그렇지 않은 경우보다 낫다. 요즘은 마음속 싸움에서 이기는 경우가 많지만 강한 자기 회의가 여전히 나를 괴롭힌다.

Diary 4

대학 졸업

고등학교를 졸업할 무렵 나는 임신 5개월이었다. 그래도 계획이 있었기에 걱정하지 않았다. 나는 대학에 가고 성공하고 싶었다. 한동안 계획대로 일이 풀리는 듯했다. 봄 학기가 되어 나는 세상을 정복할 채비를 갖추고 전속력으로 달렸다. 그러나 시간이 지나도 대학을 졸업한다는 목표에 전혀 가까이 다가가지 못했다.

자주 지각하거나 결석하는 바람에 낙제할 지경에 처한 대중매체 입문 수업 30분 전이었다. 이전 30분은 차에 기름을 넣을 몇 달러를 구하는 데 썼다. 동전을 모으는 단지를 쏟아놓고 세어보니 거의 4달러였다. 그 다음에는 정확하게 5달러가 될 때까지 소파, 침대 밑, 잠동사니용 서랍, 지갑을 뒤지고 바지와 상의를 모조리 확인했다. 그렇게 모은 돈을 비닐 주머니에 넣은 뒤 수업에 늦지 않기를 바라며 주유소로 향했다.

그러나 주유소에서 돈이 든 비닐 주머니를 건넸을 때 작은 아시아 여자는 "받을 수 없어요"라고 말했다. 그녀는 "그게 5달러인지 어떻게 알아요?"라며 의심했다. 나는 딱 잘라 거절당한 데 부끄러움을 느끼며 "내가 다 셌어요"라고 말했다. 그녀는 강한 어조로 "동전포로 싸야 해요. 그 상태로는 못 받아요"라고 말했다. 나는 여전히 비닐 주머니를 내민 채 "어디서 동전포를 구하라는 거예요?"라며 빈정거렸다. 그녀는 나를 쏘아보고는 계산대 밑에서 열 장의 동전포를 꺼내 건네며 말했다. "이걸로 싸서 주면 기름을 넣어줄게요."

말싸움할 시간이 없었기에 나는 차로 돌아가 동전들을 싸기 시작했다. 포장을 마칠 무렵에는 수업 시작 15분 전이었고, 뒷자리에는 아직 어린이집에 맡겨지기를 기다리는 아이가 있었다. 기름값을 내기 위해 계산대로 가는 동안 나는 수업시간에 늦을 것임을 직감했다. 그래서 기름을 넣고 집으로 돌아왔다. 졸업에 대한 흐릿하던 전망이 아예 깜깜해졌다. 나는 봄 학기 동안 남은 수업을 취소했다. 보모를 고용하고 책을 장만하는 것은 고사하고 기저귀 사기도 벅찬데 어떻게 대학을 졸업한단 말인가?

두어 해 뒤 두 번째 아이를 갖고 남자친구가 어떻게 할 것인지 물었을 때 대답하기 두려웠다. 대학으로 돌아가고 싶었지만 그날 주유소에서 겪은 일이 여전히 나를 괴롭혔기에 다시 실패하고 싶지 않았다. 하지만 뭘 해야 하지? 나는 일을 시작한 뒤로 가장 오래 실업 상태에 있었다. 거의 6개월 동안 일을 구해보니 원치 않는 일자리에는 자격 과잉이었고, 원하는 일자리에는 능력을 증명할 학위가 없었다.

기술을 습득해 경력을 쌓기 위한 최후의 노력을 기울이기로 했다. 나의 미래와 아이의 인생이 내가 교육을 받는 일에 걸렸다고 확신했다. 나는 지역 디자인 학교에서 운영하는 인테리어 디자인 프로그램 광고를 보고 그 학교를 찾아갔다. 가보니 재미있고 창의적인 일인 것 같아서 지원했다.

디자인 학교에서 두 번째 학기를 보낼 때, 한 자유의 작가를 만나 그루웰 선생님이 캘리포니아주립대학교 롱비치캠퍼스에서 자유의 작가들을 모으고 있다는 소식을 들었다. 솔직히 인정하자면 갈등이 생겼다. 내게 간절히 필요한 기회인 건 알았지만 그러자면 계획을 다시 수정해야 했다.

하지만 그루웰 선생님은 오랫동안 과감한 일을 벌였고 대다수는 성공했다. 학창 시절, 나는 그다지 잃을 것도 없는 상황이어서 선생님이 계획을 세우면 적극 참여하곤 했다. 우리의 학위는 맞춤형으로 구성되었고, 교수들은 우리를 위해 일일이 선발되었다. 또한 학습장애도 감안해 평가되었고, 모든 학비와 학업 관련 비용을 지원받았다. 사실상 대학을 무사히 졸업하는 데 필요한 모든 혜택이 주어지는 셈이었다. 놓칠 수 없는 기회였기에 나는 과감히 뛰어들었고, 안개 속에서 한 줄기 빛을 보기 시작했다. 내 꿈이 다시 닿을 수 있는 곳으로 돌아왔다.

장학금을 받기 위한 강연과 워크숍은 말할 것도 없고 일과 학교, 사친회로 할 일이 무척 많아서 종종 압도당하는 기분이 들었다. 오래지 않아 약혼자는 내가 항상 집을 비우고 아이들이 나를 보고 싶어한다고 토로하며 불만을 드러내기 시작했다. 마치 내가 아이들 곁에서 숙제를 도와주고 침대에 눕히지 못하는 점을 마음 아파하지 않는다는 듯 말이다. 하지만 나는 매일 버스를 갈아타면서 두 아이를 학교로 혹은 보모에게 데려다주느라 진이 빠질 지경이었다. 가끔 대학을 그저 할 일 목록에서 지워 나갈 항목으로 여기는 생각 없는 열아홉 살짜리 금발머리 여자아이와 논쟁을 벌일 때도 나는 아이들을 생각했고 지금이 인생이 걸린 시기임을 떠올렸다.

이 모든 난관에도 불구하고 나는 4학년이 되었다. 정말 일이 잘 풀렸다. 나는 언론학을 부전공했고, 학교 신문에 글을 실었으며, 학교에서 일자리를 얻었다. 마침내 나는 항상 원했지만 그날 주유소에서 희망을 잃었던 대학생활을 즐길 수 있었다. 졸업식 날, 내 이름이 불리고 단상을 걸어갈 때 나는 앞을 바라보며 내가 해낸 일이 무엇인지 생각했다. 나는 낮은 가능성을 이겨냈다. 나는 더 이상 통계 속에 존재하는 아무런 대안이 없는 십 대 미혼모가 아니었다. 나는 무한한 가능성을 앞둔 대학 졸업생이었다. 이제 새 인생을 시작할 때였다.

Diary 5

자유의 작가 장학금

시간이 아주 빨리 지나갔다. 나는 차에서 나오는 것조차 두렵지만 그래도 주저하며 차에서 내린다. 모교인 윌슨고 정문으로 다가가는 순간 그 자리에서 완전히 얼어붙은 채 멈추지 않을 수 없다.

학교는 변한 게 없어 보인다. 복도에 놓인 유리 상자 안에 크고 당당하게 서있는 우리의 마스코트, 거대한 불곰 봉제인형도 여전하다. 절반은 서투른 고등학생 시절의 기억에서, 절반은 그 모든 시간이 지난 뒤 다시 이 자리에 돌아왔다는 사실에서 비롯된 떨림이 온몸을 훑고 지나간다. 나는 그 장면을 받아들인 다음 심호흡을 하고 건물 안으로 향한다. 세제와 십 대들의 체취가 섞인 냄새조차 과거와 똑같다. 10년 전 졸업식 날 걸어 나갈 때보다 약간 더 나이 먹고, 약간 더 커졌으며, 많이 현명해진 나는 모든 일이 시작된 장소에 돌아왔다는 사실이 비현실적으로 느껴진다.

수업은 한두 시간 전에 끝났다. 이렇게 늦은 시간에는 한 명도 복도를 걸어 다니지 않는다. 나는 혼자가 아니라 자유의 작가인 미아와 있다. 우리는 오늘 자유의 작가 장학금을 받을 최초의 학생들을 정하기 위해 롱비치에 왔다. 이 장학금은 우리가 새로운 자유의 작가들, 즉 우리와 비슷한 학생들을 돕기 위해 만들었다. 우리는 수령자들이 가능한 한 많이 자유의 작가들이 지닌 집단적 다양성을 따르기를 바란다. 그렇기에 모든 국적과 학업 수준 그리고 우리 같은 삶의 경험을 지닌 십 대들이 선정자로 고려되어야 한다. 자유의 작가 장학금은 가령 무주택, 마약, 학대, 가난 같은 난관에 부딪힌 학생들을 위한 것이다. 그들 중 대다수는 심지어 1세대 미국인이며, 가족 중 처음으로 고등학교를 졸업하고 대학에 들어간다.

몇 분 정도 여유가 있기에 우리는 약간 길을 돌아서 오랫동안 확인하고 싶었던 곳, 203호 교실로 향한다. 복도를 걸어가는 동안 마루가 삐걱대는 소리와 발소리가 들린다. 나는 손가락을 뻗어 옆에 있는 차가운 철제 사물함을 더듬는다. 주위에 아무도 없지만 우습게도 과거의 소리들이 들린다. 멀리서 즐거워하는 자유의 작가들 목소리와 즉흥적으로 〈린 온 미〉를 부르는 노랫소리가 들려온다. 그 소리들이 들린다. 그 모든 소리. 그 소리들은 나를 미소 짓게 만든다.

　우리의 빠른 걸음은 답답한 복도를 지나 203호 교실로 가까워짐에 따라 느려진다. 바로 여기다. 우리의 옛 교실, 우리들의 집. 문을 밀어 보니 삐걱대며 활짝 열린다. 여기는 수많은 즐거운 추억이 만들어진 곳이다.

　이 교실에서 우리는 연대를 맺고, 배움을 얻고, 안전함을 느꼈다. 그러나 아쉽게도 내가 기억하는 모습 그대로는 아니다. 책상들은 다른 방향을 향해 놓였다. 새 캐비닛도 들어왔다. 칠판은 차가운 화이트보드로 바뀌었다. 미아는 "너무 삭막해 보여"라고 말한다. 맞는 말이다. 나는 동의의 표시로 고개를 끄덕인다. 친근한 얼굴들을 담은 유치한 사진, 테두리를 요란하게 장식한 게시판, 역사적 영웅들의 포스터, 온갖 장식품으로 가득하던 과거에 비해 너무 텅 비어 보인다. 나는 이곳이 여전히 예전과 같은 모습이기를 간절히 바라지만 다른 한편으로는 시간이 지나면 인생처럼 모든 것이 바뀐다는 사실을 수긍한다. 나는 거기 서서 스타벅스 컵을 손에 들고 엉덩이에 분필을 묻힌 채 싱긋거리는 그루웰 선생님의 모습을 분명히 본다.

　나는 잠시 부끄럼 많은 열일곱 살 아이가 되어 203호 교실의 통제된 혼돈 속에 있는 나 자신을 상상한다. 주위 세상은 계속 움직이고 쏜살같이 지나가지만 바로 지금 여기가 내가 있어야 할 곳임을 알았다. 이 교실로 돌아오는 일이 이토록 착잡할지 누가 알았을까?

나는 텅 빈 교실을 둘러보며 여기서 보낸 철없던 시절을 떠올린다. 특히 쉬는 시간, 자유의 작가들이 단체로 춤추는 모습을 보던 기억이 밀려온다. 다음에는 나도 제대로 춰보려고 옆에 서서 모든 스텝을 찬찬히 살피던 일이 기억난다. 몸치에다가 툭하면 사고를 일으키는 그루웰 선생님조차 같이 어울렸다. 모두가 함께 기분을 내거나, 실수를 하거나, 그저 여느 때처럼 즐거운 시간을 보내는 모습은 우스웠다. 애석하지만 수년이 지난 지금도 나는 여전히 고약한 스텝을 모두 익히지 못했다. 그루웰 선생님도 마찬가지다. 변하는 것이 많을수록 그대로 남는 것도 많으니까.

미아와 나는 짧게만 느껴지는 시간을 보낸 뒤 마지막으로 교실을 둘러보고는 밖으로 나간다. 마치 우리 인생의 또 다른 장을 닫는 것처럼 문이 찰칵 닫힌다. 만족스런 기분이 든다. 우리는 말없이 생각에 잠긴 채 교정을 가로질러 다른 위원들을 만나러 간다. 우리가 장학금을 받을 대상자들을 올바로 결정할 수 있다는 확신이 든다. 자유의 작가들이 지역사회에 그동안 받은 혜택을 되돌려줄 수 있다는 것은 보람차기 그지없다.

자유의 작가 재단으로 차를 몰고 가다가 정지 신호에 걸려있는 동안에도 다시 교실로 돌아가 받았던 느낌이 가시지 않는다. 교실을 그토록 그리워하리라는 것을 미처 깨닫지 못했지만 실제로 그랬다. 그곳은 졸업 후 오랫동안 우리의 본거지가 아니었지만 이제는 우리만의 새로운 203호 교실이 있다. 자유의 작가 재단은 고등학교를 졸업한 뒤 우리가 이룬 모든 일의 소산이자 유산이었다.

자유의 작가 재단은 윌슨고에서 조금만 차를 몰면 닿는 롱비치의 온화한 해변에 위치한 오래된 집에 자리 잡고 있다. 우리가 여전히 집이라고 부를 수 있는 곳, 생각하고, 나누고, 발전할 수 있는 곳이 있다는 것은 중요한 의미를 지닌다. 이곳은 우리, 그리고 우리와 같은 생각을 지닌 여러 사람이 특별한 날과 행사를 위해 모이는 중심지다. 한 지붕 아래 모인 우리는 비영리재단을 운영하고, 워크숍을 진행하고, 성공을 축하한다. 언제라도 문호를 개방하는 정책에 따라 자유의 작가들은 온갖 이유로 재단을 드나든다.

우리가 오랫동안 알았던 사람들, 가장 사랑하는 사람들이 여전히 우리 삶 속에 있다는 사실은 큰 위안을 준다. 고등학교에서 맺은 인연 중 대부분을 지금까지 유지하는 사람은 많지 않다. 하지만 우리는 그렇다고 자신 있게 말할 수 있다.

뒤차가 갑작스레 경적을 울린다. 나는 급히 후시경을 보고는 즉시 앞으로 나아간다. 생각에 깊이 잠긴 나머지 신호등이 파란색으로 바뀐 줄도 몰랐던 것이다. 나는 매직스크린에 그린 그림을 지우듯 머리를 흔들고 운전에 집중한다.

때로 서투르고 쑥스러워하는 고등학생 시절의 성향이 불쑥 튀어나올 때도 있지만 나는 고등학교와 대학교를 졸업한 후 정말 많이 바뀌었다. 나는 삶이 나를 어디로 데려갈지 그리고 내가 주위에 어떤 영향을 미칠지는 전적으로 내게 달린 문제임을 알고 매일 내 자리를 천천히 찾아가고 있다. 한때 내성적이고 소극적인 여자아이였던 나는 이제 전국의 모든 주에서 교육자, 십 대들과 협력하는 일을 하고 있다. 상상해보라.

나는 모퉁이를 돌아 익숙한 거리로 접어들었다. '퀸 메리(롱비치 항에 정박해 있는 호화 여객선 – 옮긴이 주)'와 롱비치 항의 풍경이 그다지 멀지 않다. 멀리 태평양에 있는 카탈리나 섬의 윤곽도 보인다. 나는 여정의 끝에 이르러 차를 멈추고 주차한다. 그리고 꽃이 핀 벽돌 길을 따라 나를 맞아주는 문으로 다가간다. 최대한 조심스레 문을 열고 차 열쇠를 호주머니 깊이 넣은 다음 안으로 들어간다.

Diary 6

때늦은 고백

　언뜻 나는 균형이 잘 잡히고, 행동에 스스로 책임을 지고, 목표가 분명하며, 올바른 가치를 옹호하는 사람처럼 보일지 모른다. 엄마는 "어떤 것을 옹호하지 않으면 모든 것에 넘어갈 수 있다"라고 누누이 말했다. 현재 내 모습이 있기까지 가족이 중대한 역할을 했다. 핵가족을 생각하면 아빠, 엄마, 두 자녀, 애완동물, 하얀 울타리가 떠오른다. 이 이미지는 실망의 표본으로 내 머릿속에 자리 잡았다. 현실은 아름다운 동화처럼 진행되지 않았다. 그보다 훨씬 더 예측 불가능했다.

　나는 고등학생 때 일종의 외톨이였다. 그래도 두드러지지 않도록 최대한 다른 아이들과 어울리려고 노력했다. 그들과 동화되려고 주위 아이들처럼 행동했다. 가령 멋진 아이들과 있으면 멋지게 보이려고 애썼다. 혹은 캄보디아 아이들과 있을 때는 당연히 나오는 거리가 먼 아시아 아이처럼 행동하고 그렇게 보이려고 발버둥 쳤다. 나는 누구도 내게 다른 모습이 있다는 걸 알아채지 못하도록 군중 속에 숨은 카멜레온 같았다. 나는 멍청하지 않았다. 나는 혼외 자녀가 없었다. 나는 동성애자가 아니었다. 나는 폭력배가 아니었다. 이 모든 면과 함께 그저 평범한 모습으로 꾸미기는 쉬웠다.

고등학교에 다닐 때 그루웰 선생님 반이 좋았던 점은 나와 같은 150명의 아이들이 있다는 것이었다. 그들도 나처럼 단지 평범해지고 싶을 뿐이었다. 그들은 부모의 이혼, 학습장애, 학대, 폭력 등 갖가지 문제를 안고 있었다. 나는 내가 어떤 사람인지 그리고 어떤 면에서 다른지 드러내지 않았다. 그래서 모든 시선을 그루웰 선생님이 열어준 탈출구가 진정으로 필요한 아이들에게로 돌렸다. 나는 결코 내 문제를 드러내지 않고 한발 물러서서 친구들이 자신을 다르게 만든 점에 대해 쓰도록 놔두었다. 그것은 무척이나 창피한 일이었다.

수년 후 책이 나왔고, 영화가 제작될 예정이었다. 내가 샌디에이고대학교 간호학과에 다닐 때 그루웰 선생님은 국립교사연구소 연수회에서 교사들이 학생들을 참여시키고 교육을 더 잘할 수 있도록 도와달라고 요청했다. 교사들이 더 나아지도록 내가 도울 일이 있을까? 나는 교사에 대해 아는 게 없다. 수술이나 소아 환자에게 체액이 중요한 이유에 대해 묻는다면 며칠 동안 설명할 수도 있다. 그루웰 선생님은 라인 게임(Line Game)이나 변화를 위한 건배처럼 고등학교 시절 교실에서 하던 활동을 할 것이라고 설명했다. 나는 어떤 식으로든 자유의 작가 재단을 도울 수 있어 기뻤다.

첫날을 마무리하는 시간 우리는 진영 선택 게임을 했다. 그것은 그루웰 선생님이 진행하는 여느 게임처럼 아주 가볍게 시작되었다. 그루웰 선생님은 "캘리포니아가 미국에서 가장 날씨가 좋다고 생각하나요? 이 주장에 동의합니까, 반대합니까?"라고 물었다. 참가자들이 홍해처럼 갈라졌다. 캘리포니아 출신들은 '동의' 진영으로 달리다시피 갔고, 열대기후에 속한 다른 주 출신들은 캘리포니아 날씨가 가장 좋은 것은 아니라는 의견을 갖고 '반대' 진영으로 모였다. 각 진영은 나름의 주장을 제시했다. 한 진영이 설득력 있는 논지를 전개할 때마다 진영을 옮길 수 있다. 이 경우 몇몇 사람이 옮겨갔지만 대다수는 그대로 남았다. "좋아요. 다음 질문. 카니에 웨스트가 현존 최고의 래퍼인가요? 동의 혹은 반대." 이는 더 논쟁적이었다. 그러나 내가 아는 그루웰 선생님이라면 항상 심오한 내용들이 준비되어 있었다. 이후 제시된 질문은 낙태와 불법 이민자 교육 혜택을 비롯해 더 강렬해졌다. 그리고 끝으로 나온 것은 "학대로 의심되는 모든 일은 신고해야 합니까? 동의 혹은 반대"였다. 놀랍게도 전부 다 동의 진영으로 갔다. 단 한 명, 나를 제외하고 말이다. 여기서 상황이 본격적으로 심각해졌다. 머릿속이 하얘졌다. 가식은 드러났고, 더 이상 속임수는 통하지 않았다. 나는 반대 진영에 있는 유일한 사람이었다. 그루웰 선생님이 그렇게 생각하는 이유를 물을 것은 뻔했다. 또한 선생님의 혼란스런 표정은 그런 일을 신고할 의무가 있는 간호사가 왜 반대 진영에 있는지도 궁금해하고 있음을 말해주었다. 그루웰 선생님은 "와, 네가 거기로 갈 줄은 몰랐어. 왜 반대 진영에 있는지 설명해줄래?"라고 물었다. 순간 나는 십 대 시절의 모습, 숨을 준비가 된 카멜레온으로 되돌아갔다. 내가 반대 진영에 선 이유에 대해 개인적으로 아무 관련 없는 열 가지 답변이 준비되어 있었다. 나는 누군가 "발사!"라고 외치기를 기다리는 사격 조처럼 보이는 교사들을 마주하고 있었다. 공격은 금세 마무리될 것이었다. 하지만 그루엘 선생님의 눈을 들여다보니 진실한 마음이 느껴졌다. 곧이어 누구도 이전에 듣지 못한 진실이 내 입에서 흘러나왔다.

나는 평생 다양한 이유로 위탁 가정을 들락거렸다고 설명했다. 나는 낚싯대로 맞았고, 발에 차여서 갈비뼈가 부러졌으며, 지능지수가 각다귀 수준인 사람의 말을 듣지 않는다는 이유로 맞아 이빨이 부러진 적도 있었다. 마약을 하는 모습도 숱하게 보았다.

뒤이어 나는 열다섯 살 때 겪었던 끔찍한 하루에 대해 이야기하기 시작했다. 한 교사가 여동생의 다리에 난 멍을 보고 엄마를 아동학대 죄로 신고했다. 그때 여동생은 일곱 살이었고, 멍은 아이들, 특히 험하게 노는 아이들에게 자주 생기는 것이었다. 내 남동생은 작은 불도저나 다름없었다. 엄마는 아이들을 때려야 남자다움을 느끼는 형편없는 남자들을 만나는 전력이 있었기에, 아동보호국은 학대로 의심되는 걸 조사하기 위해 새벽 두 시에 문을 부수고 들어오기를 주저하지 않았다. 경찰은 잠에서 깬 내 눈에 손전등을 비추며 "학생, 엄마가 어떤 식으로든 널 때리니?"라고 물었다. 나는 "나가요. 내가 엄마보다 열 배는 힘이 세요. 엄마가 날 때린다는 건 말도 안 돼요"라고 대답했다. 게다가 엄마는 절대 우리를 학대한 적이 없었다. 누구도 아이들을 믿지 않기에 그들이 내게 묻는 것 자체가 아이러니했다. 정말 어떤 학대도 없었다.

나는 내 인생 최악의 날을 회상하면서 울기 시작했다. 당시 나는 이전 4년 동안 동생들을 보살폈다. 그런데 그들은 동생들을 데려가버렸다. 동생들은 내 삶의 활력소였다. 동생들은 내가 방과 후 바로 집으로 오는 이유였고, 성공하고 싶은 이유였다. 동생들은 내 자식들이나 마찬가지였다. 나는 동생들을 등교시켰고, 도시락을 만들었고, 밤이면 잠을 재우고, 십 대에게는 유치한 게임을 하면서 같이 놀아주었다. 그런데 잘못된 신고로 동생들을 빼앗긴 것이다.

내 눈이 결코 마르지 않는 강 같았다. 하지만 그 눈물은 오랫동안 내가 느낀 고통에 비하면 극히 일부일 뿐이었다. 네 명의 동생들이 모두 흩어졌다. 그날 밤 이후 여동생 스테파니만 두어 번 만났다. 웨슬리, 제니퍼, 로빈은 다시 보지 못할 것이다. 이 아이들은 모두 입양되어 새 이름으로 100만 마일 떨어진 곳에서 살 수도 있었다. 그날 밤 이후 엄마도 보지 못했다. 나는 엄마만이 해줄 수 있는 따스한 포옹을 받지 못했다. 내가 보호자이자 오빠로서 실패했다는 느낌이 들어 이제는 스테파니를 대하기도 너무 힘들다. 나는 죄책감에 시달리고 있다.

나는 더 크게 흐느끼기 시작했다. 가족을 그리워하면서, 강당에 모인 사람들에게 내 인생에서 두 번째로 힘들었던 날에 대해 이야기하느라 진이 다 빠졌다. 연수회에 오기 직전 엄마가 죽었다는 사실을 알았다. 마지막으로 엄마를 사랑한다고 고백하고 싶었다. 이제는 결코 엄마에게 그런 말을 할 수 없다. 엄마는 자신이 내 삶을 변화시켰고, 내가 그 모범을 결코 잊지 않을 거라는 사실이 주는 마음의 평안을 얻지 못할 것이다. 엄마는 내가 성공하는 모습을 결코 볼 수 없다.

마침내 나는 어깨를 짓눌렀던 바위에서 빠져나왔다. 이전에는 그처럼 따뜻한 반응을 얻은 적이 없었다. 그루웰 선생님은 눈물이 고인 채 엄마처럼 내가 간절히 원하던 포옹을 해주었다. 나는 고등학교 때 이런 이야기를 하지 않아서 미안하다고 말했다. 그때는 털어놓을 준비가 되어있지 않았다. 이제 나는 더 이상 부끄럽지 않았다. 그저 고마울 뿐이었다. 나는 누구도 내가 설득력 있는 주장을 했기 때문에 반대 진영으로 걸어왔다고 생각지 않는다. 그들은 단지 자유의 작가들처럼 주위에서 나를 아껴주는 사람들이 진정한 가족임을 알려주려고 했다.

엄마는 아이를 키우려면 온 동네가 협력해야 한다고 말한 적이 있다. 나의 동네 주민은 그루웰 선생님과 자유의 작가들 그리고 특히 이 교사들이다. 그날 연수회에 참석한 모든 교사는 나와 같은 사람을 알았고 공감할 수 있는 길을 찾았다. 이런 경험들이 한 인간으로서 나를 만든다. 나의 하얀 울타리는 거울 앞에 설 때마다 보는 성공한 모습이다.

그 거울 속에서 나는 균형이 잘 잡히고, 행동에 스스로 책임을 지고, 목표가 분명하고, 옳은 가치를 옹호하는 사람을 본다. 나는 양아버지가, 자유의 작가들이, 배우자가, 엄마가, 그리고 무엇보다 나 자신이 자랑스러워하는 사람이다.

Diary 7

오래 가는 것은 강한 사람이다

　오늘은 개학 날이다. 해마다 그랬듯 많이 긴장된다. 옷을 입고 거울을 볼 때도 다른 사람들이 나를 어떻게 생각할지 궁금하다. 내가 입을 열기도 전에 이미 판단을 내리는 여느 해와 같을까? 마지막으로 이 학교에 있었을 때 나는 경찰과 관리자들이 가득 찬 사무실에 앉아있었다. 그들은 나를 보호하려고 온 것이 아니라 체포하러 온 것이었다. 내게 보호가 필요할 때 그들은 어디에서도 찾을 수 없었다. 피에 젖은 얼굴로 도움을 요청하자 그들은 사람들이 나를 공격하는 것은 내 잘못이라며 나를 정죄하고 모른 체했다. 도대체 내게 뭘 기대한 걸까? 나는 스스로를 보호해야 했다. 평범한 학생이 되고 싶은데도 내 인생은 싸움과 폭력으로 얼룩질 수밖에 없는 걸까? 사회의 기준으로는 내가 잘못했다. 학교로 권총을 가져오는 것은 옳지 않다. 하지만 나는 수업시간에 국가가 국민을 보호하지 않으면 국민은 자기 자신을 보호할 권리가 있다는 글을 읽었다. 정부로부터 버림받았으니 내가 나 자신을 보호해야만 했다. 그게 그렇게 잘못인가?

그러나 오늘은 다를 것이다. 나는 아주 오래전 쫓겨난 바로 그 학교의 정문으로 들어선다. 그것도 폭력적인 십 대나 징벌 전학생이 아니라 교사로서 말이다. 재미있는 사실은 나를 중학교에서 쫓아낸 교장이 나를 고용했다는 것이다. 그는 머뭇대다가 나를 '망치를 가져왔던 아이'라고 부르며, 과거의 문제아를 기억하고 있지만 지금의 변한 모습을 존중한다는 뜻을 내비쳤다.

나는 오랫동안 아이들을 가르쳤으며, 그 무엇과도 교사직을 바꾸지 않을 것이다. 가르치는 일은 축복이자 저주라는 생각을 한 적이 많다. 좋은 교사의 경우 모두가 칭찬하고 더 많은 일을 맡긴다. 나쁜 교사는 모두가 비판하고 더 잘할 수 있도록 역시 많은 일을 안긴다.

해마다 가출, 임신, 알코올중독과 같은 문제가 교실에서 발생하며 모든 교사가 이를 극복하려 노력한다. 나는 개인적으로 징벌 전학생, 대마초를 팔거나 피우는 아이를 좋아한다. 폭력배도 빼놓을 수 없다. 과거의 내가 비슷한 모습이었기에 나는 그들을 사랑한다. 가르치는 일만큼 뿌린 대로 거둔다는 이치를 믿게 만든 것은 없다. 나는 종종 내가 그렇게 나쁜 학생이었는지 궁금하다. 그리고는 어김없이 그랬다는 사실을 떠올린다. 선생님들은 집에 가서 하늘에 대고 내 이름을 저주했을까? 그랬다는 사실이 기억난다. 그들은 하늘, 관리자, 심지어 내 얼굴에 대고 내 이름을 저주했다. 인과응보가 아닐 수 없다. 그럼에도 나는 아이들 그리고 내가 선택한 일을 사랑한다.

아이들이 인생을 준비하도록 돕고, 고난의 어둠에서 희망으로 이끄는 빛이 나온다는 사실을 알려주고, 가르치기만 하는 것이 아니라 교육시키는 것이 내 책임이다. 아이들의 문제를 다 해결해줄 수도 없고, 완벽하게 바로잡을 수도 없지만 올바른 길로 가도록 용기를 북돋고 유도할 수는 있다. 또한 변명은 무능한 사람이나 사용하는 방어 도구이며, 변명에 능한 사람은 인생에서 성공하기 어렵다는 사실을 가르칠 수 있다. 내 반에 변명은 없다.

교사로 일하는 동안 학력이 한참 떨어지는 학생들을 일반적인 수준이나 우수한 수준으로 끌어올렸다. 함께 온갖 일을 겪고 연말을 맞으면 평생을 같이한 느낌이 들기도 한다. 아이들은 여름 방학을 맞아 학교를 떠났다가 다음 학기에 돌아오면 새 교사에게 간다. 그러면 아이를 위탁 가정에 맡긴 부모의 심정이 된다. 그래도 해마다 새로운 학생들을 보듬는다. 한동안은 모두 내 아이인 것이다. 이번 학년이 얼마나 길고 험한 여정일지 안다. 특히 독해 능력이 취학 수준보다 크게 떨어지고, 영어를 할 줄 모르며, 수학을 두려워하는 학생들을 대해야 할 때는 더욱 그렇다.

그래서 오늘 수업에 들어가 자유의 작가들을 생각하며 학생들에게 말할 것이다. "수업이 어렵고 살아가는 것도 그렇다는 걸 알지만 나는 강한 학생들을 만드는 강한 교사다"라고. 어려운 시간은 오래 가지 않는다. 오래 가는 것은 강한 사람이다.

영화 주인공이 되다

　엄마와 나는 많은 우여곡절을 겪었다. 하지만 엄마가 내 인생 최고의 선물임을 안다. 어린 시절 엄마가 아침 일찍 나를 위해 기도하는 모습을 숱하게 보았다. 엄마는 하느님에게 나를 지켜주고 교도소에 가거나 살해당하지 않도록 해달라고 온 마음 다해 기도했다. 그 모습이 어제 일처럼 선명하다.

　엄마와 나는 둘 다 내가 열여섯 살까지 살 수 있을 거라고 크게 기대하지 않았다. 내가 가는 곳마다 문제가 따라다니는 것처럼 보였기 때문이다. 죽음이 모퉁이마다 도사리고 있는 듯했다. 그래도 나는 그냥 현실에 수긍해버렸다. 나이가 들면서 내 이야기를 들은 사람들은 어떻게 죽음을 수긍했는지 물었다. 나는 잠시 생각한 뒤 이렇게 대답했다. "가난한 흑인으로 빈민가에서 사는 것은 에이즈나 암처럼 처음부터 가지고 태어난 일종의 병과 같아요." 나로서는 어떻게 해볼 도리가 없었다. 나는 환경과 내가 묻은 많은 친구로 인해 죽음을 운명으로 받아들였다. 그러고 나면 '나라고 다르겠어?'라는 회의가 들었다. 주위에 죽음이 넘치면 졸업도 하기 전에 내가 묻었던 35명이 넘는 친구들과 함께 내 일부가 죽어가는 지경이 된다. 죽음이 나를 좀먹기 시작하는 것이다.

전세 버스를 타고 우리를 소재로 삼은 영화 〈프리덤 라이터스〉 시사회에 참석하기 위해 자유의 작가 재단으로 가던 순간이 떠오른다. 나는 믿을 수 없었다. 우리는 실제로 영화를 보러 가고 있었다. 우리가 겪은 일이 모두를 이 순간으로 이끌었다. 버스 안에서 이야기를 나누고 농담을 던지는 사이 203호 교실에서 나누었던 동지애가 새록새록 느껴졌다. 정말 즐거웠지만 지금은 사정이 확실히 다르다는 사실도 깨달았다. 우리는 더 이상 청소년이 아니었다. 우리는 청소년 시절에 되기 두려워한 사람들, 열심히 일하고, 법을 지키고, 세금을 내는 성인이었다.

엄마를 힐끗 보니 자랑스런 부모가 짓는 웃음이 얼굴에 가득했다. 나는 엄마를 바라보면서 어릴 때 엄마에게 "나중에 스타가 돼서 유명해질 거야"라고 말하던 날들을 떠올렸다.

극장이 가까워지면서 조명, 붉은 카펫, 혼란스런 현장, 파파라치 등이 눈에 들어왔다. 그러나 우리가 본 가장 중요한 대상은 팬들, 우리의 이야기와 고난을 진심으로 알아준 사람들이었다. 버스에서 내리자 사람들이 우리를 반겼다. 그들을 보니 내가 더 기뻤다. 그러나 극장으로 가는 동안 어쩐 일인지 갈수록 불안해졌다. 내가 감독이나 제작자는 아니었지만 영화의 일부는 내 이야기였고, 특히 관객들이 엄마를 어떻게 생각할지 걱정스러웠다.

영화가 상영되고, 나를 소재로 한 인물이 스크린에 등장했다. 관객들은 마치 전부터 알던 사람인 것처럼 내 이름을 말하기 시작했다. 사람들이 내 이야기에 진심으로 공감했다는 사실이 정말 기뻤다. 내 캐릭터가 대형 스크린에서 살아 움직이는 모습을 보는 것은 매우 놀라웠다. 그는 나처럼 걸었고, 나처럼 행동했으며, 심지어 나처럼 외톨이였다. 내용 중 내 캐릭터가 삶에서 긍정적인 변화를 일으켰다는 사실을 엄마에게 설득시킨 뒤 집으로 돌아오는 장면이 있었다. 내 삶에서 실제로 일어난 사건이 스크린에 고스란히 재현되는 것을 보니 감탄이 절로 나왔다. 그날 밤 엄마가 나를 다시 받아주지 않아서 노숙을 계속했다면 어디로 갔을까, 라는 생각만 들었다. 나는 어디로 갔을까? 무엇을 했을까? 그러다가 역시 자유의 작가인 가장 친한 친구와 그의 엄마를 건너다보았다. 그리고 친구가 노숙했던 이야기와 친구 집에서 자주 묵었던 일을 떠올렸다. 그들은 지난 경험 때문에 누구도 거리에서 살기를 결코 원치 않을 것이다. 나는 미소를 지으며 내가 옳았음을 알았다.

사람들이 박수를 칠 때 나는 엄마를 보았다. 내 캐릭터가 집으로 돌아온 장면이 실제 그 사건이 있었던 특정한 시간으로 엄마를 데려간 듯했다. 그 순간 나는 엄마와 내가 핏줄로 맺어졌다는 사실을 새삼 깨달았다. 엄마가 나를 집에서 쫓아낸 날처럼 때로 그 사실이 숨겨질 때도 있지만 모자지간의 유대는 결코 끊어진 적이 없었다.

극장에서 나오자 사람들은 내게 포옹과 사인을 부탁하고 질문을 던졌다. 어떤 사람들은 내게 두 번째 기회를 주었다는 이유로 엄마와 포옹하기를 원하기도 했다.

다른 자유의 작가들과 사진을 찍고 영화에 진정으로 감동한 사람들에게 서명하는 동안 나는 옆에 있는 엄마가 버스에서 지었던 자랑스러운 부모의 미소를 짓고 있는 것을 보았다. 그 모습을 보니 남은 평생 동안 그 미소를 계속 머금게 해주고 싶었다.

Diary 9

카메라 앞에서

이전에 내 이야기를 한 적이 있다. 나는 내 삶을 궁금해하는 사람들 앞에서 내 이야기를 했다. 하지만 이번에는 달랐다. 나의 청중은 아이나 어른들이 아니었다. 나는 조명과 전선을 피해 자유의 작가 재단 응접실 맞은편 의자에 앉아 사람들 얼굴 대신 카메라 렌즈를 바라보았다. 이 다큐멘터리는 우리가 항상, 심지어 영화보다 더 원했던 것이다. 이것은 우리의 이야기를 세상과 나누고, 자유의 작가들의 진정한 모습을 보여줄 기회였다. 90분짜리 다큐멘터리에 우리의 지난 14년을 모두 담기는 어렵지만 말이다.

내 이야기를 들려줄 때마다 어린 시절의 아픔이 다시 찾아온다. 내게 견딜 힘을 준 것은 사람들이 느끼는 동정심이나 나중에

얻는 칭찬과 축하가 아니다. 내 이야기에 공감하는 사람의 얼굴에서 비슷한 고통을 발견할 때 힘이 난다.

의자에 앉는 순간 나를 비추는 조명의 열기가 느껴졌다. 어찌나 밝은지 카메라에 비친 내 모습밖에 보이지 않았다. 오늘은 내 이야기에 공감할 관중이 없었다. 감독이 내게 절실히 필요한 분위기를 조성해주기를 기다리는 동안 다리가 떨리기 시작했다. 촬영이 시작되자 감독은 질문을 던졌고, 나는 최선을 다해 답했다. 촬영 도중 '이 말이 조리가 맞을까? 내 기억이 정확한 걸까? 바보 같은 말처럼 들리면 어떡하지?'라고 계속 자문했다. 강연할 때는 말을 더듬거나 조리가 맞지 않아도 아무 일 없었던 듯 계속 이야기할 수 있었다. 그러나 녹화가 되면 한 번으로 끝나지 않고 몇 번이고 재생할 수 있기에 더욱 긴장됐다.

감독의 질문에 대답하는 동안 시야가 눈물로 흐려졌다. 목이 메여왔다. 울지 않으려고 할수록 더욱 그랬다. 감독은 "자유의 작가들에 참여하기 전에는 생활이 어땠나요?"라고 물었다.

문득 나는 과거로 되돌아갔다. 나는 열두 살이었고 다시 노숙자가 되었다. 나는 우리가 쓸 수 있는 화장실을 제공하는 주유소에 캠핑차를 세워놓고 살았다. 나는 깊은 잠에서 깨어나 창밖을 내다보았다. 차라리 잠에서 깨지 않았으면, 살아있지 않았으면 하는 바람이 들었다. 우리는 네 달 동안 노숙했고, 내가 얼마나 더 견딜 수 있을지 알 수 없었다. 아침은 싸구려 식빵 두어 쪽과 비엔나소시지가 전부였다. 나는 무언가 더 맛있는 것을 먹는다고 상상하며 소시지를 씹었다. 하지만 캔에 담긴 차가운 소시지 맛을 떨칠 수는 없었다. 나는 다른 것으로 주의를 돌리려 애썼다. 다리 사이에 낀 휴지 뭉치가 거슬렸다. 어젯밤에 생리가 시작되었다. 우리 집은 생리대나 탐폰을 살 형편이 못 되었다. 돈이 없으면 임기응변이 필요한 법, 나는 주유소 화장실에서 훔친 휴지를 둘둘 말아 썼다. 나는 이것을 '화장실 휴지 안장에 탄다'라고 표현한다.

학교에 가고 싶지 않다. 아이들은 내가 노숙자임을 안다. 선생님들도 보고 싶지 않다. 프랭클린 선생님이 반 아이들에게 한 말이 머릿속을 맴돈다. "가난하다고 해서 지저분해야 하는 건 아냐." 프랭클린 선생님이 비누를 사는 비용을 분석하는 말을 다시 듣고 싶지 않다.

학교에서 내가 할 수 있는 일은 다른 아이들을 부러운 눈으로 바라보는 것뿐이다. 그들은 돌아갈 집이 있고, 필요할 때 따뜻한 물로 샤워할 수 있고, 화장실을 써야 할 때 주유소 직원에게 열쇠를 얻을 필요도 없다. 어떻게 아이들로 가득한 반에서 외로움을 느낄 수 있는지 도저히 이해할 수 없다.

엄마가 입을 만한 옷을 찾아서 의류 상자를 뒤지는 모습이 보인다. 나는 애원하듯 "엄마, 몸이 안 좋아"라고 말한다. 엄마는 내 말을 믿어준다. 혹은 내가 누구도 만나고 싶어 하지 않는다는 걸 눈치챘을지도 모른다. 나는 학교에 가는 대신 거리 아래쪽 도넛 가게로 끌려간다. 엄마는 매일 커피와 도넛을 먹어야 한다. 엄마가 줄을 서는 동안 나는 여러 종류의 도넛으로 채워진 플라스틱 진열장 앞에 선다. 내가 가장 좋아하는 설탕 바른 꽈배기가 보인다. 비엔나소시지의 끔찍한 맛이 다시 되살아나 나를 비웃는다. 침이 고이지만 나는 현실을 안다. 우리는 도넛을 하나밖에 살 수 없다. 나는 유혹을 피하기 위해 고개를 돌려 엄마 옆에 선다. 그때 방울 도넛에 시선이 고정된다. 이 작은 도넛들은 고작 개당 10센트로 큰 도넛보다 싸다. 나는 그것 하나면 족하다. 나는 엄마에게 두 개만 사달라고 말하려다 멈칫한다. 20센트면 할인점에서 빵 한 덩이를 살 수 있다. 나는 엄마가 커피와 도넛 값을 지불하는 모습을 본다. 3달러가 채 안 되는 돈이다. 나는 누군가 10센트 동전이나 정말 운이 좋다면 25센트 동전을 떨어트리지 않았는지 바닥을 살핀다. 그러나 아무것도 없다. 엄마가 커피에 크림과 설탕을 넣는 모습을 보는 동안 내 눈에 눈물이 고인다.

감독의 목소리가 나를 다시 현실로 데려왔다. 세 시간에 걸친 긴 인터뷰가 끝났지만 나는 전혀 끝나지 않은 상태였다. 나는 응접실에서 빠져나와 아래층 화장실에 들어갔다. 그리고 변기에 앉아 거울에 비친 내 모습을 보았다. 익숙한 고통이 어린 얼굴이었다. 나는 나 자신의 이야기에 공감했다. 17년이 지났지만 여전히 내 감정은 무척이나 생생했다. 과거로 돌아가는 게 싫었지만 가장 싫은 것은 누구도 내게 공감하지 못한다는 생각이 들 때 느끼는 외로움이었다. 하지만 나는 이 일기를 쓰고 자유의 작가들에게 내 이야기를 털어놓으면서 위안을 얻었다. 내가 느끼는 고통에도 불구하고 지난 고난들을 나눔으로써 다른 사람을 다독일 수 있다는 사실은 큰 위로가 된다. 나는 이 생각을 간직한 채 눈물을 거두고 다시 일에 임했다. 여기서 맡은 나의 일은 아직 끝나지 않았다.

Diary 10

자유의 작가에서 부부로

아침 다섯 시, 아이 울음소리가 어두운 방에서 나를 깨웠다. 아직 해가 뜨지 않았기에 나는 일어나지 않기로 했다. 하지만 아이는 생각이 달라서 더 크게 울어댔다. 나는 아내에게 우유 먹일 시간임을 알리려고 불을 켰다. 거울 앞을 지날 때 협탁 위에 올려둔 《프리덤 라이터스 다이어리》가 눈에 들어왔다. 나는 그 책과 아내 그리고 아이를 찬찬히 살피며 이 세 가지가 모두 연결되어 있고 앞으로도 항상 그럴 것이라고 생각했다. 나는 거울에 비친 과거와 현재 그리고 미래를 보았다. 그리고 "와!" 하고 혼잣말을 내뱉었다. 이런 순간은 심오하기에 나는 잠시 거울을 바라보았다. 잠시는 한동안이 되었다. 마지막으로 이렇게 거울을 들여다보며 넋을 잃었던 것이 아마 열네 살 때였을 것이다. 그때 거울은 상당히 다른 풍경을 비추었다. 낯선 집의 빈 방 바닥에 누워 자던 노숙자 신세였던 내가 가진 것이라곤 이불과 자명종 그리고 방 안 가득한 쓰라린 슬픔뿐이었다. 이 짧은 순간 나는 다시 열네 살이었다. 긴 세월이 지난 뒤에도 고통은 여전히 남았기에 속이 약간 답답했다. 이 고통은 영원히 사라지지 않을 것이다. 나의 일부니까. 나를 지금의 나로 만든 일부니까.

다섯 시 30분에 우유를 잔뜩 먹은 아이는 두둑이 배를 채우고 잠에 빠졌다. 나도 그랬으면 싶지만 30분 뒤에는 일어나 일과를 시작해야 했다. 잠에서 완전히 깬 아내와 나는 더없이 평화롭게 잠든 아이를 바라보았다. 나는 아내가 우유를 먹이는 동안 떠올랐던 기억을 들려주었다. 아내는 내 얼굴에 어린 고통을 보았다. 그래서 부드러운 입술로 이마에 키스하고는 곧 괜찮아질 거라고 다독였다. 아내의 목소리는 모든 고통을 달래는 힘을 지녔다. 나는 아내를 바라보며 웃기 시작했다. 어리둥절한 아내의 표정은 나를 더 웃게 만들었다. 아내는 "왜 그래?"라고 물었다. 나는 "와, 난 자유의 작가와 결혼했어. 나는 당신과 결혼해서 아이를 낳았어. 우리가 가족이 된 거야"라고 대답했다. 아내는 내 말을 잠시 생각하더니 덩달아 웃기 시작했다. 우리는 1학년 첫 날부터 서로를 알았다. 우리는 그루웰 선생님의 반에서 만나 친구가 되었다. 고등학교 때는 데이트한 적이 없다. 그저 친구일 뿐이었다. 부부가 될 거라는 생각은 해본 적이 없다. 우리는 자유의 작가들이라는 이름으로 모든 일을 함께했다. 아내는 나를 바라보며 "늘 우리가 서로의 결혼식에 참석할 거라고 생각했어"라고 말했다. 나는 "뭐, 그래도 네가 옳았어. 적어도 나의 좋은 친구가 멍청이와 결혼하지 않았다는 건 알게 됐으니"라고 대꾸했다. 우리는 다시 웃었다. 기분 좋은 웃음이었다. 우리는 서로를 웃게 만드는 것을 좋아한다. 지금까지 늘 그래왔고 앞으로도 평생 서로를 웃게 만들 것이다. 그것은 이 여자와 아이를 위해 내가 될 수 있는 최선의 사람이 되는 것을 뜻한다. 그것은 진정한 사랑이다. 나는 부모님이 함께 있을 때 어땠는지 생각한다. 엄마의 말에 따르면 연애 초 아버지는 깜짝 선물을 하고, 최고급 레스토랑에 데려가 와인을 곁들인 식사를 하고, 손을 잡고 다니는 등 더없이 로맨틱한 남자였다. 부모님은 진심으로 서로를 사랑했다. 엄마가 아버지에게 갑작스런 소식을 알리기 전까지는 말이다. 그 소식은 바로 나였다.

엄마가 나를 임신했다는 사실을 안 뒤부터 모든 로맨스는 완전히 끝났다. 아버지는 임신 기간 내내 엄마를 무시했다. 아버지는 나를 직접 보고 나서야 돌봐야 할 새 가족이 생겼다는 사실을 받아들이기 시작했다. 세 살 무렵 아버지는 옛 모습으로 돌아가 내가 원하는 장난감을 사주고 자전거 타는 법을 가르치기도 했다. 우리는 진정한 부자지간이 하는 일들을 했다. 아버지는 대체로 내게 자상했다. 엄마에게도 그랬으면 좋았겠지만 말이다.

부모님이 싸우고 서로에게 상처를 입히는 모습을 바라보던 기억이 좋은 시절과 나란히 놓여있다. 부모님 사이의 로맨스는 완전히 끝난 상태였다. 더 이상의 선물도, 와인과 식사도, 손을 잡는 일도 없었다. 오늘 아침의 나와 아내처럼 기분 좋은 웃음을 나누는 일도 없었다.

아침 여섯 시가 되었다. 일어나 일하러 가야 할 시간이었다. 샤워를 하고 방으로 돌아오니 아이가 깨어있었다. 아이는 초롱초롱한 눈으로 방을 둘러보았다. 나는 아이를 들어 올려서 키스했다. 아이는 그 보답으로 약간 침을 튀겼다. 나는 "고맙다, 아들아"라고 말했다. 아이는 그게 재밌었는지 웃기 시작했다. 나는 아내에게 "와서 당신 아들 좀 맡아"라고 장난스레 말했다. 농담을 하기는 했지만 이 아이는 내 아들이다. 나는 화를 내지 않을 것이고 아내를 무시하지도 않을 것이다. 아침 방송에 나오는 온갖 가정 문제도 일으키지 않을 것이다. 이 아이는 내 아들이다. 아내가 임신했다는 소식은 나를 흥분시켰다. 나는 아내가 병원을 방문할 때마다 손을 잡고 같이 갔다. 아이가 태어나서 가장 먼저 본 사람이 나였다. 아이는 나를 보며 웃었다. 나는 앞으로 어떤 일이 생기더라도 변함없이 아이 곁을 지킬 것이다. 나처럼 외부모 가정에서 엄마하고만 사는 일은 없을 것이다.

평생 나는 아버지와 정반대의 모습으로 살려고 노력했다. 나는 아버지가 한 모든 나쁜 일들을 하지 않겠다고 다짐했다. 아버지가 왼쪽으로 갔다면 오른쪽으로 갔다. 아버지는 하지 말아야 할 것들에 대해 내게 중요한 교훈을 가르쳤다. 그로부터 수년이 흘러 이제는 내가 가족을 꾸리고 아버지처럼 되지 않을 거라는 약속을 지켜나가고 있다. 나는 아내와 아이가 우리의 삶에 좋은 기억들을 가지기 바란다.

아침 일곱 시, 아내와 포옹을 나누고 아이의 이마에 키스한 뒤 "사랑해"라고 말한다. 문을 나서는 동안 과거의 어려움이 나의 현재와 아이의 미래를 위해 나를 더 강하게 만들었다는 사실을 깨닫는다. 훗날 아내와 나는 아이에게 우리가 십 대 시절 일기에 쓴 이야기들이 어떻게 아이와 연결되는지 그리고 아이가 그 특별한 이야기의 일부라는 사실을 말해줄 것이다.

한 젊은이가 해변을 걷다가 물 밖으로 밀려나온 불가사리를 줍는 노인을 보았다. 가까이 가보니 노인은 불가사리들을 일일이 바다로 돌려보내고 있었다. 젊은이는 노인에게 다가가 "왜 불가사리를 바다로 던지고 계세요?"라고 물었다. 노인은 "안 그러면 불가사리들이 죽어"라고 대답했다.

젊은이는 "하지만 이 세상에는 수천 개의 해안에 수많은 불가사리가 있어요. 그것들을 할아버지가 모두 살릴 순 없어요. 그래 봤자 아무 도움이 안 된다고요!"라고 말했다. 노인은 허리를 숙여 한 마리의 불가사리를 집어 들며 담담하게 대답했다.

"그래도 이 한 마리는 살릴 수 있잖아."

존 투 씨가 이 이야기를 들려주었을 때, 자유의 작가들은 자신이 마치 해변으로 밀려나온 불가사리 같다고 느꼈다. 그러나 다행스럽게도 많은 사람이 자유의 작가들에게 여러 가지 필요한 도움을 주었다.

그래서 에린 그루웰 선생님과 자유의 작가들은 소리 없이 도움을 베푼 다음 분들에게 감사의 말을 전한다.

우리의 신념을 따르고 불의와 열심히 싸우도록 용기를 준 스티브 그루웰 씨와 카렌 그루웰 씨, 우리가 다른 사람에게 베풀 수 있도록 먼저 우리에게 매우 많은 것을 베풀어준 크리스 그루웰 씨, 우리의 수호천사이자《아낌없이 주는 나무》의 살아있는 표본인 존 투 씨, 우리의 친구이면서 진정한 기적의 창조자인 돈 패리스 씨, 우리의 얘기를 온 세상과 나누어야 한다고 믿어준 캐롤 쉴드 씨, 우리의 메시지가 지닌 중요성을 알아준 마빈 레비 씨, 최초의 변화를 불러온 샤로드 무어, 조건 없는 애정과 지원을 베풀어준 드림 팀 어머니인 데비 메이필드 씨, 메리 로지어 씨, 프랜 샌데이 씨, 마릴린 티요 씨와 다른 학부모 및 보호자들.

우리의 목소리를 조화로운 합창으로 조율해준 안소니 산지오 씨, 우리에게 이야기를 들려준 제르다 사이퍼 씨, 르네 파이어스톤 씨, 멜 메멜스타인 씨 외 홀로코스트 생존자들, 절대 잊지 않겠다고 약속할게요!

우리에게 마음껏 꿈꿀 수 있는 자유를 준 콘 박사님과 카린 폴라첵 씨, 우리 세상의 일부분인 윌슨고 친구들(많아서 일일이 열거할 순 없지만 모두 잊지 않을게), 우리의 이야기를 처음 세상에 알린 낸시 라이드 씨, 글쓰기를 통해 세상의 불의와 싸우는 법을 가르쳐 준 피터 마스 씨, 모든 사람에게 교육받을 자격이 있다는 믿음을 준 리처드 라일리 교육부 장관님, 국내외를 막론하고 좋은 장소를 제공해준 메리어트 호텔 관계자들(특히 그루웰 선생님의 접수계 동료들), 자유의 작가들이 처음 비행기를 탈 수 있는 기회를 제공해준 유나이티드 항공사 관계자들, 저자들을 초청하고 책에 대한 사랑을 사회와 나누도록 도와준 반스앤노블 관계자들, 특히 에이미 테렐 씨와 캐리 피셔 씨, 뉴욕 여행을 후원해준 게스 관계자들, '날 수 있는 자유'를 제공해준 사우스웨스트 항공사 관계자들, 다양성을 후원해준 캘리포니아주립대학교 어바인캠퍼스 관계자들, 대외 활동의 기회를 처음 열어준 내셔널대학교 관계자들, 우리의 지평선을 넓혀준 캘리포니아주립대학교 관계자들, 203호 강의실을 우리의 두 번째 집으로 바꾸어준 롱비치 전문대 관계자들, 특히 로버트 힐 씨, 릭 페레즈 씨, 프랭크 개스파 씨, 베티 마틴 씨, 독서의 즐거움을 가르쳐준 스콜라스틱 출판사 관계자들, 우리의 생각과 가슴을 열어준 관용의 박물관 관계자들, 안네의 정신을 보전하는 미국 안네 프랑크 센터 관계자들, 우리 역시 '같은 인간임을 자랑스럽게' 만드는 린다 라빈 씨, 우리의 이야기를 수백만의 시청자에게 전해준 코니 정 씨, 트레이시 더닝 씨, 로버트 캄포스 씨, 우리를 믿어준 말리 루소프 씨, 명예 자유의 작가가 된 쟈넷 힐 씨, 그리고 우리의 모든 가족과 친구, 대학 및 대학원생들, 우리를 도와준 모든 후원자들……, 마지막으로 독자 여러분, 이제 우리의 릴레이 배턴을 여러분에게 넘깁니다.

예닐곱 해 전 번역한 책이 아직도 독자들에게 읽힌다는 것은 번역자로서 기쁜 일이 아닐 수 없다. 더구나 원서 발간 10주년을 맞이해 새롭게 추가된 저자와 아이들의 글을 접하니 오래전 때로는 웃음 지으며, 때로는 가슴 아파하며 번역하던 기억이 떠올라 감회가 새롭다.

《프리덤 라이터스 다이어리》는 미국 캘리포니아 윌슨고등학교의 문제아들과 그들을 가르치는 새내기 여선생의 일기를 모아놓은 책이다. 이들이 처음 만난 것은 1994년 가을이었다. 교생실습을 마치고 처음 정식 수업을 맡은 에린 그루웰은 교육에 대한 열정으로 넘쳐났다. 하지만 그녀의 반에 배정된 학생들은 대부분 다른 선생들이 가르치기를 포기한 불량학생들이었다. 당연히 첫 수업부터 문제가 끊이지 않았다. 보통의 경우라면 제대로 교육이 이루어지지 않는 '죽은 교실'이 되었을 것이다. 그러나 에린 그루웰은 포기하지 않고 학생들을 변화시키려 애썼다. 그녀의 끈질긴 노력에 결국 학생들도 조금씩 마음을 열기 시작한다. 나중에는 4년 동안 인연을 이어가면서 선생과 제자의 관계를 넘어 한 가족 같은 사이가 된다.

이 책 속에는 그 변화의 과정이 당사자들의 생생한 육성으로 담겨있다. 여러 사람이 썼기 때문에 내용이 산만하지 않을까 생각하기 쉽지만 전혀 그렇지 않다. 책 전반에 걸쳐 어두운 환경에 방치된 청소년들의 성장통이 선명하게 드러나며, 그것을 보듬어주는 동시에 문학을 통해 정신적 성숙으로 이끄는 참교육의 메시지가 일관되게 흐르고 있어서다. 이 책은 교육적 의미 못지않게 내용 자체도 매우 흥미롭다. 각 일기마다 십 대의 고민과 갈등을 잘 보여주는 작은 드라마가 들어있다. 때로 슬픈 사연도 있지만 저절로 웃음이 나오는 천진난만한 에피소드들도 적지 않다. 아마 그래서 할리우드의 메이저 스튜디오에서 영화화하게 되었을 것이다.

이 책에 묘사된 미국 청소년들의 세계는 언뜻 낯설어 보인다. 그러나 책을 읽다 보면 그들이 안고 있는 성과 폭력의 문제가 한국 청소년들에게 먼 나라 이야기만은 아니라는 사실을 알 수 있다. 미국처럼 총과 마약은 없지만 똑같이 힘겨운 사춘기를 지나는 또래의 정서는 한국 학생들도 충분히 공감할 만한 내용들이다. 부모와의 갈등이나 이성관계의 고민은 청소년이라면 누구나 한번쯤 겪는 보편적인 문제이기 때문이다. 그래서 십 대의 독자들은 자신과 비슷한 상황에 놓인 또래의 일기를 읽는 흔치 않은 재미를 느낄 수 있다.

이 책의 저자들은 일반적인 십 대의 고민들뿐만 아니라 성폭행이나 마약중독처럼 누구에게도 털어놓기 힘든 어두운 비밀까지 가감 없이 이야기했다. 그 솔직한 고백들 속에 오늘날 청소년들의 현실이 적나라하게 묘사된다. 이러한 부분은 학생들을 가르쳐야 하는 교사들이 그들의 입장을 이해하는 데 중요한 단초를 제공할 것이다. 그런 면에서 이 책은 청소년 문제에 올바로 접근하기 위한 쓸모 있는 사례집이 될 것이다.

이번 10주년 판에는 그루웰 선생님의 후기와 자유의 작가들이 쓴 열 편의 일기가 더해졌다. 내용을 읽어보면 알 수 있듯이 그루웰 선생님은 203호 교실을 떠나 자유의 작가 재단을 세우고 교사들을 돕는 일을 하고 있고, 제자들 역시 대학을 졸업한 뒤 나름의 삶을 개척해나가는 중이다. 제자들이 쓴 글에는 여전히 과거의 아픔을 안고 있으면서도 새로운 삶을 열어나가는 모습이 담겼다.

그루웰 선생님을 만나 삶의 방향을 틀지 않았다면 과연 그들이 지금 같은 변화를 일으킬 수 있었을까? 그런 점에서 이 책은 교사 한 명이 여러 학생들의 삶에 얼마나 큰 영향을 미칠 수 있는지를 잘 보여준다. 그루웰 선생님의 색다른 교육법이 자칫 구렁텅이로 빠져들 뻔한 문제 학생들을 세상에 기여할 수 있는 밝은 길로 이끌었다.

무엇보다 이 책에서 인상적인 부분은《안네의 일기》처럼 누구나 알고 있는 현대의 고전이 불량학생들의 의식을 변화시켰다는 것이다. 시간과 공간을 초월하는 문학의 힘을 잘 활용한 교육법 덕분에 정상적인 교육과정으로부터 소외되었던 문제아들이 진정한 가르침을 얻었다는 사실은 한국의 교육현장에도 여러모로 시사하는 바가 크리라 생각한다. 물론 한국의 교육환경에서 현실적으로 적용하기 어려운 면이 있는 것은 사실이다. 그러나 단순히 암기해야 할 정보가 아니라 인생의 가르침이 필요한 청소년들에게 문학이 큰 교육적 역할을 할 수 있다는 점을 상기시키는 것만으로도 이 책의 가치는 충분할 것이다.

이 책은 단순히 고민이라고 부르기에는 너무나 힘겨운 고난을 이겨낸 또래 학생들의 내밀한 일기를 통해 교훈을 얻을 청소년뿐만 아니라, 대부분의 사람이 가르치기를 포기해버리고 외면했을 제자들을 진정성과 애정의 힘으로 일깨운 그루웰 선생님을 통해 교사라는 자리의 의미를 되새길 선생님들에게도 도움이 되리라 믿는다.

자유의 작가들은 자신이 한때 갇혔던 어둠을 감추지 않고 그대로 드러냄으로써 같은 어둠에 갇힌 후배들에게 빛을 비춰준다. 비록 먼 미국의 청소년들이 살아가는 현실을 담고 있지만 사춘기라는 공통의 시험을 치르는 한국의 청소년들에게도 이 책이 작은 위안이 되기를 바란다.

자유의 작가
재단 소개

에린 그루웰과 자유의 작가들은 글쓰기 교육을 통해 고교 중퇴율을 낮추고 지역 사회에 긍정적으로 기여하기 위하여 '자유의 작가 재단(Freedom Writers Foundation)'을 설립했다. 자유의 작가 재단이 추구하는 궁극적인 목표는 모든 학생에게 학문적 잠재력을 깨달을 수 있는 기회와 희망을 제공하는 것이다.

이를 위해 자유의 작가 재단은 글쓰기 교육 장려, 교육 자료 개발, 장학금 지원 등의 핵심 프로그램을 운영하고 있다. 글쓰기 교육 장려 활동으로는 교육 사례를 알리는 강연회를 열고, 글쓰기 교육을 통해 203호 교실의 성공을 재연할 수 있도록 교사 연수를 실시한다. 또한 자유의 작가들에게 적용한 학습법을 설명하는 교사용 지도서와 학생용 참고서, 쌍방향 DVD 등을 제작하고 있다. DVD는 재단 홈페이지에서 구입할 수 있다. 재단은 장학금 지원 프로그램을 통해 우수한 학생들에게 대학 학비를 지원하는 일도 하고 있다. 이 책의 저작권은 자유의 작가 재단에 있으며, 수익금은 모두 재단 운영에 쓰인다.

자유의 작가들이나 에린 그루웰, 자유의 작가 재단에 대해 좀더 자세한 사항을 알고 싶다면, 공식 홈페이지(www.freedomwriters-foundation.org)를 방문하면 된다.

• 워싱턴에서 무분별한 폭력의 희생자들을 기리는 촛불 추모 행사를 치른 뒤 링컨 기념관 계단에 모인 자유의 작가들

• 자유의 작가들이 쓴 일기를 전달받은 뒤
  연설하는 라일리 교육부 장관

• 용감한 리더, 에린 그루웰 선생님

Welcome to Wilson WHS Miep

• 안네 프랑크의 가족을 숨겨준 용기 있는 여성, 미프 히스 씨와 함께

• 미프 씨가 자신이 쓴 《추억의 안네 프랑크》와 안네의 책 《안네의 일기》에 사인하고 있다.

Welcome Zlata

• 즐라타와 그녀의 단짝 미르나 그리고 자유의 작가들

• 크로아티아 회관에서 즐라타와 그루웰 선생님

• 홀로코스트 생존자인 제르다 사이퍼 씨(오른쪽)와
보스니아를 위한 기금 마련 농구 경기 진행에
도움을 준 우리의 든든한 후원자, 존 투 씨

• 보스니아를 위한 기금 마련 행사에서. (왼쪽부터) 세 명의 자유의 작가들, 학부모
그루웰 선생님의 남동생인 크리스 그리고 자유의 작가들에 속한 다른 학생들

• 자유의 작가들과 바버라 복서 상원의원

• 롱비치 학군의 교육감인 칼 콘 박사

• '드림 팀'이라고 불리는 어머니들과 그루웰 선생님

• 1998년 1월 15일, 자유의 작가들은 '안네 프랑크의 정신상'을 수상했다.

• 연극 〈안네 프랑크의 일기〉에서 반 단 부인 역을 연기한 배우 린다 라빈 씨가 자유의 작가들에게 안네 프랑크의 정신상을 시상하고 있다.

• 자유의 작가들이 같은 학교 학생이었던 제레미가 살해한 일곱 살 여자아이를 추모하는 평화모임을 열었다.

• 〈프라임 타임 라이브〉 프로그램을
준비하는 방송인 코니 정 씨(왼쪽)와
자유의 작가들

• 203호 교실에서 밤늦게까지 존 투 씨가 기증한 컴퓨터로 공부하는 학생들

• 지역 초등학교에서 아이들을 선도하는 자유의 작가들

• 졸업식 파티를 즐기고 있는 자유의 작가들과 그루웰 선생님

● 졸업식에서

프리덤
라이터스
다이어리

The Freedom Writers Diary

1판 1쇄 발행 2014년 6월 27일
1판 2쇄 발행 2016년 10월 31일

지은이 에린 그루웰
옮긴이 김태훈

발행인 양원석
편집장 김건희
교정교열 조연혜
해외저작권 황지현
제작 문태일
영업마케팅 이영인, 장현기, 박민범, 이주형, 양근모, 이선미, 김보영, 김수연, 신미진

펴낸 곳 ㈜알에이치코리아
주소 서울시 금천구 가산디지털2로 53, 20층 (가산동, 한라시그마밸리)
편집문의 02-6443-8902 **구입문의** 02-6443-8838
홈페이지 http://rhk.co.kr
등록 2004년 1월 15일 제2-3726호

ISBN 978-89-255-5313-9 (03840)